Diogenes Taschenbuch 23331

de
te
be

Henry Slesar

Babyboom

Geschichten

Aus dem Amerikanischen von Jobst-Christian Rojahn

Diogenes

Umschlagzeichnung von
Tomi Ungerer

Deutsche Erstausgabe

www.diogenes.ch
80/02/43/1
ISBN 3 257 23331 0

Inhalt

Der Rabatt-Klub

Die Ehe macht allen Single-Freundschaften bald ein Ende, und deshalb waren Jerry und Bobbi Spellman froh, als sie entdeckten, daß ihre neuen Nachbarn ein nettes Paar namens Forster waren. Mitte Dreißig wie sie. Pete Forster arbeitete im Büro eines Finanzmaklers, Jerry bei einer Firma, die Computerteile herstellte. Bobbi und Linda kochten gern, und alle vier waren zwar keine außergewöhnlichen, immerhin jedoch begeisterte Golfspieler.

Was beide Paare unterschied, war Jimmy, der kleine Junge der Spellmans, der gerade dabei war, die schreckliche Zeit der ersten zwei Lebensjahre hinter sich zu lassen. Die Forsters waren kinderlos, aber das war irgendwie auch wieder ein Segen, denn es versetzte Linda in die Lage, ihre Babysitter-Dienste anbieten zu können – sie stand jederzeit zur Verfügung und erbot sich sogar, Jimmy zu sich zu nehmen, sollten die Spellmans einmal verreisen wollen. Tatsächlich hatten letztere an eine zweite Hochzeitsreise nach Las Vegas gedacht, und als dieses Vorhaben bei einem gemeinsamen Grillabend zur Sprache kam, sagte Linda: »Warum wohnt ihr nicht im Lido? Ich kann euch dort einen Preisnachlaß von dreißig Prozent verschaffen.«

Jerry rechnete schnell im Kopf nach. Wenn Lindas Angebot wirklich ernst gemeint war, würde sie das luxuriöse

Lido weniger kosten als das bescheidene Hotel, das sie im Auge gehabt hatten.

»Wir könnten euch auch einen supergünstigen Leihwagentarif vermitteln«, sagte der Hamburger mampfende Pete Forster mit einem Grinsen. »Was geben die im Normalfall?« fragte er seine Frau.

»Fünfunddreißig Prozent. Vierzig, wenn's ein kleinerer Wagen ist«, antwortete Linda.

»Wir wollten eigentlich mit dem Auto hinfahren«, meinte Bobbi, »aber in der letzten Zeit haben wir mit unserem nichts als Probleme gehabt.«

»Wir waren gerade soweit, den alten Klapperkasten in Zahlung zu geben und uns einen netten kleinen Camaro zu kaufen, aber ihr wißt ja, wie sich die Marktlage entwickelt hat.«

»Erzähl mal«, sagte Pete trübselig. »Im vergangenen Monat hat meine Firma zweihundert Leute rausgeworfen...«

Jerry fröstelte trotz des Sonnenscheins. »Sag nichts! In unserem Laden kursieren alle möglichen Gerüchte!« Er blickte zu seinem Haus hinüber, auf dem schon eine zweite Hypothek lastete.

»Also hört mal, solltet ihr euch tatsächlich dazu entschließen, eure Schrottkarre abzustoßen, dann könnten wir euch auch da behilflich sein. Wir kennen einen Händler in Encino, bei dem spart ihr mindestens fünf, sechs Riesen.«

Jerry hörte auf zu essen und starrte seinen neuen Kumpel an. Pete machte nicht den Eindruck eines Schaumschlägers, der einem die tollsten Sachen versprach, aus denen dann nie was wurde, und als die Holzkohle auf dem Grill verglüht war, hatten sie eine Fahrt zu dem Händler, einem Mann namens Charlie Wingate, vereinbart.

Wingate wirkte nicht allzu erbaut, als er Pete auf sein Grundstück fahren sah, und Jerry kam zu dem Schluß, daß die beiden keine echte Freundschaft verband. Wingate war schmerbäuchig und die ganze Zeit am Schwitzen, während Pete ihm erklärte, was sie suchten. Selbst als sich die beiden in den klimatisierten Ausstellungsraum begeben hatten, konnte Jerry, der draußen weiter zwischen den Autos umherging, noch immer Schweißperlen auf Wingates rundem Gesicht glänzen sehen.

Als Pete schließlich wieder herauskam, grinste er breit. »Ich hab euch einen Freundschaftspreis ausgehandelt«, sagte er.

Und es war wirklich einer, wie Jerry Bobbi beim Abendessen berichten konnte. Das neue Auto war ein echtes Schnäppchen und kostete sie aller Wahrscheinlichkeit nach weniger als das, was sie für die Reparatur ihrer alten Kiste hätten aufwenden müssen. Aber nicht nur Jerry hatte gute Nachrichten, sondern Bobbi auch. Linda hatte am Nachmittag vorbeigeschaut und ihr gesagt, sie habe mal vorsorglich für sie im Lido gebucht – eine (wie sie es dort nannten) »große Suite« für sage und schreibe sechzig Dollar pro Nacht, das Frühstück eingeschlossen!

»Und dann noch dies hier«, sagte Bobbi und gab ihm einen Umschlag.

Der Umschlag enthielt Gutscheine für das Spielkasino, die fast so aussahen wie richtiges Geld – nur die halbnackte Maid, die in der Mitte der Scheine abgebildet war, wirkte der Illusion entgegen. Es waren zehn Gutscheine, und jeder war an allen vorhandenen Spieltischen einen Einsatz von hundert Dollar wert.

»Wie machen die das nur?« fragte sich Bobbi laut. »Die Forsters, meine ich.«

Jerry war da nicht ganz so wißbegierig. »Sie haben halt ihre Beziehungen«, meinte er mit einem Achselzucken. »Jeder kennt immer irgendwen in dieser oder jener Branche. Denk doch nur an meinen Vetter Marty. Haben wir durch ihn nicht unseren Staubsauger zu einem Superpreis gekriegt?«

»Dein Vetter hat uns übers Ohr gehauen«, bemerkte Bobbi. »Er hat eine Woche, bevor das neue Modell in die Läden kam, noch ein altes an uns verscheuert.«

»Wir wollen keine Fragen stellen, sondern uns einfach nur freuen, ja?«

Aber Bobbi konnte ihre Neugier nicht zügeln. Als Linda zu einem Kaffeeklatsch herüberkam, erzählte sie ihr die Staubsauger-Geschichte. In um Entschuldigung bittendem Ton gestand Linda, daß das Geheul von Bobbis Apparat bis zu ihnen zu hören sei. Wenn sie, Bobbi, je eines dieser superleisen, wahnsinnig saugstarken Modelle haben wolle, könne sie, Linda, ihr ein um wenigstens vierzig Prozent verbilligtes Gerät verschaffen.

Diesmal sagte Bobbi erst nach einem kurzen Zögern: »Au ja! Das wäre toll!«

Es gab da noch eine weitere Gunst, die die Forsters den Spellmans erweisen konnten. Sie erkundigten sich nämlich nach dem Gepäck der letzteren, und beide Spellmans gaben freimütig zu, daß sie sich jedesmal, wenn sie ihre alten, verschlissenen Koffer vom Gepäckband eines Flughafens holten, in Grund und Boden schämten. Natürlich konnten die Forsters auch diesbezüglich ein Rabattgeschäft offerieren, doch jetzt war es Jerry, der sich zierte.

»He, Leute, ihr habt wirklich schon genug für uns getan! Und außerdem wollen wir noch ein paar Piepen übrigbehalten, um die einarmigen Banditen füttern zu können.«

»Sechzig Prozent«, sagte Pete, hob die Augenbrauen und verzog irgendwie komisch den Mund. »Ist das ein Angebot? Markenware, freie Auswahl.«

»Du liebe Güte!« entfuhr es Bobbi. »Wie viele Verwandte habt ihr denn noch?«

Linda sagte: »Pete hat noch Verwandtschaft in Wisconsin, aber ich habe seit dem Tod meines Vaters im vergangenen Jahr keine mehr.«

»Man könnte zutreffender sagen, daß wir so eine Art Klub haben«, meinte Jerry grinsend. »Einen Rabatt-Klub.«

Bobbi, die Jimmy in einem Sportwagen vor sich her schob, begleitete Linda zu dem kleinen Geschäft im Stadtzentrum, das sich *Amelio Luggage* nannte. Der alte Besitzer des Ladens hatte einen weißen Helden-Schnurrbart und freundliche blaue Augen, deren Farbe sich allerdings veränderte, als hinter Mutter und Kind Linda auftauchte. Bobbi war bestürzt, als sie sah, wie der Schnurrbart ins Zittern geriet, und den alten Mann sagen hörte: »Nicht schon wieder! Nicht schon wieder, Sie Miststück! Warum lassen Sie mich nicht in Ruhe?«

Linda war das so peinlich, daß sie errötete. »Ich bringe Ihnen lediglich eine Kundin, Mr. Amelio. Wir suchen nichts Teures.«

»Wenn ihr Leute hier reinkommt, wird alles teuer!« Mr.

Amelio ballte die kleine Faust und schlug damit geräuschlos auf einen Stapel Kosmetikköfferchen. »Damit ist jetzt Schluß, hören Sie? Es ist Schluß damit!«

»Schon gut, schon gut, kein Wort mehr davon, Mr. Amelio!« Linda packte Bobbi am Arm und drehte sie herum, wobei sie ihr heiser ins Ohr raunte: »Der Alte ist verrückt. Senil!«

Bobbi war verwirrt, aber Linda gab keine weiteren Erklärungen, entschuldigte sich auch nicht. Sie fragte Bobbi lediglich, ob sie sich im Kaufhaus Robin Koffer anschauen wolle, wobei sie eingestand, daß sie dort in puncto Rabatt nichts machen könne. Bobbi lehnte dankend ab und meinte, Jerry sei sowieso schon etwas genervt, und sie habe noch nicht mal das Abendbrot gemacht.

Bobbi erwähnte diesen Vorfall ihrem Mann gegenüber nicht. Jerry hatte keine Ahnung von der Kofferjagd und war außerdem schlechter Laune. Die Gerüchte im Büro, die um das Thema Personaleinsparungen kreisten, bewahrheiteten sich – sechzig Angestellte der unteren Ebene hatten Kündigungsschreiben zugestellt bekommen. Jerry, der nur ein klein wenig höher rangierte, vermochte nicht zu erkennen, warum er verschont bleiben sollte. Er verbrachte den Abend damit, die monatlichen Ausgaben zu ermitteln, stöhnte über die zwei Hypotheken, deren Rückzahlung sie belastete, und stellte sogar die Klugheit der Reise nach Las Vegas in Frage. Allerdings ging er nicht so weit, eine Streichung vorzuschlagen.

Die Forsters gaben ihren Nachbarn vor deren Abreise eine kleine Party, und Jerry staunte über die Menge der teuren Whiskeys und Alkoholika, die Pete aus der Hausbar herbeischaffte. Als Pete und Linda ihre Gäste einluden, sich mal den Keller anzuschauen, blieb Bobbi oben, weil sie sich mit ihren hohen Absätzen nicht auf die steile Holztreppe traute. Jerry verschlug es die Sprache, als er die vielen Reihen der Weinflaschen sah. Er war zwar kein Fachmann, kannte aber immerhin ein paar der in den Regalen ruhenden Weine – so zum Beispiel den Mouton Rothschild, von dem er wußte, daß er im Restaurant weit über hundert Dollar kostete.

Als die Spellmans an diesem Abend zu Bett gingen, bemerkte Jerry Bobbis so gar nicht zu ihr passende Schweigsamkeit und fragte, was los sei.

Bobbi sagte: »Wußtest du, daß Lindas Name del Castro war? Ihr Mädchenname, meine ich.«

»Nein, aber was heißt das?«

»Da stehen doch diese Bilder auf dem Klavier. Als ihr in den Keller runtergegangen seid, habe ich sie mir genauer angeschaut und ein paar Schnappschüsse gesehen, die in Rahmen stecken. Sie müssen mindestens zwanzig Jahre alt sein. Sie waren auf der Rückseite beschriftet. Namen und Daten, verstehst du?«

»Könntest du vielleicht mal zur Sache kommen?« Jerrys bereits drei Tage währende Gereiztheit war immer noch nicht verflogen.

»Da war auch ein Foto von Linda als Kind, wie sie mit diesem grauhaarigen Mann rumkaspert... hintendrauf stand ›Juli 1982, Johnny del Castro und sein Äffchen‹. Hat irgendwer einen Scherz gemacht, nehme ich mal an. Aber ich hab ihn wiedererkannt, Jerry! Dasselbe große Gesicht, dieses gepflegte weiße Haar...«

Endlich hatte sie sein Interesse geweckt. »Du meinst doch nicht etwa *den* del Castro? Den Gangster?«

»Doch! Den, der im vergangenen Jahr im Knast gestorben ist.«

»Der umgebracht wurde«, korrigierte Jerry. »Der von einem Mithäftling ermordet wurde.«

»Arme Linda«, sagte Bobbi ganz automatisch. »Ich meine, wenn sie wirklich seine Tochter ist … war. Wenn man es recht bedenkt, ist die Ähnlichkeit unverkennbar.«

»Okay«, sagte ihr Mann. »Sie ist also seine Tochter. Aber zu was macht sie das? Zu einer Hausfrauenganovin?«

Bobbi äußerte sich an jenem Abend nicht mehr zu dieser Geschichte, aber sie hatte Auswirkungen auf ihren Schlaf. Sie war in Scranton aufgewachsen, wo ihr Vater mit Gartenbedarf gehandelt, sich vor allem aber der kirchlichen Arbeit gewidmet hatte. Er war Diakon gewesen und gelegentlich als Laienprediger aufgetreten. Sein Wesen war zwar frei von Feuer und Schwefel gewesen, aber trotzdem konnte er seinen Kindern, also ihr, Bobbi, und ihrem Bruder Timothy gegenüber recht hart und streng sein. Er wäre sehr stolz auf Timothy gewesen, hätte er dessen Priesterweihe noch miterleben können.

Waren sonst die Forsters das ständige Gesprächsthema, so galt dies nicht für Las Vegas. Die Stadt bestürmte alle Sinne der Spellmans, und sie taumelten zwischen Spielkasinos, Restaurants und grellen Shows hin und her. Das Lido war nicht ganz so prächtig, wie sie erwartet hatten, aber das machte ihnen rein gar nichts aus. Jerry interessierte sich ausschließlich für die Black-Jack-Tische. Er wankte auf der

Suche nach dem glückbringenden von einem zum anderen, verspielte seine Gutscheine und griff dann in seine Brieftasche. Bobbi war vollauf mit den Spielautomaten beschäftigt, war vollkommen hypnotisiert von ihrem Lichterspiel und ihrer mißtönenden Musik. Deshalb entging ihr die Manie, die ihren Mann befallen hatte. Erst später, als der Schaden bereits angerichtet war, wurde ihr klar, daß Jerry in Las Vegas gar nicht die Unterhaltung gesucht hatte, sondern die Rettung.

Am dritten Abend trat ein Mann im Smoking zu Jerry und bat ihn in aller Ruhe, ihm zu folgen. Er hatte ein betonklotzartiges Kinn und kalte Augen und ließ Jerrys Frage, die aus nur einem Wort bestand, unbeantwortet. Jerry wurde in ein kleines, zweckmäßig eingerichtetes Büro geführt. Der Mann hinter dem Schreibtisch lächelte nicht. »Wer hat Ihnen diese Gutscheine gegeben?« wollte er wissen. Er sah eigentlich ganz normal aus, aber Jerry hatte trotzdem Angst.

»Freunde von uns«, antwortete er. »Die Forsters.«

Der Mann ließ seinen Blick zu seinem Partner mit dem schweren Kinn gleiten. »Ehename«, sagte der.

»Benutzen Sie keine mehr«, sagte der Mann hinter dem Schreibtisch eisig, und Jerry erklärte ihm, daß alle Gutscheine schon fort seien, dazu fünfhundert Dollar in bar und Geld, das er sich mit seiner Kreditkarte geholt habe (was er Bobbi verschwiegen hatte).

»Dann haben Sie hier genug verloren«, sagte der Mann hinter dem Schreibtisch. »Packen Sie Ihre Sachen und raus mit Ihnen. Und sagen Sie Ihren Freunden: Keine ›Rabatte‹ mehr! Haben Sie verstanden?«

Jerry verstand, Bobbi nicht. Sie dachte, er habe sich verhört. Ihr machte das alles solchen Spaß! Sie trug so gerne ganze Körbe voller Münzen zur Zählmaschine an der Kasse, wobei sie die Tatsache völlig unberührt ließ, daß sie mehr verlor als gewann.

Sie waren auf der Heimfahrt, als Jerry plötzlich klarer sah. »Die mochten den del Castro nicht«, sagte er. »Ich wette, der war am Lido beteiligt. Die Sache mit dem Messer in der Dusche haben vielleicht diese Burschen da arrangiert.«

Bobbi war schockiert, blieb aber skeptisch. »Das gibt's nur im Film. Im richtigen Leben gibt's so was nicht.« Aber dann dachte sie doch darüber nach und fing an zu zittern. »Dieser alte Mann in dem Koffergeschäft... der hatte Angst vor Linda. Vor uns beiden. Obwohl wir Jimmy in seinem Kinderwagen dabeihatten, hatte er Angst!«

»Dieser andere Kerl, der Autohändler«, meinte Jerry, »der war auch nervös, mehr als nervös. Vielleicht eingeschüchtert. Du lieber Himmel, Bobbi, worauf sind diese Leute wirklich aus?«

Bobbi konnte gar nicht schnell genug nach Hause kommen, um Jimmy abzuholen und ihn wieder in sein mit Kuscheltieren vollgestopftes Kinderzimmer zu setzen. Die Forsters waren bester Laune, paßten sich aber schnell der Stimmung an. Pete sagte: »Ihr habt verloren, was? Nicht allzu viel, hoffe ich.«

»Es war gut, daß sie uns rausgeschmissen haben, sonst wäre vielleicht alles noch schlimmer geworden.«

»Rausgeschmissen?«

Jerry erzählte ihnen die Geschichte und registrierte, wie

sich die Forsters mit einem Ausdruck ansahen, der schon an Schuldbewußtsein grenzte. Das ermutigte Bobbi zu der Frage: »Jetzt erklärt uns doch mal bitte, was da eigentlich vor sich geht. Wir wissen, daß es etwas mit deinem Vater, Linda, zu tun hat.«

Pete holte eine Flasche und einen Kübel Eis. Er schenkte die Drinks ein und überließ das Erklären Linda.

»Ich habe meinen Vater sehr geliebt«, sagte diese einleitend. »Ich wußte lange nicht, was er war, wie er seinen Lebensunterhalt verdiente. Meine Mutter hielt mich immer in so einer Art Vakuum, aber als ich zwölf war, starb sie. Dann geriet der Name meines Vaters in die Zeitungen, und eines Tages war er auch im Fernsehen, hielt sich seinen Hut vor das Gesicht. Den Hut habe ich noch.« Da war eine Andeutung von Tränen, aber nur kurz.

»Daddy wurde zu einer Gefängnisstrafe verurteilt, als ich neunzehn war. Das war ein Jahr, bevor ich Pete kennenlernte. Es hieß, er sei wegen organisierter Erpressung hinter Gitter gekommen, aber das stritt er mir gegenüber ab, und ich glaubte ihm. Welcher kleine Liebling würde das nicht tun? Ungefähr eine Woche vor Strafantritt kam Daddy zu mir und hatte einen Umschlag dabei. Er sagte, er könne mir kein Geld hinterlassen, seine sogenannten Freunde hätten ihm alles abgeknöpft, aber er habe etwas anderes, was er mir geben wolle. Es sei eine vertrauliche Liste, sagte er, eine sehr wichtige Liste von Firmen und Leuten ... von Leuten, die mir weiterhelfen würden. Ich brauchte nur seinen Namen zu nennen und ihnen zu sagen, wer ich war. Dann würden sie mir große Rabatte auf alles mögliche einräumen. Zuerst verstand ich nicht, zumal ich ja auch gar nicht genug

Geld hatte, um mir Kühlschränke, Staubsauger oder Reisen in die Karibik leisten zu können. Aber dann erklärte er mir die Sache. Die meisten der genannten Leute würden mir vierzig, gelegentlich sogar fünfzig Prozent vom regulären Preis nachlassen. Er sagte, daraus könne ich ein Geschäft machen. Wenn ich anderen sagte, ich könne ihnen zu Preisnachlässen von dreißig Prozent verhelfen, würden mir zehn bleiben, manchmal sogar zwanzig. So eine Kreuzfahrt zum Beispiel. Die könnte mir zwei-, dreitausend Dollar einbringen, spielend. Könnt ihr folgen?«

Bobbi räusperte sich und sagte: »Als wir im Lido gebucht, dieses Auto und den Staubsauger gekauft haben, da habt ihr auch Geld gekriegt?«

Pete sagte: »Für euch war es doch immer noch ein Schnäppchen. Ihr müßt zugeben, daß ihr die Sachen sehr günstig bekommen habt.«

»Ja, durchaus«, antwortete Jerry, eifrig darauf bedacht, die guten Beziehungen wiederherzustellen.

»Aber es muß doch einen Grund dafür gegeben haben«, sagte Bobbi. »Warum haben diese Leute dir den Rabatt gewährt? Hatte das irgendwas mit dem ›Geschäft‹ deines Vaters zu tun?«

Jerry wollte etwas sagen, aber Bobbi drückte sein Knie.

»Wie schon gesagt, es ist so eine Art Klub«, erklärte Pete. »Ein sehr privater. Aber hört mal, wenn ihr Mitglied werden wollt ... also, wir könnten euch eine Kopie der Liste geben! Wir teilen uns dann die Einkünfte, die ihr erzielt. Fifty-fifty. Das ist doch fair, oder nicht?«

»Ihr würdet staunen, wenn ihr wüßtet, was alles für Namen auf der Liste stehen!« Linda wirkte jetzt ganz entspannt. »Nicht nur Einzelhandelsgeschäfte. Nein, auch Spitzenmanager, Gewerkschaftsführer, alle möglichen Leute, die zu Gefälligkeiten bereit sind...«

»Aber warum?« wollte Bobbi immer noch wissen. »Weil sie müssen? Weil sie Angst haben, daß ihnen, ihren Familien etwas passiert, wenn sie es nicht tun?«

Lindas Gesicht verfinsterte sich. »So kann man das nicht sehen, Schätzchen.«

»Johnny del Castro hatte mit Schutzgelderpressungen zu tun!« erwiderte Bobbi. »Damit hat dein Vater sein Geld verdient. Die Zeitungen schrieben damals, das sei der Job gewesen, den die Bande ihm übertragen hatte. Habe ich recht?«

»Mein Vater ist tot. Wir reden nicht schlecht über Tote!«

»Hier, schaut mal!« sagte Pete voller Eifer und zog aus der Ablage unter dem Couchtisch etwas hervor, das dem Einband nach ein Telefonbüchlein war. Er schlug den ledernen Deckel auf und zeigte ihnen ein säuberlich getipptes Verzeichnis. »Seht euch das mal an... all die Gewerkschaftsbosse... die Kaufhäuser... die Hotels... die Kreuzfahrtschiffe...«

Bobbi konnte der Versuchung nicht widerstehen, die Namen auf der ersten Seite zu überfliegen. Das ganze Verzeichnis umfaßte mindestens fünf Seiten. Es mußte Johnny del Castro und seine Mannen Jahre gekostet haben, so viele Leute einzuschüchtern und dahin zu bringen, daß sie um ihr Leben, um ihre Kinder fürchteten.

»Es ist nicht so, daß wir ihnen etwas antun wollen«, bemerkte Linda. »Wir bedrohen niemanden, ist euch das nicht klar?«

»Sicher doch«, sagte Bobbi. »Denn das müßt ihr ja auch gar nicht. Sie sind alle bereits bedroht worden. Ihr haltet lediglich ihre Angst am Leben.« Sie stand auf und sah ihren Mann an, der sich daraufhin ebenfalls erhob. »Wir müssen jetzt gehen. Würdest du bitte Jimmy herunterholen?«

Es war Tim, der Bobbi überzeugte – oder besser Pater Timothy, der sie so sehr an ihren Vater erinnerte, daß sie sich durchaus vorstellen konnte, direkt mit dem Himmel verbunden zu sein. Eigentlich aber tat es ihr fast leid, ihn angerufen zu haben, denn sie wußte, daß er seine Meinung so unnachgiebig und unerschütterlich vertreten würde, wie es auch ihr Dad immer getan hatte.

»Kannst du an eine Kopie dieser Liste kommen, Barbara?« fragte der Bruder. Barbara war ihr richtiger Vorname, wie er auf dem Taufschein stand. »Du sagtest doch, sie hätten euch eine angeboten.«

»Ja, das haben sie. Sie wollten, daß wir in das Geschäft einsteigen.«

»Es ist eine Liste von lauter Gefangenen«, sagte Tim. »Von Leuten, die diesen Verbrechern ausgeliefert sind. Und du kannst sie befreien, Schwesterherz!«

»Aber es droht ihnen keinerlei Gefahr«, wandte Bobbi duckmäuserisch ein. »Keine echte Gefahr. Du liebe Güte, nicht von seiten der Forsters. So verrückt es klingt, aber die beiden sind nicht eigentlich schlechte Menschen...«

»Sie tun das Werk des Teufels«, unterbrach Tim sie. »Und du hilfst ihnen und ermutigst sie, wenn du nichts dagegen unternimmst.«

Sie wartete nicht, bis er seinen von Burke stammenden

Lieblingsspruch hersagte, nämlich daß das einzige Erfordernis für den Triumph des Bösen sei, daß alle guten Männer tatenlos zusähen.

Oder Frauen.

Sie sann noch über dieses Telefongespräch nach, als Jerry heimkam – zwei Stunden früher als gewöhnlich. Sie roch, daß er eine Fahne hatte. Und das trotz der Distanz, die er wahrte, als er ihr eröffnete, daß eingetreten war, was er schon vor einem Monat vorhergesagt hatte. Man hatte ihn herabgestuft. Heruntergeputzt. Er war voll. Er war gefeuert worden.

Vielleicht weil er alle schlechten Nachrichten auf einmal loswerden wollte, gestand er ihr auch sein wahnwitziges Treiben in Las Vegas. Er beichtete, daß er weit mehr als nur die fünfhundert in bar verloren und das Spielkasino mit Hilfe der Kreditkarte um noch weitere 3000 Dollar reicher gemacht habe. Seine Abfindung würde für die nächsten beiden Hypothekenraten reichen, aber dann sei Ende der Fahnenstange.

Er rechnete mit einem Ehekrach. Deshalb konnte er es gar nicht fassen, als sich Bobbi einfach nur umdrehte und nach oben ins Schlafzimmer ging. Aber sie konnte schließlich nicht alle Probleme auf einmal lösen!

Bobbi rief vom Telefon auf dem Nachttisch aus das für ihr Viertel zuständige Polizeirevier an, wobei sie die Nummer auf einem Block, auf dem »Zu erledigen« stand, notierte. Sie sprach mit einem gleichgültigen Sergeant namens Macon oder Mason, der ihr den Termin, um den sie bat, nicht geben wollte. »Kommen Sie einfach her, und dann finden wir jemanden, mit dem Sie reden können«, meinte er. Sie sagte, sie wolle am Vormittag des nächsten Tages vorbeischauen.

Jerry verbrachte die Nacht auf dem Sofa, weil er davon ausging, daß dies dem Wunsche Bobbis entspräche. Er war schon weg, als sie mit einem übellaunigen Jimmy auf dem Arm herunterkam. Konnte sie einen Dreijährigen zum Polizeirevier mitnehmen? Die einzige andere Möglichkeit war, Heather anzurufen – ein Mädchen, das die Schule abgebrochen hatte und sich als Gelegenheitsbabysitterin durchschlug.

Der Beamte, an den sie im 35. Revier verwiesen wurde, entsprach nicht dem Klischee. Er war ein kleiner, fast kahler Mann, der eine nervöse Art hatte und nur milde an der Klage interessiert war, mit der sie vor seinen Schreibtisch trat, auf welchem ein wüstes Durcheinander herrschte. Seltsamerweise schien es sich bei dem größten Teil dieses Durcheinanders um Reiseprospekte zu handeln. Der Mann hieß Hamsun.

»Sie sagten dem diensthabenden Sergeant am Empfang, Sie wollten ein Verbrechen zur Anzeige bringen, Mrs....« Ihm war ihr Name schon wieder entfallen, obwohl sie ihn sehr deutlich ausgesprochen hatte.

»Ja«, antwortete sie. Sie umklammerte die hölzernen Tragegriffe der großen Handtasche, die sie bei sich hatte. Sie war nicht sicher, ob sie in der Lage sein würde, ihr Dilemma verständlich zu machen, aber sie wußte, daß der Name Johnny del Castro den Mann aufhorchen lassen würde.

Bevor sie jedoch den Namen aussprechen konnte, klingelte das Telefon. Hamsun lauschte mit gerunzelter Stirn in den Hörer und schob dabei die Prospekte auf seinem

Schreibtisch hin und her. Schließlich begriff er, was ihm da vorgetragen wurde, und er sah Bobbi finster an. »Sie sagten, Ihr Name sei Spellman?«

»Ja.«

»Was denken Sie eigentlich, was wir hier sind? Eine Telefonzentrale?« Er reichte ihr den Hörer. »Ist für Sie … Ihr Mann.«

Ihre Verblüffung war nur kurz, denn sie erinnerte sich schnell wieder daran, daß sie die Nummer des Reviers auf den Notizblock gekritzelt hatte, daneben den Namen des Sergeant Macon oder Mason.

»Um Himmels willen, Bobbi«, sagte Jerry, »was zum Teufel machst du denn da?«

»Ich tue, was ich tun muß, Jerry.«

»Du verrätst die Forsters! Das kannst du doch nicht machen. Sie sind unsere Freunde … diese ganze Geschichte mit del Castro soll doch der Geier holen. Die beiden sind Freunde!«

»Sie haben uns benutzt«, erwiderte sie und fühlte, wie ihre Augen feucht wurden. »Wir waren doch bloß Mitglieder ihres verdammten ›Rabatt-Klubs‹.«

»Sie sind unsere Freunde, und ich kann das auch beweisen. Gestern abend, nachdem du ins Bett gegangen warst, bin ich zu den Forsters rübergegangen und habe ihnen erzählt, was mir passiert war. Da meinte Pete, vielleicht könne er da etwas machen …«

»Wovon redest du?«

»Das Verzeichnis, Bobbi! Diese Liste! Auf der stehen auch Namen von Leuten aus meiner Firma … verstehst du? Er machte ein paar Anrufe … und heute morgen rief mich mein alter Vorgesetzter, der Harry Ward, an... Er meinte, bei meiner Kündigung handele es sich um einen Irrtum der Personalabteilung.«

Sie konnte eine Weile lang nicht gut sehen, weil nun die Tränen flossen. Aber dann wurde ihr Blick wieder klar. Officer Hamsun, der einen Reiseprospekt studierte, auf dem vorne ein hawaiischer Strand zu sehen war, wirkte jetzt anders. Älter, besorgter.

»Bobbi, ich habe wieder einen Job!« sagte Jerry. »Harry war vor zehn Minuten hier und sagte, er müsse mir vielleicht wegen der Stellenstreichungen ein anderes Aufgabengebiet zuweisen, aber er würde dafür sorgen, daß eine Gehaltserhöhung damit verbunden sei.«

Als Bobbi auflegte, lehnte sich Hamsun zurück und wartete darauf, daß sie ihre Anzeige erstattete. Statt dessen erkundigte sie sich: »Sie wollen nach Hawaii?«

»Na ja, die Frau will. Sie denkt, ich bin Millionär.«

Bobbi versuchte verzweifelt, sich an den Namen zu erinnern, den sie auf der Liste hatte stehen sehen. Dann fiel er ihr wieder ein. »Kennen Sie das Paradise Palms Hotel? Es befindet sich auf der großen Insel und ist einfach traumhaft! Ich könnte einen Preisnachlaß von dreißig Prozent für Sie kriegen.«

Babyboom

An: DinahL@net.com
Von: CluelessC@det.com

Liebe Dinah,
es tut mir leid, daß ich nicht schon eher geschrieben habe. Aber dies ist der erste Tag, an dem der Bildschirm meines Computers nicht so aussieht, als wäre er unter Wasser – so sieht halt die Welt aus, wenn man Tränen in den Augen hat. Heute morgen sind die meinen trocken, und du wirst nicht glauben, wer dafür gesorgt hat. Dolly Lucerne! Richtig gelesen. Die liebe kleine Dolly, unsere alte College-Gefährtin. Das Mädchen, dem keiner von uns zugetraut hat, daß sie den Abschluß schaffen würde, die dann Tänzerin wurde, einen berühmten Schriftsteller heiratete und als erste von uns allen ein Baby bekam. Sollte das Leben etwa unfair sein, was?

Ich fange besser mal von vorne an. Vor zwei Wochen packte Mike seine Siebensachen und kehrte zu Muttern zurück. Nicht buchstäblich. Ich nehme an, er ist in ein Hotel gezogen oder hat sich bei einem Freund eingenistet, wahrscheinlich bei noch so einem Hungerleider von Privatdetektiv.

Jawohl, wir sind noch in diesem Geschäft tätig, oder waren es zumindest, bis keine Aufträge mehr kamen und wir von unseren Reserven leben mußten. Eine lächerliche Bezeichnung für ganze 600 Dollar! Das Problem ist, daß wir in den Ruf geraten waren, nur wirkliche Verbrechen aufzuklären, also so was wie Morde, wo doch die meisten Privatdetektive ihr Geld damit verdienen, daß sie untreue Ehegatten ertappen, weggelaufene Kids wiederfinden oder kaputte Typen aufspüren.

Wie lautet doch gleich der alte Spruch von der Liebe, die zum Fenster rausfliegt, wenn die Armut zur Tür reinkommt? Mike trank mehr als sonst und erinnerte mich nur allzusehr an meinen ersten Mann. Als ich diesen Vergleich anstellte, machte mich Mike zur Schnecke.

Und da ging's richtig los, und wir warfen uns gegenseitig Beleidigungen an den Kopf. Machten uns Vorwürfe. Ich könne nicht kochen (kann ich auch nicht). Er belege dauernd die Fernbedienung des Fernsehers mit Beschlag (tut er). Wenn er nach Hause käme, schliefe ich immer schon (stimmt, denn er kommt in der Regel erst nach eins heim). Er sei nicht mehr so liebevoll wie früher (stimmt, aber vielleicht bin ich's auch nicht mehr). Und dann kam der härteste Schlag.

»Du schnarchst!« schrie ich.

Er sah schockiert aus. »Ich schnarche nicht«, hielt er dagegen und richtete sich empört auf.

»Tust du wohl«, sagte ich. »Du schnarchst wie ein Düsentriebwerk, nur noch ein bißchen lauter.«

»Du lügst. Ich habe mich noch nie schnarchen hören!«

»Wie denn auch? Wo du doch schläfst? Wenn du wüßtest, wie viele Nächte ich im Wohnzimmer gepennt habe...«

»Keine Bange«, unterbrach er mich, »das mußt du von jetzt an nicht mehr. Das Problem wird sich von selber lösen.«

Und genau das ist geschehen. Er ist weg. Und was hab ich gemacht? Geweint. Was konnte ich auch anderes tun, wo ich Mike doch so liebe und Mike plötzlich nicht mehr da war?

Ich konnte es zu Hause so allein nicht mehr aushalten und ging ins Büro. Ich setzte mich an meinen Schreibtisch, las alte Akten und redete manchmal mit Mikes leerem Stuhl.

Und dann kam Dolly Lucerne herein.

»Cecilia!« rief sie aus. Weil wir uns schon so lange nicht mehr gesehen hatten, wußte sie nicht, daß ich inzwischen von allen nur Casey genannt werde.

Ich sagte: »Ich hab gehört, du wärst in der Schweiz und bekämst dort ein Kind.«

»Vergangenheitsform, Schätzchen. Ich bekam ein Kind, den kleinen Dashiell.« Sie lachte. »Der Name war natürlich Lesters Idee, eine kleine Huldigung an seinen Lieblingsautor. Laß dich mal anschauen.«

Sie sagte nicht, ich hätte mich überhaupt nicht verändert. Hol sie der Geier. Sie hatte immer noch ihre Tänzerinnenfigur.

»Du weißt, warum ich das Baby da drüben bekommen wollte? Ich konnte einfach den Gedanken nicht ertragen, daß die Leute mich zu sehen kriegen ... ach, du weißt schon. Diese Schwangerschaftssachen.«

Ich wußte es nicht, denn ich war noch nie schwanger gewesen.

Dann erzählte sie mir, was sie zu mir führte. Jemand hatte ihr gesagt, daß ich jetzt als Privatdetektivin tätig sei.

»Das finde ich so aufregend!« sagte Dolly. »Du und dein Mann, ihr müßt unbedingt mal zum Abendessen zu uns kommen ... gleich heute abend, wenn ihr nichts anderes vorhabt! Lester wäre auch entzückt. Er schreibt zwar über Privatdetektive, hat aber noch nie einen richtigen kennengelernt... Hast du sein neues Buch gelesen? *Die Geschwindigkeit des Lichts*?«

»Es soll ja ein Bestseller sein.«

»Es ist mehr als das! Aber ich will keine Spielverderberin sein. Lester wird euch sicher die wunderbaren Neuigkeiten selber erzählen wollen.«

Ich erzählte ihr meine weniger wunderbaren Neuigkeiten, sagte ihr allerdings nicht, daß Mike ausgezogen war, sondern gab vor, daß er verreist sei. Sie bestand darauf, daß ich dann eben allein zu ihnen kommen solle, und ich sagte zu.

Ich weiß nicht, ob du Lester Lucerne je kennengelernt hast. Die Casting-Agentur hätte einen Leichenbestatter aus ihm gemacht, aber er hat sich einen Schnurrbart stehen lassen, einen Van-Dyke-Bart, und für das Foto hinten auf dem Umschlag trägt er das Haar wie Lord Byron. Er konnte sich nur noch schwach an mich erinnern, war aber trotzdem nur zu begierig, mir die »wunderbaren Neuigkeiten« zu erzählen.

»Hollywood!« sagte er. »Sie haben *Die Geschwindigkeit des Lichts* gekauft. Holen wahrscheinlich Tom Cruise für die Hauptrolle, oder jemanden wie ihn.«

»Erzähl ihr doch mal, wieviel«, sagte Dolly. Lester winkte uninteressiert ab, und da hat es mir Dolly verraten.

»Vier Millionen Dollar«, sagte sie, von ihren eigenen

Worten mit ehrfürchtigem Staunen erfüllt. »Vier Millionen!«

Wir tranken zur Feier von Lesters Glück ein Gläschen. Mehr als eins. Dann hörten wir das Kind weinen, und Dolly stand auf. Ich fragte, ob ich mitkommen dürfe.

»Nicht jetzt«, antwortete Dolly. »Außerdem habe ich keine Maske mehr.« Sie ging, und Lester grinste mich an.

»Sie meint eine Gazemaske«, sagte er.

Die drei Drinks, die ich intus hatte, zeigten Wirkung. »Mach mir mal eine Skizze, wie ich die Toilette finde.«

Als ich zurückkam, sah ich Dolly vor dem Kinderzimmer mit einer Kinderschwester sprechen. Eine einfache Frau. Sie holte eine Gazemaske aus ihrer geräumigen Handtasche und gab sie Dolly. Dolly ging ins Zimmer zu dem Kleinen hinein, und ich beschloß, mich mal mit der Bewacherin zu unterhalten.

»Setzt Mrs. Lucerne immer eine Maske auf, wenn sie dem Baby einen Besuch abstattet?«

»Ja, wegen der Krankheitserreger.« Sie zuckte die Achseln. »Also ich, ich hab in meinem ganzen Leben noch keine gesehen. Ich meine Krankheitserreger.«

Sie stellte ihre Handtasche ab, und dabei sprang der Verschluß auf. Da sah ich sie. Eine Pistole. Die Frau hatte eine kleine, häßliche, schwarze Kanone dabei!

An: DinahL@net.com
Von: CluelessC@det.com

Sorry, daß ich meinen letzten Brief so abrupt abgebrochen habe. Aber das Telefon klingelte, und ich hoffte, es wäre

Mike. Kein Glück. Irgend so ein Schwachkopf erbot sich, mein Riesenvermögen gewinnbringend anzulegen.

Wie auch immer, zurück zu gestern abend. Als ich ins Wohnzimmer zurückging, weinte das Kind immer noch. Lester machte ein finsteres Gesicht. »Sollte ich je ein weiteres Buch schreiben wollen, muß ich mein Arbeitszimmer schalldicht machen.«

»Warum sich noch abrackern?« sagte ich. »Mit den vier Millionen, die die Filmrechte bringen, kannst du dich doch zur Ruhe setzen.«

»Ach weißt du, alle vergessen immer, daß ich ein Dutzend Bücher geschrieben habe, die mir nur ein paar wenige Tausender einbrachten. Ich habe meine Schulden bezahlt.« Er ließ sich in einen Sessel fallen und sah mich düster an. »Dolly sagte, du bist Privatdetektivin.«

»Mein erster Mann war einer. Bis er ermordet wurde. Mike und ich, wir lösten den Fall und wurden ein Team.«

»Mike ist dein Mann?«

»Ja«, antwortete ich mit ein wenig Mühe. »Er konnte leider nicht mitkommen.«

»Arbeitet er an einem Fall?«

»Ja«, sagte ich und dachte: Wahrscheinlich an einem Fall von Scotch.

»Eine Privatdetektivin. Warum machst du das?«

»Ich war halt im Herdputzen nicht so toll.«

Dolly kam herein und sah ganz geschafft aus. Dashiell hatte endlich beruhigt werden können. »Na«, sagte sie jedoch munter, »habt ihr beiden euch über Mörder mit Äxten und dergleichen unterhalten?«

»Die wirklich brutalen Verbrecher benutzen keine Äxte«,

antwortete ich lächelnd. »Die meisten ziehen ... Kanonen vor.«

Keine Spur von einer Reaktion. Ich beschloß zu sagen, was mir im Kopf rumging. »Dolly, diese Kinderschwester da, woher habt ihr die?«

»Sie heißt Helga Bloch. Wir haben sie aus der Schweiz, aber ich weiß nicht genau, ob sie Schweizerin ist.«

Ich holte tief Luft. »Wußtest du, daß sie eine Pistole mit sich herumträgt?«

Beide sahen mich überrascht an.

»Was, in aller Welt, bringt dich auf den Gedanken?« fragte Lester.

»Ich habe sie gesehen. Ihre Handtasche ging auf, und da war sie. Ich glaube, es ist eine selbstladende.«

Dolly lachte. »Du mußt da etwas gesehen haben, was wie eine Pistole aussieht. Eine Puderdose, ein Feuerzeug... obwohl sie, glaube ich, gar nicht raucht...«

»Möglich, daß ich mich irre, aber vielleicht solltest du der Sache doch mal nachgehen.«

Ich kam erst nach Mitternacht nach Hause. Um eins klingelte das Telefon, und mein Pulsschlag erhöhte sich rapide. Aber es war nicht Mike, es war Dolly.

»Ich dachte, ich sollte dir nur kurz sagen, daß wir die Pistole in Helgas Handtasche gefunden haben. Nur daß es gar keine Pistole war, sondern eine schwarze Geldbörse.«

Sie sagte noch irgendwas, daß wir uns bald mal wiedersehen müßten, dann mit Mike. Ich erwiderte, das wäre nett. Wäre es wirklich.

Ich bin todmüde, gehe jetzt ins Bett.

An: DinahL@net.com
Von: CluelessC@det.com

Rate mal, wer heute Morgen aufgetaucht ist. Mein umherziehender Gatte!

Aber ehe ich Hoffnung schöpfen konnte, sagte er: »Ich brauche ein paar Klamotten aus meinem Schrank. Wenn du sie nicht schon verhökert hast.«

»Eigentlich hatte ich sie der Heilsarmee stiften wollen, aber sie meinten dort, so schlecht dran wären sie nun auch noch nicht.«

Mir brach das Herz, und ich machte noch Scherze! Ich sah zu, wie er einen Koffer hervorzog und Blazer, Hosen und seinen guten Anzug hineinstopfte. Er schwieg, aber ich plapperte los. Ich erzählte vom gestrigen Abend.

»Ich weiß, daß das, was die Frau in ihrer Handtasche hatte, eine Pistole war. Sie könnte eine Verrückte sein, aber Dolly und ihr Mann sind ganz sicher, daß sie völlig harmlos ist.«

»Sie ist Ausländerin, sagtest du?«

»Aus der Schweiz.«

»Ruf Calvin Russo an, seine Nummer steht in unserm Buch. Er hat Verbindungen zu Interpol. Vielleicht können die dir was sagen.«

Er ging langsam zur Tür. Wenn ich die richtigen Worte hätte finden können, hätte er sicher den Koffer hingestellt und statt seiner mich hochgehoben. Aber meine Stimme versagte.

Ich rief Calvin Russo an, und er sagte, er wolle sein Bestes tun.

Als eine Stunde später das Telefon klingelte, hatte ich nicht die geringste Hoffnung, daß es Mike sein könnte, der mich anrief, um mir zu sagen, mein Anblick habe ihn seine Meinung ändern lassen und er komme nach Hause geeilt. Es war tatsächlich nicht Mike, Calvin war es aber auch nicht. Es war Tanya Lucerne.

Ja, Lesters Ex-Frau hat den Namen beibehalten. Irgendwie hatte sie erfahren, daß ich in ihrer alten Wohnung gewesen war (ich glaube, der Portier war bestochen worden), und nun wollte sie alles wissen.

»Sieht sie schrecklich aus? Hat sie zugenommen? Ich weiß, sie hatte große Angst davor, daß das Baby ihre Figur ruinieren würde. Bitte sagen Sie mir, daß dem so ist!«

»Tanya«, antwortete ich, »sie sieht so phantastisch aus wie immer.«

»Dann erzählen Sie mir von dem Baby. Ist es wahr, daß es kleine gelbe Hörner und ein süßes Schwänzchen hat?«

»Das Baby habe ich nicht zu sehen gekriegt. Dolly hat eine Heidenangst vor Bazillen und läßt niemand zu dem Kleinen.«

»Ach ja? Na, dann will ich Ihnen mal was mitteilen, Schätzchen, ganz im Vertrauen. Ich werde mich nicht abhalten lassen und mir das kleine Ungeheuer mal ansehen.«

»Daß das gelingt, bezweifle ich«, erwiderte ich. »Dolly wird Sie nicht in seine Nähe lassen.«

»Ich habe einen Plan. Treffen wir uns zum Lunch, und ich verrate, wie ich's machen werde.«

Ich versuchte nein zu sagen, aber sie sprach die Zauberformel. »Wir gehen zu Lenardi, ich lade Sie ein.«

»Wie wäre es mit halb eins?«

Als ich gerade das Haus verlassen wollte, schwer bemüht, meine Speicheldrüsen unter Kontrolle zu halten, klingelte erneut das Telefon. Diesmal war es Calvin Russo.

»Helga Bloch«, sagte er. »Sechsundvierzig. Geboren in Hamburg, in die Schweiz übersiedelt 1982 nach Verbüßung ihrer Gefängnisstrafe...«

»Ihrer was?«

»Sie hat zwei Jahre in Hamburg im Gefängnis gesessen, weil sie beschuldigt worden war, ein Baby im Alter von einer Woche aus dem Barmbeker Krankenhaus entführt zu haben.«

Später mehr!

An: DinahL@net.com
Von: CluelessC@det.com

Na, da habe ich also mit Tanya, Lester Lucernes verbitterter Ex-Frau, zu Mittag gegessen. Es war kein großer Spaß.

Du hast Tanya nie kennengelernt, du Glückliche! Sie hatte schon immer was Gemeines an sich, aber was vor der Scheidung noch Schmalspur war, das ist jetzt breit, breiter geht's nicht. Die Ironie liegt darin, daß Tanya, unglücklich über die mageren Einkünfte, die Lester mit seinen Krimis erzielte, die Scheidung in die Wege geleitet hat. Und jetzt ist Lester durch den Verkauf der Filmrechte natürlich reich, reich, reich.

Aber wie hätte ich ein Essen bei Lenardi ablehnen können? Ich habe schon seit Wochen nur von Hamburgern und Nudeln gelebt.

Tanya sah für die Tageszeit einfach großartig aus – mit drei Pfund Make-up auf ihrem Pferdegesicht. Sie begrüßte mich mit Küßchen auf beide Wangen, als wären wir Freundinnen von Jugend auf.

Als die Cosmopolitans serviert worden waren, kippte sie ihren runter und sagte: »Jetzt erzählen Sie mir mal alles. Aber wirklich alles!«

Ich wußte, daß sie nichts über meine Lage erfahren wollte, obwohl ich sicher bin, daß sie ihre Freude daran gehabt hätte. Sie hat schon immer auf schändliche Weise mit Mike geflirtet, und wenn ich ihr gesagt hätte, daß er wieder auf freiem Fuß ist, dann säße sie jetzt auf seiner Türschwelle. Aber natürlich dachte sie mehr an Lester, Dolly und den kleinen Dashiell.

»Das Baby weint eine Menge«, sagte ich. »Und Lester zeigt keine übertrieben großen Vaterinstinkte. Des weiteren glaube ich, daß sie bei der Wahl der Kinderschwester nicht sehr achtsam waren…«

»Aber das kleine Juwel haben Sie nicht zu sehen bekommen?«

»Nein, sie schirmen das Kind total ab. Ich nehme jedoch an, daß eine solche Übervorsicht beim ersten Kind durchaus normal ist.«

»Ich glaube nicht, daß das der eigentliche Grund ist. Ich glaube, es geschieht, weil der Kleine schlicht und einfach potthäßlich ist.« Sie winkte mit ihrem leeren Glas einen Ober heran. »Hat wahrscheinlich Lesters Aussehen und Dollys Verstand. Können Sie sich eine schlimmere Kombination vorstellen?«

Sie fing an, in ihrer Handtasche herumzukramen. »Also,

auf eine Einladung kann ich nicht warten. Ich werde demnächst mal gehen und mir Dashiell anschauen.«

»Wie wollen Sie das anstellen?«

»Die sind ja wohl nicht ständig zu Hause, oder? Sie gehen doch noch essen, ins Theater... zu Partys. Lester spielt so gern den Löwen, und jetzt hat er schließlich allen Grund, ordentlich laut zu brüllen.«

»Wenn Sie glauben, Tanya, daß Helga Bloch Sie in das Kinderzimmer reinläßt, dann vergessen Sie es. Sie kommen nicht mal durch die Haustür.«

»Wir werden ja sehen«, sagte Tanya geheimnisvoll. Sie fand am Ende, wonach ihre Finger in der Handtasche gegrabbelt hatten. Es war ein kleiner, metallener Gegenstand, der an einer Goldkette baumelte.

»Wissen Sie, was das ist?«

»Sieht aus wie ein Schlüssel«, antwortete ich.

»Richtig, aber es ist nicht irgendein Schlüssel, Schätzchen, sondern der zu Lesters Wohnung. Zu meiner alten Wohnung. Er hat vergessen, daß ich noch einen habe.«

»Tanya, ich hoffe, Sie denken nicht, was ich denke, daß Sie denken.«

Aber natürlich tat sie das.

Am nächsten Morgen ging ich wieder ins Büro, und Mike war da.

Mein kleines Herzchen machte bupp-bupp-e-bupp, aber er sah mich nur gleichgültig an und sagte: »Wir müssen mal darüber reden. Darüber, ob wir für diesen Raum auch weiterhin Miete zahlen sollen.«

»Wie kommst du darauf, daß wir da Miete bezahlen?«

»Wieviel ist es? 350 im Monat? Wenn es so weitergeht, verdienen wir im ganzen Jahr nicht soviel.«

»Was schlägst du vor?« fragte ich und dachte dabei, daß es der ideale Tag wäre, um einfach tot umzufallen. »Daß wir aufgeben? Dieses Büro, unsere Tätigkeit?«

»Du hältst mich doch eh für keinen sonderlich guten Partner«, knurrte er, sich auf irgendeine blöde Bemerkung beziehend, die ich mal bei einem unserer Wortgefechte hatte fallenlassen. »Du könntest auch von der Wohnung aus arbeiten, oder nicht?«

»Können wir uns denn die Wohnung noch leisten?«

»Wenn du eine kleinere mieten möchtest...«

»Vielleicht könnte ich in den begehbaren Schrank ziehen und den Rest untervermieten... Übrigens danke für den Tip mit Interpol. Ich konnte in Erfahrung bringen, daß die Kinderschwester der Lucernes mal im Knast war.«

»Na und?«

»Würdest du wollen, daß sich eine mit Pistolen bewaffnete Ammen-Mammi um dein Baby kümmert?«

»Vielleicht sind die Lucernes ja tolerante Leute. Vielleicht denken sie, daß die Frau ihre Schuld gegenüber der Gesellschaft beglichen hat, so was in der Art.«

Ich wußte nicht, was ich dazu sagen sollte. Was ich vor allem dazu sagen wollte, war: Ich liebe dich, Mike. Erinnerst du dich gar nicht mehr daran, wie sehr auch du mich geliebt hast? Warum tun wir uns das alles an?

Das Telefon klingelte. Wir haben so ein Telefon, das nur zur falschen Zeit klingelt.

Mike ging dran. Er sagte »Hallo« und dann nichts mehr. Wer immer da am anderen Ende war, Mike schenkte ihm seine ungeteilte Aufmerksamkeit. Schließlich sagte er: »Danke, daß du es mir gesagt hast, Beau... Nein, ich würde nicht von eng befreundet sprechen, aber von befreundet schon... Ja, ich sag's Casey. Auf Wiedersehen.«

Er legte auf und sagte: »Beau Sawyer.« Als wenn ich das nicht längst erraten hätte – der Polizeibeamte war der einzige Mensch dieses Namens, den wir kannten.

»Tanya Lucerne liegt im Krankenhaus«, fuhr Mike fort. »Sie hat eine schwere Gehirnerschütterung. Ihr Zustand ist kritisch.«

Ich wußte nichts anderes zu sagen als »O Gott!«.

»Sie glauben nicht, daß sie durchkommt, aber sie ist noch bei Bewußtsein. Sie hat deinen Namen genannt.«

»Wir waren zusammen zum Mittagessen«, sagte ich. »Erst gestern. Sie hat mir von einem ganz blöden Plan erzählt, den sie sich zurechtgelegt hatte... Wollte sich in ihre alte Wohnung reinschleichen...« Ich holte tief Luft. »Mike, es könnte sich um einen Mordversuch handeln!«

An: DinahL@net.com
Von: CluelessC@det.com

Tut mir leid, daß ich dies erst jetzt schicke, aber ich war die ganze Zeit eine vielbeschäftigte Person. Zum ersten Mal seit Monaten fühle ich mich wieder wie eine Privatdetektivin. Nur schade, daß mir niemand ein Honorar zahlt ☺.

Ich sollte eigentlich kein Smiley in diese Nachricht aufnehmen, denn was es zu berichten gibt, ist echt traurig. Ich bin zum Krankenhaus gefahren, um Tanya zu besuchen. Sie hatte meinen Namen gestöhnt, und die müssen gedacht haben, ich sei ihre beste Freundin. Als ich sie dann sah, das gefärbte Haar mit Bandagen umwickelt, stiegen mir die Tränen in die Augen.

Im Zimmer war eine Krankenschwester, aber die schüttelte eigentlich nur das Kissen auf. Ich beugte mich zu Tanya hinunter und fragte sie, was passiert sei, aber ich bekam keine Antwort.

Die Schwester knurrte: »Die Frage haben wir ihr schon alle gestellt. Nicht zuletzt die Polizei.«

»Die Polizei war hier?«

»Die glauben, sie ist das Opfer eines Raubüberfalls. Haben sie auf dem Weg am Fluß gefunden, Schädel eingeschlagen, Portemonnaie weg. Diese elende Stadt! Jetzt kommen Sie mir bloß nicht damit, daß die Zahl der Verbrechen rückläufig ist!«

»Wo auf dem Uferweg? Bei welcher Straße?«

Ich kannte die Antwort, bevor sie sie gab. Es war die Straße, in der die Lucernes wohnen.

Die Krankenschwester ging hinaus, sagte nur noch, daß ich nicht zu lange bleiben solle. Das war ein völlig unnötiger Hinweis. Tanya registrierte offensichtlich überhaupt nicht, daß ich da war.

Aber plötzlich ergriff sie meine Hand!

Ich erschrak derart, daß ich fast aufgeschrien hätte. Sie riß die Augen auf, richtete den Blick aber nicht auf mich. Sie starrte einfach nur ins Leere und sagte dann etwas höchst Seltsames, nämlich: »Braune Bänder.«

Natürlich bat ich sie, es zu wiederholen, und sie entsprach meiner Bitte. »Braune Bänder«, sagte sie noch einmal. Und: »Das Baby hat... braune Bänder.«

Dann schloß sie die Augen wieder und atmete jetzt hörbar. Ich wußte nicht, ob das ein gutes Zeichen war oder ein schlechtes. Ich wollte nur aus dem Zimmer raus, wollte einen Hauch frischer Luft auf meinem Gesicht spüren und über das nachdenken, was am Vorabend geschehen sein könnte.

Eine Möglichkeit lag auf der Hand. Tanya hatte den angekündigten Versuch, sich den kleinen Dashiell Lucerne anzuschauen, tatsächlich unternommen. Sie hatte den Schlüssel benutzt, den der Ex-Mann ihr abzunehmen vergaß, aber die Entschlossenheit und Roheit der Helga Bloch unterschätzt.

Als ich schließlich an die frische Luft kam, war ich von meiner Theorie nicht mehr ganz so überzeugt. Wäre die Frau wirklich bloß wegen eines Eindringens in die Privatsphäre der Familie so weit gegangen? Sie hätte Tanya doch einfach rausschmeißen können. Es wäre jedenfalls überhaupt nicht notwendig gewesen, sie ums Leben zu bringen.

Natürlich hätte ich zur Polizei gehen können. Genau das hätte Mike getan. Er ist ein pragmatischer Typ, der an die Autonomie des Gesetzes glaubt. Seine Einstellung hat sich bezahlt gemacht – die Bullen respektieren ihn.

Ich jedoch ging nicht zum Präsidium. Statt dessen begab ich mich zur Wohnung der Lucernes.

Niemand war zu Hause. Der Portier (wenn man denn diesen Begriff auf einen alten Mann in einem schmutzigen Hemd anwenden will) sagte, er habe die Kinderschwester mit einem Kinderwagen gesehen.

Da mir wahrscheinlich schien, daß ich sie auf dem Weg am Fluß finden würde, machte ich einen kleinen Spaziergang. Als ich vom Wohnhaus aus flußwärts ging, fragte ich mich, ob ich wohl auf dem Pflaster noch Blutflecken sehen würde, die von Tanya stammten. Der Gedanke ließ mich frösteln und schneller ausschreiten.

Dann erblickte ich neben einer Bank den Kinderwagen und auf der Bank sitzend Helga Bloch – eine Hand hatte sie auf den Schieber des Sportwagens gelegt und in der anderen hielt sie ein Taschenbuch. Sie sah hoch, aber nichts deutete darauf hin, daß sie mich wiedererkannte.

»Hallo Helga«, sagte ich liebenswürdig, obwohl ich plötzlich feststellte, daß ich mich vor dieser kleinen, ernsten Frau fürchtete. »Ich bin Mrs. Austin. Eine Freundin der Lucernes.«

»Ich erinnere mich«, sagte Helga mit ausdrucksloser Stimme. »Sie sind zum Haus gekommen. Sie wollten das Baby sehen.«

»Ich will es immer noch sehen«, sagte ich lächelnd.

Sie betrachtete mich einen Augenblick lang nachdenklich und zuckte dann die Achseln. Sie schob die Haube des Kinderwagens zurück, und mir blühte eine Überraschung. Dashiell war ein überaus hübsches Kind. Er hätte in Werbespots mitwirken können. Ich konnte nicht anders als mir die Frage stellen, ob sein Anblick Tanya erbost hatte. Keine Hörner, kein Schwanz!

Seine Bänder waren blau.

Das, was dann geschah, konnte ich nicht verhindern. Ich sah zur Bank hin, und da lag Helgas übergroße Handtasche. Ich atmete einmal tief durch und wagte es.

»Warum haben Sie eine Pistole, Helga?«

Sie sah mich verdutzt an, aber ihr Blick stritt nichts ab.

»Ich habe neulich abend eine Pistole in Ihrer Handtasche gesehen. Die Lucernes meinten, ich hätte mich geirrt, aber ich weiß, daß das nicht der Fall ist. Ich kenne mich mit Pistolen ein bißchen aus. Schließlich bin ich Privatdetektivin.«

Helga nahm auch das ungerührt auf. Sie zuckte einmal mehr die Achseln. »Die Lucernes haben mir eine Pistole gekauft«, sagte sie. »Wegen Baby. Für alle Fälle.«

»Was für Fälle?«

»Kidnapper«, antwortete Helga. »Was sonst? Entführer kommen, ich schieße.«

An: DinahL@net.com
Von: CluelessC@det.com

Ach, Dinah, manchmal denke ich, du solltest Detektivin sein, und nicht ich. Du hast die Möglichkeit von Entführungsängsten schon angesprochen, als ich dir zum ersten Mal von der Kinderschwester und ihrer Pistole erzählt habe. Und du hattest vollkommen recht! Unmittelbar nach meinem Zusammentreffen mit Helga am Fluß ging ich zu Dolly und Lester und befragte sie dazu.

»Aber Schätzchen«, sagte Dolly und schenkte mir ein mattes Lächeln, »was bringt dich denn auf diesen Gedanken?«

»Zwei Dinge«, antwortete ich. »Erstens die Tatsache, daß ihr kürzlich vom Himmel zwei kleine Bündelchen geschickt bekommen habt. Das Baby Dashiell und die vier Millionen Dollar für die Filmrechte. Es liegt doch auf der Hand, daß sie nicht einfach nur eine Kinderschwester ist, sondern zugleich eine Leibwächterin. Warum ihr allerdings jemanden eingestellt habt, der schon mal wegen Kindesentführung gesessen hat...«

»Sie hat bereut und sich gebessert, Cecilia, ehrlich«, unterbrach mich Dolly.

»Bitte hör auf, mich immer Cecilia zu nennen. Ich habe dir doch gesagt, daß ich inzwischen für alle Casey bin.«

»Ja«, bemerkte Lester trocken, »das klingt ja auch so viel tougher. Genau das richtige für eine Ordnungshüterin.« Er stand auf und holte sich was zu trinken.

Dolly entging nicht, daß ich kurz davor war, aus der Haut zu fahren, und schaltete sich ein. »Bitte, Lester, sie versucht doch nur zu helfen!«

»Die Polizei konnte uns nicht helfen. Was läßt dich annehmen, daß Mrs. Austin es kann? Übrigens«, setzte er hinzu, »was ist eigentlich aus Mr. Austin geworden? Arbeitest du nicht mit deinem Mann zusammen?«

Ich wußte, daß ich rot wurde. »Mike ist noch mit einem anderen Fall befaßt.«

»Nun, fang bloß nicht an zu meinen, du wärest mit unserem Fall befaßt.«

»Ich bin als eure Freundin hier«, sagte ich steif. »Auch als Freundin deiner Ex-Frau Tanya. Du weißt, was ihr widerfahren ist, nicht wahr?«

Vor einer Antwort mußte Lester erst noch seinen Drink hinunterkippen. »Ja, ich weiß, daß sie niedergeschlagen und beraubt worden ist. Ich habe heute nachmittag im Krankenhaus angerufen. Ist es nicht so, Dolly?«

Dolly sah auf die Uhr und sagte: »Eigentlich müßten Helga und Dashiell inzwischen wieder da sein. Ich glaube, ich rufe sie mal an... sie hat ein Mobiltelefon dabei.«

Als sie hinausgegangen war, sah mich Lester so ernst an wie eine Eule. »Wir wissen, daß sich Tanya gestern abend heimlich hier in die Wohnung schleichen wollte. Helga hat uns alles erzählt. Sie hat Tanya die Tür vor der Nase zugeschlagen, und da ist Tanya wieder gegangen. Sie muß vor Wut blind gewesen sein und hat wohl den Straßenräuber nicht bemerkt, der ihr gefolgt ist…«

»Hast du das der Polizei gesagt?«

»Das kann Tanya ihr doch selber sagen.«

»Tanya kann ihnen gar nichts mehr sagen«, erwiderte ich. »Ich habe unmittelbar vor meinem Aufbruch zu euch im Krankenhaus angerufen. Sie ist tot.«

Lester sog scharf die Luft ein. Meine Mitteilung bot die Rechtfertigung für einen weiteren Drink. Er starrte in das Glas und sagte: »Sie war dabei, sich wieder zu verheiraten, wußtest du das? Sie war mit meinem früheren Agenten, mit Alex Morton, verlobt.«

»Nein, das habe ich nicht gewußt. Aber was weißt du über diese angedrohte Entführung?«

Er drehte sich zu mir um, und sein Blick durchbohrte mich. »Ich muß dir gar nichts sagen, Cecilia, Casey oder wie immer du dich nennst. Ich habe dich nicht angeheuert, und ich habe auch nicht die Absicht, es zu tun. Wenn du auf der Suche nach Arbeit bist, warum verfolgst du dann nicht mal einen Krankenwagen oder so was?«

»Du denkst an einen Anwalt«, antwortete ich. »Und ich suche keine Arbeit«, fügte ich hinzu, was natürlich gelogen war. »Aber wenn es wirklich Anlaß zu deiner Befürchtung gibt, dann bist du wahnsinnig, wenn du nicht die Polizei einschaltest.«

»Na schön, es gibt einen Grund. Sie haben es schon einmal versucht.«

»Mein Gott!« sagte ich. »Was ist passiert?«

»Dolly machte mit Dashiell im Kinderwagen einen kleinen Spaziergang. Nur ein paar Tage nach unserer Rückkehr aus Zürich. Ein Mann kam von hinten, packte den Griff und lief mit dem Kinderwagen die Straße runter. Uns hat nur ein Wunder gerettet. Denn just in diesem Augenblick kam ein Streifenwagen um die Ecke. Der Mann sah ihn, ließ den Kinderwagen stehen und rannte weg.«

»Unglaublich! Du hast es natürlich gemeldet?«

»Ja«, antwortete Lester ein wenig bitter. »Aber natürlich haben die Polizisten im Streifenwagen nichts gesehen. Und als ich um Polizeischutz bat, sagten sie, sie seien für eine Überwachung rund um die Uhr nicht gut genug ausgerüstet. Ich frage mich, ob sie mir überhaupt geglaubt haben.«

»Und da habt ihr Helga Bloch angeheuert.«

»Ja. Und ihr eingeschärft, jeden Typen umzulegen, der begehrlich nach dem Baby schielt.«

Das Telefon klingelte. Noch immer gereizt, griff Lester nach dem Hörer und sagte scharf: »Ja?«

Ich stand auf, um zu gehen. Ich hatte plötzlich eine Eingebung gehabt. Mike würde die ganze Geschichte brennend interessieren, und das lieferte mir einen idealen Vorwand, bei ihm anzurufen. Wenn wir erst einmal wieder geschäftlich miteinander verkehrten, dann erinnerte ihn das vielleicht auch daran, wie wertvoll unsere Beziehung immer für uns beide gewesen war.

Aber mit Lester Lucerne stimmte irgend etwas nicht.

Seine Beine wirkten merkwürdig gummiartig, und dann sank er in den Sessel zurück, aus dem er gerade aufgestanden war. »O Gott«, sagte er, »das kann doch nicht wahr sein… ja… ja… ich erwarte Sie…«

Er legte auf, und aus seiner Feindseligkeit wurde bleichgesichtige Verzweiflung. »Sie haben das Kind«, stieß er hervor. »Sie haben es Helga weggenommen. Sie haben unseren kleinen Jungen!«

An: DinahL@net.com
Von: CluelessC@det.com

Wo war ich stehengeblieben? Ich machte Schluß, als ich zu weinen anfing, nicht wahr?

Ich hasse es, wenn ich vor Mike in Tränen ausbreche. Er ist schließlich der Ansicht, Frauen seien für die Detektivarbeit viel zu emotional.

Immerhin waren meine Tränen wieder versiegt, als wir bei der Wohnung der Lucernes anlangten. Wir wurden nicht gerade herzlich empfangen. Lieutenant Rueben Moss und Lester waren zum Präsidium gefahren, wo Lester ihnen eine Aufstellung aller Feinde anfertigen sollte, die er jemals gehabt hatte. »Das könnte gut den ganzen Tag dauern«, hatte Mike geknurrt.

Die beiden Beamten, die in der Wohnung zurückgeblieben waren, zeigten sich nicht sehr angetan, als sie erfuhren, daß wir Privatdetektive seien. Berufliche Eifersucht, denke ich mal. Ich dachte, Dolly würde uns verteidigen, aber die ersten Worte, die aus ihrem Munde kamen, waren: »Warum seid ihr hergekommen? Hier gibt es nichts zu tun!«

»Wir sind gekommen, um unsere Hilfe anzubieten«, erwiderte ich.

»Dann zieht los und sucht meinen kleinen Jungen.«

»Wir brauchen einen Anhaltspunkt, Dolly.« Mike versuchte es mit Überredungskunst. »Wenn die Entführer Fremde sind, bringt es nichts, in dunklen Gassen rumzusuchen. Wenn es aber jemand ist, den ihr kennt...«

»Das ist doch lächerlich! Wir kennen keine Verbrecher. Wer hat euch übrigens beauftragt? Lester?«

»Wir machen das hier nicht gegen Bezahlung«, sagte ich. »Wir sind eure Freunde, Dolly. Aber wenn es dir lieber ist, daß wir uns raushalten...«

Ich brach mitten im Satz ab, weil Helga Bloch hereinkam. Sie hatte keine blauen Flecken im Gesicht und zeigte überhaupt keine Spuren jener Prüfung, die ihr gerade auferlegt worden war. Sie sah Dolly an und sagte: »Ich bin jetzt reisefertig, Mrs. Lucerne. Alles gepackt und bereit.«

»Nein!« rief Dolly schrill. »Ich möchte nicht, daß Sie gehen, Helga. Dashiell wird bald wieder da sein ... schon sehr bald! Wir brauchen Ihre Hilfe mehr denn je!«

Mike sagte: »Ich würde Ihnen eigentlich auch noch gern ein paar Fragen stellen...«

»Keine Fragen«, sagte Helga kalt. »Die Polizei hat mir viele Fragen gestellt, ich habe Antworten gegeben. Jetzt ich gehe mich hinlegen.«

»Ja«, sagte Dolly, »ruhen Sie sich mal ein bißchen aus.«

Helga wäre hinausgegangen, wenn Mike nicht gesagt hätte: »Du bist ihr gegenüber sehr nachsichtig, Dolly. Wenn man bedenkt, daß es schon das zweite Mal war, daß Helga jemanden an dein Kind rangelassen hat.«

»Wovon redest du da?«

»Ich spreche von Tanya. Von der Ex-Frau deines Mannes. Helga hat ihr erlaubt, sich Dashiell anzuschauen. War's nicht so, Helga?«

»Nein!« antwortete Helga entrüstet. »Ich scheuche sie weg.«

»Sie war im Kinderzimmer. Dort bemerkte sie etwas Seltsames. Nämlich daß das Baby braune Bänder trug.«

Dolly setzte sich hin. Zum Glück stand ein Stuhl hinter ihr.

»Ich weiß, es klingt verrückt«, sagte ich, »aber ich habe Tanya das sagen hören. Und Foster Farnum hat es bestätigt.« Farnum war der Partner von Alex Morton und ebenfalls Agent.

»Habt ihr alle den Verstand verloren? Dashiells Bänder waren blau... sind blau!« Sie brach plötzlich in Tränen aus. Mike wurde ganz sanftmütig, hielt sie an den Armen und machte mich rasend eifersüchtig.

»Wir behaupten doch gar nicht, Helga habe sie in das Kinderzimmer hineingelassen, sondern glauben, daß sich Tanya heimlich hineingeschlichen hat. Sie besaß den Schlüssel zur Wohnung, denn schließlich hat sie ja mal hier gewohnt. Und Helga hat sie nicht aufhalten können, weil... nun ja, weil sie schlief.«

»Das ist gelogen!« schrie Helga.

»Es wäre möglich«, sagte Mike, »daß Helga auch dort auf der Parkbank geschlafen hat, als der Entführer kam. Er brauchte kein Chloroform zu benutzen. Er hat einfach den Kinderwagen weggeschoben...«

Einen Augenblick lang dachte ich, Helga würde wie ein

Raubvogel mit ausgefahrenen Fingernägeln auf ihn losgehen, aber da klingelte das Telefon, und wir erstarrten alle.

Einer der Beamten in Zivil nickte Dolly zu. Sie hob verängstigt ab. Als sie dies tat, nahm der Beamte den Hörer eines zweiten Apparates von der Gabel, der offensichtlich neu installiert worden war.

»Hallo«, sagte Dolly. Dann verdrehte sie die Augen, und ich dachte schon, sie würde ohnmächtig. Aber sie hörte weitere zehn Sekunden lang zu und ließ dann den Telefonhörer aus der Hand fallen. Er schlug auf den Teppich auf und sprang wieder hoch, und da fing ihn Mike auf.

»Waren sie's?« fragte ich. Der Beamte nickte und machte sich dann daran, die Herkunft des Anrufs zu ermitteln. Ich konnte ihm ansehen, daß das eine Aufgabe war, die er für unlösbar hielt.

»Es war ein Mann«, sagte Dolly. »Er sagte, wir sollten uns die Polizei vom Hals schaffen. Wenn nicht, würde er das Kind erdrosseln. Mein Baby!«

Mike sagte: »Diese Forderung stellen sie immer, Dolly. Nimm dir das nicht zu Herzen. Du brauchst jetzt alle Hilfe, die du kriegen kannst.«

»Er sagte, es würde ein Auto kommen. Ein Auto würde zu einer bestimmten Zeit am Vordereingang vorbeifahren... wir sollten das Geld auftreiben... so schnell wie möglich...«

»Du darfst jetzt nichts Übereiltes tun«, sagte ich. »Du kannst doch gar nicht sicher sein, daß der Mann, der da angerufen hat, Dashiell tatsächlich hat. Es könnte doch auch ein Betrüger sein...«

»Er hat meinen Jungen«, sagte Dolly. »Er beschrieb das

Deckchen, das mit den kleinen Eisbären drauf. Einer hat eine Trommel, einer ein Banjo und einer eine Trompete...«

Sie brach ab und griff wieder zum Telefonhörer.

»Willst du versuchen, Lester zu erreichen?« fragte Mike.

»Nein«, antwortete Dolly, »die Bank.«

An: DinahL@net.com
Von: CluelessC@det.com

Um deine erste Frage zu beantworten: Nein. Nachdem wir die Wohnung der Lucernes verlassen hatten, brachte Mike mich nach Hause und wünschte mir vor der Tür eine gute Nacht. Wenn es noch eines Beweises bedurft hätte, daß unsere Beziehung jetzt nur noch eine rein geschäftliche war, dann hatte ich ihn bekommen. Ich meine, nicht einmal ein Gutenachtkuß! Von meinem eigenen Mann!

Was tat ich also? Ich ging nach oben, weinte zehn Minuten, machte mir eine heiße Schokolade und sah mir dann die Spätnachrichten an.

Jetzt zu deiner zweiten Frage: Ja. Dolly hat mit jemandem von der Bank gesprochen, und zwar über die »Verfügbarkeit von Geldern« und die Möglichkeit, ihr Geld in bar ausgezahlt zu bekommen. Der Bankmensch muß gedacht haben, sie sei jemand, der der Bank einen Streich spielen wolle. Jedenfalls sagte er ihr, es sei wohl besser, die Sache in einem persönlichen Gespräch zu klären. Dolly warf daraufhin den Hörer auf die Gabel und sah uns herausfordernd an.

Wir ließen uns aber auf keine Diskussion mit ihr ein. Wenn ich ehrlich sein soll, wußte ich auch nicht, was ich raten sollte. Man konnte sich leicht vorstellen, wie Dolly zumute war. Vier Millionen Dollar waren ein Haufen Geld, gleichzeitig aber auch nur ein Stapel totes Papier. Dagegen stand ein lebendes, atmendes Kind... diese winzigen Händchen, die nach einem grapschen, diese Augen, die einen so hilfsbedürftig anschauen ... ich weiß, ich weiß. Ich werde mächtig sentimental. Vielleicht hat Mike ja recht. Vielleicht bin ich für diese Art von Arbeit wirklich zu emotional.

Wie auch immer, ich kehrte am nächsten Vormittag – ungebeten – zur Wohnung der Lucernes zurück. Natürlich hoffte ich, daß auch Mike dort sein würde. War er aber nicht. Da waren nur Dolly, Lester, Lieutenant Moss und einer der beiden Beamten in Zivil vom Vorabend. Außerdem noch ein schlechtgelaunter Mann, der gerade, als ich hinkam, davonstiefelte. Ich erfuhr später, daß es ein stellvertretender Bankdirektor gewesen war.

Die Hauptattraktion lag jedoch auf dem Couchtisch. Es war ein schwarzer Koffer mit metallenen Einfassungen, in dessen Deckel der Name der Bank eingestanzt war.

Lester saß auf dem Sofa und starrte darauf hinab. Er schenkte mir ein ironisches, schiefes Grinsen. »Hallo Casey, du kommst gerade recht zur großen Öffnung!«

Er ließ die soliden Schlösser aufschnappen und klappte den Deckel hoch. Einen Koffer voller Geld hatte ich bisher nur im Kino gesehen, bei solchen Drogenübergabeszenen. Ich schaute fasziniert hin.

»Sind das wirklich... vier Millionen Dollar?«

»Sieh genau hin«, sagte Lester bitter. »Es ist dein letzter Blick auf soviel Geld.«

»Mir ist es egal«, sagte Dolly. »Wenn ich nur mein Kind wiedersehen kann.«

»Das werden Sie«, bemerkte Lieutenant Moss. »Aber die Entführer kriegen nur das da zu sehen.« Er sah den Beamten in Zivil an. Der hob einen Regenmantel hoch, welcher einen anderen schwarzen Koffer verbarg, der mit dem auf dem Couchtisch identisch war.

»Was, zum Teufel, soll das?« fragte Lester.

»Das ist der, den Sie auf den Rücksitz dieses Wagens werfen werden«, antwortete Moss. »Er wird diese Scherzkekse bei guter Laune halten, bis sie entdecken, daß sie die Verarschten sind.«

Dolly schnappte sich den zweiten Koffer und machte ihn auf.

Ich fiel ein paar Sekunden lang auf den Trick rein. Da lag auf jedem Stapel eine Schicht von Zwanzigern – Andrew Jackson war sozusagen der Frontmann von wertlosem, leerem Papier.

»O Gott!« entfuhr es Dolly.

»Sie haben uns zugesagt, daß Sie sich nicht einmischen werden«, sagte Lester ärgerlich. »Sie sagten, die Forderungen der Entführer würden ohne Abstriche erfüllt.«

»Sie haben sie doch erfüllt«, erwiderte Moss. »Bis zu diesem Punkt. Wir haben Sie das Geld abheben lassen, weil wir davon ausgegangen sind, daß Sie beobachtet werden...«

»Das haben die sicher getan«, sagte Dolly. »Diese Leute sind gewieft...«

»Nun trau denen mal nicht allzuviel zu«, sagte ich. »Weißt du, wie wenige Entführungen tatsächlich zum Erfolg führen?«

Lester durchbohrte uns mit seinem tödlichen Blick. »Ihr seid alle so verdammt schlau«, sagte er. »Es ist ja auch nicht euer Kind, das diese Verbrecher in ihrer Gewalt haben!« Und an Moss gewandt, setzte er hinzu: »Wenn Sie denken, daß ich einen Koffer voller Papierschnipsel in diesen Wagen...«

»Der Mann, der das Geld abholt, wird selber abgeholt werden.«

»Und die bringen dann unser Kind um.«

»Wir glauben nicht, daß sie eine Mordanklage riskieren werden, erst recht nicht, wenn wir einen von ihnen haben.«

Lester sagte: »Und was, wenn das bloß ein Bote ist? Ein Unschuldiger, den sie angeheuert haben? Ich schreibe Krimis, Lieutenant. Ich kenne mich mit all den Tricks aus...«

»Wir werden ihn nicht verfolgen, Mr. Lucerne. Das macht der Koffer für uns. Er enthält ein elektronisches Ortungsgerät, das uns genau sagen wird, wo diese Leute sich – und Ihr Baby – versteckt haben.«

Das machte Lesters Einwänden ein Ende. Dolly blickte verunsichert drein. Es herrschte ein langes Schweigen im Zimmer. Als das Telefon klingelte, fuhren wir alle mächtig zusammen.

Sage einer was von Spannung! Wir hielten alle den Atem an, während Lester dem Anrufer zuhörte. Dann sagte er: »Ja, es ist da.« Er legte auf und setzte, an uns gewandt, hinzu: »Das Auto fährt los. Jetzt in diesem Augenblick.«

An: DinahL@net.com
Von: CluelessC@det.com

Tut mir leid, daß ich meine letzte Mail abbrechen mußte. Ich war angesichts dessen, was weiter geschah, so geschockt, daß ich nicht mal mehr meinen eigenen Namen tippen konnte. Ja, ich weiß, du willst alles schön der Reihe nach berichtet kriegen – also los:

Wie schon gesagt, waren die Lucernes einigermaßen sprachlos, als Lieutenant Moss ihnen den identischen Koffer zeigte, in dem nur ein paar echte Scheine, viel leeres Papier und ein elektronisches Ortungsgerät steckten.

Ich meinerseits war von der Einfachheit des Plans beeindruckt. Die Kidnapper hatten ja gefordert, daß einer von den Lucernes den Koffer auf den Rücksitz eines Autos werfen sollte, das an dem Wohnhaus vorbeifahren würde. Dann hatten sie wohl vor, nach Zählung des Geldes den Knaben Dashiell zurückzubringen. Die Strategie der Polizei war, das Auto vermittels der Signale, das dieses Gerät im Koffer sendete, bis zu seinem Ziel zu verfolgen.

Die Lucernes waren nicht gar so beeindruckt. Eigentlich waren sie eher stocksauer.

»Das funktioniert doch nie!« empörte sich Lester. »Das ist eine dieser Ideen, die auf dem Papier gut aussehen, in der Praxis aber immer schiefgehen.«

»Was ist denn, wenn sie erst mal den Koffer aufmachen?« verlangte Dolly zu wissen. »Dann sehen sie doch, daß das Geld nicht echt ist.«

»Ich bezweifle, daß sie sich die Zeit dazu nehmen werden. Diese Schlösser sind nicht so leicht aufzukriegen, dafür haben wir gesorgt. Und selbst wenn es ihnen gelänge, wäre da immer noch die obere Schicht mit den echten Scheinen.«

Lester schäumte jetzt. »Sie sehen das alles als viel zu idiotensicher an, Lieutenant. Sie gehen davon aus, daß die Verbrecher blöd sind.«

»Die meisten sind es. Aber wir gehen von gar nichts aus, Mr. Lucerne. Der Sender wird das Signal senden, und wir sind diesem Wagen sofort auf der Spur.«

»Und wenn die Ihre Leute sehen?« fragte Dolly, deren Stimme sich bis in den Bereich der Hysterie hob. »Die könnten ja auch ein Autotelefon haben. Dann ruft der Fahrer die Kumpel an, die Dashiell bewachen, und befiehlt ihnen...« Sie verstummte, und Lester vollendete ihren Satz.

»... alle Beweise zu beseitigen«, sagte er mit rauher Stimme. »Womit unser kleiner Junge gemeint ist. Was, wenn genau das passiert, Lieut...«

Moss ging die Geduld aus. Er sagte: »Woher wollen Sie wissen, daß diese Leute das nicht sowieso tun? Glauben Sie etwa, Kindesentführer seien ehrenwerte Leute, Mr. Lucerne? Ich will Ihnen mal was sagen: Verdammt wenige von denen halten sich an die Abmachungen!«

Die Lucernes reagierten auf diese Worte mit Niedergeschlagenheit, und auch Moss sah nicht allzu glücklich aus. »Tut mir leid«, sagte er. »Wir versuchen doch nur, dafür zu sorgen, daß Sie bestmögliche Chancen haben, Ihr Kind wiederzukriegen. Nach unserer Auffassung ist der eingeschlagene Weg der, der am ehesten Erfolg verspricht.«

»Haben wir kein Recht, anderer Ansicht zu sein?« fragte Dolly mit schriller Stimme. »Haben wir nicht das Recht zu entscheiden, was geschehen soll?«

»Schließlich ist es unser Geld«, sagte Lester und legte die Hand auf den Koffer mit der kompletten Summe. »Es ist unser Opfer. Warum kann es dann nicht auch unsere Entscheidung sein?«

Das Telefon klingelte. Diesmal nickte Moss Lester nicht

zu. Er sah zu dem Beamten in Zivil hin, der am Fenster stand und wohl nach dem Auto der Kidnapper Ausschau hielt. Ich wußte, daß er nicht der einzige war – der zweite Beamte lag ebenfalls auf der Lauer, nur unten.

Dolly wartete die Anweisungen von Moss nicht ab, sondern griff nach dem Hörer. »Ja?« sagte sie mit wild rollenden Augen. Und: »Um Himmels willen!« Sie legte schnell eine Hand auf die Sprechmuschel und wandte sich an Lester. »Margie Higgins! Ihr Sinn für Timing ist unglaublich.«

Der Beamte, der gerade den Hörer des anderen Apparats aufnehmen wollte, um mitzuhören, unterließ es.

»Ja«, sagte Dolly ins Telefon. »Ja... verstehe... das werde ich machen.« Dann legte sie auf.

»Ich glaube, wir fangen besser mal an«, meinte Moss. »Mr. Lucerne, jetzt nehmen Sie unseren Koffer, und dann ziehen wir los. Das Auto muß bald kommen. Und keine Bange, wir sorgen schon dafür, daß wir nicht gesehen werden.«

Lester sah mehr als nur finster drein und nahm den Koffer auf. Der war offensichtlich sehr schwer, denn er stöhnte.

»Glauben Sie, Sie können's schaffen?«

»Bleibt mir was anderes übrig?«

Er drehte sich noch einmal nach seiner weinenden Frau um und ging dann hinaus, gefolgt von Moss und dem Beamten in Zivil. Ich trat zu Dolly und wollte ihr mein Mitgefühl irgendwie zu erkennen geben, aber sie erschreckte mich damit, daß sie meiner Umarmung schroff auswich. Sie atmete schwer, fast zu schwer. Und dann überraschte sie mich damit, daß sie plötzlich den anderen Koffer an sich nahm und ihn zur Tür schleppte.

»Was machst du denn da?« fragte ich. »Wo willst du hin?«

»Das geht dich einen feuchten Kehricht an!«

Ich legte ihr eine Hand auf den Arm, und das war ein Fehler. Sie schwang den geldgefüllten Koffer in meine Richtung herum, und ich konnte mich gerade noch rechtzeitig so wegdrehen, daß ich das Ding nicht in den Bauch gerammt bekam. Der Koffer traf mich nur in die Seite, und ich taumelte rückwärts. Und Dolly war aus der Tür raus.

Später gestand sie, was wirklich passiert war. Der Anruf war von gar keiner Margie Higgins gekommen, sondern von einem der Kidnapper, der ihr gesagt hatte, er wisse, daß sie mit einem falschen Koffer ausgetrickst werden sollten. Das Auto stehe in der Tiefgarage des Hauses, und sie solle den »richtigen« Koffer dorthin bringen.

Und genau das tat Dolly auch. Sie übergab ihnen das Geld. Jetzt müssen wir sehen, ob sie das Kind zurückgeben.

An: DinahL@net.com
Von: CluelessC@det.com

Als es mir endlich gelungen war, Mike zu erreichen, muß ich ziemlich zusammenhanglos dahergeredet haben. Er war im Büro von einem Klienten aufgehalten worden – ja, von einem echten, zahlenden Klienten, nämlich dem Besitzer einer Kette von Zoohandlungen, der den Verdacht hatte, daß er von einem oder mehreren seiner Angestellten ausgenommen wurde.

Mike hörte sich das, was ich ihm über die Ereignisse des Vormittags zu berichten hatte, ruhig an. »Ich wußte, daß Lester über mehr Selbstgefälligkeit verfügt als Verstand, aber nicht, daß seine Frau so dumm ist.«

Ich hielt sein Urteil für allzu hart. »Sie ist doch die Mutter des Kindes, Mike. Sie wußte, daß die Sache mit dem falschen Koffer nicht klappen würde, daß die Entführer längst informiert waren.«

»Und wie das? Wenn nicht…«

»Wenn nicht was?«

»Vielleicht hat da jemand von der Polizei mitgespielt. Nicht sehr wahrscheinlich, aber möglich. Hör mal, ich habe im Augenblick keine Zeit, darüber zu sprechen. Können wir zusammen mittagessen?«

»Solange es nicht diese Pizzabude ist.«

»Ich dachte an eine andere Pizzabude… Schon gut, wir gehen zu Homestead. Ich hoffe nur, meine Kreditkarte macht mit.«

Dinah, ich will ganz aufrichtig sein. Sosehr ich wegen Dolly, der Entführung, diesem in Gefahr befindlichen Kind in Sorge war… als Mike das Homestead nannte, hüpfte mir doch das Herz in der Brust herum wie eine Forelle im Kescher. Es war nämlich im Homestead, wo er mir seinen Heiratsantrag gemacht hat.

Irgendwie gelang es mir, noch einen Termin bei Mr. Bruce zu kriegen, um mir die Haare machen zu lassen. Sylvia kümmerte sich derweil um meine Nägel, und nach inständigem Flehen war die chemische Reinigung bereit, mir auf schnellstem Wege mein Goldkleid zu bringen. Ich sah am Ende fast schon zu großartig aus. Als ich mich dann mit Mike traf, trug der keinen Schlips, und sein Anzug sah eher wie so ein Schlafanzug aus grauer Wolle aus.

»Möchtest du meinen Rat hören?« fragte er, sobald wir unsere Drinks serviert bekommen hatten. »Vergiß die Lucernes und ihr Problem! Du kannst da nämlich gar nichts machen, Casey. Die Sache ist schon zu weit gediehen. Die Entführer haben ihr Geld, und ob das Kind zurückgegeben wird, ist ein reines Lotteriespiel.«

»Ich weiß«, sagte ich traurig. »Lieutenant Moss hat auch gemeint, daß sich Entführer für gewöhnlich nicht an ihre Zusagen halten.«

»Vielleicht haben Dolly und Lester ja Glück, vielleicht aber auch nicht. Du, ich, Sherlock Holmes und die gesamte Polizei haben auf das Ergebnis nicht den geringsten Einfluß.«

»Das bedeutet aber nicht, daß wir aufgeben sollten. Wäre es nicht doch noch möglich, daß das eine Insider-Sache war?«

»Natürlich«, sagte Mike.

»Sollten wir dann nicht feststellen, ob es jemand aus dem Umfeld der Lucernes war? Wo war zum Beispiel Helga heute vormittag?«

»Wozu brauchen sie noch eine Kinderschwester, wenn das Kind weg ist?«

»Dolly wollte, daß sie bleibt. Sie war fest überzeugt, daß sie sie brauchen würden, wenn Dashiell wieder nach Hause käme...«

»Sie war optimistisch, was?«

»Ich dachte, Helga wäre damit einverstanden gewesen, bei den Lucernes zu bleiben. Aber heute Vormittag war sie nicht da... an diesem so wichtigen vormittag.«

»Willst du damit sagen, daß Helga mit den Entführern unter einer Decke stecken könnte?«

»Du dachtest doch auch, daß Foster Farnum, der Agent,

die Finger im Spiel haben könnte. Er war schließlich stocksauer, weil Lester ihn um die Provision gebracht hat. Jetzt ist das gesamte Geld aus dem Filmgeschäft vielleicht in seinen Händen.«

Ich war froh, endlich doch ein Grinsen auf Mikes Gesicht erscheinen zu sehen. »Vielleicht schickt er ja Lester zehn Prozent davon zu.«

»Wenn er nur das Kind zurückschickt!« Ich griff nach der Hand, die kein Glas hielt. »Ich fange wirklich an zu glauben, Mike, daß es nur zu denkbar ist. Vielleicht macht Farnum mit Helga gemeinsame Sache, vielleicht hat er das alles auch allein gemacht... aber ich meine, wir sollten das herausfinden.«

Mike sagte: »Da gibt es eine ganz einfache Möglichkeit, nämlich dem Burschen mal einen Überraschungsbesuch abzustatten. Wenn wir ein Baby schreien hören...«

Ihm mag das alles nicht so ernst gewesen sein, mir aber schon. Wir verließen das Restaurant vor dem Nachtisch und dem Kaffee. Bedauerlich war einzig und allein, daß ich keine Gelegenheit gefunden hatte, meine vorbereitete Rede zu halten. Alles, was ich sagen konnte, war: »Erinnerst du dich an unser erstes Essen hier in diesem Restaurant, Mike? Weißt du noch, was da geschehen ist?«

»Natürlich weiß ich das. Ich habe mir Soße auf den Schlips gekleckert.«

»Das war beim letzten Essen, ich meine aber das erste. Als du mir den Heiratsantrag gemacht hast. Aber vielleicht ist das ja was, woran du nicht erinnert werden willst...«

»Laß uns mal zu Foster Farnum fahren«, sagte er schroff.

Im Taxi sprachen wir kein Wort. Meine Frisur fing an

sich aufzulösen, mein Nagellack zu verblassen, mein Goldkleid stumpf auszusehen. Als wir das Haus erreicht hatten, in welchem Farnum wohnte, hatte ich das Interesse an dem Fall Lucerne wie überhaupt an allem anderen total verloren.

Um alles noch schlimmer zu machen, erwies sich unser Überraschungsbesuch als rechter Flop. Farnum war nicht zu Hause. Wir klingelten fünf Minuten lang an seiner Tür und gingen wieder.

Dann tat Mike aber etwas ganz Schlaues. Er sprach nämlich mit dem Portier und erfuhr, daß Farnum vor einer Stunde nach Hause gekommen war. Er machte nur nicht auf. Vielleicht schlief er sehr fest.

Das war der Augenblick, wo Mike seine »Dienstmarke« zückte – das Stück Blech, das er sich für genau solche Gelegenheiten aufgehoben hatte.

Der Portier schloß die Wohnungstür auf.

Ich werde mich an den Anblick Toter nie gewöhnen können, Dinah.

An: DinahL@net.com
Von: CluelessC@det.com

Es ist mir eben erst gelungen, von der Polizei wegzukommen, wo sie einem jede Frage mindestens dreimal stellen. Ich überließ Mike das Antworten, denn der ist ja selber mal Polizist gewesen und versteht deren Mentalität.

Sie waren nicht sehr freundlich. Lieutenant Moss war da und immer noch sauer, weil Dolly ihren Plan, wie sie die Entführer kriegen wollten, vereitelt hatte. Sie schienen zu glauben, wir hätten etwas damit zu tun, aber Mike machte ihnen klar, daß wir gar nicht offiziell mit dem Fall befaßt sind (d.h. kein Honorar kriegen) und Dolly niemals geraten haben, das zu tun, was sie getan hat. Ich wollte ihnen den blauen Fleck zeigen, wo Dolly mich mit dem Koffer getroffen hatte, aber Mike sagte: »Nix da!«

Die große Frage war, warum wir Foster Farnum aufgesucht hatten – unmittelbar nachdem er erschossen worden war. Aber hier kommt die große Überraschung: Es war gar nicht Foster gewesen, der mit dem Gesicht nach unten auf dem Wohnzimmerteppich gelegen hatte. Der Tote war sein Partner Alex Morton!

Stimmt: Farnum lebt! Schwer erschüttert, um es milde auszudrücken. Er war in L.A. gewesen, um ein paar Filmfritzen einen Roman anzubieten. Alex Morton, der noch den Tod Tanyas betrauerte, war aus seiner Wohnung ausgezogen und brauchte eine neue Bleibe. Farnum hatte ihm seine Wohnung zur Verfügung gestellt, was sich – für ihn – als Glück erwies. Wer immer Morton erschossen hatte, konnte Farnum nicht sehr gut gekannt haben, weshalb die Bullen annehmen, daß es ein versuchter Einbruch war, der schiefging.

Mike teilte diese Ansicht nicht. Im Büro sagte er: »Zu viele Verbrechen zu dicht beieinander. Es muß da eine Verbindung geben.«

»Wissen sie schon, mit was für einer Waffe Morton getötet wurde?«

»Es wird ein ballistisches Untersuchungsergebnis geben, aber ich bezweifle, daß sie mich ins Vertrauen ziehen.«

»Sie mögen uns nicht sonderlich, was?«

»Es ist nicht wie im Film«, knurrte Mike. »Polizisten verabscheuen Privatdetektive durchaus nicht immer. Aber sie mögen es nicht, wenn die letzteren ihnen bei noch nicht abgeschlossenen Fällen in die Quere kommen.«

»Und ich nehme an, daß sie auch nicht gerne Theorien vorgetragen bekommen?«

»Hast du eine?«

Ich zögerte. »Im Fall Lucerne war auch eine Pistole im Spiel. Die, die Helga in ihrer Handtasche hatte.« Mike warf mir einen seiner eulenhaften Blicke zu. Er sah zum Niederknien aus! »Nein, ich weiß keinen Grund, warum Helga diesen Mann erschossen haben sollte. Es sei denn, das stünde in einem Zusammenhang mit der Entführung...«

»Du denkst immer noch, daß sie mit den Entführern unter einer Decke steckt?«

»Ich weiß wirklich nicht. Aber wo ist Helga jetzt? Sie ist verschwunden, wie das Baby. Findest du das nicht verdächtig?«

Mike seufzte. »Ich fange an zu glauben, daß es an der Zeit ist, die ganze Geschichte der Polizei zu überlassen. Wir haben nämlich auch noch anderes zu tun.«

Es freute mich ein wenig, daß er »wir« gesagt hatte.

»Da ist dieser neue Klient, von dem ich dir berichtet habe. Der Bursche, der eine Kette von Zoohandlungen besitzt und davon überzeugt ist, daß seine Angestellten ihn bestehlen.«

»Warum glaubt er das? Geht das Geschäft vor die Hunde?«

Auf seinem Gesicht erschien kurz der Schatten eines Lächelns. Mein Herz fing wieder an herumzuhüpfen. Ich trat zu ihm und legte den Kopf an seine Brust – so fest, daß ich sein Herz schlagen hören konnte. Ich sagte: »Ach Mike, ich habe dich so sehr vermißt! Ich kann mich schon gar nicht mehr daran erinnern, weswegen wir uns eigentlich zerstritten haben.«

»Mein Schnarchen war's«, sagte er leichthin.

Da klingelte das verdammte Telefon. Ich hätte es klingeln lassen, aber Mike hob ab. Am anderen Ende der Leitung war Lester Lucerne. Mike hörte ihm zu, ohne viel zu sagen, und legte dann auf.

»Lester ist in Zuständen«, sagte er. »Moss hat ihn gerade angerufen und ihn informiert, daß er vorbeikommen wolle. Hat nicht gesagt, warum. Lester möchte, daß wir dabei sind.«

»Meinst du, wir sollten?«

»Ein letztes Mal«, antwortete Mike.

Jetzt war Lester nervös, Dolly dagegen seltsam ruhig, und ich erriet den Grund. Sie war mit Beruhigungsmitteln zugeschüttet.

»Dolly ist nach wie vor der Ansicht, das Richtige getan zu haben«, sagte Lester. »Der Mann, der hier anrief, wußte, daß wir ihm einen Koffer voller Papier übergeben wollten. Er sagte, er würde uns keine zweite Chance geben. Würde einfach... das Kind beseitigen.« Er sah mich an. »Was hättest du getan, Casey?«

»Ich weiß es nicht«, antwortete ich. »Ich weiß es wirklich nicht, Lester.«

Mike sagte: »Sie könnten von anderen Entführungsfällen gelesen haben, bei denen sich die Polizei des gleichen Tricks bediente. Er ist nicht gar so originell.«

Es klingelte an der Tür. Moss kam herein, gefolgt von einem Beamten, der ein Einkaufsnetz in der Hand hatte. Es schien Moss nicht zu stören, daß wir dort waren. Er vermied es, Dolly anzusehen, und wandte sich statt dessen an Lester. »Wir haben Neuigkeiten für Sie, Mr. Lucerne. Wir haben etwas gefunden.«

Er nahm dem Kollegen das Einkaufsnetz ab und zog eine blaue Decke heraus. An deren Rand waren drei Eisbären zu erkennen – einer mit einer Trommel, einer mit einem Banjo und einer mit einer Trompete.

»Die ist ans Ufer gespült worden«, sagte Moss. »In der Oyster Bay. Ich nehme an, Sie erkennen die Decke wieder.«

Lester schloß die Augen. Dolly fing an zu wimmern, und Moss wandte seine Aufmerksamkeit jetzt ihr zu. »Die Übergabe des Geldes hat nicht viel gebracht, Mrs. Lucerne. Wie das meistens so der Fall ist. Erst mal im Besitz des Geldes, hatten die Entführer keine Verwendung mehr für das Kind...«

An: DinahL@net.com
Von: CluelessC@det.com

Du hast sicher die Nachricht bezüglich des kleinen Dashiell schon gehört. Die Boulevardpresse scheint gar nicht mehr aufhören zu können, über den Jungen zu schreiben, und wenn ich noch einen Moderator die Worte »tragisch« oder »herzzerreißend« aussprechen höre, dann schreie ich.

Die Polizei kriegt natürlich mächtig Dresche, und mir tut Lieutenant Moss fast leid, denn er leitete ja die Ermittlungen. Mike gibt ihm keine Schuld. Wenn Dolly sie ihren Plan hätte ausführen lassen, dann könnte Dashiell noch am Leben sein. Und diese elenden Entführer würden gestreifte Kittel tragen und Ketten an den Füßen haben.

Aber wer sind sie? Die Frage ist noch nicht beantwortet. Die Polizei bearbeitet den Fall zwar noch, aber sie kommt nicht weiter. Gib nichts auf das, was sie in den Sechs-Uhr-Nachrichten über all die »Spuren« gesagt haben, denen sie folgen! Mike hat Freunde weiter oben, und die haben ihm gestanden, alle ihre »Spuren« führten lediglich in Sackgassen hinein.

»Ich glaube immer noch, daß es eine Verbindung zu Foster Farnum gibt«, äußerte ich Mike gegenüber. »Foster hat Lester gehaßt, das wissen wir zweifelsfrei. Und wir wissen auch, daß jemand seinen Tod wollte.«

»Er war Agent«, meinte Lester leichthin. »Die sind natürlich immer Zielscheiben.«

»Hat irgendwer mal seine Geschichte überprüft? Ich meine, daß er zur Zeit der Ermordung Alex Mortons in L.A. war?«

»Das weiß ich nicht. Und um die Wahrheit zu sagen, es ist mir auch ziemlich egal. Wir bearbeiten seinen Fall genausowenig, wie wir den Fall Lucerne bearbeitet haben.«

»Alles läuft also aufs Geld hinaus, ist es nicht so?« Er wandte sich ab, aber ich konnte mein Brabbelmaul nicht halten. »Haben wir überhaupt keine Ideale mehr, Mike? Tun wir diese Arbeit ausschließlich des Honorars wegen, das wir kassieren?«

»Da geht es also wieder los!« bemerkte Mike säuerlich, und mir wurde klar, daß es genau diese Art von Gerede war, die die Streitereien und die Trennung und den größten, sinnlosesten Schmerz, den ich je empfand, nach sich gezogen hatte. Ich wollte mich ihm in die Arme werfen und sagen, es sei nicht so gemeint gewesen, ich sei wahnsinnig in ihn verliebt ... aber alles, was ich herausbringen konnte, war: »Hol doch der Geier diesen Alexander Graham Bell!« Du hast richtig geraten – das Telefon hatte geklingelt.

Mike nahm den Anruf entgegen und sagte dann: »Farnum ist wieder da. Und er möchte uns sprechen.«

»Meine Güte!« entfuhr es mir. »Vielleicht will er ein Geständnis ablegen! Vielleicht will er, daß wir ihn der Polizei übergeben.«

Tja, das war falsch geraten. Wir begaben uns zu Farnums Wohnung, und er sah trotz der kalifornischen Sonne, in der er sich eine Woche lang geaalt hatte, um einige Schattierungen blasser aus. Das einzige, was seine Hände am Zittern hinderte, war der feste Griff um ein Whiskeyglas.

»Es ist furchtbar, einfach furchtbar!« sagte er. »Alex war zwar ein Blödmann, aber gehaßt hat ihn niemand. Er hatte ja nicht einmal Ex-Frauen! Warum hätte ihn jemand erschießen sollen? So kaltblütig?«

»Die Polizei meint, es sei ein Raubüberfall gewesen«, sagte Mike.

Ich war nicht so gnädig. »Ist Ihnen nie der Gedanke gekommen, daß das eigentliche Ziel Sie gewesen sein könnten? Hat die Polizei diese Möglichkeit nicht angedeutet?«

»Ich? Ich?« Farnum brach in ein gezwungenes Lachen aus. »Ich habe ein halbes Dutzend Klienten, die mich hassen, aber von denen weiß kein einziger, wo bei einer Kanone vorne und wo hinten ist.«

Dann eröffnete er uns, warum er angerufen hatte. Er wollte, daß wir in dem Mordfall aktiv würden. Wir sollten Material sammeln, mit dem seine Unschuld zu beweisen wäre. Er gab zu, daß er und Alex über die Aufteilung von Honoraren gestritten hatten. Und er setzte nervös hinzu, daß er keine volle Woche in L.A. gewesen sei, sondern nur zwei Tage.

Mike zögerte. Unschuld war immer schwieriger zu beweisen als Schuld. Er sagte Farnum, er solle sich keine Sorgen machen. Wenn er Alex nicht erschossen hätte, dann würde man ihm dieses Verbrechen auch nicht zur Last legen. Ich glaube, Farnum fühlte sich nach dieser Versicherung besser.

Als wir das Haus verließen, bemerkte ich etwas, das mich hörbar nach Luft schnappen ließ. »Hast du sie gesehen?« fragte ich Mike. »Grad als wir da rauskamen, ist sie um die Ecke gehuscht.«

»Wer?«

»Helga! Ich bin sicher, daß es Helga war! Ich bin sicher, daß sie zu Farnum wollte. Beweist das nicht, daß die beiden zusammenarbeiten, Mike? Sie haben Dashiell entführt … ihn umgebracht!«

Ich brach in Tränen aus. Ich schluchzte so heftig, daß mich Mike ganz fest in die Arme nahm. Das ließ mich noch viel heftiger schluchzen, denn mir wurde klar, daß ihn das berührte. Ich brabbelte etwas daher über meine Angst, in der Nacht allein zu sein, und Mike sagte: »Du wirst nicht allein sein.«

Unser großes altes Bett war noch nie so warm und kuschelig gewesen wie in dieser Nacht. Ich löste mich nicht ein einziges Mal aus Mikes starken Armen. Erst gegen zwei Uhr schlief ich ein, schlief dann allerdings auch nicht lange. Trotz all seines Leugnens fing Mike an zu schnarchen.

Und plötzlich hatte ich eine tolle Idee. Ich wußte, was zu tun war! Ich würde ihm endgültige und unwiderlegliche Beweise liefern!

An: DinahL@net.com
Von: CluelessC@det.com

Habe ich dir je gesagt, daß ich zwei linke Hände habe? Ich kriege jedesmal Angstzustände, wenn ich durch so einen Elektroladen mit all diesen rätselhaften Geräten und dem ganzen technischen Firlefanz gehe. Heute vormittag, als Mike zu Gesprächen mit unserem neuen Klienten weg war, ging ich zu so einem Geschäft, das sich Hazard Electronics nennt (kein sehr beruhigender Name!), und sah mich dort nach dem sympathischsten Verkäufer um.

Wofür ich denn das Tonbandgerät verwenden wolle, erkundigte er sich. Ich konnte ihm schlecht sagen, daß ich heimlich, still und leise das Geschnarche meines Mannes aufzunehmen gedachte, nur um eben diesem zu beweisen, daß er schnarchte. Ich sagte, es solle »ganz allgemein« Verwendung finden.

Er zeigte mir ein Dutzend Geräte, die mir alle Angst einflößten, und so fragte ich schließlich nach einem ganz einfachen, idiotensicheren mit nur ein oder zwei Knöpfen. Da kramte er aus einer Schublade ein kleines Tonbandgerät hervor und versicherte mir, daß nur ein Schwachkopf in der Lage sei, es falsch zu bedienen. Das war auch nicht sonderlich ermutigend, aber ich kaufte das verdammte Ding trotzdem und ging wieder nach Hause.

Der Anrufbeantworter blinkte. Mike bat mich zurückzurufen.

»Komm besser mal her, Schnuckelchen. Lieutenant Moss möchte uns noch mal sprechen. Er möchte wissen, ob wir die Todesengel sind.«

»Was?«

»Jedesmal, wenn wir zu Farnums Wohnung gehen, gibt es einen Toten. Diesmal war es wohl kein Irrtum. Farnum wurde zweimal ins Herz getroffen.«

»O mein Gott!« sagte ich. »Er war also doch das eigentliche Ziel. Wie wir gedacht haben.« Dann atmete ich einmal mehr tief durch und sagte: »Das war Helga Bloch, Mike! Ich bin sicher, daß sie es gewesen ist.«

»Ich habe ihm berichtet, daß du Helga oder jemanden, der Helga ähnlich sieht, dort bei dem Haus hättest rumhängen sehen. Sie fahnden nach ihr. Außerdem suchen sie noch nach einem Grund, warum Helga jemanden erschossen haben sollte, den sie überhaupt nicht kennt.«

»Ich weiß, warum. Weil sie bei der Entführung mit Farnum gemeinsame Sache gemacht hat. Vielleicht befürchtete sie, daß er reden könnte.«

»Das ist zwar logisch«, gab Mike zu, »aber Logik ist noch kein Beweis. Wie auch immer, wir treffen uns in seinem Dienstzimmer. Und danach müssen wir zu Lester und Dolly.«

»O nein! Ich weiß nicht, ob ich in der Lage bin, ihnen gegenüberzutreten, Mike.«

»Ich bin ja bei dir«, sagte er.

Das waren wohl die tröstlichsten Worte, die er mir sagen konnte. Mike war wieder bei mir. Wir waren wieder das glückliche Paar, das wir früher zu sein pflegten. Ich sah auf das Tonbandgerät hinab und stellte mir die Frage, warum ich so scharf darauf war, den Mann in Verlegenheit zu bringen, den ich doch über alles liebte. Da fielen mir die Schnarchgeräusche wieder ein. Einige hatten Pfeiftöne hintendran hängen, andere hörten sich an wie Sturzkampfbomber. Nein, es mußte sein!

Ich versteckte das Gerät in meinem übervollen Schrank, an den Mike nie ging, und nahm dann ein Taxi zum Polizeipräsidium.

Mike kam gerade aus dem Dienstzimmer von Lieutenant Moss und sah nicht sehr fröhlich aus. Er sagte: »Da lege ich dem Burschen unsere Theorie eingehend dar, und was macht er? Glaubt nicht ein Wort davon!«

»Was ist mit dem Trip nach L.A.? Hat Farnum nicht gelogen, was die Dauer seines Aufenthalts dort angeht?«

»Das hat er, aber nur, weil er versucht hat, einer Vorladung vor Gericht auszuweichen. Einer seiner Klienten hat ihn verklagt. Moss sagt, sie hätten ihn sehr sorgfältig überprüft, er hätte absolut keine Gelegenheit gehabt, das Kind in seine Gewalt zu bringen.«

Auf der Taxifahrt zu den Lucernes schwiegen wir beide. Mike bezahlte die Fahrt und ließ dabei ein dickes Bündel Geldscheine sehen. Ich fragte ihn, ob er auf der Pferderennbahn gewettet und gewonnen hätte, und er lächelte. »Nein, unser Klient mit den Zoohandlungen hat mir einen Vorschuß bewilligt. Wir sind endlich raus aus den roten Zahlen.«

Als wir bei Lester und Dolly ankamen, waren wir so guter Stimmung, daß ich mich gleich ganz schuldig fühlte. Die beiden blickten natürlich traurig drein, waren zugleich aber auch sehr geschäftig. Überall standen Koffer herum.

»Irgend etwas sagt mir, daß ihr fort wollt«, bemerkte ich.

»Wir reisen nach Italien«, sagte Lester düster. »Wenn es mir gelingt, die Sprache zu erlernen, kommen wir vielleicht nie wieder hierher zurück.«

»Das kann ich euch nicht verübeln«, sagte ich. »Ihr braucht zweifellos dringend mal einen Tapetenwechsel.«

Dolly sagte: »Wir wollten aber nicht abreisen, ohne uns verabschiedet und euch für all das gedankt zu haben, was ihr für uns getan habt.«

Ich wollte gerade sagen, daß wir überhaupt nichts zur Rettung ihres kleinen Jungen getan hätten, aber da saß Lester schon hinter seinem Schreibtisch und schrieb einen Scheck aus.

»Ihr habt alles in eurer Macht Stehende getan«, sagte er, »weshalb ich meine, daß ihr eine Aufwandsentschädigung verdient habt.« Er riß den Scheck aus dem Heft und gab ihn Mike, der eine Augenbraue hob und sagte: »Sehr großzügig für jemanden, der gerade vier Millionen Dollar verloren hat.«

Lester lächelte matt. »Das Buch hat die vierte Auflage erreicht. Es gibt sicher weitere Lizenzeinnahmen. Wir werden schon überleben.«

Er reichte Mike die Hand, und dieser ergriff sie. Dolly kam zu mir, um mich auf die Wange zu küssen. Sie schmeckte gewiß das Salz meiner Tränen.

In jener Nacht schlief Mike gegen Mitternacht ein. Ich

kroch aus dem Bett, öffnete leise meinen Schrank und holte das Tonbandgerät heraus. Dann ging ich ins Bad damit und versuchte, die Bedienungsanleitung zu lesen, gab das jedoch schnell wieder auf und drückte nur einen oder zwei Knöpfe. Eine Katastrophe! Das Band quoll in einer großen Schleife aus dem Gerät heraus. Ich versuchte, es wieder aufzuspulen, machte es dadurch aber nur noch länger.

Schlagartig wurde mir alles klar.

Braune Bänder!

An: DinahL@net.com
Von: CluelessC@det.com

Nein, ich habe das Tonband nicht in Gang gebracht. Es gab etwas sehr viel Wichtigeres zu tun, und dazu mußte ich den armen Mike wecken.

»Du willst jetzt hin?« fragte er mit noch schlaftrunkener Stimme. »Es ist ein Uhr nachts!«

»Aber sie reisen ab!« sagte ich. »Ich bin sicher, daß Dolly und Lester einen der Frühflüge nach Italien gebucht haben.«

»Na schön«, murrte er. »Sieh halt zu, ob du meine Hosen finden kannst.«

Ich fand sie da, wo ich sie immer fand, nämlich über einer Sessellehne hängend, und zwar so, daß alles Kleingeld aus der Tasche hinter das Sitzkissen gefallen war. Mein Mann und seine schlechten Gewohnheiten! Ich war total vernarrt in ihn.

Dolly öffnete uns. Sie war noch angezogen. Lester ebenfalls. Beide hatten Gläser in den Händen – Sektflöten.

Champagner. Was denn sonst? Sie hatten doch etwas zu feiern.

»Casey! Mike! Welch eine Überraschung!« sagte sie.

»Jetzt sagt bloß nicht, mein Scheck sei geplatzt«, scherzte Lester, sah jedoch blaß um die Nase aus. »Ich glaube aber, die Banken haben zu dieser Nachtzeit nicht geöffnet, oder doch?«

»Tut uns leid, euch noch so spät zu stören«, sagte Mike. Er sah sich im Zimmer um. Da waren noch mehr gepackte Sachen und ein paar offene Kartons. Aus einem nahm er ein Buch heraus. Auf dem Umschlag war der Name LUCERNE groß über eine blutrünstige Szene geklatscht. »Weißt du, welchen Fehler ich gemacht habe, Lester? Ich habe keinen deiner Krimis gelesen. Sie sollen doch so raffiniert, so erfindungsreich sein...«

»Ich lasse dir alle zuschicken«, sagte Lester.

»Das hätte unser erster Hinweis sein müssen. Deine Erfindungsgabe.«

Dolly sagte: »Wovon redest du da eigentlich?«

»Ich rede von braunen Bändern, Dolly.«

»Von was?«

Jetzt war ich an der Reihe. »Braune Bänder. Das waren Tanyas letzte Worte. Aber uns ist erst jetzt klargeworden, was sie damit gemeint hat.«

Mike sagte: »Die Worte bedeuten, daß Tanya in das Kinderzimmer hineingehuscht war, als eure Kinderschwester schlief. Aber unglücklicherweise wachte Helga zu früh wieder auf und sah sie. Deshalb lief sie ihr nach und brachte sie um. Und räumte Tanyas Handtasche leer, damit es wie ein Raubüberfall aussah.«

Lester gab sich große Mühe, schockiert dreinzublicken. »Das geht nun wirklich zu weit, Mike! Helga mag ja vielleicht ein bißchen komisch sein, aber verrückt ist sie nicht...«

»Sie wollte das tun, wozu ihr sie eingestellt hattet«, sagte ich. »Sie mußte Tanya umbringen, um zu verhindern, daß die weitererzählte, was sie im Kinderzimmer gesehen hatte. Und sie mußte Foster Farnum erschießen, weil Tanya ihm gegenüber die braunen Bänder erwähnt hatte.«

»Eigentlich«, bemerkte Mike, »hat Helga den Mitwisser ja sogar zweimal umgebracht. Nur war's einmal ein Versehen... Und alles nur, weil er vielleicht die Wahrheit hätte erraten können. Der kleine Dashiell war nur eine Ausgeburt deiner Phantasie, Lester. Da war nur das auf Tonband aufgenommene Weinen eines Kindes.«

»Das ist doch absolut lächerlich!« Lester sah mich an. »Casey, du hast doch das Baby auf dem Weg unten am Fluß zu sehen gekriegt. Das wissen wir von Helga.«

»Ich habe ein Baby gesehen, ja. Aber Helga arbeitet tagsüber für andere Leute hier im Viertel, ist es nicht so? Sie war herzlich froh darüber, daß ich den vermeintlichen Dashiell gesehen hatte. Und auch gerne bereit, für die Anrufe der Entführer zu sorgen. Damit der Plan funktionierte, müßt ihr Helga eine stattliche Entlohnung geboten haben.«

»Was für ein Plan?« fragte Dolly. »Du weißt doch genau, Casey, daß ich schwanger war, als wir nach Europa fuhren...«

»Ja«, sagte ich und war aufrichtig traurig. »Ich nehme aber wohl nicht zu Unrecht an, daß die Schwangerschaft ein vorzeitiges Ende gefunden hat. Das tut mir ehrlich leid, Dolly.«

Mike sagte: »Aber das war der Augenblick, als Lester der Gedanke zu dem Streich kam, den er seinen Freunden spielen wollte. Oder sollte ich besser sagen: dem Finanzamt?«

Jetzt sah Lester aus wie ein Ballon, aus dem die Luft entwichen ist.

»Sobald du diese vier Millionen Dollar bekommen und von deinem Steuerberater erfahren hattest, daß mindestens die Hälfte davon an den Fiskus gehen würde, dachtest du dir etwas aus, um das zu verhindern. Du wußtest, daß Gelder, die als Lösegeld gezahlt werden, voll absetzbar sind. Deshalb wolltest du diese vier Millionen dadurch steuerfrei machen, daß ihr die Entführung eines Kindes vortäuschtet, welches nie geboren worden war.«

Keiner von uns hatte mitgekriegt, daß Helga hereingekommen war. Sie sah uns an, sah Dollys Tränen und wollte, einem Impuls folgend, die Pistole aus der Handtasche nehmen. Dann besann sie sich jedoch eines Besseren und setzte sich still auf einen Stuhl. Später legte sie bei der Polizei ein volles Geständnis ab und erklärte auch, was sie mit dem Geld, das die Lucernes ihr gezahlt hatten, gemacht hätte. Sie wäre nach Europa zurückgekehrt und hätte ein Kind adoptiert. Wie schade, daß sie eine Mörderin war – sie hätte sicher eine sehr gute Mutter abgegeben.

Am nächsten Morgen wachte ich vor Mike auf und zog das Tonbandgerät unter dem Bett hervor. Im Bad ließ ich das Band schnell zurücklaufen, um mir sein Geschnarche anzuhören. Da war es! Alles, auch die kleinen Pfeiftöne und die Sturzkampfbomber – und dann noch ein leichtes Kreissägengeräusch, das ich noch nie vernommen hatte.

Das war ich!

Später Lohn

Der Korridor, der zu Zimmer 408 führte, war zwar sehr lang, aber doch nicht lang genug, um es Mitch zu ermöglichen, das Gespräch noch einzustudieren, das er gleich mit seinem sterbenden Vater zu führen gedachte.

Mitch hatte erwartet, den alten Mann total verkabelt vorzufinden, aber er sah nur einen Monitor, der den Herzschlag registrierte, und einen Sauerstoffschlauch. »He, Junge«, begrüßte ihn der Vater mit wenig überzeugender Fröhlichkeit. »Richtig erwachsen geworden! Was bist du jetzt? Zweiunddreißig?«

»Drei«, antwortete Mitch. Dann stellte er die Frage, die er schon seit zwanzig Jahren hatte stellen wollen: »Was ist eigentlich wirklich mit Mom passiert?«

Mitch hatte keine Ahnung, wie sein Vater darauf reagieren würde. Würde er abblocken? Oder aufbrausen? Oder würde er vielleicht gar in Tränen ausbrechen – wie an jenem Abend, an dem seine Frau von dem Einbrecher erschossen worden war?

Mitch konnte sich noch an diese würgenden Schluchzer erinnern, an den Kummer, der so heftig gewesen war wie die Wutausbrüche, die Mitch allabendlich durch die dünne Wand des Schlafzimmers gehört hatte. Er war erst neun gewesen, aber er wußte, daß die Polizei an der Nase herumgeführt worden war. Da war ein Einbrecher gewesen, natürlich. Ein Fenster war aufgebrochen worden. Ein später Spaziergänger, der mit seinem Hund noch mal Gassi gegangen war, hatte den Schuß gehört, hatte den Einbrecher über die Zufahrt zum Haus kommen und fliehen sehen. Und diese Tränen, dieses Schluchzen! Der arme Mr. Byram, sagten die Nachbarn.

»Ja«, antwortete John Byram, »ich habe mir gedacht, daß dich das beschäftigt. Du hast lange darauf gewartet, die Wahrheit zu erfahren, Mitch.« Er reckte den Hals, um seinen Sohn besser zu sehen. »Du bist was? Finanzmakler?«

»Analyst.«

»Hättest Priester werden sollen. Das hätte es dir leichter gemacht.«

»Es wäre wohl das Beste, wenn du es mir endlich sagtest, Pa.«

Das Lächeln verschwand vom Gesicht des alten Mannes. »Ja, Mitch«, sagte er. »Ich bin's gewesen. Sie hat mich zu arg drangsaliert, und ich bin durchgedreht. Total. Ist es das, was du hören wolltest?«

»Nein«, erwiderte Mitch. »Da ist noch etwas anderes.«

»Sie hat mich immer so drangsaliert«, wiederholte sein Vater. »Sie hörte auf, das mit den andern Männern zu vertuschen. Das hat mich am meisten verletzt, daß sie nicht mal mehr gelogen hat. Tut mir leid, Junge. Sie war deine Mutter, und du hast sie liebgehabt. Du möchtest das alles gar nicht hören.«

Mitch schloß die Augen. Er dachte an zärtliche Blicke, an die Berührung einer Hand.

»Was willst du jetzt tun? Es der Polizei erzählen? Mich vor Gericht bringen? Zu spät. Ich bin bereits verurteilt.«

»Ich muß wissen, wer, Pa.«

»Wie wer?«

»Der angeheuerte Mann. Wer ist das gewesen?«

»Was macht das für einen Unterschied? Wahrscheinlich erinnert er sich gar nicht mehr an diesen Job.«

»Ich aber.«

»Du glaubst, du kannst erreichen, daß er festgenommen wird? Du glaubst, ich sage gegen ihn aus?«

»Sag mir nur seinen Namen.«

»Vergiß es, Junge. Der fährt mit seiner eigenen Fahrkarte zur Hölle.« Sie sahen sich zum ersten Mal an. John Byram zuckte die Achseln. »Nat war kein Profi«, sagte er. »Einfach nur jemand, der für einen Dollar zu allem bereit war, ein Bursche, bei dem ich mich auszuweinen pflegte. Eines Tages machte er mir dann ein Angebot. Anfangs sagte ich nein. Als sie mich aber dann immer kränker machte, ging ich in die Bar und sagte ja.«

»In die Bar?«

»Er war Barkeeper. Bei wem anders heult man sich sonst aus?«

»Lebt er noch?«

»Er arbeitet immer noch in derselben Bar. Mike & Charley's in der Vender Street.«

Als Mitch abrupt aufstand, war der alte Mann stark beunruhigt. »Mach keine Dummheiten, Mitch!«

»Nein, Pa.«

»Du weißt, daß du ihn wegen dem, was er getan hat, nicht drankriegen kannst.«

»Das weiß ich, ja«, sagte Mitch. Er berührte die Schulter seines Vaters – es war die einzige Geste der Zärtlichkeit, zu der er sich fähig sah.

Mitch war ziemlich schleierhaft, wie Mike und Charley überlebten. Aber vielleicht war 23 Uhr ja eine schlechte Zeit.

Nat war weißhaarig, aber zehn Jahre jünger als Pa. Als Mitch sich an die Bar setzte, schenkte ihm Nat kaum Beachtung.

Am folgenden Abend ging Mitch zur gleichen Zeit wieder hin, setzte sich auf denselben Barhocker und bestellte den gleichen Drink. Nat bemerkte es nicht. Am dritten Abend nickte er freundlich. Ende Woche sagte Nat: »Ich find's immer schön, wenn Sie reinkommen. Dann weiß ich, daß ich in zwei Stunden heimgehen kann.«

»Schön, daß ich irgend jemandem nützlich sein kann.«

»Was ist los, Mann? Einsam?«

Mitch brummte: »Nein, verheiratet.«

»Ah!« sagte Nat. »Ich hab das auch einmal probiert. War eine einzige Katastrophe.«

»Hat sie Sie betrogen?«

»Mich? Nee, dazu sehe ich zu gut aus.« Nat grinste und schenkte Mitch unaufgefordert einen weiteren Drink ein. »Wissen Sie, Sie kommen mir so ein bißchen bekannt vor.«

»Der Apfel fällt nicht weit vom Stamm«, sagte Mitch. »In mehr als einer Beziehung.« Er streckte dem anderen die Hand hin. »Ich heiße Mitchell Byram.« Keine Reaktion. »Der Name meines Vaters ist John.«

»Sorry, kenne Ihren Vater nicht.«

»Ist er nicht oft hergekommen und hat über seine verpfuschte Ehe geredet? Ist schon lange her.«

»Sie glauben gar nicht, wie viele Leute mir von ihren Frauen erzählen. Nach einer Weile hört man einfach nicht mehr hin.«

»Ich hoffe, Sie tun das bei mir nicht auch«, sagte Mitch. »Wissen Sie, ich habe nämlich den gleichen Fehler begangen wie mein Alter. Ich habe mir eine Frau gesucht, die zu jung und zu hübsch ist.«

»Die führt Sie jetzt an der Nase rum?«

»Und ich kann sie nicht raussetzen«, sagte Mitch. »Ich hab da so ein Papier unterschrieben.«

»Was für ein Papier?«

»So einen Ehevertrag. Im Falle einer Trennung kriegt sie die Hälfte meines Geldes.«

»Das ist freilich hart«, sagte Nat.

»Mein Vater hatte auch schon ein Problem dieser Art, aber dem hat jemand geholfen. Ein Einbrecher, der dem Elend ein Ende machte.« Mitch hielt sein Glas hin und sah dabei Nat in die Augen. »Trinken Sie einen mit mir.«

Am 15. Juli – die Klimaanlage im Schlafzimmer lief dröhnend auf vollen Touren – sah Mitch seine ruhelose Frau an. »Nun schlaf jetzt endlich«, sagte er.

»Bist du verrückt? In einer solchen Nacht?«

»Ich muß das Ding runterdrehen«, sagte er und ging zum Fenster. »Es ist zu laut.«

»Wir werden hier drin verschmoren.«

Er drückte auf einen Knopf und ging dann zur Schlafzimmertür. »Mir ist, als hätte ich da was gehört.«

»O Gott!« sagte sie und zog die Decke bis zum Kinn hoch.

Mitch ging die Treppe hinunter. Er hörte, wie die Schwingtür zur Küche aufging. Er versteckte sich unter der Treppe und lauschte dem schlurfenden Geräusch von Nats Turnschuhen. Dann erschien der Barkeeper, in der herabhängenden rechten Hand eine Pistole, und Mitch hielt den Atem an. Als Nat die Treppe halb hinaufgegangen war, hob Mitch die Flinte und drückte ab.

Die zweite Ladung wäre nicht nötig gewesen, aber Mitch wollte ganz sicher sein, daß der Mann tot war. Das sagte er auch der Polizei, als sie kam, um den »Einbrecher« fortzuschaffen, der endlich für einen alten, längst vergessenen Job seinen vollen Lohn bekommen hatte.

Tod eines Weihnachtsmanns

Ich heiße Trent Bailey, bin Junggeselle und 32 Jahre alt. Warum hatte ich noch nicht geheiratet? Nun ja, wohl wegen solcher Mädchen wie Holly Martindale. Ich fragte mich immer, wie das wohl sein würde, wenn man nett verheiratet wäre und dann bei einer Weihnachtsfeier der Firma so eine bezaubernde Zwanzigjährige kennenlernen würde und die wahnsinnig mit einem zu flirten anfinge. Wäre ich in der Lage, der Versuchung zu widerstehen? Würde der goldene Ring an meinem Finger wie ein Talisman wirken und machen, daß ich meiner Angetrauten daheim treu blieb?

Die Firma, die die Feier veranstaltete, war eine Werbeagentur mit Namen Fitz, Lindner & Wallace. Allerdings lebte von den dreien nur noch Wallace. Beziehungsweise sein Sohn. Wie sich herausstellte, war Lucien Wallace derjenige gewesen, der Holly eingestellt hatte – frisch vom College weg. Gerüchte besagten, er sei mit ihrer Mutter verbandelt.

Holly arbeitete sich mit leuchtenden Augen, einem wirbelnden Röckchen und jeder Menge Alkohol durch den Sitzungssaal. Ich sah sie nie ohne Glas in der Hand. Als die Feier um halb neun allmählich dem Ende zuging, war sie sturzbetrunken.

Ich erbot mich galant, sie nach Hause zu bringen. Ich hatte dabei insofern Glück, als sie sich noch an ihre Adresse erinnern konnte. Als das Taxi vor dem Sandsteinhaus in der East 64th Street hielt, wußte ich, daß Holly nicht nur hübsch, sondern auch betucht war. Wenn sie doch nur einen Schnapsladen besäße!

Die Wohnung war in einem eklektischen Stil möbliert, der Bauhaus und Ludwig xv. erfolgreich miteinander verband. Sie bemerkte den ehrfurchtsvollen Ausdruck auf meinem Gesicht und sagte: »Meine Mutter hat das so eingerichtet. Ich werde nicht mehr lange hier wohnen, denn sie verheiratet sich wieder, und da suche ich mir lieber eine eigene Wohnung. Wie würde dir eine Mitbewohnerin gefallen?« Sie gluckste. Ich schlug schwarzen Kaffee vor – als ob ich dieses Mittel schon jemals seine Wirkung hätte tun sehen!

Als sie in der Küche verschwunden war, sah ich mich ein bißchen um. Es gab ein paar Bücherregale, alle Bände darin ledergebunden. Es stand ein Flügel da, der ungespielt aussah und dessen glänzende Fläche mit gerahmten Fotos vollgestellt war. Ich besah sie mir und entdeckte, daß sie alle aus Hollys Kindheit stammten. Allerdings gab es ab dem zehnten Lebensjahr keine Bilder mehr.

Dann entdeckte ich ein Foto, das ganz zweifellos Holly Martindales Mutter zeigte. Die daraufgekritzelte Widmung konnte ich nicht lesen, aber unterschrieben war sie mit Linda. Die Tochter war ganz hübsch, ja, aber Linda war eine Schönheit! Eine überwältigende Schönheit. Ein solches Gesicht gab es in ein paar tausend Jahren nur einmal. Beim letzten Mal hatte es bewirkt, daß tausend Schiffe ausgelaufen und die gewaltig hohen Türme Ilions niedergebrannt worden waren.

Kam hinzu, daß mir das Gesicht bekannt vorkam, aber ich konnte es nicht unterbringen. Ein vergessener Filmstar? Ein Model? Ich brauchte nicht lange zu rätseln. Holly kam wieder herein – ohne Kaffee. Sie hatte ein Glas in der Hand und einen niederträchtigen Blick in den Augen. Sie lehnte sich an mich, als wäre ich ein Laternenmast, und sagte: »Ich hab einen in der Krone. Mach dir das zunutze.«

Ich bin, um ehrlich zu sein, nicht sicher, ob ich mich an die Regeln der Ritterlichkeit gehalten hätte. Die Tür ging auf, und Linda erschien.

Es war wie ein Schock. Das Foto mußte vor zwanzig Jahren aufgenommen worden sein, aber die zwei Jahrzehnte hatten dem abgebildeten Gegenstand kaum etwas angehabt. Linda war reifer. Sie trug das Haar anders. Aber sie war nach wie vor bezaubernd. Sagte ich schon, daß sie auch wütend war? Ja, das war sie auch.

»Du bist betrunken«, bemerkte sie kalt. Sie drehte sich zu dem grauhaarigen Herrn um, der ihr hereingefolgt war. »Sagtest du, es hätte eine Feier gegeben, Lucien?«

»Im Büro, nicht hier.«

»Ich habe Holly gerade nach Hause gebracht«, sagte ich und versuchte zu lächeln. »Ich dachte, das würde mir ein paar Pluspunkte einbringen.«

Holly funkelte ihre Mutter an und sagte: »Tu nicht so, als wäre ich eine Schwerverbrecherin. Noch ist dies hier auch meine Wohnung, nicht wahr? Oder bin ich vielleicht nicht mehr gern gesehen?« Sie packte mich am Arm und zog mich zur Tür.

»Zieh keine Schau ab«, bemerkte die Mutter. »Du weißt genau, daß du von Gesetzes wegen noch keinen Alkohol trinken darfst.« Jetzt sah sie mich entrüstet an. »Ich bin überrascht, daß Sie es zugelassen haben.«

»Ich bin nicht Barkeeper, Mrs. Martindale. Ich arbeite ebenfalls für die Firma.«

»Sie sind doch Bailey, oder nicht?« sagte Lucien. »Kundenbetreuer?«

»Ja, Sir. Ich hatte gehofft, daß Sie mich eines Tages mal bemerken würden. Ich arbeite schon seit vier Jahren für die Agentur.«

Ich hatte das letzte Wort, aber nicht aus freien Stücken. Holly zerrte mich in die Diele hinaus. Sie schnappte sich ihren Mantel, und mir gelang es mit knapper Not, den meinen zu erwischen, bevor wir draußen in der Kälte standen.

Ich sagte etwas von essen gehen, wußte aber nicht, ob sie mich gehört hatte. Sie ging schnell vor mir her, jedoch ganz offensichtlich ohne ein bestimmtes Ziel. Einen Augenblick lang verlor ich sie im Menschengedränge aus den Augen, aber dann sah ich, daß sie an einer Straßenecke stehengeblieben war.

Ich blieb ebenfalls stehen, und da bot sich mir ein erstaunlicher Anblick. Ich sah so einen Straßenecken-Weihnachtsmann mit seinem Schornstein aus Pappe vor mir. Er hatte eine Glocke in der Hand, klingelte jedoch nicht damit. Vielmehr starrte er mit offenem Mund Holly an, die Verwünschungen gegen ihn ausstieß und ihn – nach ihren Gesten zu urteilen – zu sofortigem Verschwinden aufforderte. Der Mann sagte etwas zu ihr, aber das versetzte sie nur in noch größere Wut.

Plötzlich stieß sie den Schornstein um und schlug auf das bärtige Gesicht des Weihnachtsmannes ein. Ihre Finger mit den roten Nägeln sahen aus wie Krallen.

Versuchte ich, sie zu bremsen? Es wäre leichter gewesen, einen Wirbelsturm aufzuhalten. Zum Glück wurde der arme Weihnachtsmann nicht allzu schwer verletzt. Holly riß ihm den falschen Bart herunter, trommelte auf seinen wattierten Bauch ein, trat noch einmal gegen den umgekippten Schornstein, stürmte die Straße hinunter und bestieg ein Taxi.

Ich? Ich stand einfach am Rinnstein und gelobte den Schicksalsgöttinnen, daß ich von nun an allen guten Werken entsagen würde. Mein erster Neujahrsvorsatz – und dabei hatten wir erst Mitte Dezember!

Ich tat das einzige, was zu tun blieb. Ich hob den Weihnachtsmann und seinen Schornstein auf, klopfte dem guten Mann den Anzug ab, half ihm, sich wieder zu bebarten, und stopfte ihm dann einen 20-Dollar-Schein in die geballte Faust. Er steckte ihn in die Tasche – den Schein, nicht den Schornstein.

Als ich meine Wohnung in der Stadt erreichte, wußte ich, was mit Holly Martindale los war. Sie war nicht einfach nur betrunken, sondern verrückt. Deshalb war ihre Mutter so ungehalten gewesen, als sie uns in ihrem Wohnzimmer erblickt hatte. Sie wußte, daß ihr Töchterlein nicht alle Tassen im Schrank hat und daß Leute, die sie nach Hause brachten, wahrscheinlich auch geistig Minderbemittelte waren.

Aber wer war denn die Mutter nun eigentlich? Der Name sagte mir nichts. Ich hätte jedoch schwören können, daß ich dieses unglaublich schöne Gesicht schon gesehen hatte.

In meiner Wohnung herrschte das reinste Chaos. Angeblich sind ja Junggesellen von einer geradezu zwanghaften Ordentlichkeit, aber ich bin dann wohl die Ausnahme. Einmal pro Woche kam eine Putzfrau, die zugleich meine Mutter war, in meine Behausung, um sie wieder bewohnbar zu machen. Zu ihrer Ehre muß gesagt sein, daß sie mich nie wegen meiner Lebensgewohnheiten ausschimpfte. Ich war zwar zweiunddreißig, für sie aber immer noch zwölf. Vielleicht hatte sie nicht einmal so unrecht.

Ich fand im Tiefkühlfach ein Fertiggericht. Ich war so hungrig, daß ich es fast statt aufgetaut nur zerstoßen hätte. Als es im Ofen so gut wie fertig war, klingelte das Telefon.

Zuerst dachte ich, es wäre Lucien Wallace, der mir sagen wollte, daß ich – auf Bitten seiner Verlobten hin – mit sofortiger Wirkung entlassen sei, aber es war Holly.

»Es tut mir leid«, sagte sie mit kläglicher, reumütiger Stimme. »Du bist doch nicht ausgeflippt?«

Die Frage hätte ich ihr auch stellen können, sagte statt dessen jedoch: »Was machst du an Ostern? Den Osterhasen abknallen?«

»Ich weiß auch nicht, was über mich gekommen ist. Ich denke mal, ich war sauer auf meine Mutter. Sie hatte kein Recht, so mit mir zu reden. Und mit dir eigentlich auch nicht.«

»Und da hast du dich an so einem geklonten Weihnachtsmann schadlos gehalten?«

»Es gab einen Grund.«

»Und der wäre?«

»Darüber kann ich nicht sprechen. Bitte frag mich nicht.«

»Schon gut«, sagte ich widerstrebend. »Aber vielleicht

kannst du mir ja eine andere Frage beantworten. Deine Mutter kam mir irgendwie so bekannt vor. War sie irgendwann einmal so etwas wie eine Berühmtheit?«

Eine Pause entstand, und dann lachte sie bitter auf. »Du bist kein großer Kinofreak, was?«

»Ich sehe mir nur Schwarzenegger-Filme an.«

»Sie hieß mal Linda Lawson«, sagte Holly. »Sie hat in den siebziger Jahren in bescheuerten Musicals gesungen, dann aber die Stimme verloren und gekündigt. Oder das Studio hat ihr gekündigt, eins von beidem. Und dann war da noch diese andere Sache...«

»Was für eine andere Sache?«

Keine Antwort. Ich sagte ein paarmal ihren Namen, aber an ihrem Ende der Leitung herrschte ein lautes Schweigen. Holly hatte nicht aufgelegt, sondern einfach nur das Sprechen eingestellt.

Inzwischen roch mein Hühnerfrikassee wie brennende Turnschuhe, weshalb ich auflegte und es aus der Mikrowelle rettete. Es schmeckte wie gebratene Nikes.

Von Holly Martindale hörte ich bis zum folgenden Montag nichts mehr. Da erschien sie zu einer durchaus günstigen Zeit in der Tür meines Büros. Ich wollte nämlich gerade eine Aktennotiz verbrechen. Ich hasse Aktennotizen, vor allem meine eigenen.

»Lad mich zum Mittagessen ein«, sagte sie.

Ich ging mit ihr in ein kleines Bistro namens René's. Das empfahl sich, weil das Essen okay war und sie dort keinen Schnaps ausschenken durften.

»Ich habe beschlossen, es dir zu erzählen«, sagte Holly. »Ich möchte nicht, daß du denkst, ich wäre irgendwie so was wie eine Irre. Wie es aussieht, mag mich im Büro niemand. Alle denken, ich hätte den Job nur gekriegt, weil meine Mutter den Lucien Wallace heiratet.«

»Und ist dem nicht so?« fragte ich. Ich muß, was mein Betragen angeht, wohl mal was unternehmen.

»Ich mache meinen Job nicht schlecht! Mr. Hendricks hat gesagt, ich wäre die beste Koordinatorin, die die Agentur je gehabt hätte.«

»Sorry«, sagte ich, mich jetzt selber ein bißchen reumütig fühlend. »Mir sind keine Klagen über deine Arbeit zu Ohren gekommen, Holly. Meine Frage ist einzig und allein: Warum diese Abneigung gegen Weihnachtsmänner?«

»Ich war betrunken. Ich bin Alkohol nicht gewohnt...«

»Das ist keine Erklärung.«

»Ich hasse Weihnachten«, sagte sie wild. »Ich hasse diesen ganzen Schwindel. Und am meisten hasse ich diese Straßenecken-Weihnachtsmänner, die um Geld betteln...«

»Das hast du eindrucksvoll bewiesen«, sagte ich leichthin.

»Es gab einen Grund. Es liegt an etwas, was geschehen ist, als ich neun Jahre alt war.«

»Eine traumatische Erfahrung? Ein Kerl in Weihnachtsmann-Klamotten, der dir angst gemacht hat?«

»Du machst dich über mich lustig«, sagte Holly. »Aber es ist ernster, als du denkst. Als ich neun Jahre alt war, brachte meine Mutter meinen Vater um.«

Das ist eine dieser Aussagen, bei denen einem der Croque Monsieur normalerweise im Hals steckenbleibt. Holly Martindale jedoch aß ihren Salat ungerührt weiter, offensichtlich daran gewöhnt, ihre Mutter eine Mörderin zu nennen.

»Es überrascht mich, daß du dich nicht mehr daran erinnerst«, sagte sie. »Es wurde so viel darüber berichtet. Meine Mutter hat ein ganzes Album mit Zeitungsausschnitten, das ist dicker als so ein Musterbuch im Tapetenladen.«

Wenn ich genau darüber nachdachte, erinnerte ich mich doch an irgend so eine Geschichte von einer Schauspielerin, die aus Versehen den eigenen Mann erschossen hatte. Aber damals hatte ich das College gerade hinter mir und war an Frauen, Geld und einer Karriere interessierter als an Tratschgeschichten aus Hollywood.

»Linda Lawson«, sagte ich. »Ja, da klingelt jetzt was. Aber an Einzelheiten kann ich mich nicht mehr erinnern. Und ganz sicher kann ich überhaupt nicht sehen, was es mit deinen Versuchen zu tun hat, den Weihnachtsmann platt zu machen.«

»Dann bist du doch nicht so gescheit, wie du aussiehst.« Sie musterte mich mit zusammengekniffenen Augen. »Eigentlich siehst du auch gar nicht so gescheit aus. Aber lieb, für so einen alten Knacker.«

Mir wurde klar, daß zweiunddreißig für eine Zwanzigjährige uralt aussehen mußte. Ich sagte: »Jetzt hab ich's. Es ist an Weihnachten passiert. Du verbindest das Ereignis mit dieser Zeit des Jahres.«

»Du hast soeben 64000 Dollar gewonnen! Und du hast noch eine weitere Chance.«

»Sag mir noch etwas anderes. Spricht deine Mutter wieder mit dir?«

»O ja. Das erste, was sie heute morgen zu mir gesagt hat,

war: Wann fängst du endlich an, dich nach einer Wohnung umzusehen?«

»Du ziehst also wirklich aus?«

»Du weißt doch, daß sie deinen Boß, den Lucien Wallace, heiratet. Frischvermählte sind gern mit sich allein.« Sie seufzte. »Nicht daß mir das was ausmacht. Ich suche schon seit Jahren nach einem Vorwand. Wenn du von was hörst, was in der Nähe des Parks liegt, dann laß es mich wissen.«

»Du hast meine Frage nach dem Weihnachtsmann noch nicht beantwortet.«

»Ach ja«, sagte Holly. »Warum ich Weihnachtsmänner hasse. Weil sie meine Mutter in schlechte Laune versetzen. Sie muß gestern abend den an der Ecke gesehen haben, bevor sie nach Hause kam. Deshalb war sie so gemein zu mir.«

»Und du hast versucht, ihn aus eurer Gegend dort wegzujagen? Ist es das?«

Ehe sie antwortete, aß sie das letzte Blatt von ihrem Salat auf. »Als sie ihn erschoß, spielte mein Vater gerade den Weihnachtsmann.«

Ich sprach ein stilles »Oioioi!« und hörte auf, Fragen zu stellen.

An jenem Abend machte ich früh Schluß. Ich hatte es mir verdient. Wir hatten in dieser Woche drei Konferenzen gehabt, die bis spät nachts dauerten. Das Problem war nur, daß ich im Falle einer frühen Heimkehr meine Mutter, die, ob Sie's glauben oder nicht, Minette heißt, noch beim Saubermachen antraf. So abgöttisch sie mich liebt, Störungen mag sie gar nicht.

Ich besänftigte sie, indem ich ihr von Holly und ihrer ziemlich berühmten Mutter erzählte (vielleicht müßte es nicht »berühmt«, sondern eher »berüchtigt« heißen).

»Oioioi!« sagte meine Mutter, aber nicht still in sich hinein. »Linda Lawson! Natürlich erinnere ich mich an sie! *Singing Down the River.*«

»Was hat sie?«

»Das ist der Titel eines Films, du Dummerchen. Er war ziemlich schlecht, aber sie hinreißend schön. Was für ein Jammer, daß sie diesen Schmierenkomödianten, diesen Martindale, geheiratet hat. Du willst sagen, du bist der leibhaftigen Linda Lawson begegnet?«

»Tut mir leid, daß ich mir kein Autogramm von ihr habe geben lassen. Vielleicht nächstes Mal.«

»Vor ein paar Wochen haben sie einen ihrer Filme gezeigt, bei AMC. Der Bursche, der die einführenden Worte sprach, meinte, er sei total vernarrt in sie. Wie sieht sie heute aus?«

»Immer noch verdammt gut«, sagte ich. »Woran kannst du dich noch erinnern? Wußtest du, daß sie ihren Mann umgebracht hat?«

»Klar doch. Das war wochenlang in den Nachrichten. Erinnerst du dich nicht mehr daran?«

»Doch, ein bißchen. Ich kam da grade von der Columbia University, stimmt's? Versuchte mir schlüssig zu werden, ob ich bei Dads Bauunternehmen anheuern sollte…«

»Ich wünschte immer noch, du hättest es getan«, sagte sie traurig. »Es hätte ihn so glücklich gemacht!«

»Er war da schon drei Jahre tot, Mom.«

»Dein Vater, der war ein guter Mann. Nicht so einer wie

dieser zwielichtige Martindale. Der hatte es verdient, erschossen zu werden, wenn du mich fragst.«

»Erzähl mal, wie es passiert ist.«

»Er lebte damals nicht mehr mit seiner Frau zusammen. Sie schmiß ihn raus, als sie das mit seiner Freundin erfuhr ... wie hieß die doch gleich? Trixie, Trisha, irgendwie so. Aber Martindale liebte auch Weihnachten und beschloß, für sein kleines Töchterchen wieder den Weihnachtsmann zu spielen... Ich vergesse auch ihren Namen immer...«

»Holly«, sagte ich. »Wie der weihnachtliche Stechpalmenzweig.«

»Ja, richtig. Er liebte seine Tochter wirklich. Hatte jedes Jahr für sie den Weihnachtsmann gespielt und wollte es wieder tun, trotz der Trennung. Am Weihnachtsabend schlich er sich als Weihnachtsmann verkleidet in das Haus in Beverly Hills. Linda dachte, es wäre ein Einbrecher, holte eine Pistole und peng! An jenem Abend kam der Weihnachtsmann durch keine Schornsteine mehr geplumpst...«

»Oioioi!« sagte ich, diesmal laut und deutlich.

»Sie kam aber nicht ins Gefängnis. Die Polizei sprach von einer ›unbeabsichtigten Tötung‹.« Meine Mutter legte das Staubtuch weg und sah mich komisch an.

»Was soll der bedeuten? Dieser Blick?«

»Niemand gab Linda Lawson irgendeine Schuld«, sagte meine Mutter. »Aber glauben tat ihr auch keiner. Meine Wenigkeit eingeschlossen.«

»Oioioi«, sagte ich zu mir selbst. Und fragte mich, was Holly Martindale wohl glaubte.

In den nächsten Tagen begegnete ich Holly Martindale mit Zurückhaltung. Okay, vielleicht war es ja auch sie, die sich kühl gab. Die Agentur produzierte am laufenden Meter Fernseh-Werbespots für ein Dutzend Klienten, und Holly war wie das sprichwörtliche Huhn ohne Kopf. Keine Zeit für das gesellschaftliche Leben, sagte ich mir.

Dann kam sie an einem Donnerstag nachmittags in mein Büro geschlendert und sagte: »Magst du zu 'ner Party mitgehen?«

»Zu was für einer Party?«

»Es ist noch Weihnachtssaison. Maman« – sie sprach es französisch aus, betonte die letzte Silbe – »schmeißt jedes Jahr eine Weihnachtsparty, aber ich glaube, diese wird zugleich so was wie eine Verlobungsfeier. Wie auch immer, sie findet am Sonnabend statt, und ich brauche einen Begleiter.«

»Als ich das letzte Mal in *Emily Post* hineingeschaut habe, stand dort zu lesen, daß Mädchen, die im Elternhaus wohnen, keinen Begleiter brauchen.«

»Die Party findet nicht bei uns statt, sondern bei Lucien Wallace. Und ich wohne nicht mehr im Elternhaus. Habe ich dir das noch nicht gesagt? Ich habe eine Wohnung gefunden.«

»Das war schnelle Arbeit«, sagte ich.

»Ich bin in die Wohnung von Pat Michaels eingezogen. Ihr ist gerade die Miete raufgesetzt worden, und sie suchte jemanden, mit dem sie sich die Wohnung teilen könnte.«

Pat Michaels war Chefsekretärin bei Lucien Wallace und eine Frau, die jeden einschüchterte – offensichtlich mit Ausnahme Hollys. Pat war in ihren Vierzigern, aber immer noch auf dunkle Weise schön – wie die böse Königin in Schneewittchen.

»Ist eine ganz tolle Wohnung«, sagte Holly. »In den achtzigern Ost, hoch oben, Terrasse. Und das Beste daran: Mama konnte nichts gegen diesen Umzug sagen. Sie denkt nämlich, daß Pat als so was wie eine Gouvernante fungieren wird.« Holly lächelte listig und sagte: »Ha!«

Ich setzte dazu an, etwas von Terminschwierigkeiten am Samstag zu faseln, aber sie schnitt mir einfach das Wort ab und sagte: »Also, du brauchst keine Angst zu haben, daß ich mich wieder vollaufen lasse. In Mamas Gegenwart trinke ich nie, außer vielleicht ein oder zwei Gläschen Champagner. Ich werde lieb und nüchtern sein, ich versprech's dir. Alle Weihnachtsmänner der Welt sind vor mir sicher.«

Holly lächelte strahlend. Sie war immer noch eine der attraktivsten Frauen, die ich je kennengelernt hatte. Aber ich mußte auch zugeben, daß die Schönheit, die ich eigentlich gerne wiedersehen wollte, ihre Mutter war. Deshalb sagte ich: »Alles klar. Es soll mir ein Vergnügen sein, dich zu dieser Party zu begleiten.«

Mit hochschwingendem Rock und einem Abschiedsblick, der mich schlucken ließ, drehte sie sich um und segelte davon. »Natürlich Abendanzug. Schwarze Krawatte. Hol mich um acht ab«, rief sie noch.

Ich besaß keinen »Abendanzug«, aber der Gedanke, mir einen zu leihen, hatte so gar nichts Verlockendes an sich. Als meine »Maman« von dem Problem erfuhr, kam sie mit dem Smoking an, den mein Vater vor einer Ewigkeit gekauft und nur ein einziges Mal zu einem von seiner Firma gegebenen Essen angezogen hatte. Er war um viele Jahrhunderte aus der Mode, paßte mir jedoch seltsamerweise wie angegossen.

Als ich mit Holly, die wie eine Ballkönigin aussah, Luciens Haus betrat, schien das niemand zu bemerken. Zum einen war das Haus rappelvoll, zum anderen die Beleuchtung, einige hundert große Kerzen, schummrig. Als uns Linda Martindale begrüßte, ließ das Kerzenlicht ihr vollkommenes Gesicht in größerer Schönheit leuchten als je zuvor.

Lucien kam wenig später dazu. Seine ihm ergebene Pat Michaels begrüßte Holly mit Küßchen auf beide Wangen und erbot sich, uns zu Champagner zu verhelfen. Sie erhob keinen Protest, als ich um Wodka bat. Das Gerücht, Pat sei ein Androide, stimmte vielleicht doch nicht.

Ich hatte keineswegs die Absicht, die Vergangenheit zur Sprache zu bringen, aber Holly sagte, als wir unsere Drinks in Händen hielten: »Na, willst du mich nicht fragen? Du weißt schon, was?«

»Ich spreche nie über Politik oder Religion.«

»Wie wär's mit Mord?«

»Hör mal«, sagte ich, »ich weiß, daß deine Mutter keinen Mord begangen hat, und ich bin sicher, daß du es auch weißt.«

»Da irrst du. Sie hat.«

Vielleicht hatte ich meinen Wodka zu schnell getrunken, denn die Direktheit ihrer Antwort schockierte mich. »Das glaubst du doch selber nicht«, sagte ich. »Soweit ich weiß, war es ein Unfall. Ein Unglücksfall mit tödlichem Ausgang. Ich glaube, so nennen die Briten das.«

»Ich war doch dabei, Trent. Ich habe alles mit angesehen. Hast du das nicht gewußt?«

»Nein«, sagte ich störrisch, »das habe ich nicht.«

»Du lügst.« Sie langte nach oben und zog mich an der Nase. »Sie wird immer länger, Pinocchio. Ich bin sicher, daß du ein wenig nachgeforscht hast. Ihr Kundenbetreuer-Typen, ihr liebt doch die Recherche! Dir wird kaum unbekannt sein, was nach dem Mord an meinem Vater mit mir passiert ist.«

»Ich weiß es nicht, Holly. Ich schwör's dir.«

»Sie nahmen mich mit«, sagte sie und verbarg ihre Bitterkeit nicht. »Sie versuchten mich dazu zu bringen, daß ich mich an alle Einzelheiten erinnerte, aber ich konnte ihnen nichts sagen. Ich hatte das, was man eine Amnesie nennt. Die kriegt man, wenn es etwas gibt, das man unbedingt vergessen muß.«

»Aber... dir ist die Erinnerung wiedergekommen. Oder nicht?«

Jetzt lächelte sie boshaft. »Niemand weiß es sicher. Ich meine wirklich niemand. Besonders meine Mutter nicht. Deshalb läßt sie sich ja meinen ganzen Blödsinn gefallen.«

In diesem Augenblick wurde mir bewußt, daß sich Holly von jedem Tablett, welches die durch die Menge treibenden Bedienungen hocherhoben umhertrugen, ein Glas Champagner heruntergeangelt hatte.

Musik fing an zu spielen. Um das Klavier stand ein Jazz-Trio. Manche Gäste tanzten. Und plötzlich lag Holly in meinen Armen. Ihr Mund war dicht an meinem Ohr, sie flüsterte.

»Mama hat Angst vor mir. Mama weiß, daß ich sie kenne... die Wahrheit!«

Ich kann nicht sagen, ob Holly mir diese »Wahrheit« offenbaren wollte, denn wir wurden plötzlich abgelenkt. Zwei weitere Gäste waren eingetroffen und standen schnell im Mittelpunkt der allgemeinen Aufmerksamkeit. Obwohl wir uns nie persönlich kennengelernt hatten, wußte ich, um wen es sich bei dem einen der beiden handelte. Es war der Rollstuhl, der Andrew Scully, den Seniorpartner unserer Agentur, identifizierte.

Andrew war in der Branche eine Legende, ein brillanter Texter, der erst Art Director geworden war, dann Generaldirektor, dann Chef. Auf der Höhe seines Erfolges (und hier ist keine Wortspielerei beabsichtigt) stürzte er ab. Buchstäblich. Bei dem Kleinflugzeug, mit dem er seine Klienten zu besuchen pflegte, war der Motor ausgefallen. Ein Dutzend Jahre im Rollstuhl hatten ihn fett, bitter und einfach fies werden lassen.

Obwohl der Rollstuhl einen Motor hatte, schob Andrews Frau ihn. Rowena Scully war wahrscheinlich mal eine ganz ansehnliche Frau gewesen, aber ihr Mann hatte sie in eine permanente Buckelei hineingepeitscht.

Holly schien den verkrüppelten Alten (so alt war er gar nicht, so in den Fünfzigern) echt zu mögen. Er lächelte, als sie ihm einen Schmatzer auf die Wange gab.

»Wie geht's denn so, Prinzessin?« erkundigte er sich. »Hörte, du wärst zu Pat gezogen. Gute Idee. In fünf Jahren leitet wahrscheinlich sie die Agentur.«

»Niemand könnte sie so leiten, wie Sie das getan haben«, sagte Holly und fügte dann schnell noch hinzu: »Und Mr. Wallace natürlich.«

Lucien, der in der Nähe stand, sagte: »Ich bin ein Glückspilz, Scully (niemand nannte Scully je Andrew). Mein Leben wird durch zwei schöne Frauen bereichert werden. Du hast nur eine.«

Er schob den beiden Gemeinten, Holly und Linda, seine Arme um die Taille, aber Linda lächelte nicht. Es war ziemlich leicht zu erkennen, daß sie Andrew Scully nicht mochte.

Holly entschuldigte sich, weil sie ein bißchen mit Pat Michaels plaudern wollte, und ich sah, wie sie ein weiteres Glas von einem vorbeigetragenen Tablett nahm. Linda machte sich von Lucien los, trat zu mir und sagte, an Scully gewandt: »Ich hoffe, Sie erkennen diesen gutaussehenden jungen Mann wieder, Scully. Holly hat mir erzählt, daß er einer Ihrer besten Kundenberater ist.«

Ich fühlte, wie mir heiß wurde. Das lag entweder an Lindas Hand auf meinem Arm oder an meiner Verlegenheit, weil ich da einem Chef vorgestellt wurde, der keine Ahnung hatte, wer ich war. Aber zu meiner Überraschung sagte Scully: »Ich kenne Trent Bailey. Bearbeitet *Golden Cereals, Vicotrex, Mosley Motors*... Leistet gute Arbeit. Weiter so, Bailey!«

»Ja, Sir«, sagte ich. Ich wandte mich Linda zu, um mir ihr Gesicht anzuschauen. Meine Knie wurden weich. Da sagte sie: »Kann ich Sie mal einen Augenblick sprechen?«

Jetzt wurden meine Knie gänzlich zu Pudding. Ich weiß auch nicht, wie ich es schaffte, mit ihr zusammen in einen stillen Winkel zu gelangen. Linda sagte: »Ich mache mir

Sorgen wegen Holly. Sie hat versprochen, es bei zwei Gläsern Champagner zu belassen, aber sie hat schon vier intus.«

»Fünf«, sagte ich. »Aber wer zählt schon mit?«

»Ich weiß, es ist nicht fair, Sie um Hilfe zu bitten, aber ich möchte keine Szene machen... Glauben Sie, Sie könnten Holly dazu überreden, mit Ihnen irgendwohin essen zu gehen? Sie haßt den Partyfraß, mag aber Pizzas, Hamburger und solches Zeug.«

Ich sah zu dem unter seiner Last ächzenden Büfett hin, auf dem eine Unmenge verschiedenster Köstlichkeiten angerichtet war, und sagte: »Ich werde mein Bestes geben.«

Nicht ich gab mein Bestes, sondern Holly ihr Übelstes. In der Menge entstand eine Bewegung, und als ich zum Epizentrum vorstieß, hielt Pat Michaels eine schlaffe Holly, die ihr in die Arme gesackt war. Ich murmelte etwas von sie nach Hause bringen (womit ich Pats Wohnung meinte), aber plötzlich war Lucien da und übernahm das Kommando.

»Edward, Stanley!« rief er zwei der Diener, die herbeigesprungen kamen und nach Hollys Armen griffen. »Bringt sie in das Schlafzimmer unten«, befahl er, und ein paar Sekunden später war Holly weg.

In der nächsten Stunde wußte ich nicht so recht, was ich mit mir anfangen sollte. Ich wanderte umher, während die Zahl der Gäste allmählich schon abnahm. Als ich eine Hand auf meinem Arm spürte, drehte ich mich um und hatte einmal mehr Linda vor mir, die blaß aussah – was ihrer Schönheit nicht im geringsten schadete.

»Trent, darf ich Sie um einen Gefallen bitten? Würden Sie mich nach Hause bringen?«

Ich versuchte, nicht erschrocken auszusehen, aber sie bemerkte meinen Blick zu Lucien hin, der sich angelegentlich mit Scully unterhielt.

»Ist schon in Ordnung, Lucien macht das nichts aus. Und ich wäre Ihnen sehr verbunden.«

Ich holte die Mäntel, und wir gingen zur Haustür. Ich sah noch einmal zu Lucien zurück, und diesmal bemerkte er mich. Vielleicht bildete ich mir das nur ein, aber mir war, als blickte er mich finster an.

Ich wollte ein Taxi herbeiwinken, aber Linda meinte, bis zu ihrem Haus sei es nicht so weit. Sie hakte sich bei mir unter. Ich wäre gern ewig so weitergegangen, aber nach zehn Minuten standen wir leider schon vor ihrer Haustür. Sie wünschte mir eine gute Nacht und bedankte sich. Ich verabschiedete mich ebenfalls und setzte mich in Bewegung. Ich war erst ein paar Schritte gegangen, da hörte ich sie schreien. Als ich herumfuhr, sah ich das unglaublichste Bild, das mir je unter die Augen gekommen war: Ein Weihnachtsmann hielt ihren Arm gepackt, und seine behandschuhte Hand hatte sich um ihren Hals gelegt.

Ich hatte schon Alpträume gehabt, die sehr viel mehr Sinn ergaben als das Spektakel vor mir. Ich meine, der Weihnachtsmann ist was für gutmütig polternde Auftritte, ist was für kleine Kinder in Kaufhäusern, die er auf seinem Schoß sitzen läßt, aber er versucht doch nicht, schöne Frauen vor ihrer Haustür zu erwürgen!

Ich stieß einen Schlachtruf aus und rannte auf die beiden zu. Wenn ich ein Schwert gehabt hätte, dann hätte ich es geschwungen, wenn eine Pistole, dann gefeuert. Aber schon dieser Wille erwies sich als vollkommen ausreichend. Der Weihnachtsmann (er war beleibt und nicht sehr groß, während ich immerhin ein ziemlich kräftiger Bursche bin) warf mir nur einen kurzen Blick zu und lief dann mit der Geschwindigkeit eines Rennwagens die Straße hinunter davon.

Linda war nichts passiert. »Wirklich, es ist alles völlig in Ordnung«, sagte sie schwer atmend. Sie berührte mit einer Hand ihren Hals und gab so etwas wie ein Lachen von sich. »Der hatte Fausthandschuhe an! Wie kann man jemanden mit Fausthandschuhen erwürgen?«

»Was für eine Frau!« dachte ich.

Natürlich begleitete ich sie jetzt nach oben in ihre Wohnung. Während wir hinaufgingen, regte ich an, sofort die Polizei zu verständigen, aber Linda erwiderte: »Nein, auf keinen Fall!«

»Und warum nicht?«

»Weil das«, antwortete sie, »schon das vierte Jahr in Folge wäre. Ich glaube nicht, daß sie ein großes Maß an Verständnis aufbringen würden.«

Ich machte mich an die Verarbeitung dieser erstaunlichen Nachricht, während sie zur Hausbar ging und uns einen Drink einschenkte.

»Was ich sagte, stimmt. Es ist zu einer jährlichen Veranstaltung geworden wie die Macy-Parade. Ich sollte Eintrittskarten verkaufen.«

»Sie machen mir Spaß!« sagte ich.

»Schließlich ist genau das der Grund dafür«, fuhr sie fort, »warum ich zu dieser Jahreszeit immer einen Herrn bitte, mit mir zu gehen. Ich weiß, daß der Weihnachtsmann früher oder später aus dem Nichts auftaucht und mich attakkiert.« Sie kippte den halben Wodka hinunter und meinte noch: »Wenigstens ist es wieder für ein Jahr überstanden.«

»Aber wieso? Was soll das Ganze?«

Ich erhielt keine direkte Antwort. »Beim ersten Mal, also vor vier Jahren, sagte die Polizei, es sei halt ein Besoffener gewesen. Das stimmte auch, denn ich hatte seine Fahne riechen können. Nach dem zweiten Mal nahmen sie so einen bettelnden Weihnachtsmann fest, aber der hatte ein hieb- und stichfestes Alibi.«

»Sind Sie verletzt worden?«

»Erst beim dritten Mal. Er stieß meinen Kopf gegen eine Schaufensterscheibe, und ich war eine Weile bewußtlos. Es war schon nach Mitternacht, und ich hatte gedacht, all die bärtigen Burschen seien schon im Bett. Unglücklicherweise gab es keine Zeugen, und deshalb war die Polizei skeptisch, von unnütz ganz zu schweigen...«

»Tja, aber diesmal sieht es anders aus!« unterbrach ich sie. »Diesmal haben Sie einen Zeugen – mich!« Ich griff nach dem Telefon, aber sie hinderte mich.

»Nein«, sagte Linda, »bitte rufen Sie die Polizei nicht an, Trent. Man würde nur denken, Sie machten sich mir zuliebe eines Meineides schuldig.« (Auch das würde ich tun!) »Und es gibt noch einen anderen Grund. Wenn ich die Polizei verständige, kriegt das mit Sicherheit irgendein Reporter spitz, und ehe man sich's versieht, ist wieder so eine gräßliche Geschichte in der Zeitung oder in den Sechs-Uhr-Nachrichten.«

Jetzt verstand ich. »Es hat mit dem zu tun, was damals

passiert ist, nicht wahr?« sagte ich. »Damals vor zehn Jahren.«

»Holly hat es Ihnen erzählt?«

»Ja, hat sie. Daß Sie Ihren Mann erschossen haben, im Weihnachtsmann-Kostüm... Glauben Sie, daß es eine Verbindung gibt zu dem ›jährlichen Ereignis‹?«

»Da bin ich sicher«, antwortete Linda. »Irgend jemand erinnert sich an die Geschichte. Jemand, der meint, ich sei, obwohl eine Mörderin, ungeschoren davongekommen. Jetzt verkleidet er sich wie John und versucht...« Sie brach ab. Ihre Augen waren feucht, was die schönsten blau-violetten Pupillen vergrößerte, die ich je gesehen hatte.

In dem Augenblick wußte ich, daß ich hoffnungslos in sie verliebt war. Zum Teufel mit dem Altersunterschied. Es lagen weniger Jahre zwischen mir und Linda Martindale als zwischen mir und ihrer Tochter.

»Darf ich Sie etwas fragen? Warum haben Sie nicht Ihren Verlobten gebeten, Sie nach Hause zu bringen?«

»Weil Lucien nicht an den Weihnachtsmann glaubt. Er möchte mich nicht in dem bestärken, was er meine ›Einbildung‹ nennt. Außerdem hatten wir einen kleinen Streit.«

Ich hätte zu gerne gefragt, worum es gegangen war, ließ es aber. »Tja«, sagte ich statt dessen, »sollten Sie mal wieder einen Begleiter brauchen, ich stehe mit Freuden zur Verfügung.« Ich griente, als ich das sagte, aber natürlich war es mein voller Ernst.

»Im Augenblick sollten Sie Ihre Dienste wohl besser meiner Tochter anbieten. Ich bin sicher, daß Holly inzwischen wieder bei klarem Verstand ist, soweit sie etwas Derartiges hat.«

Ich verabschiedete mich nur ungern und kehrte zum Wallaceschen Haus zurück. Die Party war vorbei. Lucien war allein und nicht sonderlich freundlich. Er fragte nicht nach Linda, und ich sagte ihm nichts von der Attacke des Weihnachtsmannes. Schon bald erschien Holly, die verschlafen aussah. Sie fragte, was ich getrieben hätte, und ich berichtete ihr, was der Mama – Betonung auf der letzten Silbe – widerfahren war.

»O nein«, sagte sie. »Bestimmt hat sie auch den angeheuert.«

»Was?«

»Alle diese Weihnachtsmann-Angriffe sind nicht echt, Trent. Sie erfindet oder inszeniert sie. Frag mich nicht, warum. Aus Sympathie, nehme ich an… Können wir jetzt nach Hause gehen?«

»Gleich. Wo finde ich für kleine Jungs?«

Ich fand die Toilette selbst, hinten in der Diele. Ich ging hinein, weil ich davon ausging, daß niemand darin sein würde. Das machte den Schock nur um so größer.

Andrew Scully war darin. Das war an sich noch nicht unbedingt überraschend, wohl aber die Tatsache, daß er vor dem Spiegel stand und sich sein glattes weißes Haar kämmte. Das haute mich nun wirklich um!

Ich dachte immer noch an den aus dem Rollstuhl auferstandenen Andrew Scully, während ich Holly zu ihrer Wohnung begleitete – das heißt zu Pat Michaels' Wohnung.

Pat machte auf und war von meinem Anblick nicht erbaut. »Kommen Sie rein«, sagte sie frostig. Sie nahm mir Holly ab und lotste sie zum Schlafzimmer. Es war an diesem Abend bereits das zweite Mal, daß ich sitzengelassen wurde. Ich wußte nicht, ob ich warten oder gehen sollte. Ich sah mich in dem in frühem Bloomingdale-Stil eingerichteten Wohnzimmer um. Zwei Minuten später erschien Pat, verschränkte die Arme und sagte: »Ich wußte gar nicht, daß Sie hinter kleinen Kindern her sind, Mr. Bailey. Vielleicht geht es mich ja nichts an, aber wissen Sie, daß Holly kaum aus den Teenagerjahren raus ist?«

»Sie haben, was das erstere angeht, vollkommen recht«, sagte ich liebenswürdig. »Es geht Sie wirklich gar nichts an. Und was das letztere betrifft: Holly wird im April einundzwanzig.«

»Bandeln Sie immer mit Frauen an, die fünfzehn Jahre jünger sind als Sie?«

»Ich habe mit Holly nicht angebandelt und tue ihr auch sonst nichts an. Sie hat mich zu der Party eingeladen, und ich dachte, es wäre ungehobelt, die Einladung abzulehnen.«

Sie war ein bißchen besänftigt, aber noch nicht ganz. Ich ging zur Tür, und sie sagte: »Warten Sie, setzen Sie sich. Ich glaube, wir sollten uns mal unterhalten.«

Pat war eine attraktive Frau, wahrscheinlich in Lindas Alter, aber was die Wirkung anbetraf, bestand ein Unterschied wie Tag und Nacht. Sie bot mir nicht einmal etwas zu trinken an. Ließ sich einfach aufs Sofa plumpsen und setzte das Konversationsrad in Gang.

»Ich weiß, daß ich mich nicht einmischen sollte, und es tut mir leid, wenn es sich anhört, als wollte ich Kritik üben. Aber ich mag Holly. Deshalb habe ich ja auch vorgeschlagen, daß sie zu mir zieht. Um sie vor den Wolfsrudeln da draußen zu schützen.«

»Oh, ich habe es längst aufgegeben, in Rudeln rumzulaufen. Ich bin inzwischen ein einsamer Wolf.«

»Das war kein persönlich gemeinter Vergleich. Ich glaube lediglich, daß Holly Sicherheit braucht.«

»Wäre das nicht der Job der Mutter?«

»Die Mutter ist nicht die Lösung, sondern das Problem.«

»Meinen Sie wegen der Schießerei? Die Art und Weise, wie ihr Vater gestorben ist?«

»Holly war damals erst neun Jahre alt«, antwortete Pat Michaels. »Sie war Augenzeugin. Als die Polizei kam, mußte sie denen erzählen, was ihre Mutter getan hatte. Das kann nicht sehr leicht gewesen sein.«

»Sie muß aber ausgesagt haben, daß es ein Unfall war. Das war dann auch das Votum des Gerichts.«

Pat sah aus, als hätte sie in eine Zitrone gebissen. »Und das Gericht hat natürlich immer recht, nicht wahr?«

»Irgend etwas sagt mir, daß Sie Linda Martindale nicht besonders mögen. Es muß Sie ziemlich gemopst haben, als Sie erfuhren, daß Ihr Boß sie heiraten würde.«

»Vielleicht gehen Sie jetzt besser«, sagte Pat Michaels.

Ich hätte dieser Aufforderung durchaus Folge geleistet, wäre Holly nicht plötzlich wieder auf der Bildfläche erschienen. Sie trat in einem langen Nachthemd in die Tür und sah aus wie das kleine Waisenmädchen Annie, ganz einsam und von aller Welt verlassen.

»Hast du es ihm gesagt?« fragte sie Pat. »Hast du Trent erzählt, was ich dir erzählt habe? Das, was ich in jener Nacht tatsächlich gesehen habe?«

»Geh wieder ins Bett, Holly. Mr. Bailey wollte sich gerade verabschieden.«

»Möchtest du es wirklich wissen?« Holly sprach jetzt zu mir. »Ich glaube nicht. Und ich bin sicher, Lucien Wallace will es auch nicht wissen. Männer sind so blöde.«

Dem vermochte ich nichts entgegenzusetzen.

»Ich sag dir, was meine Mutter der Polizei erzählt hat und was ich gesehen habe. Da gibt es einen Unterschied. Einen großen Unterschied.«

Ich merkte plötzlich, daß ich den Atem angehalten hatte. Auf diese Weise konnte man leicht ersticken!

»Sie war in ihrem Schlafzimmer und ich im Zimmer gegenüber... Sie sagte, sie hätte unten ein Geräusch gehört. Sie sagte, sie hätte Angst gehabt. Zwei Frauen allein in einem großen Haus... Du weißt schon.«

»Ja«, sagte ich.

»Sie holte diese Flinte aus dem Schrank... die von meinem Vater. Sie ging auf Zehenspitzen die Treppe runter. Sie machte kein Licht, um nicht selber zur Zielscheibe zu werden.«

»Holly«, sagte Pat Michaels, »möchtest du das alles wirklich erzählen? Welche Bedeutung hat es denn schon für... diesen Menschen?«

»Sie kam im Dunkeln die Treppe herunter«, fuhr Holly ungerührt fort. »Sie erblickte im Wohnzimmer diesen merkwürdig aussehenden Mann, einen Einbrecher oder Mörder, und als er auf sie zukam, drückte sie ab, und er fiel zu Boden. Sie machte das Licht an und sah, wie ein Weihnachtsmann auf ihrem Wohnzimmerteppich verblutete. Woher hätte sie wissen sollen, daß es sich um ihren Mann handelte? Ihr Mann, der schon vor Monaten ausgezogen war, um bei seiner Freundin zu wohnen, Trish oder Trixie...«

Sanft sagte ich: »Es klingt plausibel, Holly.«

»An der ganzen Geschichte stimmt nur eines nicht... sie ist nicht wahr. Sie ist erstunken und erlogen. Sie hat ihn nicht im Dunkeln erschossen. Sie hat ihn nicht von der Treppe aus erschossen. Nein, das Licht brannte. Daddy lag auf dem Wohnzimmerteppich ... in seinem Weihnachtsmann-Kostüm. Mama stand direkt neben ihm und feuerte auf ihn. Peng, peng. So war das! Es war kein Unfall! Nein, es war ein kaltblütiger Mord!«

Ich war nicht gerade in Weihnachtsstimmung, als der große Tag nahte. Ich gelangte langsam zur Ansicht, daß Ebenezer Scrooge doch recht hatte.

Meine Mutter, die Gedanken lesen kann (zumindest meine), kam zu dem Schluß, daß es Probleme mit den Frauen sein mußten. Ich hatte schon ein Dutzend »ernsthafte« Freundinnen gehabt, doch keine hatte mich zum Altar geführt. Sie war des Wartens müde. Ihre biologische Uhr tickte, sie wollte Enkel sehen!

Ich konnte ihr natürlich nicht die Wahrheit sagen. Daß die Frau, nach der ich mich verzehrte, schon ein Kind hatte und daß ich mit diesem »ging«. Holly ging mir im übrigen seit jenem Abend, an dem sie ihre Mutter des vorsätzlichen Mordes beschuldigt hatte, aus dem Weg.

Aber es war ja auch Linda, die ich eigentlich wiedersehen wollte. Ich ersann ein Szenario. Ich würde in der Nähe ihres Hauses herumlungern und einfach »in sie reinrennen«, wenn sie zum Einkaufen ging. Ich würde mich erbieten, ihr die Tüten und Taschen zu tragen. Wir würden unterwegs in einer schummrigen Cocktailbar etwas trinken, wir würden uns unterhalten, zunehmend vertraulich... Aber ich wußte schon, daß es eine törichte Idee war.

Dann jedoch geschah es – das Wunder der 54. Straße!

Ich befand mich gerade im Büro von Lucien Wallace, das die Größe einer Bahnhofshalle hatte. Es war nach Dienstschluß, und ich präsentierte ihm die neuste *Golden-Cereal*-Anzeige. Er war jedoch in Gedanken ganz woanders, und als das Telefon klingelte, griff er schnell nach dem Hörer, lauschte dreißig Sekunden hinein und fing dann an zu toben.

»Was für ein Scheißservice ist denn das? Wissen Sie eigentlich, was für gute Geschäfte ihr Leute uns verdankt?« Er knallte den Hörer auf die Gabel und sah mich an. »Bailey, könnten Sie mir wohl einen Gefallen tun?«

Hätte ich nein sagen können?

»Der verdammte Laden unten im Haus kann keine Blumengrüße überbringen, und ich muß Mrs. Martindale auf der Stelle einen Strauß schicken ... Sie kennen doch die Adresse.«

»Ja, Sir«, sagte ich.

Es stellte sich heraus, daß es der größte Rosenstrauß war, den ich je gesehen hatte. Fragen Sie mich nicht, wie ich den ins Taxi reingekriegt habe. Aber ist ja auch egal. Jedenfalls hatte ich einen idealen Vorwand, Linda aufzusuchen.

Sie lachte, als sie mich aus dem Strauß herausschauen sah. Sie rief ein Mädchen und trug ihr auf, sich um die Rosen zu kümmern, schien von Luciens Gabe aber nicht sonderlich beeindruckt zu sein. Ich traute mich zu fragen: »Wofür entschuldigt er sich?«

Linda lächelte und verlangte zu wissen, ob ich etwas zu

trinken haben wolle. Ich war zwar schon von ihrer Gegenwart ganz berauscht, sagte aber trotzdem ja. Sie erinnerte sich an meine Vorliebe für Wodka, und während sie mir einen einschenkte, sagte sie: »Es ist immer die alte Geschichte. Ich hatte ihm gesagt, daß ich an keiner Party teilnehmen wolle, zu der auch Andrew Scully erscheine.«

»Sie mögen Mr. Scully nicht?«

»Ach, das ist eine lange Geschichte... Erzählen Sie mir lieber von Holly. Treffen Sie sich noch mit ihr?«

»Nicht mehr seit der Party bei Mr. Wallace. Um ehrlich zu sein, ich habe eigentlich keine so große Schwäche für sehr junge Frauen.«

»Und wofür haben Sie eine Schwäche?«

Ich überraschte mich selbst, denn ich beantwortete ihre Frage nicht, sondern sah sie nur an. Sah sie so lange an, bis sie langsam rot wurde. Es war ein tolles rosarotes Erröten, das ihr Gesicht noch schöner machte, als es so schon war. Sie verstand genau, was ich mit meiner wortlosen Antwort sagen wollte.

Schließlich brach sie das Schweigen und sagte leichthin: »Also wirklich, Trent, Sie müssen Älteren ein bißchen mehr Respekt entgegenbringen.«

»Ist es für Sie etwa respektlos, wenn man sich in jemanden verliebt?«

Das Mädchen kam herein und brachte die Vase mit den Rosen. Sie stellte sie auf ein Spitzendeckchen, das auf dem Klavier lag.

Als sie wieder hinausgegangen war, sagte ich: »Verzeihung. Ich sollte so etwas nicht sagen... nicht zu einer Frau, die im Begriff ist, einen anderen zu heiraten.«

»Lucien und ich werden nicht heiraten.«

Hörte ich richtig?

»Wir haben das am Abend der Party beschlossen. Der Streit wegen Scully... der war typisch für unsere Meinungsverschiedenheiten. Die Ehe wäre eine Katastrophe.«

»Ich glaube nicht, daß Mr. Wallace das auch so sieht. Er hat schließlich die Blumen geschickt.«

Sie stand auf und ging zum Klavier, um die Rosen ein wenig umzustecken. Dann sagte sie: »Aber Sie haben sie mir gebracht, Trent.«

Wie gerne hörte ich sie meinen Namen aussprechen!

»Mr. Wallace hat sie bestellt. Der Blumenladen hatte bloß keine Botenjungen mehr frei. Deshalb bat er mich. Wenn ich Ihnen Blumen mitgebracht hätte, dann keine Rosen. Es wären Orchideen gewesen.«

»Woher wissen Sie, daß Orchideen meine Lieblingsblumen sind?«

Ich hätte gern den Anschein des Rätselhaften aufrechterhalten, aber ich war noch nie ein guter Lügner gewesen. »Die Bilder auf dem Klavier«, sagte ich. »Da sind drei Aufnahmen von Ihnen dabei, auf denen Sie Orchideen in der Hand haben.«

Sie lachte und sagte: »Nun, mal ein ehrlicher Mann.«

Ich trat zu ihr ans Klavier. Mein Herz schlug so laut, daß sie mich als Metronom hätte benutzen können. Linda ließ ihren Blick über die Fotos schweifen, bis sie das gesuchte gefunden hatte. Sie gab es mir.

Es war draußen im Freien aufgenommen. Zwei Männer flankierten sie. Sie sah jünger aus als Holly. Ihr langes Haar wehte im Wind. Der eine der beiden Männer war jung und gutaussehend, der andere ein rundlicher, aber noch nicht dicker und verkrüppelter Andrew Scully.

»Jetzt verstehen Sie alles.«

»Nein … keineswegs.«

»Der Mann links ist mein verstorbener Mann John. Sein Künstlername war John Martindale, sein bürgerlicher John Scully.«

Mir fiel der Unterkiefer herab.

Sie sagte: »Jetzt wissen Sie, warum wir nicht miteinander auskommen. Scully denkt, daß ich seinen Sohn umgebracht habe.«

Da stand ich, war mitten in der wichtigsten Unterhaltung meines Lebens – und tat was? Ich glotzte Linda stumm an! Nicht, daß Linda anzuglotzen nicht eines der größten Vergnügen gewesen wäre, die das Leben zu bieten hat!

Zum Glück hatte sie die Sprache nicht verloren. »Und was denken Sie, Trent Bailey?« Sie lächelte mich freudlos an. »Hat meine Tochter Sie davon überzeugt, daß ich eine mordende Verrückte bin?«

»Nein«, antwortete ich. »Ich bin sicher, daß Sie ihn nicht kaltblütig umgebracht haben, wie Holly es behauptet.«

»Und warum nicht? Ich verachtete meinen Mann. Er hatte eine geheime Wohnung, wußten Sie das? Von dieser Art, die die Boulevardpresse gern als ›Liebesnest‹ bezeichnet. Die Miete war höher als die Rückzahlungsrate unserer Hypothek. Jedoch war nichts gut genug für Trish oder Trisha oder Trixie – ich hab den Namen nie richtig mitgekriegt. Und das Mädchen auch nie kennengelernt.«

»Sie hätten den Mistkerl rausschmeißen sollen«, sagte ich erregt.

»Das habe ich. Aber er beschloß wiederzukommen, am Weihnachtsabend. Seit Holly alt genug war, um zu wissen, wer der Weihnachtsmann war, zog er sich dieses lächerliche Kostüm an und kasperte im Wohnzimmer rum. Sie stellte immer Milch und Kekse raus. Er trank die Milch auch, tat allerdings erst ein bißchen Whiskey rein... Aber an jenem Abend hatten wir beide nicht mit dem Weihnachtsmann gerechnet...«

»Sie dachten, es wäre ein Einbrecher«, sagte ich. »Ich zweifle nicht daran, daß das stimmt.«

»Warum das?« fragte sie mit einem Anflug von Ironie. »Weil du in mich verliebt bist?«

Sie war ganz unvermittelt zum Du übergegangen, was mich dazu ermutigte, es ebenfalls zu tun. »Weil ich dir glaube und nicht ihr.«

Linda entfernte sich wieder von mir. Sie setzte sich aufs Sofa und faltete die Hände im Schoß. Einen beunruhigenden Augenblick lang sah sie mich an und sagte dann: »Wußtest du, daß Holly damals ohnmächtig geworden ist? Daß sie, als sie wieder zu sich kam, sich nicht mehr an den Abend erinnern konnte? Überhaupt nicht mehr?«

»Ich meine, sie hätte mal so etwas erwähnt wie...«

»Man spricht von einer Amnesie, einer zeitlich begrenzten Erinnerungslücke. Also wenn das Bewußtsein einen speziellen Augenblick, an den sich zu erinnern allzu schmerzlich ist, für eine gewisse Zeit löscht. Deshalb hat sie vor der Polizei keine Aussage gemacht.«

Ich stieß einen gewaltigen Seufzer aus und wurde mir der Tatsache bewußt, daß ein Teil von mir Holly doch zumindest halb geglaubt hatte – die Aussage nämlich, daß

Linda sehr wohl gewußt hatte, was sie tat, als sie den »Weihnachtsmann« Martindale erschoß.

»Die irren sich beide«, sagte ich, »Holly und... Andrew Scully.«

»Ja, beide. Ich habe John nicht ermordet.«

Ich wollte sie in die Arme nehmen, wollte es so sehr, daß mir die Arme schon schmerzten. Ich sagte: »Wußtest du, daß Andrew Scully simuliert? Daß er durchaus aus dem Rollstuhl aufstehen kann?«

Das verblüffte sie. »Ist das dein Ernst?«

»Ich habe es mit eigenen Augen gesehen. Zum Glück hat er mich nicht bemerkt. Warum, glaubst du, bleibt er in diesem Rollstuhl hocken?«

»Vielleicht, weil ihm das mehr Macht gibt. Es ist eine Art rollender Thron... Scully ist ein unergründlicher Mensch. Auf seine Weise auch ein gewalttätiger. Er war als junger Mann bei den Green Berets ...« Sie stand plötzlich auf. »Weißt du was? Ich komme um vor Hunger! Würdest du mich gern zum Essen einladen?«

Ich antwortete mit einem begeisterten Ja.

Ich half ihr in einen Lammfellmantel. Sie schlug ein italienisches Restaurant um die Ecke mit Namen Tuscano vor. Es war klein, hatte nicht mehr als acht kerzenbeleuchtete Tische. Ein perfektes romantisches Ambiente, aber es hätte mir auch nichts ausgemacht, wenn es riesig und rappelvoll gewesen wäre und mich alle Welt mit der schönsten Frau am Arm gesehen hätte.

Ich kann mich nicht mehr daran erinnern, worüber wir uns unterhielten, was wir aßen und tranken. Ich erinnere mich nur noch an ihr Gesicht, die Art, wie sich die Kerzenflammen in ihren Augen spiegelten, die Art, wie ihre Lippen Wörter formten.

Es war schon fast Mitternacht, als ich Linda wieder nach Hause brachte und dabei mit äußerster Vorsicht auf die Wolken unter meinen Füßen trat.

Sie bat mich nicht herein, tat jedoch etwas anderes. Sie beugte sich zu mir vor, als erwarte sie einen Kuß – und ich enttäuschte sie nicht.

Als ich ihr eine gute Nacht wünschte, waren die Wolken wolkiger denn je.

Ich hätte besser achtgeben sollen! Ich hätte den leuchtend roten Anzug wahrnehmen müssen, hätte bemerken müssen, daß dieser Straßenecken-Weihnachtsmann keinen Schornstein bei sich hatte, sondern nur ein kleines Glöckchen, das blechern und stumpf klang. Aber dann steckte er es ein und holte etwas anderes aus der Tasche. Als ich mich noch einmal nach Linda umdrehte, sah ich ein Funkeln, den Widerschein der Straßenlaterne auf Stahl, und mir wurde klar, daß das nur ein Messer sein konnte. Ich brüllte wie ein Stier, konnte aber nicht mehr verhindern, daß er Linda das Messer in den Rücken stieß.

Vielleicht hätte ich mich erst einmal um Linda kümmern sollen, aber mein Adrenalinspiegel war hochgeschnellt, und ich schoß hinter der rundlichen Gestalt her, die diesmal nicht gar so schnell war. Ich holte den Mann ein und stürzte mich wie ein Berglöwe auf seinen Rücken. Er fiel auf den Bürgersteig, und seine Weihnachtsmannkapuze rutschte ihm vom Kopf. Langes, schwarzes Haar quoll hervor, und da sah ich, daß es gar kein Weihnachtsmann war, sondern eine Weihnachtsfrau namens Pat Michaels.

Als ich kam, saß sie auf einem Stuhl. Das Krankenhauszimmer war voller Blumen, die meisten hatte ich geschickt. Eine Krankenschwester, die gereizt mit der Zunge schnalzte, nahm ein paar der Sträuße an sich.

»Verbrauchen allen Sauerstoff!« sagte sie. »Ich habe Wohlfahrts-Patienten, die gut welche davon gebrauchen können.«

Linda lachte. »Du hast es übertrieben, Trent. Ich werde heute vormittag entlassen, weißt du.«

»Deshalb bin ich ja hier.«

»Holly auch. Sie spricht gerade mit dem Arzt über die häusliche Pflege. Ich denke, da braucht es nicht viel, die Wunde ist ja so klein.«

»Gott sei für das Lammfell gedankt«, sagte ich. »Das Messer ist da kaum durchgekommen. Aber ich hoffe trotzdem, daß es dich nicht davon abhalten wird, diese Verrückte in den Knast zu schicken…«

»Sie ist keine gewöhnliche Kriminelle«, sagte Linda traurig. »Sie ist eine kranke Frau, Trent! Sie muß John wirklich sehr geliebt haben.«

»Du hast nicht gewußt, wer sie war, als Lucien sie einstellte?«

»Ich hatte keine Ahnung. Wie ich dir schon sagte, habe ich diese Trish oder Trisha oder Trixie nie kennengelernt… es ist mir nie in den Sinn gekommen, daß das alles Kosenamen für Patricia sind.«

»Wie Pat auch.«

»Ja«, sagte Linda.

»Um ehrlich zu sein, ich dachte, dein gefährlicher Weihnachtsmann wäre Andrew Scully … nachdem ich mitgekriegt hatte, daß er sehr wohl noch laufen kann. Er ist wie gemacht für die Rolle, und er hätte ja durchaus seine eigenen Gründe, dir etwas antun zu wollen.«

Linda schüttelte den Kopf. »Nein, ich glaube nicht, daß Scully so etwas fertigbrächte. Natürlich hat ihn Johns Tod schwer getroffen, und ich denke, er war mir ganz und gar nicht freundlich gesinnt. Vor allem nicht, als Holly aus ihrer Fugue erwacht war…«

»Aus was?«

»So haben die Ärzte den Zustand bezeichnet, in dem sie sich damals befand. Es hat lange gedauert, bis sie wieder normal funktionierte, auch wenn sie sich nicht mehr daran erinnern konnte, was in jener Nacht geschehen war.«

Es gab im Krankenzimmer noch einen zweiten Stuhl, und den stellte ich jetzt neben den ihren. Ich nahm ihre Hand. »Wirst du mir sagen, was passiert ist? Holly hat mir erzählt, was du der Polizei erzählt hast… die Geschichte, von der sie behauptet, daß sie nicht stimme.«

Es war nicht Linda, die meine Frage beantwortete, sondern jemand anderes. Holly stand, ein paar Papiere in der Hand, in der Tür. Sie sah uns an, und ihre Augen billigten, was sie sahen, denn sie lasen aus unserer Körpersprache die richtige Bedeutung heraus. »Ich werde ihm die Geschichte erzählen, Mutter. Die wahre Geschichte.«

»Ach Holly«, sagte Linda. »Du weißt, daß wir sie am besten alle vergessen.«

»Ja«, erwiderte die Tochter bitter, »nur daß ich das Falsche vergessen habe, nicht wahr? Ich mußte es vergessen, mußte mir eine völlig neue Erinnerung erschaffen, damit ich weiterleben konnte…«

»Wovon sprichst du?«

»Sag's ihm«, antwortete Holly. »Trent hat ein Recht, es zu erfahren. Er liebt dich doch, oder ist dir das entgangen? Bitte, Mutter!«

Linda seufzte. Sie schob das Kissen in ihrem Rücken zurecht und faltete die Hände im Schoß. »John ist an jenem Weihnachtsabend ins Haus eingedrungen. Er hatte den Schlüssel zur Haustür noch. Aber er trug kein Weihnachtsmann-Kostüm. Es war ja auch nicht der Geist der Weihnacht, der ihn beseelte. Nein, er wollte Holly dazu überreden, zum ihm und seiner geliebten Trisha...«

»Wie konnte er annehmen, daß sie so etwas tun würde?«

Holly sagte: »Er versprach mir alles mögliche. Daddy war ja reich, zumindest seine Familie war es. Er stahl sich in mein Zimmer, versprach mir ein Shetlandpony, mein eigenes Segelboot, ein Auto, wenn ich alt genug wäre, um fahren zu dürfen. Er sagte, ich würde Trisha mögen...«

»Ich hörte schließlich ihre Stimmen«, unterbrach Linda sie. »Ich ging zu Holly hinein, und das machte John so wütend, daß er... handgreiflich wurde...«

»Er hat Mom geschlagen!« sagte Holly mit der Stimme eines Kindes.

»Holly lief hinaus. Sie lief in mein Schlafzimmer... was einmal unser Schlafzimmer gewesen war. Sie wußte, daß die Flinte dort im Schrank stand...«

»Mein Gott«, entfuhr es mir, »dann ist es... Holly gewesen...«

»Daddy hatte mir beigebracht, wie man damit umgeht. Ich feuerte beide Läufe auf ihn ab. Er war sofort tot.«

»Aber... das Weihnachtsmann-Kostüm?«

»Das war meine Idee«, sagte Linda. »Ich schleppte Johns Leiche ins Wohnzimmer. Dann holte ich seinen Weihnachtsmann-Anzug aus der Mottenkiste. Ich legte den Anzug auf den Boden und feuerte zweimal darauf.«

Ich sagte: »Als sich Holly also daran erinnerte, daß du dort gestanden und absichtlich auf einen am Boden liegenden Körper gefeuert hattest...«

»Ich habe nur dieses Weihnachtsmann-Kostüm erschossen. Und es dann irgendwie geschafft, es dem Toten überzuziehen. Danach rief ich die Polizei an...«

Holly sagte: »Das war meine letzte zutreffende Erinnerung. Als die Polizei kam, war ich schon in diesem komischen Fugue-Zustand...«

Sie brach ab, sah ihre Mutter an und warf sich dann in ihre Arme. »Mir tut das alles so leid, was ich gesagt habe.« Sie barg das Gesicht in Lindas Morgenrock. »Ich war die ganze Zeit, seit du mir gesagt hattest, du wolltest Lucien heiraten, so wütend auf dich, daß ich einfach bei dir ausziehen mußte...« Sie sah zu mir hoch. »Wirst du sie jetzt heiraten?«

Ich sagte: »Das weiß ich nicht. Sie hat noch nicht um meine Hand angehalten.«

Wir werden am 1. Juni getraut. Versuchen Sie, rechtzeitig da zu sein.

Der Darlington-Skandal

An bestimmten Tagen setzte mein Freund Sherlock Holmes unweigerlich eine finstere Miene auf, was sein düsteres Gesicht noch länger wirken ließ. Das geschah immer an den Tagen, an denen *The Strand Magazine* herauskam und sich auf seiner knalligen Titelseite eines weiteren »Sherlock-Holmes-Abenteuers« rühmte. Als Autor dieser Beiträge bekam ich sein ganzes Mißbehagen zu spüren, was mir allerdings zunehmend weniger zu schaffen machte, wurde mir doch allmählich klar, daß Holmes über meine Lobpreisungen seiner deduktiven Fähigkeiten keineswegs nur ungehalten war. Er warf mir zwar jedesmal wieder ein Zuviel an Melodramatischem vor und krittelte an den Worten herum, die ich ihm in den Mund gelegt hatte, aber am Ende hellte sich der finstere Blick dann doch auf, und es überkam ihn eine gewisse Milde. Wenn ich ganz offen sein soll, so glaube ich, daß er letztlich die »Abenteuer des Sherlock Holmes« ebenso gern las, wie er sie erlebte.

Jedoch gab es, wie bereits angemerkt, Fälle, über die zu berichten mir Holmes aus Gründen, welche im allgemeinen auf der Hand lagen, untersagte. Er wollte den Londoner Klatschmühlen kein Mahlgut liefern, wollte keinen Ruf ruiniert, keine Familie unschuldig gestraft und (was häufiger geschah, als man ahnte) keinen Adelstitel entwürdigt sehen.

Diesem letztgenannten Grund für seine Zurückhaltung ist es jedoch nicht zuzuschreiben, daß ich die schockierende Geschichte von Lord Rufus Darlington nie veröffentlicht und in meinem Testament verfügt habe, daß eine solche Veröffentlichung erst volle einhundert Jahre nach den Ereignissen erfolgen dürfe. Das liegt schlicht und einfach daran, daß dieser Mann wegen seiner schrecklichen Taten niemals unter Anklage gestellt worden ist und Holmes grundsätzlich untersagt hatte, Beschuldigungen wiederzugeben, welche noch von keinem ordentlichen Gericht als rechtens bestätigt worden waren.

Ob der vorliegende Bericht die Öffentlichkeit je erreicht, ist fraglich, da ich des weiteren verfügt habe, daß er, sollte irgendein überlebender Angehöriger der Familie Darlington den Beweis erbringen können, daß die Veröffentlichung einer Verleumdung gleichkomme*, wieder in den Tresor zurückgelegt werden und bis zum nächsten Jahrhundert dort liegenbleiben solle. Die geschichtliche Entwicklung vermag zwar auf ihre ganz eigene Art aus den schändlichsten Verbrechen ein harmloses Märchen zu machen, aber ich, der ich nur wenige Tage, nachdem der Fall Darlington abgeschlossen worden ist, darüber schreibe, kann kaum glauben, daß etwas so Entsetzliches je anders wahrgenommen oder vergeben werden kann.

Natürlich ist mir nicht gegeben zu wissen, wie in jener fernen Zukunft die Gesetze bezüglich der üblen Nachrede aussehen werden, aber ich hoffe doch sehr, daß sie auch

* Ein Nachkomme Lord Darlingtons, Palmer Leeds aus Manchester, hat sich an die Gerichte gewandt, um ein Verbot der Veröffentlichung dieses Berichts zu erwirken, aber sein Gesuch wurde abschlägig beschieden.

dann noch die Schwachen und Unschuldigen schützen. Und ich hoffe inständig, daß die Gesetze der zukünftigen Jahre vor allem die verheirateten Frauen besser vor der Brutalität ihrer Ehemänner schützen – vor einer Grausamkeit, die in dem Jahrhundert, in welchem wir leben, nur allzu leicht mit einem Achselzucken abgetan wird. In solchen besseren Zeiten wäre es vielleicht ja auch nie zu der Affäre Darlington gekommen.

Ein Aspekt des Falles, der ihn von allen anderen abhob, war die Rolle, welche Inspektor Lestrade spielte, der gewißlich zu den mißverstandensten Gestalten in der Galerie von Sherlock Holmes gehört. Es ist erstaunlich, wie viele Bewunderer des großen Detektivs dem armen Lestrade die Rolle des glücklosen Berufsermittlers zugewiesen haben, der beständig genötigt war, sich einem begabten Amateur zu beugen, welcher ihn bei jeder Gelegenheit weit übertraf. In Wirklichkeit bewunderte und achtete Holmes diesen Lestrade und schätzte seine Freundschaft, wenn auch diese beiden glühenden Verfechter des Rechts jenseits ihres beruflich bedingten Zusammentreffens kaum je Zeit miteinander verbracht haben. Eine Ausnahme bildete jener bitterkalte Tag gegen Ende Januar 1895, als der Inspektor auf die Nachricht hin, daß Holmes einer Bronchitis wegen an seine Wohnung gefesselt sei, beschloß, ihm seine Aufwartung zu machen.

Als Arzt darf ich hier anmerken, daß Sherlock Holmes der schlimmste Patient war, der sich denken läßt. Das Wort »Bettruhe« war ihm verhaßt. Alle Arzneimittel galten ihm als »Quacksalbermittelchen«, alle ärztlichen Ratschläge als »Zaubersprüche«. Sein Mittel gegen alle Krankheiten war ein selbstverordnetes, nämlich eine siebeneinhalbprozentige Kokainlösung, die ihm zu einem trügerischen Gefühl des Wohlbefindens verhalf. Deshalb war Lestrade höchst überrascht, als er an jenem verschneiten Abend unser Quartier betrat und Sherlock Holmes vor dem Kamin sitzend und an seiner leeren Meerschaumpfeife saugend (in seinem augenblicklichen Zustand schmeckte Tabak abscheulich) antraf, den Eindruck eines vollkommen gesunden Menschen erweckend, welcher der Gesellschaft eines Ebenbürtigen freudig entgegenblickt.

Die beiden unterhielten sich eine gute Stunde lang, wobei es ihnen gelang, alles, was ich zum Gespräch beizusteuern versuchte, zu ignorieren. Ich fühlte mich allmählich ein wenig verärgert und trank mehr Brandy Soda, als ich üblicherweise – auch bei festlichen Anlässen – zu mir nehme. Ich wollte gerade in meinem Sessel eindösen, als der Inspektor uns verriet, daß es mehr als nur einen Grund für seinen Besuch gebe, womit allerdings nicht gemeint sei, daß er betreffs eines zu bearbeitenden Falls Rat suchen wolle – das Verbrechen, das er im Sinn habe, sei vielmehr schon vor einem Jahr schnell und ohne Mühe aufgeklärt worden.

»Auf den Tag genau vor einem Jahr«, seufzte er und steckte sich eine Zigarre an. »Ein kalter Abend wie der heutige. Aber vielleicht erinnern Sie sich nicht mehr daran, Mr. Holmes. Es war keine Sache, die Ihre Fähigkeiten hätte herausfordern können.«

Holmes nickte nur und beobachtete Lestrade mit zusammengekniffenen Augen, darauf wartend, daß jener den Namen ausspräche, der zwischen ihnen in der Luft zu schweben schien wie der Rauch von Lestrades Zigarre. Aus irgendeinem Grund sah ich mich veranlaßt, diesen Namen zu nennen.

»Carlton Paige«, sagte ich, mich räuspernd. »Seltsam, nicht wahr? Damals so ein Wirbel, und heute erinnert sich kaum noch jemand an den Fall.«

»Ausgenommen«, sagte Holmes pointiert, »Mrs. Paige.«

»Ja«, sagte Lestrade. »Ich bin sicher, daß Mrs. Paige am heutigen Abend nicht sonderlich glücklich ist. Am Jahrestag des schrecklichen Ereignisses.«

»Wie sollte sie auch?« schnaubte ich. »Dort im Frauengefängnis von Bristol. Für den Rest ihres Lebens eingesperrt!«

»O nein«, sagte Lestrade ruhig, »dort ist sie nicht mehr. Sie ist verlegt worden.«

Aber als ich mich erkundigte, wohin, überhörte der Inspektor meine Frage und sah Holmes an. »Erinnern Sie sich noch an die Proteste?« fragte er. »Als sie in Haft genommen wurde? Erwarteten die wirklich von uns, daß wir eine Mörderin aus ›moralischen‹ Gründen laufenlassen würden?«

»Die gab es doch«, sagte ich verwundert. »Carlton mißhandelte seine Frau ganz schön! Er trieb seine arme Gattin an die Grenzen dessen, was sie zu ertragen vermochte. Und als diese Grenze erreicht war, da erschoß sie ihn.«

Holmes lächelte dünn. »Ich habe Sie oft erklären hören, Watson, Sie seien bei diesem oder jenem Menschen am Ende Ihrer Geduld. Haben Sie in solchen Fällen jemals beschlossen, die Betreffenden ins Herz zu schießen?«

»Das war damals etwas ganz anderes«, erklärte ich steif, »es handelte sich um eine impulsive Tat. Die Frau war jahrelang brutal behandelt worden, und an jenem Abend war bei ihr das Maß voll.«

»Ja«, sagte Holmes, Lestrade zuzwinkernd, »sie zog den Abzug einer Pistole, die sie bereits ein paar Tage zuvor ganz impulsiv gekauft hatte.«

»Nun ja«, meinte der Inspektor, »soviel will ich zugunsten von Mrs. Paige doch sagen: Sie stritt das Verbrechen nicht ab und versuchte auch nicht, sich zu rechtfertigen. Sie rief selbst die Polizei ins Haus und legte auf der Stelle ein volles Geständnis ab. Sie nahm ihre Strafe an wie...«

»Wie ein Mann?« Holmes lächelte.

»Ich kann nicht anders, als Mitleid mit ihr zu empfinden«, gab Lestrade bedrückt zu. »Vor allem jetzt, wo sie den Verstand verloren hat.«

»Großer Gott!« rief ich. »Wollen Sie sagen, sie ist dem Wahnsinn verfallen?«

»Bei dem Ort, an den sie verlegt worden ist, handelt es sich um die Anstalt für geisteskranke Kriminelle. Ich habe es erst vor kurzem erfahren. Aber als man mir die Symptome beschrieb, war mein erster Gedanke: Würde Mr. Sherlock Holmes das nicht interessant finden?«

Holmes nahm die leere Pfeife aus dem Mund, und sein Gesicht hellte sich auf. »Aus welchem Grund, Inspektor?«

»Nun ja, Sie lieben doch seltsame Geschichten, Mr. Holmes, und dies ist eine ganz nach Ihrem Herzen. Mrs. Paige leidet unter der Wahnvorstellung, daß ihr wirklicher Name Emma Jane Darlington ist. Besser bekannt als Lady Darlington.«

»Ist das tatsächlich so seltsam?« sagte ich. »Wie viele Napoleons und Lord Nelsons befinden sich wohl in diesem Augenblick in unseren Klapsmühlen?«

»Aber Sie übersehen das Wesentliche, Watson«, sagte

Holmes. »Man kann verstehen, wenn sich ein Verrückter für eine berühmte Persönlichkeit, ja für einen Gott hält. Aber warum für die relativ unbedeutende Frau eines relativ unbedeutenden Bürgers?«

»Das kann ich Ihnen sagen«, schaltete sich Lestrade ein. »Sie sieht wie diese andere Frau aus.«

»Sie meinen, es besteht eine deutlich erkennbare Ähnlichkeit?«

»Aber woher soll sie das wissen?« fragte ich. »Wo sie doch die vergangenen zwölf Monate hinter Gittern war?«

»Aufgrund des Kupferdrucks«, sagte der Inspektor. Er zog einen zusammengefalteten Zeitungsausschnitt aus der Tasche, was belegte, daß sein Interesse an diesem Fall besonders groß war. Er reichte den Ausschnitt Holmes, und ich sah mich genötigt, diesem über die Schulter zu schauen.

»Das ist ein Hochzeitsfoto«, bemerkte Holmes.

»Aber natürlich!« rief ich aus. »Jetzt erinnere ich mich wieder. Dieser Lord Darlington war irgend so ein Lebemann, beschloß dann aber doch noch, sich zu verehelichen. Wahrscheinlich, weil sein Vater ihm für den Fall, daß er nicht endlich einen Hausstand gründete und ein oder zwei Erben produzierte, mit der Enterbung gedroht hatte!« Ich gluckste, aber meine Gefährten schienen nicht amüsiert zu sein. Ich nahm Holmes den Zeitungsausschnitt aus der Hand und besah mir das süße, schlichte Gesicht der Braut. Der Ausschnitt trug das Datum 1. Oktober.

»Die Hochzeit löste einen ziemlichen Wirbel aus«, sagte Lestrade. »Nicht daß ich die Klatschspalten läse! Aufsehen erregte vor allem, daß der Brautvater ein Tee- und Kaffeeimporteur ist. Von blauem Blut kann da keine Rede sein.«

»Trotzdem ein hübsches Mädchen«, brachte ich zur Verteidigung der Braut vor.

»Ja«, meinte Holmes, »und Mrs. Paige hat dieses hübsche Mädchen in der Zeitung gesehen, die Ähnlichkeit bemerkt und beschlossen, daß sie die glückliche Braut ist.«

»Genau«, sagte Lestrade ernst. »Und da setzten die Probleme ein. Sie fing an, Tag und Nacht herumzuschreien, ihr Mann, Lord Darlington, habe sie betrogen. Er habe sie in dieses Gefängnis gesteckt, um sein liederliches Leben fortführen zu können. Sie flehte und bettelte ihre Wärter an, ihr doch zu helfen und ihre Familie, ihre Freunde, ja Lord Darlington selbst anzurufen. Sie war nicht zu beruhigen, Mr. Holmes, war völlig außer sich.«

»Wie furchtbar«, sagte ich. »Aber der Frau erschien ihr Dasein natürlich unerträglich, und deshalb erfand sie ein neues für sich.«

»Bravo«, sagte Holmes und lächelte mir ausnahmsweise einmal ganz ohne Ironie zu. »Dr. Watson hat da eine zutreffende Diagnose gestellt. Sind Sie nicht auch der Meinung, Inspektor?«

»Doch, ja«, räumte der Inspektor unwillig ein, »das muß es sein.« Er zog eine große Repetieruhr aus der entsprechenden Tasche seiner Weste und schüttelte den Kopf. »Fast Mitternacht«, sagte er. »Ich denke, ich sollte mich mal auf den Heimweg begeben.«

»Noch einen auf das neue Jahr«, sagte ich und schenkte Lestrade einen reichlich bemessenen Brandy ein. Er nahm das Glas bereitwillig entgegen, hob es in die Höhe, und dann wünschten wir uns alle ein glückliches 1895. Sein Glas war fast schon wieder leer, als er sagte: »Aber ich habe Ihnen ja noch gar nicht von Lord Darlingtons Besuch in der Anstalt erzählt.«

Holmes Gesicht hellte sich einmal mehr auf. »Wollen Sie sagen, Lord Darlington hat dieser Frau wirklich und wahrhaftig einen Besuch abgestattet?«

»Ja, das hat er«, antwortete Lestrade. »Irgendwie war die Geschichte von Mrs. Paiges Wahnvorstellung an sein Ohr gedrungen, und er setzte sich mit einem der behandelnden Ärzte in Verbindung. Er wollte wissen, ob der Frau möglicherweise dadurch zu helfen wäre, daß er sie gemeinsam mit seiner Frau besuchte.«

»Eine vernünftige Erwägung«, sagte ich. »Wenn sie genug beieinander gewesen wäre, um mit eigenen Augen...«

»Ein sehr freundliches Angebot«, sagte Holmes, den Mund zynisch verziehend. »Aber eines, das man von einem Manne von Lord Darlingtons Reputation gar nicht zu erwarten wagt. Altruismus ist doch wohl kaum seine Stärke.«

»Ich glaube, es war die Idee seiner Frau. Sie brachte ihm nahe, daß dies ein Akt der Nächstenliebe wäre. Sie fuhren dann gemeinsam zu dieser Frau, was jedoch unglückselige Folgen hatte. Es gelang ihnen nicht, die Frau zu überzeugen, und Mrs. Paige rächte sich auch noch an der Anstalt, indem sie versuchte, sie niederzubrennen.«

»Großer Gott!« rief ich aus.

»Erzählen Sie mir mal, was genau passiert ist«, sagte Holmes, und sein Blick war so durchdringend wie der eines Adlers.

»Die Einzelheiten sind noch ein wenig unklar. Als das Paar eintraf, wollten die Leiter der Anstalt natürlich die Sicherheit gewährleisten und beauftragten einen Wärter, dem Zusammentreffen beizuwohnen. Mrs. Paige erhob sehr entschieden dagegen Einspruch. Sie wolle nur mit den Darlingtons sprechen. Rufus Darlington überredete daraufhin die Leiter, diese Abweichung von dem sonst üblichen Vorgehen zuzulassen. Er äußerte sich zuversichtlich, mit der Lage fertig werden zu können.«

Ich warf noch einen Blick auf das Hochzeitsfoto. »Er sieht dazu durchaus imstande aus. Körperlich ziemlich kräftig.«

»Hochschulmeister im Boxen«, knurrte Lestrade. »Er hatte von der verrückten Dame offenkundig nur wenig zu befürchten. Aber er irrte sich. Als sie mit Mrs. Paige allein waren, beging er den Fehler, sich eine Pfeife anzustecken. Sie griff ganz plötzlich nach seinen Streichhölzern und zündete die Matratze des Bettes an. Als endlich Hilfe kam, stand schon das ganze Zimmer in Flammen.«

»Ja«, sagte ich, »ich erinnere mich jetzt wieder an einen kleinen Zeitungsbericht darüber.«

»Die Sache war auch keine großen Schlagzeilen wert«, meinte Lestrade. »Aber sie hatte eine tragische Folge. Mrs. Paige erlitt schwere Verbrennungen am Oberkörper. Und noch schlimmer war, daß der Besuch sie nicht von ihrem Wahn zu befreien vermochte. Eher verschlimmerte er ihren Zustand noch.«

Holmes hatte schon seit einigen Minuten kein Wort mehr gesagt. Seine Augen waren geschlossen, und er atmete flach. Ich durchlebte einen Moment der Unruhe, weil ich ja seinen gesundheitlichen Zustand kannte. Ich berührte ihn an der Schulter, und da öffnete er die Augen wieder, aber nur zu schmalen Schlitzen.

»Ich glaube, Mr. Holmes gehört ins Bett«, sagte ich streng zum Inspektor. »Er hat sich in den vergangenen drei Tagen nicht wohl gefühlt, und ich fürchte, daß ihn dieser Besuch bis zur Erschöpfung ermüdet hat.«

Lestrade erhob sich sofort. »Das tut mir leid«, sagte er. »Ich hatte ja keine Ahnung…«

»Verständlicherweise«, sagte ich, »denn Mr. Holmes hat sich mal wieder einer seiner Lieblingsbeschäftigungen hingegeben und so getan, als wäre er jemand anderes. In diesem Falle ein Mensch, der sich der allerbesten Gesundheit erfreut.«

Wenige Minuten später verabschiedete sich ein völlig verstörter Inspektor Lestrade, der sich vielmals für seine mangelnde Rücksichtnahme entschuldigte. Aber als ich wieder zu Holmes hineinkam und darauf bestand, daß er sich auf der Stelle zur Ruhe begebe, da sah er mich so sonderbar an, daß ich mich fragte, ob vielleicht die Temperatur, die erst nach zwei Tagen endlich gesunken war, nun wieder stieg.

Aber dann sprach Holmes. Er sagte: »Ich würde gerne einen Arzt aufsuchen.«

Ich erinnerte ihn daran, daß ich nach wie vor einer sei.

»Ich möchte einen sehr speziellen Arzt aufsuchen, Watson. Und zwar morgen.«

»Aber wozu?«

»Weil es um Leben und Tod geht«, sagte er mit einer Stimme, die so sonor klang wie eine Kirchenglocke. »Nicht um mein Leben, lieber Freund«, setzte er hinzu, als er meinen Gesichtsausdruck bemerkte.

Ich erwachte am folgenden Morgen eine Stunde und vierzig Minuten später als sonst üblich, was sicherlich auf das Übermaß an Brandy zurückzuführen war, das ich am Vorabend zu mir genommen hatte.

Mich beschlich das unbehagliche Gefühl, daß Holmes nicht mehr in seinem Krankenbette weilte. Ich hörte deutlich das Klappern einer Tasse auf einer Untertasse, und nachdem ich meine Füße in Hausschuhe gesteckt hatte, tappte ich in den Salon, wo ich tatsächlich Holmes antraf, der sich bereits angekleidet hatte und dabei war, sich eine Tasse Tee zu machen.

»Es ist alles in Ordnung«, sagte er mit einer etwas angespannten Stimme. »Ich versichere Ihnen, Watson, es geht mir sehr gut. Ich habe heute morgen meine Temperatur gemessen, und sie war ein klein wenig unter normal. Ich habe die ganze Nacht nicht gehustet und einen völlig klaren Kopf.«

»Sie wollen doch nicht etwa das Haus verlassen?«

»Es war nicht leicht, die Adressen zu bekommen, die ich benötige, aber wie es der Zufall will, ist einer der Butler in Lord Darlingtons Diensten ein begeisterter Leser Ihrer Geschichten im *Strand.* Er war hochbeglückt, sich mit mir unterhalten zu können, nachdem ich ihn davon überzeugt hatte, daß ich keineswegs nur eine fiktive Gestalt sei.«

»Aber was für Adressen brauchen Sie denn?«

»Zunächst einmal den augenblicklichen Aufenthaltsort von Lord Darlington und seiner jungen Frau. Wie es scheint, sind sie zu einer weiteren Hochzeitsreise aufgebrochen, diesmal zu einer Weltreise, die wohl so ein oder zwei Jahre dauern wird. Dann wird sich Lord Darlington bei der diplomatischen Vertretung auf der Insel Anguila melden, einem ziemlich kleinen Außenposten in der Karibik.«

Ich wurde langsam nervös. »Was hat denn das für eine Bedeutung, Holmes?«

»Eine sehr große«, antwortete er. »Aber eine noch größere kommt dem Namen des Leibarztes von Lord Darlington zu. Der Mann heißt Brevin. Dr. Hugo Brevin. Kennen Sie ihn, Watson?«

»Doch, ja«, sagte ich. »Ich bin ihm ein paarmal begegnet. Auf Ärztekongressen. Ich würde nicht sagen, daß wir Freunde sind, aber sicher gute Bekannte.«

Holmes lächelte breit. »Dann kann ich mich auf Sie berufen«, sagte er fröhlich und rauschte zur Wohnungstür, im Vorbeigehen seinen Mantel aufnehmend. Er blieb jedoch abrupt in der geöffneten Tür stehen, und seine Heiterkeit schmolz dahin wie Schnee an der Sonne.

»Und wenn ich zurück bin«, sagte er mit einer vom Ernst seiner Absichten schweren Stimme, »besuchen wir, Sie und ich, die Anstalt für geisteskranke Kriminelle.«

Es war ungefähr sechs Stunden später, als ich die Stimme von Holmes unten in der Halle hörte, wo er mit Mrs. Hudson sprach. Ich hatte den Tag damit verbracht, meine Aufzeichnungen zum Musgrave-Ritual zu studieren, aber meine Gedanken waren immer wieder zu dem Besuch Inspektor Lestrades und Holmes' seltsamer Reaktion auf die Geschichte, die Lestrade erzählt hatte, zurückgewandert. Ich konnte einfach nicht begreifen, was meinen Freund an einem Fall interessierte, dessen zentrales Rätsel lediglich im Kopf einer geistig verwirrten Frau zu suchen war.

Als Holmes in die Tür trat, galt mein erster Gedanke seinem Befinden. Er hatte etwas Fiebriges im Blick, und ich beabsichtigte, auf einer Untersuchung zu bestehen, aber Holmes machte diesem Vorhaben ein schnelles Ende.

»Wir müssen sofort aufbrechen, Watson«, sagte er. »Wir dürfen dieses hilflose Opfer nicht einen Augenblick länger leiden lassen als erforderlich.«

»Opfer? Leiden? Wovon sprechen Sie, Holmes?«

»Meine Kutsche steht unten. Nehmen Sie Ihren Arztkoffer mit, er könnte gebraucht werden. Und ziehen Sie sich warm an. Die Luft ist eisig, und ich möchte nicht, daß Sie Ihre Gesundheit in Gefahr bringen.«

Wenn man bedachte, wer in den vergangenen Tagen krank gewesen war, dann erschien diese Bemerkung äußerst unangebracht. Aber dann wurde mir klar, daß Holmes mich auf den Arm nahm, was durchaus als ein indirektes Zeichen seiner Zuneigung zu werten war.

Als wir die Anstalt erreichten, erwies sich der erste Wächter vor ihren Toren als ein kräftiger Waliser mit einem wilden Schnurrbart. Ausnahmsweise überließ Holmes mir das Reden. Ich wies mich aus und bat, in einer sehr ernsten Angelegenheit mit der höchstmöglichen Autorität sprechen zu dürfen. Selbige verkörperte, wie sich herausstellte, ein dürrer, asketischer Herr namens Stokes, welcher, kaum hörte er unsere Namen, vor lauter Aufregung zu schnaufen anfing.

»Mr. Holmes!« rief er aus. »Was für ein Vergnügen, Sie leibhaftig kennenzulernen! Erst gestern habe ich von Ihren Großtaten gegen den ruchlosen Rothaar-Bund gelesen!« Er fuhr sich durch seinen eigenen roten Haarschopf und entblößte grinsend ein Pferdegebiß. »Ich hätte gut ebenfalls zum Opfer werden können.«

»Wo wir gerade von Opfern sprechen«, sagte Holmes liebenswürdig. »Es läge uns sehr viel daran, wenn wir einen Moment Ihre Patientin Mrs. Paige sehen könnten. Es geht da um eine Sache von einiger Bedeutung, aber ich bin sicher, daß Sie verstehen werden, wenn ich augenblicklich noch nichts über den vertraulichen Inhalt dieser Gespräche verlautbaren kann.«

Stokes war über diese Eröffnung keineswegs erbaut, aber ich konnte auch sehen, daß er dem berühmten Detektiv eine viel zu große Achtung entgegenbrachte, um ihm seinen Wunsch abzuschlagen. Nach einer Flut von Warnungen bezüglich des unkontrollierbaren Zustandes der Patientin führte er uns zu einer Tür mit einem kleinen Fensterchen, durch das wir absolut gar nichts zu erkennen vermochten.

»Ihr Beruhigungsmittel ist eigentlich erst wieder in einer Stunde fällig«, sagte Stokes, »aber ich werde veranlassen, daß sie es gleich verabreicht bekommt, damit Ihre Begegnung mit ihr ein bißchen weniger schwierig wird.«

Er wollte die Schwester schon entsprechend instruieren, aber Holmes schaltete sich schnell ein. »Nein«, sagte er, »wir müssen mit der Frau sprechen, solange ihr Denken noch nicht von Medikamenten beeinflußt ist.«

»Ihr Denken, Mr. Holmes?« Stokes schüttelte bekümmert den Kopf. »Ihr Denken ist doch völlig gestört, voller wilder Phantasien.«

»Trotzdem«, sagte Holmes entschieden.

Natürlich setzte er sich durch, und nachdem Stokes mit

größter Behutsamkeit aufgeschlossen hatte, betraten wir das Zimmer der bedauernswerten Mrs. Paige.

Es war eher eine kleine Kammer, deren Wände mit einem scheußlichen rötlichen Stoff gepolstert waren. Es gab nur drei Möbelstücke – ein schmales Bett ohne Kopf- und Fußbrett, einen Tisch mit abgerundeten Ecken und einen Schaukelstuhl, der vor das vergitterte Fenster gezogen worden war.

Die Frau, die in dem Schaukelstuhl saß, drehte sich bei unserem Eintreten zu uns um und starrte uns an. Ich versuchte den Ausruf, welcher mir entfahren wollte, zu unterdrücken. Ich bin schließlich Arzt und habe schon viele entstellte Patienten gesehen. Aber hier waren es eigentlich nicht die schmutzigen Gesichtsbandagen, das ungekämmte Haar oder die heilenden Wunden, die mich erschreckten, sondern der gepeinigte Blick ihrer Augen – es war, als wäre ihr gestattet gewesen, die Hölle zu schauen.

»Was wollen Sie?« krächzte die Frau – ihre Stimme war vom endlosen Rufen und von den Schreianfällen ganz heiser. »Wann hören Sie endlich auf, mich zu behelligen?«

»Mein Name ist Sherlock Holmes, Madam. Ich bin beratender Detektiv. Und dies ist mein Mitarbeiter, Dr. John Watson.«

»Noch ein Arzt, der an mir rumdoktert!«

»Wir sind nicht gekommen, um Sie zu belästigen«, sagte Holmes ruhig, »sondern wir sind in einer wichtigen Mission hier. Wir möchten Ihnen nämlich die Gelegenheit geben, die Wahrheit Ihrer seltsamen Behauptung zu beweisen. Würden Sie so gut sein, uns eine Frage zu beantworten?«

»Nein!« schrie sie. »Ich habe genug von all der Fragerei!

Um meine Antworten schert sich doch niemand. Raus hier, raus!«

»Es könnte dies jedoch die wichtigste Frage sein, die Ihnen je gestellt worden ist. Ihr Leben, Ihre Zukunft, Ihre Freiheit könnten von Ihrer Antwort abhängen. Wollen Sie mich anhören?«

Die unnachgiebige Haltung Holmes', sein emotionsloser Ton, das Vorhandensein sowohl von Nachsicht als auch von Mitgefühl schienen die Frau zu überraschen. Sie nickte, wobei ihr das unfrisierte Haar in schmuddeligen, wirren Strähnen über das verbundene Gesicht fiel. »Na schön«, sagte sie. »Worum geht es?«

»Ich würde gerne wissen«, antwortete Holmes, »ob Ihnen das Folgende etwas sagt: das Pikas.«

Sie starrte ihn mit leerem Blick an. Ihr überraschter Gesichtsausdruck war, wie ich meinte, ein Spiegelbild meiner eigenen Überraschung.

»Das Pikas?« sagte sie nach einer Weile verächtlich. »Ich war der Ansicht, daß ich hier diejenige bin, die angeblich verrückt ist.«

»Denken Sie einmal genau nach«, sagte Holmes.

Sie stand aus dem Schaukelstuhl auf und wandte das Gesicht dem Fenster zu, welches so schmutzig war, daß man außer dem blassen Winterlicht nichts sehen konnte. Dann hoben sich ihre schmalen Schultern plötzlich ein wenig, und sie drehte sich wieder zu uns um.

»Das Pikas«, wiederholte sie. »Das Muttermal! Auf seinem Oberschenkel, ziemlich weit oben.«

Sollte auf dem Gesicht von Sherlock Holmes die Andeutung einer Bestätigung sichtbar geworden sein, so entging sie mir, weil ich mit offenem Munde zu der Frau hinstarrte, die dort vor dem schmutzigen Fenster stand. Als ich meine Aufmerksamkeit wieder Holmes zuwandte, war sein Gesicht völlig verändert. Die gemeißelte, steinerne Miene, die er so leicht aufsetzen konnte, war einem Ausdruck gewichen, in dem sich Triumph und... ja, wie soll ich das nennen?... Mitgefühl mischten.

Um seinen Mund zuckte ein Lächeln, als er jetzt sagte: »Ich verspreche Ihnen dies, Lady Darlington: Ich werde im Laufe der nächsten Tage Ihre Entlassung erreichen. Aber ich kann noch nicht sagen, wie lange es dauern wird, bis Ihr Mann, dieses Scheusal, vor Gericht steht.«

Ich begriff jetzt, warum Holmes unbedingt wollte, daß ich meinen Arztkoffer mitnahm. Denn kaum hatte er aufgehört zu sprechen, da gaben die Beine der Frau nach, und sie sank ohnmächtig zu Boden. Es brauchte fast eine Stunde, bis sie wieder ganz hergestellt war, und in dieser Zeit des Wartens erfuhr ich den Rest der Geschichte, wie ihn dieses erstaunlich windungsreiche Organ, welches das Gehirn von Sherlock Holmes ist, aus den wenigen bekannten Tatsachen abgeleitet hatte.

»Es war nicht nur eine von Inspektor Lestrade angeführte Tatsache, die mich argwöhnisch werden ließ«, sagte Holmes. »Nein, es war eher die merkwürdige Verquikkung der Ereignisse. Der Umstand, daß Rufus Darlington trotz all seiner aristokratischen Ansprüche die Tochter eines Teehändlers heiratete. Die Tatsache, daß er ›irgendwie‹ – um Inspektor Lestrades Wort zu benutzen – Kenntnis von Mrs. Paiges seltsamer Wahnvorstellung erhielt und sich von seiner Frau dazu bewegen ließ, an einer Mission der Barmherzigkeit teilzunehmen und die Irrenanstalt aufzusuchen. Die Tatsache, daß Mrs. Paige darauf bestanden hatte, mit dem Paar allein gelassen zu werden. Das Feuer, welches sie verunstaltete. Und dann der schnelle Aufbruch Lord Darlingtons und seiner jungen Frau zu einer langen Reise und einem fernen Ziel ... Erkennen Sie das Muster, Watson?«

»Nein«, mußte ich zugeben, »das tue ich nicht.«

»Rufus Darlington war ein Mörder«, sagte Holmes. »Ein Mörder, der dem Gesetz entkam, indem er sich hinter dem Rock einer Frau verbarg.«

»Grundgütiger Himmel, Holmes! Wollen Sie damit sagen, daß Darlington Carlton Paige erschossen hat?«

»Mr. Paige kam hinter die Affäre, die seine Frau mit Darlington hatte. Und da er ein brutaler Ehemann war, bestrafte er sie, indem er sie verprügelte, was Seine Lordschaft so sehr in Rage versetzte, daß er mit einer Pistole bewaffnet zu dem Haus der Paiges ging. Er hatte möglicherweise nur die Absicht, Paige zu drohen, aber wie es so oft in solchen Fällen geht, fielen dann die tödlichen Schüsse.«

»Aber ... Mrs. Paige hat doch die Schuld auf sich genommen.«

»Eine sehr edelmütige Frau, auf ihre Weise«, bemerkte Holmes trocken. »Ich habe so den Verdacht, daß der Vorschlag von Darlington kam, der ihr versicherte, daß das Gericht einer zusammengeschlagenen Frau garantiert mit Verständnis begegnen würde. Aber wie Sie ja wissen, ließ man keine Milde walten. Mrs. Paige bekam lebenslänglich.

Daraufhin versprach ihr Darlington, daß sie frei kommen, daß er einen Weg finden werde, ihre Entlassung zu erreichen und ihr zu entgelten, daß sie ihn gedeckt hatte. Es war ein gewagter Plan, den er sich ausdachte, aber schließlich war Rufus Darlington ja auch ein wagemutiger Mann. Er brauchte viele Monate, um ›das Terrain zu sondieren‹ und endlich eine junge Frau zu finden, die der neuen Insassin des Frauengefängnisses in ausreichendem Maße ähnelte. Er umwarb sie mit Leidenschaft und eroberte sie leicht. Sie war natürlich nicht standesgemäß, aber das war ihm gleichgültig. Was allein zählte, war... die Ähnlichkeit.«

Jetzt ging mir allmählich ein Licht auf. »Ihre Wahnvorstellung! Das war alles nur Schauspielerei, nicht wahr? Mrs. Paige gab nur vor zu meinen, daß sie Lady Darlington sei.«

»Das gehörte zur Vorbereitung«, sagte Holmes ernst. »Es etablierte den geistigen Zustand, in welchen dann die echte Lady Darlington geraten würde, sobald die beiden Frauen die Plätze getauscht hatten.«

»Das war also der Sinn und Zweck des Darlingtonschen Besuches in der Anstalt! Den Austausch vorzunehmen!«

»Natürlich. Sie überwältigten die unwissende Lady Darlington, tauschten die Kleider aus und zündeten ein Feuer an, in der Hoffnung, daß es alle Beweise vernichten würde.«

»Sie wollen sagen, es hätte ihnen überhaupt nichts ausgemacht, wenn das arme Mädchen verbrannt wäre?«

»Nein, das hätte es nicht«, antwortete Holmes. »Aber es machte auch fast gar nichts, daß sie überlebte. Man sah ja in ihr nach wie vor die Gefängnisinsassin, die sich einbildete, etwas Besseres zu sein. Und Lord und ›Lady‹ Darlington waren frei. Sie hätten die Welt bereisen und sich dann auf einer idyllischen Insel niederlassen können, wo niemand je ihre Identität in Frage gestellt hätte.«

»Und deshalb haben Sie Dr. Brevin aufgesucht. Um herauszufinden, ob es unverwechselbare Kennzeichen gäbe, die allein seiner Frau bekannt sein konnten!«

»Das Pikas«, sagte Holmes. »Ich frage mich, ob Lord Darlington sein Muttermal je als böses Omen, als Vorbote eines frühen Verderbens gesehen hat.« Er nahm die Abendausgabe der Zeitung auf und reichte sie mir wortlos. In der ersten Spalte war der Bericht über einen britischen Dampfer mit Namen *Craithie* zu lesen, der in der Nordsee mit einem deutschen Schiff kollidiert war. Unter den aufgeführten Opfern waren auch ein Lord und eine Lady Darlington. Ich versuchte, ein Gefühl des Mitleids in mir wachzurufen, aber es wollte mir nicht gelingen. Was Sherlock Holmes anging, so war er vollauf damit beschäftigt, seine Pfeife anzustecken, hatte doch die Wiederherstellung seiner Gesundheit auch das Vergnügen am Tabak neu belebt.

Lichtschalter, Spiegel, Treppe

Er befand sich im höhlenartigen Speisesaal eines Hotels. Das Licht, das durch das sehr hohe Oberlicht hereindrang, ließ ein Meer weißer Tischtücher noch ein wenig heller leuchten. Nur ein paar der Tische waren besetzt, und er ging an den schweigend dasitzenden Gästen vorbei, um ihnen forschend ins Gesicht zu sehen. Beim Ausgang saßen vier Ärzte in weißen Kitteln, die ihre Stethoskope wie widerwärtige Bestecke neben ihren Tellern liegen hatten. Es hätten die Ärzte von der Notaufnahme sein können, aber er war sich da nicht sicher. Sicher wußte er nur, daß seine Frau nicht da war. Seine tote Frau. Seine geliebte Anne.

»Was für eine Art Therapeut ist er denn nun?« fragte Brig. In seinem Mundwinkel zuckte es leicht, aber es gelang ihm immerhin, ein ungehöriges Zwinkern seiner Augen zu unterdrücken. Schließlich sprach er mit einem trauernden Hinterbliebenen. Selbst ein Komiker wie er, Brig, mußte das respektieren.

»Ich habe nicht gesagt, daß er Therapeut ist.« Alan Perry kippte den Rest seines Drinks hinunter, die Eisstückchen eingeschlossen. »Er ist Psychologe und arbeitet vor allem in der Forschung.«

»Und du bist was? Sein Versuchskaninchen?«

»Ich wußte, daß ich besser den Mund gehalten hätte«, sagte Alan, knallte seine Serviette auf den Tisch und signalisierte dem Ober, daß er zahlen wollte.

»Nein, warte!« sagte Brig schnell. »Ich möchte es wirklich erfahren. Wir haben alle immer gehofft, du würdest mal jemanden aufsuchen, Alan. Jemanden, der dir dabei hilft, über deinen Kummer hinwegzukommen, so was in der Art. Erzähl doch mal, was dieser Rackley mit dir anstellt.«

Alan zögerte und sagte dann: »Er hilft mir zu träumen.« Er fing an, das näher zu erläutern, hatte aber nur wenig Hoffnung, dabei glaubwürdig zu klingen. Brig Adams' Skepsis war wie seine Kleidung – stets gleich. Er trug Jacketts aus tweedähnlichem Wollstoff, Rollkragenpullover in Grau oder hellem Blau und immer taubengraue Hosen mit messerscharfen Bügelfalten. Sie waren seit den gemeinsamen Studententagen an der Tufts University unzertrennliche Freunde gewesen, bis schließlich ihre Idealfrauen dahergekommen waren. Brig war inwischen von seiner Teri, Alan (durch den Tod) von seiner Anne geschieden.

»Man nennt das klares Träumen«, sagte Alan. »Schon mal davon gehört?«

»Nein.«

»Es bedeutet lediglich, daß man wissentlich träumt. Man ist sich der Tatsache bewußt, daß alles, was man da erlebt, nicht wirklich ist. Hast du schon mal so einen Traum gehabt?«

Brig zuckte die Achseln. »Ich erinnere mich nie an meine Träume. Ich mache die Augen auf, und sie verziehen sich wie Nebelschwaden.«

»Ich glaube, ich erinnere mich an klare Träume, die ich als Kind hatte. Ich träumte mal von einem Mikroskop, das ich so gern gehabt hätte, und da war es, ich hielt es in meinen schmutzigen kleinen Händen. Aber zugleich wußte ich, daß es nur ein Traum war, und deshalb schleuderte ich das verdammte Ding so heftig von mir, wie ich konnte, weil ich hoffte, daß es so vielleicht die Wand des Traums durchbrechen und in der Wirklichkeit landen würde.« Er lächelte wehmütig. »Ich weiß noch, wie ich aufgewacht bin und im Bett umhergetastet habe, aber es war nicht da.«

»Dieser Rackley bringt dir also ordentlich was bei? Wie du deine Wurftechnik verbessern kannst?«

»Er versucht mich zu trainieren. Rackley glaubt, daß es eine Fähigkeit ist, die sich entwickeln läßt. Man muß sich das Erinnern an die eigenen Träume selbst beibringen, um auf diese Weise ihre Formen und Muster kennenzulernen...«

»Das kann jeder?«

»Vorausgesetzt, man hat... einen Ansporn.«

»Wie zum Beispiel was?«

Die Rechnung kam, und Brig war schneller.

»Manche Leute möchten halt gerne wissen, wohin nachts die Reise geht«, antwortete Alan. »Rackley meint, daß Menschen, die Übung im klaren Träumen haben, ihre Alpträume überwinden können. Daß sie ihr eigenes Unterbewußtsein ein bißchen besser verstehen... Noch kennt niemand das ganze Potential. Es muß alles noch genauer erforscht werden.«

»Und warum möchtest du zu den Erforschern gehören?«

Alan sah auf die Uhr. Es war fast Mitternacht. Sie waren die letzten Gäste im Restaurant. Er stand auf.

»Weil es da noch einen weiteren Schritt gibt«, sagte er, sein Jackett zu- und wieder aufknöpfend. »Man spricht von Traumkontrolle. Das möchte ich lernen, Brig. Es reicht nicht, einfach nur zu wissen, daß man träumt. Weißt du, was Filmschauspieler immer sagen? Daß sie gern Regie führen würden. Tja, und das möchte ich auch.«

»Du möchtest deine eigenen Träume steuern?«

»Ja, du nicht auch?«

»Ich hätte nichts dagegen, wenn ich mit den Armen schlagen und in der Stadt umherfliegen könnte«, bemerkte Brig trocken. »Vor allem, wenn die Straßen verstopft sind.«

»Ich möchte mehr als das«, sagte Alan. Er hatte schon fast den Ausgang erreicht, als er noch hinzusetzte: »Ich möchte Anne wiedersehen.«

Er befand sich auf einem Golfplatz. In der Luft ratterte ein Hubschrauber, und er wunderte sich, daß sich der Vierer vor ihm nicht über den Lärm beschwerte. Eine von den vieren war eine schlanke Frau mit langem blondem Haar und Zähnen, die trotz der Entfernung noch weiß leuchteten. Das mußte Anne sein. Das mußte sie sein, mußte sie sein. Er lief los, aber es ging bergan, der Hang war steiler, als es den Anschein gehabt hatte, wurde immer steiler, und jetzt verlor er den Vierer aus den Augen, verlor die Frau mit der schlanken Figur, den blonden Haaren und den leuchtenden Zähnen, die Anne gewesen sein könnte, aus den Augen. Anne. ANNE.

»Warum ein Golfplatz?« wollte Rackley wissen.

Er war ein kleiner, schnurrbärtiger Mann mit einem netten kleinen Schmerbauch. Der Monopoly-Mann, ging es Alan durch den Kopf, aber er wußte nicht so genau, warum. Dann erinnerte er sich an die Cartoon-Gestalt auf dem Spielbrett. Das war Rackley.

»Wir haben uns in einem Golfklub kennengelernt«, antwortete er. »Mein Freund Brigham Adams... wir arbeiten in der gleichen Anwaltssozietät... er hat uns miteinander bekannt gemacht. Wir bildeten dann einen Vierer, ich, Anne, Brig und Teri.«

»Und haben Sie ›Golfplatz‹ gedacht, bevor Sie einschliefen?«

»Ich bin mir nicht sicher«, meinte Alan. »Ich habe mich sehr stark auf unser Haus in Pelham konzentriert. Wir haben dort fast vier Jahre lang gewohnt.«

»Und dort hat Ihre Frau den Unfall gehabt?«

»Ja«, sagte Alan. »Deshalb bin ich dann dort ausgezogen und habe das Haus zum Verkauf angeboten. Ich wohne seitdem im Union Club.«

Rackley wartete schweigend.

»Sie ist die Treppe hinuntergestürzt«, fuhr Alan fort. »Glitt auf dem rutschigen Teppich aus, den uns ihre Mutter gekauft hatte. Der Teppich war alt, persisch, ihre Mutter liebte alte Teppiche. Da war keine einzige Noppe mehr an dem verdammten Ding.«

»Sie sind ganz sicher, daß es so passiert ist?«

»Nein.« Alan fuhr sich mit der Hand über die Stirn. »Ich bin mir bei gar nichts sicher. Ich war auf dem Heimweg von L.A. Ich verbringe viel Zeit an der Küste, weil ich als Anwalt auf die Unterhaltungsbranche spezialisiert bin. Das ist nicht so unterhaltsam, wie es sich anhört. Die Vertragsverhandlungen für einen einzigen Film können Wochen dauern. Anne begleitete mich früher, denn sie mochte diese Hotels unter Palmen wie das Bel Air oder das Beverly Wilshire. Aber sie kannte dort niemanden und fing bald an, sich zu langweilen. Deshalb beschloß sie, im Osten zu bleiben und mich allein reisen zu lassen. Sie traf sich sehr oft mit ihrer Mutter. Die war es dann auch, die Anne fand, am Fuß der Treppe. Anne hatte sich das Genick gebrochen. Als ich heimkam, lag sie auf der Intensivstation im St. John Hospital.« Er schwieg eine Weile. Dann setzte er hinzu: »Ich habe einmal davon geträumt.«

»War es ein klarer Traum?«

»Einfach ein Traum. Ich sah sie am Fuß der Treppe liegen, Arme und Beine auf ganz verrückte Weise abgewinkelt. Es war schrecklich.«

»Aber seitdem haben Sie nicht mehr von ihr geträumt?« fragte Rackley.

»Ich möchte so gern. Ich habe Anne schon seit sechs Monaten nicht mehr im Traum gesehen. Das ist doch unnatürlich, oder nicht?«

»Träume sind nicht natürlich«, sagte Rackley sanft. »Träume haben keine Logik. Wir glauben nicht, daß sie Botschaften enthalten, Warnungen oder irgend etwas dergleichen. Es sind Bruchstücke aus dem wachen Bewußtsein, Hinweise auf das innere Ich. Es bedeutet keineswegs, daß Sie Ihre Frau vergessen haben.«

»Nein, das habe ich nicht«, sagte Alan und unterdrückte ein Aufschluchzen.

Ein Mann schlug auf dem Rasen des Vorgartens auf seinen Hund ein. Er, Alan, riß das Fenster auf und schrie zu dem Mann hinunter, er solle aufhören. Brig sah hoch und lachte. Da war kein Hund. Brig sah jung aus, hübsch. Er hatte so zwischen zwanzig und dreißig wirklich besser ausgesehen. Die Dreißiger hatten ihm zynische Fältchen um Mund und Augen gemacht. Auf der Zufahrt stand ein Cabrio mit offenem Verdeck. Teri saß hinter dem Steuer, hatte ihren Jack Russell auf dem Schoß. Alan saß auf dem Rücksitz. Er blickte von oben auf sich selbst hinab. Aber Anne war nicht da. Eigentlich hätte sie auf dem Sitz neben ihm sein müssen. Aber dort war sie nicht.

»Sie glauben also, daß Sie bereit sind?« fragte Rackley.

»Ich habe jetzt drei klare Träume gehabt«, antwortete Alan. »Ich wußte, daß es Träume waren, daß ich es nicht mit der Realität zu tun hatte. Aber es gab nichts, wo ich hätte eingreifen können. Ich war nicht in der Lage, in jenem Speisesaal die richtigen Leute zu plazieren...«

»Sie meinen den mit dem Oberlicht?«

»Ja. Und der Golfplatz. Ich kannte ihn, er liegt in Westchester, ich habe ein dutzendmal dort gespielt, aber er hat nicht diese steilen Greens. Und vergangene Nacht, da hat uns mein Freund Brig in seinem Cabrio abgeholt, in dieser alten Kiste, die er schon vor Jahren zu Schrott gefahren hat.«

»Sie haben also genau gewußt, was vor sich ging, konnten aber nichts daran ändern.«

»So ist es. Der Traum hat mich kontrolliert. Ich möchte zur nächsten Phase übergehen, Doktor.«

»Bitte!« Der Monopoly-Mann hob eine dickliche Hand, und sein dichter Schnurrbart bewegte sich wie sein lächelnder Mund. »Ich bin kein Doktor, Mr. Perry, jedenfalls nicht von der Art, wie Sie denken.«

»Trotzdem haben Sie vielleicht das Mittel, das ich brauche«, sagte Alan. »Bringen Sie mir bei, wie ich meine Träume kontrollieren kann. Wie ich da hinkomme, wo ich hin will, das sehe, was ich sehen will. Sie sagten mal, Sie dächten, ich sei ein guter Kandidat.«

»Das denke ich immer noch. Ich muß lediglich sicherstellen, daß Sie von keinen falschen Erwartungen ausgehen. Dem Erreichbaren sind Grenzen gesetzt.«

»Das weiß ich doch«, sagte Alan mit einem Eifer, der der Entrüstung nahe kam. »All diese einschränkenden Hinweise brauche ich nicht, Mr. Rackley. Als ich zum ersten Mal zu Ihnen kam, da sagten Sie etwas von einem ›Lichtschalter-Test‹. Könnten wir nicht damit beginnen?«

»Die Wissenschaftler bezeichnen das nicht als Test«, antwortete Rackley. »Es war ein Bestandteil der Untersuchungen einiger Traumforscher. Sie erkannten, daß physiologische Prozesse, daß die Gehirnaktivität die Traumaktivität beeinflussen kann...«

»Das verstehe ich nicht«, sagte Alan.

»Nun, stellen Sie sich vor, Sie träumen, in einem dunklen Zimmer zu sein. Wenn der visuelle Kortex nicht aktiv ist, müssen wir wohl davon ausgehen, daß Sie den Raum nicht wieder hell machen können.«

»Ist das Ihr Lichtschalter? In diesem Raum?«

Rackley stand auf. Er ging mit leichten Schritten zu seinem Schreibtisch, holte dort einen Notizblock und sagte:

»Ich werde Ihnen jetzt einen Auftrag geben. Manche Wissenschaftler sprechen auch von ›Aufgabe‹. Ich möchte Sie bitten, sich in den dem Schlaf vorausgehenden Gedanken darauf zu konzentrieren, im nächsten Innenraum, den Sie im Traum sehen, einen Lichtschalter zu suchen.«

»Irgendeinen Lichtschalter?«

»Es kann ein Weilchen dauern. Vielleicht taucht gar keiner auf. Träume geben keine Garantien. Aber wenn Sie einen Schalter sehen, dann möchte ich, daß Sie ihn betätigen. Schauen, ob er funktioniert. Schauen, ob es in Ihrem Traumraum heller wird. Wenn Ihnen das alles gelingt, gehen wir zur nächsten Phase über.«

»Wie sieht die aus?«

»Das ist jetzt nicht von Belang.« Als Rackley sah, daß sich Alans Rücken versteifte, zuckte er die Achseln. »Na gut. Der nächste Schritt ist der Spiegel. Wenn Sie das Licht anzuschalten in der Lage sind, müssen Sie als nächstes nach einem Spiegel suchen. Sich Ihr Spiegelbild anschauen. Aber versuchen Sie nicht alles auf einmal. Finden Sie zunächst einmal einen Schalter.«

Er riß das Blatt vom Notizblock ab, faltete es zweimal und gab es Alan. »Ihr Auftrag steht dort drin. Lesen Sie ihn nicht. Legen Sie ihn einfach nur auf den Nachttisch neben Ihrem Bett.«

Alan nahm das zusammengefaltete Blatt entgegen.

»Tut mir leid, Jungchen«, sagte Brig. »Ich glaube wirklich, du hast nicht alle Tassen im Schrank.«

Sie aßen im Gavel zu Mittag, dem Restaurant im Parterre ihres Bürohauses. Es war voll und laut, und Alan wünschte sich jetzt, es wäre so laut gewesen, daß Brig ihn nicht verstanden hätte.

»Wann lerne ich endlich, mit dir nicht über diese Dinge zu sprechen?«

»Du kannst es nun mal nicht ändern«, sagte Brig feixend. »Du hoffst nach wie vor, daß ich dieses ganze New-Age-Zeug doch akzeptiere. Daß ich dir beipflichte, diesem Quark.«

»Du willst also den Rest nicht mehr hören?«

»He, ich kann es gar nicht abwarten! Los, weiter. Du warst auf der Zufahrt zu deinem Haus, fuhrst Dreirad ...«

»Es war ein Fahrrad mit Zehngangschaltung. Dieses Ding, das ich in der Garage stehen hatte, seit wir nach Pelham gezogen waren. Ich fuhr bis zur Haustür und schloß sie auf. Ich war überrascht, als ich feststellte, daß die Diele dunkel war. Stockdunkel. Ich hatte ... Angst. Einen Augenblick lang wollte ich nicht hineingehen, aber dann zwang ich mich dazu. Ich erinnere mich, daß ich laut zu mir sagte: ›Ich muß den Lichtschalter finden!‹«

»Das, was dir der Doktor aufgetragen hat, stimmt's?« Brig legte sein Sandwich auf den Teller, denn die Sache interessierte ihn nun ungewollt doch.

»Es war zehn Tage ... oder zehn Nächte, sollte ich wohl besser sagen ... nachdem ich bei Rackley gewesen war und er mir diesen Zettel gegeben hatte. Im übrigen war es eigentlich gar nicht Nacht, sondern Sonntagnachmittag, und mir war nach einem kleinen Nickerchen zumute gewesen.«

»Also erzähl weiter. Die Diele war dunkel, und du erinnertest dich daran, daß du den Lichtschalter finden solltest.«

»Ja.«

»Döskopp«, sagte Brig. »Was macht man denn sonst schon in einem dunklen Raum?«

»Das stimmt. Es ist logisch. Wie viele ›logische‹ Träume hast du schon gehabt, Brig? Also, ich streckte die Hand vor und tastete herum, bis ich den Schalter an der Wand gefunden hatte. Ich drückte ihn runter, und das Licht ging an.«

»Riesenüberraschung, was?«

»Keine Überraschung. Genau das war die Überraschung! Da war überhaupt keine. Und dann erblickte ich am Ende der Diele auch den Spiegel.«

»Den in deiner Diele. Den, der schon immer dort gehangen hat. Soll ich jetzt beeindruckt sein, oder was?«

»Ich konnte aber mein Spiegelbild nicht sehen«, sagte Alan. »Ich wachte auf, bevor ich es versuchen konnte. Ich zitterte. Im Schlafzimmer war es zwar kalt, aber doch nicht so kalt, daß ich das große Zittern hätte kriegen können. Ich wußte, daß ich meinen Traum kontrolliert hatte, wozu ich nach Ansicht Rackleys durchaus befähigt bin. Ich habe den Schalter gefunden, den Spiegel gesehen.«

»Aber kein Spiegelbild. Vielleicht hattest du keins. Wie Drakula.«

»Mir blieb keine Zeit nachzusehen. Irgend etwas hat mich aufgeweckt, Kirchenglocken oder so was. Ich habe mich jedenfalls im Bett aufgesetzt und den Zettel gesehen, den mir Rackley mitgegeben hat. Ich beschloß, ihn aufzufalten. Er war leer.«

»Und die Pointe?«

»Keine Ahnung.«

»Psychologie.« Rackley lächelte. »Einfach ein bißchen schlichte Psychologie. Sie waren der Ansicht, Sie hätten meine Anweisungen. Geschriebene Anweisungen wirken für gewöhnlich nachhaltiger.«

»Wie auch immer, es hat funktioniert. Ich habe den Lichtschalter gefunden. Den Lichtschalter und den Spiegel.«

»Das freut mich. Sie sind ein begabter Schüler.«

»Ich rede nicht von dem Sonntagnachmittagsnickerchen«, sagte Alan, sich die Lippen befeuchtend. »Ich spreche von vergangener Nacht. Ich war müde. Ich hatte bis spät abends im Büro an einem Schriftsatz gearbeitet, mein Abendessen im kleinen Besprechungszimmer gegessen. Eine Pizza, sehr pikant ... ich dachte schon, die Verdauungsbeschwerden würden mich am Schlafen hindern. Aber dem war nicht so. Ich schlief sofort ein. Hatte nicht mal mehr Zeit, an die Traumkontrolle zu denken. Ich habe aber trotzdem geträumt.«

Rackley starrte ihn an. »Denselben Traum? Der Lichtschalter, der Spiegel?«

»Nicht haargenau denselben. Diesmal kein Fahrrad. Ich war in der dunklen Diele. Ich suchte nach dem Schalter und fand ihn auch, wie beim ersten Mal. Dann sah ich mich nach dem Spiegel um. Ich erinnere mich, daß ich mir selbst auftrug, mich nach dem Spiegel umzuschauen. Nicht aufzuwachen.«

»Und dann?«

»Ich trat vor den Spiegel und sah mein Spiegelbild. Ich berührte mein Gesicht, als wollte ich mich davon überzeugen, daß der da vor mir wirklich ich war. Ich glaube, ich habe auch irgendwas gesagt, weiß aber nicht mehr, was.«

»Was haben Sie noch in dem Spiegel gesehen?« wollte Rackley wissen.

»Nichts. Nur mein Spiegelbild.«

»Sie sagten, er hätte in Ihrer Diele gehangen. Bedeutet das nicht, daß man darin auch die Treppe sehen können müßte?«

Alan lehnte sich zurück. »Ich glaube, ich habe die Treppe auch gesehen. Aber nur die unteren Stufen. Anne habe ich jedoch nicht gesehen. Nicht so, wie sie in jener Nacht war. Der Traum läßt sich also nicht als Alptraum werten, nicht wahr?«

Rackley zupfte an seinem Schnurrbart. »Jetzt wünschte ich, ich hätte Ihnen auch gleich noch die letzte Instruktion gegeben. Die wichtigste.«

»Dann sagen Sie sie jetzt. Ich bin sicher, daß ich dorthin zurückkehren kann. Ganz sicher! Was muß ich tun? Nach dem Spiegel?«

»Es hört sich schwer an, ist es aber nicht. In Träumen ist oft das Unmögliche leichter zu verwirklichen als in der platten Wirklichkeit das Mögliche. Ich möchte, daß Sie in diesen Spiegel schauen und dann durch ihn hindurchgehen.«

»Ist das Ihr Ernst? Sie meinen, so wie Alice?«

Rackley lächelte. »Ich habe so das Gefühl, daß Lewis Carroll dieselbe Gabe hatte. Was ist *Alice im Wunderland* anderes als ein klarer Traum? Einer, den der Autor kontrollierte, indem er ihn zu Papier brachte?«

»Und Sie wollen wirklich, daß ich durch das Glas hindurch auf die andere Seite des Spiegels gehe?«

»Es gibt keinen Grund, warum Sie das nicht schaffen sollten. In einem Traum ist alles zulässig. Alles ist möglich. Sie können durch den Spiegel hindurchgehen und dann alles in dem Raum aus dieser neuen Perspektive betrachten. Werden Sie es versuchen?«

»Ist es wichtig?«

»Wenn Sie wirklich lernen wollen, wie Sie Ihre Träume kontrollieren können, dann ja.«

»Also gut«, sagte Alan. »Ich will es versuchen.«

Er fuhr bis zur Haustür, unter den Reifen knirschte der Kies. Einen Augenblick lang konnte er den Türgriff nicht finden, aber dann erinnerte er sich wieder, daß er ja nicht den Lexus genommen hatte, sondern seinen alten Mustang, den er als Student gehabt hatte. Dann hatte er Schwierigkeiten, die Haustür zu öffnen. Es hingen zu viele Schlüssel an seinem Bund, und er mußte mehrere ausprobieren, bis er den richtigen gefunden hatte. Natürlich war es in der Diele dunkel, aber inzwischen wußte er ja, wo sich der Schalter befand. Das Licht war schummriger als sonst, und er sagte laut »Kortex«. Er ging zum Spiegel. Sein Gesicht wirkte gespenstisch. Er trat dichter davor und versuchte, die Treppe zu sehen. Er zählte eins, zwei, drei, vier teppichbedeckte Stufen. War da noch mehr? War das eine Hand, die er dort sah? Eine Frauenhand? Er trat noch dichter an den Spiegel heran. Er spürte die Kälte des Glases an der Stirn. Es war Zeit hindurchzugehen. Dann war er auf der anderen Seite. Die Treppe sah jetzt anders aus. Die Biegung des Geländers war links. Er sah Anne. Ihren verdrehten, gebrochenen Körper, Beine und Arme auf unmögliche Weise abgewinkelt, das Gesicht verborgen unter einer Kaskade blonden Haars. Dann sah er nach oben, dorthin, wo der kleine Flur anfing, der zu ihrem Schlafzimmer hinführte. Dort stand jemand.

»Sie haben diesen Menschen gesehen?« fragte Rackley.

»Nicht das Gesicht, nein, das nicht«, antwortete Alan.

»Es war ein Mann?«

»Ja, es war ein Mann. Stand still da, rührte sich nicht. Was ich sehen konnte, war der untere Teil seiner Beine, seine polierten Schuhe, seine Hosenbeine. Sie waren taubengrau, die Bügelfalten scharf wie Messerschneiden.«

»Sie wußten, wer das war?«

»Ja.«

»Ihr Freund Brigham.«

»Ja.«

»Und was ging Ihnen durch den Kopf, als Sie ihn sahen?«

»Ich erinnerte mich an unser erstes Zusammentreffen auf dem Golfplatz. An den Vierer. Brig und Teri, Anne und ich. Mir war nicht bewußt, daß ich ja eigentlich mit Teri ging, Brig mit Anne. Sie sprachen kaum miteinander. Ich erfuhr erst später, daß sie sich zerstritten und Schluß gemacht hatten. Als ich zwei Tage später Anne anrief und sie zum Essen einlud, sagte sie ja. Kein Wort von Brig. Es dauerte lange, bis mir klar wurde, daß die beiden ja so etwas wie eine gemeinsame Vergangenheit hatten. Aber letzte Nacht kam mir der Gedanke, daß es da auch eine Gegenwart gegeben haben könnte.«

»Das können Sie nicht mit Sicherheit wissen«, wandte Rackley vorsichtig ein. »Denken Sie an das, was ich gesagt habe. Träume teilen nichts mit, sagen nichts voraus.«

»Es war Brig«, sagte Alan.

Alan besuchte Brig erst zum zweiten Mal in seiner Mansardenwohnung in Soho. Das erste Mal war anläßlich einer Party gewesen, als Brig seine Aufnahme als Partner in die Sozietät gefeiert hatte. Vor Teri, vor Anne. Eine Menge hübsche Mädchen, zuviel Whiskey, zu laute Musik. Jetzt aber war es still in dem großen Raum. Eiswürfel klingelten hörbar in dem Glas, das Brig ihm reichte. Ein schottischer Single Malt. Alan nahm den Drink entgegen, rührte ihn jedoch nicht an.

»Was sagtest du gleich?« Brig lächelte.

»Du und Anne. Deshalb hat sich Teri von dir scheiden lassen. Du konntest Anne nicht vergessen, auch dann noch nicht, als sie dich schon vergessen hatte.« Alan setzte sich auf das Ledersofa. »Ich glaube, sie hat dich vergessen, Brig. Das muß ich glauben. Wie sehr du dich auch bemüht hast, sie zurückzugewinnen. Ich werde das bis zum Ende meines Lebens glauben.«

»Gut«, sagte Brig. »Gut, gut, tu das, Alan.«

»Du warst an dem Abend, an dem das Unglück passierte, dort. Anne wollte dich nicht sehen. Sie sagte dir, du solltest gehen, aber du wolltest nicht. Daraufhin drehte sie sich um und ging nach oben in unser Schlafzimmer, schlug die Tür hinter sich zu. Du liefst ihr nach. Du gingst zu ihr hinein, vielleicht wurdest du handgreiflich, ich weiß es nicht. Wie auch immer, sie versuchte, von dir wegzukommen. Sie rannte die Treppe wieder nach unten. Zu schnell. Sie glitt aus, stürzte. Sie brach sich am Fuß der Treppe das Genick. Und du gingst nach Hause. Ist es nicht so gewesen?«

»Wenn ich dir sagen würde, daß du dich irrst, würdest du mir dann glauben?«

»Ich irre mich nicht«, antwortete Alan.

Er zog die Pistole aus der Tasche, jene, die er für Anne gekauft hatte – als Beitrag zum Schutz ihrer einsamen Nächte. Da er dem kleinen Kaliber nicht traute, drückte er Brig die Pistole fest auf die Brust und feuerte viermal, bis er sicher war, daß dessen Herz aufgehört hatte zu schlagen.

»Und was für ein Gefühl hatten Sie danach?« fragte Rackley.

»Ich verspürte Befriedigung«, antwortete Alan. »Oder zumindest Ruhe. Ich hatte meine Gefühle unter Kontrolle, etwas, was schon lange nicht mehr der Fall gewesen war. Ich meine nicht die Traumkontrolle, sondern die Kontrolle des Wachseins.«

»Ja«, sagte Rackley, »ich verstehe.«

»Dies wird wohl unsere letzte Sitzung sein«, fuhr Alan fort. »Ich werde in der nächsten Woche nach L.A. übersiedeln. Ich habe hier nur zwei oder drei Mandanten, und um die kann sich Brig kümmern.«

»Sie haben ihm Ihren letzten Traum nicht erzählt?«

»Nein«, antwortete Alan. Er ging zur Tür und drehte sich dann noch einmal zu Rackley um. »Angenehme Träume!« sagte er lächelnd.

Die Abendeinladung

Mrs. Maureen Haley-Fitzmorris zwängte sich in das Kleid von Dior, das sie vor zehn Jahren gekauft hatte, besah sich ihre matronenhafte Gestalt im Spiegel und stellte – nicht ohne Befriedigung – fest, daß sie am Ende doch noch in ihren Namen hineingewachsen war.

Als sie Herbert Haley-Fitzmorris, den Chef der Firma TekTor, geheiratet hatte, war sie schlicht Miss Maureen Brown gewesen und hatte Dior nur bei Modeschauen auf dem Laufsteg getragen. Herbert war zwar ein fader Ehemann, die Ehe jedoch gleichwohl eine Offenbarung gewesen. Sie hörte sich seine beim Essen zum besten gegebenen Geschichten über die Gaunereien der Firma an, lauschte seiner Verteidigung der Verschmutzung des Grundwassers, der illegalen Ablagerung giftiger Abfälle, der grausamen Tierversuche sowie eines Dutzends weiterer Vergehen gegen Mensch und Tier – und eine Aktivistin war geboren!

Als der Mustergatte Herbert dann dahingeschieden war und sie zu einer reichen Witwe mit einem dicken Bündel Aktien seiner Firma gemacht hatte, weihte sie ihr Leben gerechtfertigten Anliegen, von denen keines dringlicher war als jenes, um dessentwillen sie sich jetzt in das Kleid von Dior gezwängt hatte, das um zwei Nummern zu klein war. Sie ging zu einem Abendessen, das Franklin Whitlow von der Whitlow Corporation gab. Das war eine Firma, die sich als Speerspitze der gentechnischen Revolution ansah. Auch bei diesem Abendessen würde es Offenbarungen geben – ganz wie in alten Zeiten.

Maureen ging nicht allein zu dem Essen. Die Aktivistengruppe, bekannt unter dem Kürzel RDZ (für »Rettet die Zukunft!«), hatte befunden, daß es besser wäre, wenn sie einen Begleiter mitnähme. Er war ein großgewachsener, liebenswürdiger Mann, der im Smoking ganz großartig aussah und dessen IQ weit unter hundert lag. Er hieß Roy Lummer und war so lieb und treu wie ein junger Schäferhund. Der Vorsitzende von RDZ, Vincent Roker, der Maureens manchmal ein wenig radikales Vorgehen kannte, war zu der Ansicht gelangt, daß eine Beschützung durch Roy weise sein könnte.

Maureen war fertig angezogen und zurechtgemacht. Es fehlte nur noch ein Accessoir. Sie wählte die größte der für Abendeinladungen vorgesehenen Handtaschen, die sie im Schrank hatte, und steckte eine zierliche, aber durchaus tödliche Derringer in die Seidenfalten des Futters.

Roy Lummer wartete unten auf sie. Er trug einen Smoking, wie ihn die Kellner tragen würden. Als er Maureen erblickte, grinste er breit und sagte: »Wissen Sie was, Mrs. H.? Sie sind schon ein verdammt gutaussehendes Püppchen!«

»Denken Sie einzig und allein an das, was man Ihnen gesagt hat, Roy. Unmittelbar bevor Mr. Whitlow nach dem Essen mit seiner Präsentation beginnt, gehen Sie zur Toilette. Und Sie kommen erst an den Tisch zurück, wenn Sie das ganze Haus gründlich ausbaldowert haben.«

»Was bedeutet ausbaldowern, Mrs. H.?«

»Sie schauen sich mal ganz genau um, Roy. Es geht das Gerücht, daß Mr. Whitlow in seinem Haus ein privates Laboratorium hat, vielleicht sogar eine Klinik. Schauen Sie mal, was Sie dazu herausfinden können. Sollte Sie jemand fragen, was Sie dort treiben, dann tun Sie so, als wären Sie ein Kellner, der sich verlaufen hat. Alles klar?«

»Aber ja doch«, sagte Roy.

Das Haus der Whitlows entsprach den Ambitionen seines Besitzers. Die Wagen, die über die halbkreisförmige Zufahrt rollten, waren alle groß, schwarz und glänzend. Die meisten der Herren, die ihnen hinten entstiegen, waren groß (und sei es nur mit Blick auf den Umfang), weiß und silberhaarig. Einige der Ehefrauen waren das Ergebnis nachträglicher Überlegungen, andere waren Vorzeigeobjekte.

Im großen Eßzimmer standen ein Dutzend runder Tische vor einem weiteren, länglichen, welcher sich auf einem Podium befand. Das sah ein bißchen nach der Szenerie des »Letzten Abendmahls« aus, aber Maureen ließ diesen Vergleich fallen, als sie nur sieben Stühle zählte. Whitlow und seine sechs Vorstandsmitglieder.

Die letzteren traten erst in Erscheinung, als bereits der Hauptgang serviert war, aber da waren alle schon viel zu absorbiert von dem bemerkenswerten Essen, um überhaupt noch Notiz von ihnen zu nehmen. Selbst Maureen, deren Koch einmal im *Michelin* Erwähnung gefunden hatte, stellte fest, daß sie jenem Manne gegenüber milder gestimmt wurde, den sie einmal fröhlich als »Ungeheuer« bezeichnet hatte.

Vielleicht, dachte sie, würde sie doch keinen Gebrauch von der Pistole machen.

Das Dessert, ein aufsehenerregendes Gebilde aus Schokolade, Früchten, Cremes und Alkoholika, entlockte allen Anwesenden ein deutlich hörbares ekstatisches Aufstöhnen. Als der Kaffee serviert wurde und sich Frank Whitlow zu seiner Rede erhob, erscholl lauter Beifall. Er wäre vielleicht gut beraten gewesen, wenn er seine Rede einfach weggelassen und sofort um die Bewilligung der benötigten Gelder gebeten hätte.

Statt dessen sagte Whitlow: »Meine Damen und Herren, ich möchte, daß Sie bezüglich des soeben genossenen Abendessens eines wissen, nämlich daß alles, was Sie da verzehrt haben, genetisch verändert war.«

Natürlich entstand Bewegung unter den Zuhörern. Von ein paar der anwesenden Firmenangehörigen einmal abgesehen, löste das Thema »Genmanipulation« allenthalben Zweifel, Besorgnis und sogar Angst aus. Die Versammelten unterschieden sich darin nicht von der großen Allgemeinheit, die ihr Essen auf genau die gleiche Art und Weise kaute und verdaute.

»Nun, wir wollen hier heute abend nicht über das Für und Wider, die Vorzüge und die Risiken der Genmanipulation oder GM, wie wir kurz sagen, debattieren. Aber in diesem Raum sind viele Männer und Frauen anwesend, die früher oder später über das Schicksal nicht nur dieser noch jungen Wissenschaft, sondern vielleicht auch des Planeten Erde entscheiden werden.«

Whitlow nahm eine weiße Pappe auf und drehte sie um, damit alle sehen konnten, was darauf stand, nämlich die Zahl 6 000 000 000.

»Ich denke, Ihnen allen ist diese Zahl bekannt. Erst kürzlich sind die Statistiker zu dem Ergebnis gekommen, daß die Weltbevölkerung diese Zahl erreicht hat. Sechs Milliarden Menschen auf diesem kleinen Planeten! Sechs Milliarden Mäuler, die es zu stopfen gilt, und dies auf einer Erde, auf der die landwirtschaftlich nutzbare Fläche schrumpft und die Ressourcen knapper werden. Sechs Milliarden potentielle Opfer von Krankheiten, die so alt sind wie die Cholera und so neu wie Aids. Meine Damen und Herren, wenn Sie meinen, unsere kleine Erde habe auch früher schon Krisen erlebt, wenn Sie glauben, die apokalyptischen Pferde, vor denen wir uns am meisten fürchten müßten, seien der Krieg und die Pest, dann denken Sie bitte noch einmal genau nach. Es ist die Hungersnot, die uns zu Tode erschrekken lassen sollte! Die Hungersnot, welche Leiden in einem Maße zur Folge hat, das weit über alles hinausgeht, was wir bisher erlebt haben. Eine Hungersnot, die Kriege auslösen und die Pest über uns bringen wird. Mr. Malthus wird sich angesichts dieses wunderbaren 21. Jahrhunderts in seinem Grabe ins Fäustchen lachen, denn es könnte sich zeigen, meine Damen und Herren, daß er mit seinen Prognosen recht gehabt hat. Es sei denn, wir fänden eine Antwort. Und ich bin hier, um Ihnen zu sagen, daß wir sie gefunden haben. Nicht durch die Entdeckung zusätzlichen Ackerlandes... es gibt keines mehr... sondern indem wir die Nahrungsmittel, die wir produzieren, größer, besser, gesünder und billiger machen. Einige von Ihnen denken jetzt vielleicht, ich hätte ein Wort weggelassen. Nämlich das Wort *sicherer.* Das ist ja das Schlüsselwort der Argumentation all jener, die Nahrungsmittel, welche wir der GM verdanken, als krankmachend denunzieren. Sie sind mit einem Grauen, das eher auf Aberglaube als auf wissenschaftlich erhärteten Tatsachen beruht, überzeugt davon, daß genmanipulierte Nahrungsmittel einfach nicht für den menschlichen Verzehr geeignet sind. Meine Damen und Herren, Sie haben sich heute abend alle zu Versuchskaninchen machen lassen!«

Er lächelte und erwartete Heiterkeit, die jedoch ausblieb.

»Aber fürchten Sie nichts«, fuhr er deshalb fort. »Es gibt noch nicht den allerkleinsten Beweis dafür, daß durch die Genmanipulation etwas anderes erzielt wird als positive Ergebnisse. Und wir stehen erst am Anfang...«

»Mr. Whitlow!«

Er sah aufrichtig überrascht aus. Und dies noch weit mehr, als ihm klar wurde, daß er von einer gutaussehenden, matronenhaften Dame unterbrochen worden war, die allein gespeist hatte und jetzt neben ihrem Stuhl stand.

»War da vor ein paar Wochen nicht doch so ein allerkleinster Beweis? Als der *Lancet* in England eine Studie veröffentlichte über Ratten, die mit genmanipulierten Kartoffeln gefüttert worden waren und bei denen sich dann die Magenwände verdickt hatten und...«

»Verzeihen Sie, Madam, aber ich sagte zu Beginn meiner Rede, daß wir nicht hier zusammengekommen sind, um zu debattieren...«

»Ich debattiere auch nicht, Mr. Whitlow, ich stelle eine Frage. Und wo wir schon dabei sind, könnten Sie uns bitte auch noch sagen, wie Sie die Auswirkungen der GM auf das Ökosystem sehen. Wußten Sie, daß die Monarchschmetterlinge eingehen, wenn sie mit Pollen von genmanipuliertem Mais in Berührung kommen?«

Der Herr am Ende des Tisches auf dem Podium erhob

sich und sagte streng: »Würden Sie die Freundlichkeit haben, Madam, sich uns vorzustellen?«

»Ich bin Mrs. Haley-Fitzmorris und die Vorstandsvorsitzende der EDI-Zeta Corporation, früher unter dem Namen TekTor bekannt. Und als Unternehmerin bin ich auch besorgt über das rein gewinnorientierte GM-Saatgut, das nur in Verbindung mit Produkten bestimmter Unternehmen eingesetzt werden kann, desgleichen über die sogenannten Terminator-Pflanzen, welche nur ein einziges Mal angebaut werden können...«

»Mrs. Fitzmorris«, unterbrach Whitlow sie, sich mit der Zunge die Lippen befeuchtend, »wir sind gerne bereit, alle Ihre Fragen zu beantworten, aber hier ist weder der richtige Ort noch die richtige Zeit...«

»Was ich jedoch am dringendsten wissen möchte«, sagte Maureen mit erhobener Stimme, »ist, was es mit den Gerüchten auf sich hat, die besagen, daß Ihr Unternehmen jetzt mit Transgenen experimentiert... und menschliche Organe zum Beispiel auf dem Rücken von Mäusen wachsen läßt...«

»Dieses Experiment wurde nicht von unserem Unternehmen durchgeführt, Mrs. Fitzmorris...«

»Der Name ist Haley-Fitzmorris, Mr. Whitlow. Und es gibt Gerüchte, daß ein paar Ihrer Experimente noch sehr viel unglaublicher sind. Wir haben gehört, daß Sie menschliche Gene... menschliche!... auf alle möglichen Tiere und Pflanzen übertragen. Sie schaffen Monster und lassen sie in die freie Natur, was die Gefahr heraufbeschwört, daß gefährliche Viren auf praktisch alle Arten übertragen werden könnten. Manchmal kommt es ja durch einen Unfall zu einer solchen Übertragung, wie das Beispiel Aids zeigt...

wenn man einmal davon ausgeht, daß es wirklich ein Unfall war. Und Ihr Unternehmen führt Versuche durch, welche die Aids-Epidemie allenfalls noch wie eine böse Erkältung aussehen lassen könnten. Sie befassen sich nicht nur mit Genen, Mr. Whitlow, sondern auch mit Geistern … mit Geistern, die wir nie wieder in die Flasche zurückkriegen!«

Sie spürte, wie sie jemand an ihrem linken Ellbogen berührte. Zwei Kellner standen neben ihr, und nach ihrer Größe und Statur zu urteilen, waren sie nicht wegen ihres Geschicks im Umgang mit aufzutragenden Gerichten angeheuert worden.

»Schon gut«, sagte Maureen. »Ich bin bereit zu gehen, wenn ich noch eine Frage stellen darf.«

Whitlow schien dieses Angebot zu erleichtern, denn er nickte kurz mit dem Kopf.

»Das erschreckendste Gerücht«, sagte sie, »das uns zu Ohren gekommen ist, besagt, daß Sie Versuche mit menschlichen Wesen durchführen. Ich meine nicht das Klonen. Ich meine, daß Sie Pflanzen- und Tiergene auf Menschen übertragen, um deren Wirkung auf …«

Whitlow erhob Hand und Stimme. »Jetzt reicht es aber, Mrs. Fitzmorris! Die Unterstellung ist ungeheuerlich. Ich bin weder Dr. Frankenstein noch Dr. Moreau. Das Geschäft der Whitlow Corporation ist die Ernährung der menschlichen Rasse, nicht ihre Verstümmelung!«

Eine Andeutung von Beifall wurde hörbar, aber er kam nur von dem langen Tisch auf dem Podium.

»Im Laufe der Geschichte«, fuhr Whitlow fort, »haben unwissende Menschen, engstirnige Leute immer wieder Einwände gegen die Forschung erhoben und jedes Experiment als einen Eingriff in die Natur bezeichnet. Aber die Mutter Natur hat ihrerseits auch an der menschlichen Rasse herumgepfuscht, Madam, seit der Mensch auf diesem Planeten in Erscheinung getreten ist. Und so gesehen ist die Wissenschaft angesichts der anhaltenden Feindseligkeit der Natur die vorderste Verteidigungslinie.«

Maureen sah die beiden jungen Kellner mit einem Blick an, der bewirkte, daß sie ihre Ellbogen losließen. Dann warf sie würdevoll den Kopf zurück und ging, von den beiden Kellnern gefolgt, zur Tür. Sie hielt ihre Handtasche fest umklammert, wußte dabei jedoch, daß sie von ihrem Inhalt nie Gebrauch machen würde.

Als der Page den Lexus vorgefahren hatte, erschien auch Roy Lummer. Er schob sich hinter das Steuer, und sie fuhren los.

»Ich hoffe, Sie hatten mehr Glück als ich, Roy.«

»Die haben mich zweimal erwischt«, sagte er lächelnd, »aber ich hab behauptet, ich wäre ein Kellner, wie Sie sagten, und da haben die bloß gemeint, ich solle wieder nach unten gehen.«

»Und sind Sie?«

»Na klar, aber dann gleich wieder rauf. Ich konnte jedoch kein Laboratorium finden. Also ich meine solche, wo sie Flaschen haben und Apparate und Operationstische, so Sachen, ja?«

»Ja, genau«, sagte Maureen müde.

»Einmal hab ich eine Tür aufgemacht, und da lag eine Frau im Bett. Irgendwie bekam ich's mit der Angst zu tun und hab die Tür ganz schnell wieder zugemacht.«

»Verstehe, Roy.«

Er fuhr fort, über seine Abenteuer zu berichten, aber Maureen hörte nicht mehr zu. Ihr wurde klar, daß alle ihre Pläne schlecht durchdacht, die großartigen Szenen, die sie erwartet hatte, nur törichte Phantasien waren. Die Derringer in ihrer seidenen Handtasche erschien ihr jetzt lächerlich. Sie hätte nie einen Mord begehen können, selbst nicht, wenn sie von Whitlows Infamie noch so überzeugt gewesen wäre. Jetzt zweifelte sie sogar daran, ob ihre RDZ-Gruppe überhaupt die richtigen Informationen über Whitlows Tagesordnung bekommen hatte.

Morgens um drei Uhr fuhr Maureen im Bett hoch, als hätte sie ein Kanonenschuß geweckt. Mit hämmerndem Herzen nahm sie den Telefonhörer ab und wählte Vincent Rokers Privatnummer. Seine Simme war noch schwer von Schlaf, aber er war trotzdem erleichtert, die ihre zu hören.

»Wir müssen was unternehmen«, sagte Maureen. »Wir müssen auf der Stelle aktiv werden, ehe Whitlow klar wird, daß mir die Wahrheit bekannt ist! Roy sagte, er sei auf der zweiten Etage gesehen worden...«

»In Ordnung«, sagte der Vorsitzende, »wir werden noch heute früh gegen sie vorgehen. Ich kann sogar einen Haftbefehl kriegen, der Polizeichef ist ja mein Schwiegervater.«

»Wie können wir das nennen?«

»Wie wäre es mit Verdacht auf Entführung? Kidnapping? Was allein zählt, ist, daß wir diese arme Frau vorführen können.«

Es war halb sieben, als ein Streifen- und ein Krankenwagen vor dem Whitlowschen Haus hielten. Nach zehn Minuten lauter und wütender Proteste des Hausherrn gelangten die Beamten in den zweiten Stock und zu dem Zimmer, in das Roy am Abend zuvor hineingestolpert war. Nur Vincent Roker durfte es betreten. Die Frau bedeckte ihr leuchtend rotes Gesicht mit einem Bettuch und brach in Tränen aus. Erst als der Vorsitzende der RDZ-Gruppe ihr feierlich den absoluten Schutz ihrer Privatsphäre garantiert hatte, war sie bereit, mit ihm zu gehen.

Als Maureen aus dem gesicherten Krankenhauszimmer kam, war ihr Gesicht so weiß wie die Wände der Klinik. Roker nahm sie bei der Hand und führte sie zu einem Sessel in der Sonnenliegehalle.

»Jetzt erzählen Sie mal«, sagte er. »Woher wußten Sie das? Wie sind Sie auf die Wahrheit gekommen… um drei Uhr morgens?«

»Ich hätte es viel früher wissen können«, antwortete Maureen. »Wenn ich nur aufmerksamer zugehört hätte, was mir Roy Lummer auf der Heimfahrt erzählte. Wenn ich begriffen hätte, daß er nicht einfach nur Slangausdrücke benutzte.«

»Und was hat Roy gesagt?«

»Als er mir von der Frau berichtete, die er in dem Schlafzimmer oben gesehen hatte, da meinte er, das sei vielleicht 'ne Tomate gewesen!«

Doppelt hält nicht immer besser

Dies ist kein Geständnis. Das sei hier ausdrücklich wiederholt. Ungeachtet der Tatsache, daß ich einen Mord begangen habe, *ist dies kein Geständnis*! Ich habe nichts getan, was das himmlische Gericht als unmoralisch ansehen wird, wenn ich denn eines Tages davor hintrete. Was ja vielleicht bereits der Fall ist, während Sie dieses lesen, denn ich habe verfügt, daß das vorliegende Dokument erst nach meinem Ableben geöffnet werden darf.

Im Augenblick bin ich natürlich noch überaus lebendig. Ich heiße Carter Winston – was, verglichen mit Samuel Spitzer, eine ganz schöne Verbesserung ist, meinen Sie nicht auch? Als ich im Alter von neunzehn Jahren den Spiegel befragte und mein schmales, hübsches Gesicht, mein Kinn mit Grübchen und meine schwarzen Haare sah, wußte ich, daß ich doch mehr wie »Carter Winston« aussah. Ich wußte auch, daß es an der Zeit war, meinem Viertel in Brooklyn, meinen phantasielosen Eltern und einer Zukunft, die sich bedrückend vor mir ausdehnte wie eine blattlose Wüste, zu entfliehen.

Was ich allein bedauerte, war, daß ich meinen kleinen Bruder Vincent zurücklassen mußte. Vincent war sechs Jahre jünger als ich und mein größter Bewunderer. Wir sahen zwar wie Brüder aus, aber er hatte nicht mein Aussehen à la Cary Grant geerbt. Was uns verband, war eher der Abscheu vor physischer Arbeit – ach, vor Arbeit jeglicher Art. Wir fanden bessere Möglichkeiten, uns zu beschäftigen, als acht Stunden in irgendeinem Büro oder in einer Fabrik zu schuften. Meistens Mädchen.

Mein kleines Schwarzbuch (eigentlich in braunes Leder gebunden) war mit Namen von Mädchen und jungen Frauen gefüllt, die mich alle unwiderstehlich fanden. Heute sind die Seiten leer. Der einzige Name, der noch darin steht, ist Sherry Francis, eine entzückende Möchtegernschauspielerin, fünfzehn Jahre jünger als ich. Das soll keine Klage sein.

Wie ist es zu dem allem gekommen? Ich verheiratete mich. Ich verheiratete mich mit einer reichen Erbin. Ilona Glennon wurde vor neun Jahren meine Frau – als ich 26 war, sie 29. Sie heiratete mich trotz entschiedenster Warnungen seitens ihrer Familie und ihrer Freunde. Ilona ging auf die 30 zu und war deshalb bereit, selbst einen so offenkundigen Heiratsschwindler wie mich zu ehelichen.

Anfangs bekam mir die Ehe gut. Es war so praktisch, meinen Damen im Bedarfsfall erklären zu können, daß ich zwar nichts beglückender fände als eine dauerhafte Bindung, daß ich jedoch leider schon gebunden sei. Ilona sei, so erklärte ich, schwer leidend. Das Wort »Trennung« oder gar »Scheidung« brächte sie auf direktem Wege in ein Sauerstoffzelt. Ich blickte dabei ebenso traurig wie edelmütig drein. Die meisten meiner »Freundinnen« fügten sich dann in ihr Schicksal.

Aber dann verwandelte sich meine *marriage de convenience* (mögen Sie etwa das Französische nicht?) in einen

Alptraum. Ilona entwickelte die Gabe, jeden einzelnen meiner Seitensprünge vorherzusehen. Sie sorgte dafür, daß ich nur noch wenig Geld für die Aufmerksamkeiten, die Frauen von einem verlangen, zur Verfügung hatte. Sie war bald wahrscheinlich die größte Arbeitgeberin aller Privatdetekteien in New York. Dank ihrer nicht nachlassenden Bemühungen wurde mein braun gebundenes Schwarzbuch immer schmaler, bis nur noch Sherry Francis übrig war.

In den letzten fünf Jahren unserer Ehe war mein Leben kaum besser als das eines abgerichteten Pudels. Die Leine war fest um meinen Hals gelegt, und manchmal kam noch ein besonders enges, disziplinierendes Halsband dazu. Warum ließ ich das geschehen? Weil Ilona ihrem Schoßhündchen hin und wieder einen Knochen zuwarf. Ein neues Auto. Ein Urlaub in Südamerika. Ein endloser Nachschub italienischer Anzüge. Eine Sauna, ein Masseur, ein privater Friseur, um ihrem Pudel das gepflegte Aussehen zu erhalten. Und weil sie meine Zuneigung zu Vincent kannte, schrieb sie allmonatlich einen Scheck aus, der ihm ein glückliches, weil arbeitsloses Leben in Paris ermöglichte.

Wie sehnte ich mich danach, in die Hand zu beißen, die uns fütterte!

Eines Tages gelangte ich zu der Ansicht, daß es an der Zeit sei, sich für immer von Ilona zu befreien.

Die finanziellen Folgen machten mir keinen Kummer. Ilona hatte noch nicht daran gedacht, ihren Herrschaftsanspruch auch über das Grab hinaus geltend zu machen. Wenn sie ging, um ihren himmlischen Lohn in Empfang zu nehmen, erbte ich meinen irdischen. Die Logik, die einen Mord nahelegte, war von überwältigender Stringenz.

Ich entschied mich für das Naheliegende, das heißt für das von Königen, Königinnen, Prinzen und Thronanwärtern immer gern gewählte Verfahren. Ich suchte mir in der öffentlichen Bücherei ein Buch über Gifte und entschied mich für das am leichtesten zu beschaffende, nämlich eine Substanz, die in jedem Schädlingsbekämpfungsmittel enthalten ist. Es schien so einfach zu sein, einem der Lieblingsdrinks Ilonas eine befreiend tödliche Flüssigkeit beizumengen.

Ich wählte einen Abend, an dem relativ wenige unserer dienstbaren Geister im Haus waren. Eigentlich gab es überhaupt nur vier. Einer kochte, einer servierte und einer fuhr. Der vierte und einzige, der auch im Haus wohnte, war der alte Harper, der regelmäßig um neun ins Bett ging und dann wie ein Toter schlief.

Als sich Ilona die übliche Halbbetäubung angetrunken hatte, sagte ich: »Rate mal, was mir Johnny Del Rio heute beigebracht hat!« Johnny war der Barkeeper des Country Club. Ich brachte einen Krug mit etwas herbei, was als Sangria hätte durchgehen können. Ilona wies das Glas, das ich ihr anbot, nicht zurück. Ich füllte auch viele Früchte ein, weil ich hoffte, daß ihr Geschmack den des häßlichen Zeugs überlagern würde, das schließlich der wichtigste Bestandteil des Ganzen war.

Ilona war in ausgesprochen guter Stimmung, hatte sie doch an jenem Nachmittag einen Anstreicher, einen Elektriker und eine Spenden sammelnde Nonne mit spitzer Zunge zur Schnecke machen können. Sie hob das Glas, prostete mir zu und setzte es an die Lippen. Es war für mich der erste glückliche Augenblick seit Monaten, und ich ertappte mich dabei, daß ich schon mit Freuden meinem tränenreichen Anruf bei der 911 entgegensah.

Aber just als sie den letzten Drink ihres Lebens zu sich nehmen wollte, überkamen mich urplötzlich fürchterlichste Zweifel.

Was ließ mich glauben, daß ich damit durchkommen würde? Wem anderen als mir würde man Ilonas Tod anlasten? Außer einem schlafenden Diener waren wir allein im Haus. Die Polizei würde nicht lange nach einem Motiv suchen müssen. Sie würden mir Handschellen anlegen, mich durch ein Spalier von Reportern und höhnenden Gaffern Spießruten laufen lassen, mich erniedrigenden Untersuchungen und einem öffentlichen Verfahren aussetzen...

»Nein!« rief ich und entriß Ilona das Glas so heftig, daß ein Teil des Inhalts auf den Teppich schwappte. »Ich habe da was falsch gemacht. Ich habe... den Zucker total vergessen!«

Sie blickte auf den roten Fleck auf dem Teppich hinab und schüttete mir dann, da der Teppich eh gereinigt werden mußte, den Rest der »Sangria« ins Gesicht.

Ich wußte, daß die Schlafzimmertür verriegelt sein würde, wenn ich nach oben kam. Sollte sie jedoch gemeint haben, daß das eine »Bestrafung« sei, so hatte sie sich gründlich geirrt.

Es gab eine kleine Kammer, die ich mein »Arbeitszimmer« nannte und in der ich über mein elendes Leben nachzusinnen pflegte. Dort gab es auch ein Telefon, und ich benutzte es, um Sherry anzurufen.

»Na«, sagte diese, »was hat sie denn nun wieder angestellt?«

Ich beschloß, ihr keine Einzelheiten mitzuteilen. Wenn ich die Sache durchziehen wollte, mußte ich mich in Diskretion üben.

Nach fünf Minuten ziemlich leeren Geredes (Sherry war keine große Unterhalterin) beendete ich das Gespräch und streckte mich auf dem kleinen Ledersofa aus. Das Fiasko dieses Abends hatte immerhin etwas Gutes – es gab außer meinem Elend noch etwas anderes, über das ich nachdenken konnte. Ich mußte einen Plan machen.

Als ich kurz nach drei einschlief, war noch kein solcher geboren worden. Ich hatte schon Dutzende von Krimis gelesen, konnte mich aber an kein Mordkomplott erinnern, das ausreichend raffiniert gewesen wäre, um auch in der wirklichen Welt funktionieren zu können.

Dann war mir wieder eingefallen, daß ich ja jemanden kannte, der mit der Kunst des Mordens bestens vertraut war! Der Mann hieß Marty Hellstrom und war einer der wenigen Menschen in New York, denen ich von meinen Problemen erzählen konnte. Das Zuhören gehörte zu seinem Beruf. Marty war Barkeeper.

Barkeeper war er noch nicht sehr lange. Davor war Marty ein ehrwürdiges Mitglied der New Yorker Polizei gewesen und hatte bei der Mordkommission gearbeitet. Unglücklicherweise unterlief ihm ein Irrtum (er hat mir das nie genau erzählt, aber ich nehme an, daß eine Frau im Spiel war), und er war gezwungen, Dienstmarke und Dienstwaffe abzugeben.

Ich hatte mit Marty schon oft über Morde geplaudert, und es erregte deshalb keinen Verdacht, als ich am nächsten Tag in die Clover Bar ging und die Unterhaltung auf sein

Lieblingsthema lenkte. Ich hatte ein Revolverblatt dabei, fand eine Mordgeschichte (es gab immer eine) und erkundigte mich nach seiner Meinung dazu.

»Der Fall Ramos? Familiensache. Das ganze Geschwafel von Drogenhandel, das ist doch alles frei erfunden. Irgendein Verwandter wollte an die Versicherung von dem Alten ran. Punkt, Ende der Geschichte.«

Ich hob zum Zeichen meiner Bewunderung das Glas.

»Wissen Sie, wie die den Kerl drankriegen werden?« fragte Marty. »Über sein Alibi. Die meisten Killer sind im Erfinden von Alibis lausig schlecht. Ich war im Kino. Ich war bei meiner Freundin. Ich war mit meinem Hund Gassi. Ich war in Cleveland. Man widerlege nur ihr Alibi, und schon hat man sie.«

»Ja, das leuchtet ein«, sagte ich. »Das Alibi ist wichtig. Vor allem in solchen Fällen, wo das Motiv ziemlich offenkundig ist.«

»Verdammt richtig«, stimmte Marty zu. »Da war mal der Fall, na, von so einem Mann, der seine Frau schlug, und der war mit einem Küchenmesser erdolcht worden. Wir verdächtigten natürlich die Frau. Aber sie war wirklich in Cleveland gewesen. Zumindest sagte das ihre Schwester.«

»Und was geschah?«

»Die Hände waren uns gebunden. Wir wußten, daß die Schwester log, aber wir konnten es nicht beweisen. Die Frau kam ungeschoren davon.«

Alibi!

Das ergab einen Sinn. Wenn ich kein hieb- und stichfestes Alibi hatte, war ich im Falle einer Ermordung Ilonas zunächst der einzige Tatverdächtige. Ich mußte beweisen können, daß ich Millionen von Meilen weit weg gewesen war, als sie umgebracht wurde. Es war die einzig mögliche Antwort!

Nun hatte ich aber keine Schwester in Cleveland.

Aber einen Bruder in Paris.

Ich verbrachte die folgenden vierundzwanzig Stunden damit, über die Sache nachzudenken. Ich lief in der Stadt umher und dachte mir einen Plan nach dem anderen aus. Ich saß auf einer Parkbank und beobachtete, wie eine Concorde am Himmel dahinsauste. Ich beobachtete den Schiffsverkehr auf dem Hudson. Ich dachte an all die Orte, die ich mit Hilfe von Ilonas Geld besuchen könnte.

Und dann geschah es. Ich kam gerade an einer Apotheke vorbei, in deren Schaufenstern abstoßende, als »medizinische Hilfen« deklarierte Dinge ausgestellt waren. Da gab es Bruchbänder, Rollstühle, Stützstrümpfe und andere dem menschlichen Verfall entgegenwirkende Gerätschaften. Grausig. Aber aus irgendeinem Grund war ich fasziniert. Und dann wußte ich, warum.

Als ich an den Ladentisch trat, lächelte mich ein Verkäufer mit schlechten Zähnen an und fragte, was ich wünsche.

»Ich brauche Bandagen«, antwortete ich. »Und ein Paar Krücken. Ja«, fügte ich lächelnd hinzu, »ein Paar gute, solide Krücken!«

»Ich vermisse Vincent so sehr«, sagte ich an jenem Abend zu Ilona.

Sie sah mich vom anderen Ende unseres großen Eßtisches her an. Es war das erste Mal, daß sie mir ebensoviel Aufmerksamkeit schenkte wie ihrem Huhn nach Kiewer Art.

»Ich bin sicher, daß er dich nicht vermißt«, bemerkte sie. »Er ist viel zu beschäftigt damit, diesen Pariser Kokotten nachzustellen.«

»Er arbeitet«, entgegnete ich. »In seinem letzten Brief schrieb er, daß seine Hand nach dem Motorradunfall fast wieder verheilt ist. Er malt wieder.«

»Wieviel nimmt er pro Fläche?«

Auf diese hämische Frage antwortete ich nicht, sondern sagte: »Wir haben uns schon seit mehr als einem Jahr nicht mehr gesehen.« Dann hellte sich mein Gesicht auf. »Ich habe eine Idee! Warum machen wir beide nicht einen kleinen Urlaub? Unternehmen eine Kurzreise nach Paris? Ist nicht gerade die Zeit der Modeschauen?«

»Du weißt sehr wohl, daß ich im Moment nicht weg kann. Ich habe zwei Museumseröffnungen, eine Operngala, Gott weiß wie viele Abendeinladungen. Wenn du so starke brüderliche Gefühle verspürst, warum fährst du dann nicht allein nach Paris?«

Das war natürlich genau die Anregung, die ich hören wollte. Ich beglückwünschte mich im stillen. Der Form halber mußte ich jedoch Einwände erheben. »Es macht keinen Spaß, allein zu reisen«, warf ich ein, wohl wissend, daß diese Aussage nichts als Hohn und Spott auslösen würde.

»Das willst du doch gar nicht sagen«, antwortete sie verächtlich. »Es ist doch nur, weil du jemanden brauchst, der dir das Händchen hält. Beim Start, bei der Landung, wenn es Turbulenzen gibt.«

»Na schön, ich geb's ja zu, ich bin in Flugzeugen immer nervös... Ich glaube, ich werde lieber das Schiff nehmen.«

»Die QE 2 steht leider nicht zur Verfügung, sie ist in der

Karibik unterwegs, wie du dich vielleicht erinnerst. Wir waren bei der Abfahrtsparty der Devlins.«

»Aber die Reederei hat doch gerade einen neuen Ozeandampfer in Dienst gestellt. Die Empire. Ich könnte mich mal nach deren Fahrplan erkundigen.«

»Bon voyage«, sagte Ilona mit unüberhörbarem Sarkasmus.

Später am Abend berichtete ich ihr, daß die Empire in Le Havre gerade überholt wurde und es im Moment keine anderen Schiffe gab, die zwischen New York und Frankreich die Meereswogen durchpflügten.

»Das Problem ist«, sagte ich, »daß ich Vincent schon mitgeteilt habe, daß ich rüberkommen wolle und wann. Er hat deshalb für eine Hotelreservierung gesorgt, und du weißt, wie schwierig das ist bei all diesen verdammten Handelsmessen ... Ich werde also wohl die Zähne zusammenbeißen und eine Strecke fliegen müssen.«

»Mein tapferer kleiner Soldat!«

»Nicht gar so tapfer. Ich habe alles so arrangiert, daß ich wenigstens die Rückreise mit der Empire machen kann.«

»Wie lange willst du bleiben?«

»Das Schiff geht am 24., deshalb kann es nicht länger als ein paar Tage sein. Ich rufe mal besser bei der Airline an ...«

»Vielleicht findest du ja eine hübsche Stewardeß, die dir das Händchen hält«, sagte Ilona. »Und vergiß nicht, Vincent von mir zu grüßen. Ach ja, du kannst ihm etwas ausrichten.«

»Was denn?«

»Dieses zusätzliche Geld, um das er gebeten hat. Für ein neues Motorrad. Die Antwort ist nein.«

Das war eine Nachricht, die ich Vincent nur zu gerne überbringen wollte, denn sie würde ihm ein weiterer Ansporn sein, bei meinem Vorhaben mitzuwirken, das heißt bei meinem Plan, uns Ilonas gesamtes Geld zu sichern. Vincent würde sich dann zwei neue Wagen kaufen können. Und den Porsche, den er schon immer gerne hatte haben wollen. Er könnte sich zwei Wohnungen kaufen, eine für sich und eine für »sie«, wer immer »sie« im Augenblick gerade war.

Die Aussichten machten mich ganz aufgeregt. Allerdings gab es immer noch ein kleines Problem: Ich mußte mir einen falschen Bart besorgen!

Mir behagte der Gedanke gar nicht, zu einem Kostümverleih oder in irgend so einen Verschönerungsladen zu gehen, wie immer die hießen. Soweit ich wußte, überprüfte die Polizei solche Läden gelegentlich, um festzustellen, ob es da Kunden gab, die eine Verkleidung suchten.

Aber der Zufall lieferte die Lösung. Sherry bat mich, an einer Probe zu *King Lear* in einem der kleinen Off-off-Broadway-Theater teilzunehmen. Sie spielte eine der Töchter. Ich hätte lieber einen Giftpilz verzehrt, aber ich konnte sie nicht enttäuschen!

Unmittelbar vor dem ersten Vorhang machte ich einem der Schauspieler ein Kompliment für seinen schönen Vollbart. Der war natürlich nicht echt. Es gab in der Requisite, einer umgewandelten Besenkammer, ein halbes Dutzend davon. Ich brachte ohne Schwierigkeiten einen in meinen Besitz, es lief alles gut. Das ließ sich von der Vorstellung leider nicht sagen.

Am Abend vor meinem Abflug testete ich mein neues Aussehen. Zunächst die Bandage, die ich säuberlich vom

Fuß bis zum mittleren Unterschenkel wickelte, und das so fest, daß es mir keine Probleme bereitete, den Fuß nicht aufzusetzen.

Die Krücken waren gewöhnungsbedürftig. Ich hatte die Neigung, mein Gewicht auf das Armstück zu verlagern – bis ich endlich dahinterkam, daß es der Handgriff war, auf den es ankam. Der Bart schließlich war nicht sehr bequem, dafür aber bemerkenswert wirklichkeitsnah.

Und dann das Tüpfelchen auf dem i – eine Sonnenbrille!

Wenn ich in meinem Anzug von Armani nicht so wohlgekleidet ausgesehen hätte, dann hätte man mich leicht für einen Bettler halten können. Und so zog denn auf dem Flughafen meine Erscheinung manch einen Blick auf sich! Kein Zweifel, ich fiel auf. War das für einen Mann, der einen Mord plante, denn so erstrebenswert?

Ja, durchaus!

Ich muß gestehen, daß ich nicht die geringste Flugangst habe. Diese Mär hatte ich mal ersonnen, um Ilona davon abzubringen, mich von einem öden Ereignis zum nächsten zu schleppen – zu langweiligen Museumseröffnungen, Kunstausstellungen oder erstickenden Wohltätigkeitsveranstaltungen.

Ich lehnte mich in meinem Erste-Klasse-Sessel zurück und betrachtete die Flugbegleiterinnen. Leider verlangte die politisch korrekte Fluggesellschaft nicht mehr von ihnen, daß sie Jugend und Schönheit mitbrachten. Allerdings war ich mit meinem bandagierten Bein und dem Vollbart auch nicht gerade ein Adonis. Ich ähnelte eher Ulysses S. Grant, und der war kaum ein Sexsymbol gewesen.

Mein Zustand als Schwerbehinderter hatte jedoch durchaus seine Vorzüge, so zum Beispiel den, daß man sich sehr eifrig um mich bemühte. Ich bekam reichlich zu trinken, durfte auf JFK als erster an Bord und auf Charles de Gaulle als erster wieder aussteigen. Man eskortierte mich bis zur Spitze der Taxischlange, so daß ich mein Ziel, den Boulevard de Montparnasse, schnell erreicht hatte.

Glücklich darüber, einmal wieder die berauschende Luft von Paris atmen zu können, schwang ich mich auf meinen Krücken eine Straße entlang, die voll von Liebespärchen, Aperitifgenießern und sich streitenden Künstlern war – und alle bemerkten mich! Es war nicht nur mein ungeheurer Verband. Nein, es waren auch mein fröhliches Gesicht und meine unbeschwerte Art – ich war für sie *le brave Américain,* und ich spielte diese Rolle gern.

Als ich mich an einen der bei Patrick vor der Tür stehenden Tische setzte, konnte ich mit meinen Krücken schon recht geschickt umgehen. Ich bestellte ein Glas Rotwein und erkundigte mich nach meinem Bruder, für den Patricks Bar zur Zweitwohnung geworden war. Die Antwort auf meine Frage erübrigte sich jedoch, denn Vincent erschien höchstpersönlich, und er war nicht alleine. In seiner Begleitung war eine dunkeläugige junge Frau mit einem schwingenden Pferdeschwanz und einem Schmollmund. Das Schmollen wurde betonter, als Vincent ihr einen spielerischen Klaps gab und sie davonschickte.

Wir besahen uns gegenseitig, zupften uns am Bart und brachen in Gelächter aus.

»Ich habe dir von meinem berichtet«, sagte Vincent, »du mir aber nicht von deinem! Du siehst aus wie irgend jemand... in einem meiner alten Geschichtsbücher.«

»Mach dir nichts draus, ich habe sowieso vor, mir diesen Rauschebart stutzen zu lassen. So wie deinen.«

»Und dein Bein? Hast du wieder die Gicht?«

»Football-Verletzung. Habe ich dir das nicht geschrieben? Ich bin der neue Quarterback der Giants.« Ich grinste und drückte seinen Arm. »Ich erzähl dir alles, später. Über den Bart, die Gicht und die Krücken und vor allem … über meine Frau.«

»Ilona? Ich verstehe nicht.«

»Das wirst du schon noch«, sagte ich. »Denn du wirst mir dabei helfen, sie umzubringen.«

Vincent war mittlerweile in das Hotel Raspail umgezogen. Sein riesiges Atelierzimmer ging auf den achteckigen Platz hinaus, wo der Boulevard Raspail den Boulevard de Montparnasse kreuzt. Vor seinem Fenster nahm die Parade der Pariser Schönheiten den ganzen Tag kein Ende. Was seine Arbeit anging, so war das Atelier voller Leinwand, die größtenteils noch nicht durch Farbe verdorben worden war.

Als ich die Krücken fallen ließ und ohne Stütze zur Bettcouch ging, hielt Vincent den Atem an. »Dein Fuß!« sagte er. »Was ist mit der Gicht?«

»Die Gicht, mein Junge, ist der Eckpfeiler meines Plans. Du erinnerst dich, daß ich sie mal hatte? Daß ich die Qualen der Verdammten litt? Aber es ist lediglich eine Frage der Ernährung. Gleichwohl ist es nützlich, eine Krankengeschichte zu haben, wenn später Fragen laut werden.«

»Was für Fragen? Du meinst doch nicht im Ernst, was du vorhin gesagt hast … über Ilona und daß sie umgebracht werden soll?«

»Haben wir beide nicht schon so oft gedacht, wie schön es doch wäre, wenn Ilona nicht unser Einkommen, unser Leben kontrollieren würde? Uns nicht mehr vorschreiben könnte, wo wir wohnen, was wir anziehen, was wir fahren?« Und beiläufig setzte ich noch hinzu: »Wie zum Beispiel Vespas.«

»Was?«

»Sie will dein neues Motorrad nicht bezahlen, Vincent. Ja, ich glaube, sie will dir überhaupt die Zuwendungen kürzen, meine hat sie ja auch. Verstehst du jetzt?«

»Ich verstehe nichts von Mord«, sagte Vincent. »Vergiß mal die moralische Frage. Denk nur an die praktische Seite. Du wärst doch sofort der Hauptverdächtige. Dein Motiv läge so verdammt klar auf der Hand.«

»Stimmt. Aber was, wenn mein Alibi hieb- und stichfest wäre? Was, wenn ich gerade Tausende von Meilen weg wäre, wenn Ilona zu Tode käme?«

»Um Gottes willen, Sammy...«

»Carter!« sagte ich scharf.

»Wenn du denkst, daß ich das für dich mache...«

»Natürlich nicht«, sagte ich. »Alles, was du tun sollst, ist, mir zu einem perfekten Alibi zu verhelfen. Du sollst mir helfen, das großartige Paradoxon transatlantischer Reisen nutzbringend anzuwenden.«

»Wie bitte?«

»Denk mal nach, Vincent. Ein Schiff kann den Atlantik in fünf Tagen überqueren, ein Flugzeug wie die Concorde in weniger als vier Stunden.«

»Was hat das mit dem Mord an Ilona zu tun?«

»Alles. Denn du und ich, wir werden uns diesen Tatbestand zunutze machen. Wir werden den Atlantik gemeinsam überqueren. Nein, das ist nicht ganz richtig. Was du und ich tun werden, das ist, den Atlantik verdoppelt zu überqueren!«

Ich dachte, das wäre komisch, aber Vincent lachte nicht. Ich erhob mich von der Bettcouch und sammelte meine Krücken vom Boden auf. »Hier«, sagte ich zu ihm, »fang schon mal an zu lernen, wie man sie richtig handhabt. Das dauert ein Weilchen.«

Es dauerte fast eine Woche, bis Vincent und ich unsere »Jungfernfahrt« auf dem Boulevard de Montparnasse machen konnten.

Ich hatte meinen Bart so gestutzt, daß er genauso wie seiner aussah, aber es gab trotzdem noch Unterschiede in unserer Erscheinung. Vor allem trug Vincent an seinem rechten Fuß eine dicke Bandage. Sein Umgang mit den Krücken war noch etwas unsicher, aber doch schon sehr viel besser als am Anfang. Und er trug eine Sonnenbrille – eine wie jene, mit der ich angekommen war.

Sie haben es erraten. Wir hatten unsere Identität getauscht.

Natürlich war es nur eine Probe. Der eigentliche Test würde erst zwei Tage später kommen, wenn die S.S. Empire die Anker lichtete und nach New York auslief.

Vincent war erleichtert, als wir schließlich in sein Atelier zurückkehrten. Auf seinem Anrufbeantworter waren fünf Nachrichten, alle von Frauen. Die eine hatte zweimal angerufen, und trotz meiner unvollkommenen Beherrschung der französischen Sprache bekam ich mit, daß sie stocksauer war. Was die Frauen anbetraf, war mein Bruder ein äußerst beschäftigter Mann!

»Du wirst die Hormone bändigen müssen«, sagte ich. »Jedenfalls sobald du an Bord dieses Dampfers bist. Aber ich denke mal, daß du das durchaus fünf Tage lang schaffen kannst.«

Vincent blickte verdrossen drein. »Ich weiß«, sagte er, »daß du deinen Plan für brillant hältst. Aber wenn irgend etwas schiefgeht, landen wir beide lebenslänglich im Knast. Das ist wiederum, wenn es um die Bändigung der Hormone geht, eine recht lange Zeit.«

»Nichts wird schiefgehen«, erwiderte ich.

An jenem Abend rief ich Ilona an. Sie hatte eine Neuigkeit für mich. Sie hatte beschlossen, in unser Haus in der 71. Straße umzuziehen.

»Das Haus zu leer ohne mich?« fragte ich unbeschwert. Aber sie ging nicht darauf ein. »Mir geht es gut«, fuhr ich deshalb fort, obwohl sie mich gar nicht nach meinem Ergehen gefragt hatte. »Nur meine verdammte Gicht rührt sich wieder. Habe eine Bandage um den Fuß, die so groß ist wie das Empire State Building.«

Sie zeigte kein Mitgefühl, aber ich war fast sicher, daß sie die Tatsache meines Leidens in Unterhaltungen erwähnen würde. Die Gebrechen der jeweiligen Ehepartner waren bei diesen gesellschaftlichen Anlässen ja stets ein beliebtes Gesprächsthema.

Ich rief dann auch Sherry an, aber ich war ihr Geplapper schon nach drei Minuten leid. Warum mußten sexy junge Frauen oft so langweilig sein?

Die S.S. Empire war nicht nur das größte der in Le Havre vor Anker liegenden Schiffe, sondern an diesem Morgen auch das belebteste.

Bei all der hektischen Betriebsamkeit, die der Abreise nach New York voranging, mußte das Tempo der beiden bärtigen Herren auf dem A-Deck geradezu schmerzhaft langsam wirken. Vincent führte mich am Ellbogen, als wir uns unseren Weg durch die schwatzende, umherstehende, feiernde Menge der Passagiere, Besucher und Besatzungsmitglieder bahnten.

Schließlich fanden wir zur Kabine G, und Vincent entledigte sich seines grünen Mantels. Er warf sich erschöpft auf das Bett, als wäre er derjenige gewesen, der an Krücken hatte gehen müssen!

»Ich hätte nie gedacht, daß wir so weit kommen«, sagte er. »Die Art, wie sich der Bursche von der Paßkontrolle dein Bild angeschaut hat!«

Aber eigentlich hatte es überhaupt keine Probleme gegeben. Unsere Paßbilder glichen sich sehr stark, und zu der Zeit, als sie aufgenommen worden waren, hatten wir beide noch keinen Bart getragen.

»Ich brauche unbedingt was zu trinken«, sagte Vincent.

»Gute Idee. Zumal wir ja auch noch zu einem netten Schwätzchen mit dem Steward kommen müssen.«

Der Mann, der auf unser Klingeln hin erschien, war eine reine Freude, nämlich ein alter Knabe, der mit seinem dünnen weißen Haarkranz, dem Mund eines Kobolds und den zusammengekniffenen Augen eines Kurzsichtigen so aussah, als hätte ihn die Schauspieler-Agentur geschickt. Perfekt!

»Mr. Pawkins?« sagte ich, den Namen von seinem Schildchen ablesend.

»Ja, Sir. Zu Diensten, Sir!«

»Gut«, sagte ich. »Ich fürchte, ich werde Ihnen im Verlauf dieser Reise ein wenig zur Last fallen müssen...«

»Aber nicht doch, Sir!« unterbrach mich Pawkins. »Sie könnten mir nie und nimmer beschwerlich werden, denn Service ist mein zweiter Vorname.«

»Aber wie Sie sehen können, bin ich Invalide. Deshalb bin ich genötigt, alle Mahlzeiten hier in der Kabine einzunehmen. Könnten Sie das mit dem Chefsteward arrangieren?«

»Kein Problem, Mr. Winston.«

»Ich werde auch nicht an Deck gehen. Erzählen Sie mir nichts von Ihren wunderbaren Stabilisatoren, schon das kleinste Rollen ist eine Qual für mich. Deshalb werde ich die Kabine nicht verlassen, bis wir unseren Zielhafen erreicht haben.«

»Tja«, sagte Pawkins, »das ist schon jammerschade.«

»Ich muß mich zwischen hier und New York um eine Menge geschäftlicher Dinge kümmern, und es gibt genug Papierkram, der mich beschäftigt halten wird. Wenn Sie mir deshalb nur meine Mahlzeiten bringen und im übrigen dafür sorgen würden, daß ich nicht gestört werde...«

»Sie können sich auf mich verlassen, Sir!«

Er ging, um unsere Drinks zu holen, und Vincent meinte: »Das ist ja ein durchaus kooperativer alter Kauz.«

»Er ist mir fast ein bißchen zu freundlich«, erwiderte ich. »Wenn er versucht, Konversation zu machen, dann ignorier ihn. Und sorge dafür, daß das Licht immer gedämpft ist.

Laß dich von ihm nie allzu genau anschauen, Vincent, das ist wichtig!«

»Ich weiß, ich weiß.«

»Du mußt in dieser Kabine wie ein Gefangener hausen, verstehst du?«

Eine halbe Stunde später ging ich, meine Bandage, meine Krücken und meine Sonnenbrille hinterlassend, von Bord. In Vincents auffälligen grünen Mantel gehüllt, überließ ich die S.S. Empire ihrem Schicksal.

Meine nächsten Zwischenstationen waren der Flughafen Charles de Gaulle, New York und der Mord.

Ich erschien auf dem Flughafen Charles de Gaulle mit nur einem Koffer. Bei der Paßkontrolle besah sich der Beamte mein bartloses Foto und gab mir das Reisedokument kommentarlos zurück. Und warum auch nicht? Ich trug ja keinen falschen Bart und keine Sonnenbrille mehr.

Das war der einzige Punkt, wo ich Bedenken gehabt hatte. Wie groß waren die Chancen, daß sich so ein Beamter der Paßkontrolle an einen erinnerte? In Frankreich und in New York? Aber als ich mir die endlose Schlange von Passagieren auf beiden Flughäfen ins Gedächtnis rief, hörte ich auf, mir Sorgen zu machen.

Ursprünglich hatte ich gedacht, die Concorde sei für meine Rückreise das ideale Verkehrsmittel, aber bei genauerem Nachdenken war mir klargeworden, daß ich mich da irrte. An Bord dieses Flugzeuges waren sehr viel weniger Passagiere, ich aber mußte in einer richtig großen Menge verschwinden können. Deshalb hatte ich dann doch lieber einen Flug bei der Air France in der Economy Class gebucht. Ja, ich weiß, das bedeutete einen Abstieg. Andererseits war es mit Blick auf meine Pläne ein durchaus sinnvoller, denn einem Passagier dieser Klasse ist die Anonymität so gut wie garantiert.

Der Flug war pünktlich. Ich gebe zu, daß ich beim Start kurz in Panik geriet. Es war, als wäre meine vorgetäuschte Flugangst mit einem Mal tatsächlich vorhanden. Aber schließlich beruhigte ich mich wieder und verbrachte die folgenden acht Stunden damit, in allerlei Träume abzugleiten.

So träumte ich von Einkaufstouren. Ich erinnere mich noch, daß ich eine Motoryacht erstand. Daß ich mich sah, wie ich mir in Italien eine Villa anschaute. Wie ich mich in einer Kunsthandlung nach dem Preis eines Miró erkundigte. Aber dann passierte etwas Schreckliches. Ilona stand hinter mir und tippte mir auf die Schulter! Ich riß entsetzt die Augen auf. Aber es war nur eine Flugbegleiterin (ausnahmsweise einmal eine hübsche), die mich fragte, ob ich etwas essen wolle.

Als wir in New York landeten, war es sieben Uhr vierzig. Ich holte meinen Koffer ab und verstaute ihn in einem Schließfach. Dann rief ich bei uns zu Hause an. Wie erwartet, war niemand da. Nach acht Uhr abends war Ilona nie zu Hause anzutreffen. Das wäre ja auch eine Schande gewesen.

Unser Sandsteinhaus in der Stadt war – von außen gesehen – nicht ein sonderlich imposantes Bauwerk, aber das Innere hatte Ilonas Geld völlig ausgehöhlt, um dann ein raffiniertes Raumwunder daraus zu machen.

Als ich meinen Schlüssel ins Schloß der Haustür steckte, war es noch nicht zehn, die Straße aber schon leer, und in den gegenüberliegenden Häusern hatte man bereits die Jalousien heruntergelassen.

Ich ging hinauf in »unser« Zimmer, zog die Schuhe aus, fläzte mich aufs Bett und sah mir im Fernsehen einen Film an. Es war eine wahre Erleichterung, Tom Cruise Englisch sprechen zu hören!

Ich döste kurz ein, aber mein Unterbewußtsein mußte verdammt wach geblieben sein. Jedenfalls gingen meine Augen schlagartig auf, als ich draußen auf der Straße eine Taxitür zuknallen hörte. Ich sah aus dem Fenster, wobei ich die Vorhänge nur ein ganz klein wenig teilte, und beobachtete Ilona, wie sie aus dem Taxi stieg. Ihr mit Pailletten besetztes Kleid funkelte im Licht der Straßenlaterne. Sie war nicht allein. Ein großer Mann mit übertrieben breiten Schultern war ihr behilflich. Sie kicherte. Oder war er das?

Ich konnte ihre Stimmen erst hören, als sie im Haus waren. Es war die übliche Unterhaltung à la »Darf ich Ihnen etwas zu trinken anbieten?«. Mehr Gegluckse. Musik einer CD. Ich ging zur Zimmertür und öffnete sie einen Spalt. Das gewährte mir zwar einen nur schmalen, aber doch guten Blick auf das, was sich in meinem Wohnzimmer abspielte.

Ilona hatte die Schuhe abgestreift und versuchte, ihren Begleiter in einen Tango hineinzudrängen. Als er sich widersetzte, sagte sie: »Douglas, du bist ein Scheusal!«

»Das ist der einzige Tanz, den ich kann«, sagte er, legte die Arme um ihre Taille und den Kopf an den ihren. Sie kicherte (es war also doch sie) und sagte: »Habe ich dir eigentlich erzählt, daß mein Mann angerufen hat? Er kommt am 10. aus Paris zurück... mit diesem neuen Schiff, der Empire.«

»Vielleicht sinkt es ja«, meinte der Mann namens Douglas, und Ilona lachte.

»Genau das tue ich, ich sinke«, sagte sie wenig später. »Ich bin so schrecklich müde, Douglas. Sei so lieb und geh heim.«

»Ich würde lieber ungezogen sein und dableiben.«

Sie löste sich aus seinen Armen, ging zur Tür und machte sie auf. »Ruf mich morgen an«, sagte sie.

Ein sehnsüchtiger Kuß, und dann war mir, als hörte ich Douglas sagen: »Ich danke dir für das Auto.« Ich dachte, ich hätte mich verhört, aber dann fiel mir wieder ein, daß Ilona wiederholt gedroht hatte, meinen alten Mustang wegzugeben. Die Galle stieg in mir hoch, aber dann wurde ich wieder ruhig. Sie würde schon bald die Strafe für alle ihre Sünden erhalten!

Als Douglas fort war, kam Ilona nach oben. Ich drückte mich flach an die Wand des Schlafzimmers und ließ sie eintreten. Dann knipste ich mit melodramatischem Schwung, der mir richtig gut gefiel, das Licht an.

»Carter!« kreischte sie.

Ich tötete sie mit einer modernen Vase von Grés, die wir passenderweise mal zusammen in Paris gekauft hatten.

Ah, Sie sind enttäuscht. Sie wollten einen dramatischeren Bericht von dem Mord haben. »Ihre Augen weiteten sich vor Angst, als sie die schreckliche Absicht in meinen wahnsinnsstarren Augen las, die funkelnde Vase sah, das wunderschöne Stück, aus dem nun ein Gegenstand unausdenkbaren Schreckens geworden war ...« Na ja, Sie kennen dieses Zeug.

Die Wahrheit aber ist, daß alles viel zu schnell ging, um

Zeit für irgendeinen Gedanken zu lassen. Ich glaubte an die Worte Shakespeares (wenn ich nicht irre, aus *Macbeth*): »Wenn es schon getan werden muß, dann wäre es gut, es würde schnell getan.« Nicht ganz so, aber etwa in diesem Sinn. Deshalb tat ich es schnell. Drei Schläge und Schluß. Ich bin nicht einmal sicher, ob die letzten beiden überhaupt noch erforderlich gewesen waren.

Mein nächster Schritt war, mein Aussehen so weitgehend wie möglich zu verändern. Ich kramte in meinem Schrank und fand ein etwas fadenscheiniges Tweedjackett, das noch aus der Zeit vor meiner Ehe stammte. Dazu eine verwaschene Jeans und ein paar abgetragene Laufschuhe. Der Gesamteindruck war der einer verblichenen Eleganz.

Im Bad betrachtete ich mein Gesicht im Spiegel und fand es ein bißchen weniger hübsch als sonst. Mein ungepflegter Bart und meine verquollenen Augen würden jedoch dafür sorgen, daß ich weniger leicht zu erkennen war, und Anonymität war schließlich angesagt.

Dann kam die Herrichtung der Szenerie an die Reihe. Ich öffnete alle Schranktüren, zog alle Schubladen heraus, verstreute ihren Inhalt auf dem Berberteppich und kippte zwei Stühle um. Der Schauplatz eines Einbruchs natürlich.

Ich versuchte, alles möglichst authentisch aussehen zu lassen. Ich fand eine Aktentasche aus der Zeit, als Ilona noch darauf bestanden hatte, daß ich einer Tätigkeit nachging und für eines der Immobiliengeschäfte der Familie arbeitete. Ich hielt mich dort ganze zwei Wochen. Jetzt bereitete es mir Vergnügen, die Aktentasche mit »Diebesgut« zu füllen. Eine Handvoll Schmuck, ein Mobiltelefon, eine kleine Kamera, ein Feuerzeug.

Dann merkte ich, daß ich etwas Wichtiges vergessen hatte: Geld! Alle Scheine in meiner Tasche waren nämlich französische Francs. Und die auf meinen Namen lautenden Kreditkarten konnte ich nicht benutzen. Ich fluchte über den Fehler, aber ganz so schlimm war es wiederum auch nicht. Irgendwo in diesem Hause mußte es doch Geld geben.

Es dauerte zwei Stunden, bis mir das Bündel Scheine wieder einfiel, das ich mal in meinem Sockenfach versteckt hatte. Das war zu der Zeit gewesen, als Ilona versucht hatte, mir meine Leidenschaft für Pferdewetten auszutreiben. Es waren nur achthundert Dollar, aber sie würden mir über die nächsten fünf Tage hinweghelfen.

Kaum war das geklärt, tat ich etwas Gefährliches. Ich war von all den Anstrengungen so erschöpft, daß ich mich aufs Bett warf und die Augen schloß. Natürlich schlief ich prompt ein.

Als ich die Augen wieder aufmachte, geschah dies, weil sich die Haustür gerade geschlossen hatte. Die Haustür!

Mich erfaßte bei lebendigem Leibe die Totenstarre – im Unterschied zu Ilona, die zwar schon tot war, aber erst noch steif werden mußte. Ich weiß auch nicht, woher ich die Kraft nahm, mich zur Schlafzimmertür zu schleppen und nach weiteren Geräuschen zu lauschen. Als ich welche hörte, wußte ich, woher sie kamen.

Es war eine Haushälterin, ein Mädchen oder eine Putzfrau, die Ilona für die häuslichen Arbeiten angeheuert hatte. Die Frau hatte ganz offensichtlich ihren eigenen Schlüssel und ihren eigenen Arbeitsplan. Nach den Geräuschen zu urteilen, begann sie ihr Tagewerk in der Küche.

Ich mußte einen kühnen Schritt wagen. Ich schnappte mir die Aktentasche, ging auf Zehenspitzen die mit einem Läufer ausgelegte Treppe hinunter und dann schnell um die Ecke zum Hinterausgang. Ich schob den Riegel auf und stürzte mich ins grelle Tageslicht. Die Tür ließ ich offen, weil ich hoffte, die Polizei würde daraus den Schluß ziehen, daß der Einbrecher auf diesem Wege ins Haus gelangt war. Und wenn sie sich nicht täuschen ließen? Dann eben nicht – Carter Winston war da längst auf hoher See.

Ich muß zugeben, daß ich verunsichert war. Ich hatte so sorgfältig geplant, und doch hatte es schon mehrere Abweichungen gegeben. So hatte ich nicht damit gerechnet, daß Ilona mit einem Begleiter von ihrer Abendeinladung heimkommen würde. Ich hatte den Geldbedarf nicht vorhergesehen. Und auch nicht den Schlafbedarf. Ich hatte nie an die Möglichkeit gedacht, daß es Hausangestellte geben könnte.

Immerhin hatte ich die kritischen Momente erst einmal überlebt. Ich glaubte nicht, daß es zu weiteren kommen würde.

Aber da irrte ich mich.

Es war noch zu früh, um im Hotel einzuchecken. Ich wollte nicht der erste Gast des Tages sein. Deshalb beschloß ich spazierenzugehen und nahm an, daß die mir unvertrauten Straßen der West Side gefahrlos seien.

Gegen Mittag verspürte ich Hunger, aber die meisten Restaurants, an denen ich vorbeikam, erschienen mir wenig einladend. Dann entdeckte ich jedoch eines, das The Old Place hieß. Der Name kam mir vage bekannt vor, was ich als gutes Zeichen ansah. Das Lokal war groß und laut, und ich wählte einen kleinen Tisch in einer entlegeneren Ecke, bestellte ein Glas Wein und studierte die Speisekarte.

Ich war gerade mit der Vorspeise (ich hatte mich für Schnecken entschieden) fertig, als ich ein Lachen hörte, das mir, weil bekannt, kalte Schauer den Rücken hinunterjagte. Eine Dreiergruppe hatte das Restaurant betreten, ein Mann und zwei Frauen. Und eine davon war Sherry!

Richtig, das letzte in meinem kleinen Notizbüchlein verbliebene Glanzstück. Sherry Francis! Jetzt wußte ich auch, warum mir der Name des Lokals bekannt vorgekommen war. Sherry hatte einmal davon gesprochen, daß bei ihr um die Ecke ein Restaurant namens The Old Place liege. »Ich wohne praktisch dort«, hatte sie gesagt.

Und da war sie, nur ein halbes Dutzend Tische entfernt, und sie saß so, daß sie zum Eingang hinschaute. Ich konnte also nicht unbemerkt entwischen. Nein, es war sogar noch schlimmer! Sie brauchte ihren Kopf nur ein klein wenig zur Seite zu drehen, und schon sah sie direkt zu mir her. Ich saß in der Falle, war vielleicht schon verloren!

Einen panischen Augenblick lang erwog ich einen dreisten Schritt, nämlich einfach aufzustehen, sie zu begrüßen und sie von dem Paar, mit dem sie zusammensaß, wegzulotsen, um ihr die ganze Geschichte offen zu gestehen. Natürlich wäre das dem reinsten Wahnsinn gleichgekommen. Ich bin sicher, Sherry wäre hocherfreut gewesen zu erfahren, daß mich keine ehelichen Bande mehr fesselten. Wie aber würde sie zu Mord stehen? Erwähnte ich schon, daß sie kaum einundzwanzig Jahre alt war?

Mein ganzes Leben reduzierte sich auf diesen einen

Augenblick. Wenn Sherry von dem Mord an Ilona erführe, würde sie auch wissen, daß sich Ilonas Gatte mitnichten in aller Unschuld an Bord der S.S. Empire befand. Daß er hier war, hier in New York. Schnecken aß. Alte Klamotten trug, die ihm offenkundig als Verkleidung dienten. Umgeben war von einer Aura der Schuld.

Es erzähle mir niemand, es gebe keine Schutzengel! Gerade als Sherry den Kopf drehen wollte, erblickte ich ein Wort, das mir Rettung verhieß. Es war das Wort TOILETTEN.

Ich warf einen Zwanzig-Dollar-Schein auf den Tisch, ergriff Aktentasche und Speisekarte und stürmte hinaus zur Herrentoilette. Sie war leer. Die Mittagsmahlzeiten des Old Place zogen offenkundig immer sehr viel mehr Damen als Herren an.

Ich öffnete die Aktentasche und nahm in der Hoffnung, daß der Akku noch nicht leer war, das Mobiltelefon heraus. Ich atmete leichter, als sich das Display kooperativ erhellte. Ich wählte die Nummer, die unten auf der Speisekarte stand, und wartete, daß sich jemand meldete.

»Hier Old Place«, sagte jemand barsch.

»Es tut mir leid, wenn ich Ihnen Ungelegenheiten mache«, sagte ich, »aber in Ihrem Restaurant sitzt eine junge Dame, die ich unbedingt sprechen muß.«

»Wer spricht da?«

»Ach ja, mein Name ist Dr. Dunhill, ich rufe vom Krankenhaus St. Lukas an. Die Dame ist blond, etwa zwanzig Jahre alt, heißt Sherry... Es handelt sich um einen Notfall.«

»Bleiben Sie dran«, sagte die Stimme, jetzt nicht mehr ganz so barsch.

Ich legte auf und eilte zur Tür. Ich konnte nur einen kleinen Ausschnitt von dem sehen, was im Restaurant vor sich ging, aber das reichte schon. Da war Sherry, die ein verwirrtes Gesicht machte und zu der Reihe von Telefonen im hinteren Teil des Lokals lief.

Zehn Sekunden später stand ich, nach Luft schnappend, draußen auf der Straße. Ich ging schnell um die nächste Ecke. Es dauerte eine weitere Minute, bis es mir endlich gelungen war, ein Taxi heranzuwinken. Zehn Minuten später trug ich mich in das Gästeverzeichnis des Manor Hotel ein.

In der Eingangshalle befand sich ein kleiner Zeitungsstand. Ich kaufte die *Daily News* und die *New York Post.* Wie ich erwartet hatte, war Ilona das Thema beider Titelseiten.

In der *Daily News* stand zu lesen:

STUMPFER GEGENSTAND ALS MORDWAFFE

22. Juni. Ilona Winston, 37, wurde heute morgen von ihrer Haushälterin tot in ihrem Haus in Manhattan aufgefunden, erschlagen mit einer schweren Porzellanvase. Die Polizei äußerte die Vermutung, daß die Ermordete einen Einbrecher gestört haben könnte. Man versucht jetzt, den Ehemann Carter Winston zu kontaktieren, der sich angeblich im Ausland aufhält…

So weit, so gut. Die Schlagzeile der *Post* bewies größeren Erfindungsreichtum:

22. Juni. Sie war das perfekte Beispiel für den High-Society-Slogan »Man kann gar nicht zu reich oder zu schlank sein«, aber dem Leben der wohlhabenden, gertenschlanken Ilona Winston, Erbin des Pomfreyschen Immobilienbesitzes, wurde am heutigen Morgen im Schlafzimmer ihres New Yorker Hauses auf brutale Weise ein Ende gemacht. Es handelte sich offenkundig um einen Einbruch, aber ein Sprecher der New Yorker Polizei sagte der *Post:* »Wir schließen die Möglichkeit nicht aus, daß der Einbruch nur fingiert war.« Die Polizei sucht jetzt den Ehemann der Toten, Carter Winston, der sich besuchsweise bei seinem Bruder Vincent in Paris aufhalten soll…

Der gute alte Vincent. Ich fragte mich, ob es ihm wohl Spaß machte, Carter Winston zu sein. Ich bezweifelte es. Vor allem deshalb, weil Carter Winston ja an der Gicht litt und seine Kabine fünf Tage nicht verlassen konnte.

Ich beschloß, es ihm gleichzutun. Ich rief den Zimmer-Service an, bestellte mir eine Flasche Scotch und ließ mich dann aufs Bett fallen, um daran zu denken, was ich alles erben würde, wenn sich der Staub erst einmal gesetzt hatte.

Ich fühlte mich wieder wohl. Als es an der Tür klingelte, rief ich in der Annahme, daß es der Zimmerkellner sei, laut: »Herein!« Dann fiel mir der schlurfende alte Mann in der schmuddeligen Livree wieder ein, den ich in der Halle bemerkt hatte, und ich argwöhnte, daß er taub sein könnte. Deshalb machte ich ihm auf.

»Hallo Carter«, sagte Sherry mit einem sehr, sehr breiten Lächeln. Sie hatte ein makelloses Gebiß.

Ja, dieses Lächeln war eigentlich das Schlimmste an Sherrys Erscheinung. Es war nämlich eines dieser allwissenden Lächeln, das heißt zynisch und freudlos. Das war nicht die Sherry, die ich kannte, so putzmunter und unschuldig. Oder hatte ich die richtige Sherry gar nicht gekannt?

»Willst du mich nicht hereinbitten?« fragte sie. »Willst du überhaupt nicht wissen, wie ich hergefunden habe?«

Ich schloß die Tür und versuchte, ganz cool und beherrscht auszusehen, war aber natürlich weder das eine noch das andere.

»Offensichtlich hast du mich dort im Restaurant gesehen«, sagte ich. »Als ich gerade ging, sah ich dich an einem der Telefone.«

»Du willst sagen, nachdem du mich hinterlistig dazu gebracht hattest, an den Apparat zu gehen.« Das Lächeln blieb. »Du hast einen albernen Fehler begangen, Carter. Das Fenster des Restaurants ist ein Eckfenster, und ich konnte sehen, wie du ein Taxi herbeizuwinken versuchtest.«

»Das sollte doch nur ein Scherz sein, Sherry!« Ich bedachte sie mit einem Grinsen, das dem eines Totenschädels ähnlich gesehen haben muß. »Als ich dich mit deinen Leuten hereinkommen sah, dachte ich mir, die Situation könnte dir vielleicht peinlich sein. Schließlich bin ich ja noch ein verheirateter Mann, weißt du.«

Mein Blick zuckte ungewollt zu den Zeitungen, die auf einem Sessel lagen.

»Das waren Julius Martin und Heather Price, alte Freunde aus Studententagen. Sie hätten sicher wahnsinnig gern den berühmten Carter Winston kennengelernt...«

Es klingelte an der Tür. Diesmal war es der alte Zimmerkellner. Ich schnappte mir die Flasche Scotch, ließ einen Geldschein auf sein Tablett fallen und schlug die Tür wieder zu.

Es war jedoch zu spät, um noch zu verhindern, was dann geschah. Sherry ging schnell zum Sessel, um eine der Zeitungen aufzunehmen. Es war die *Daily News.* Mit der Schlagzeile, welche auf die stumpfe Mordwaffe hinwies. Ich hörte, wie sie überrascht die Luft einsog, nicht sehr anders als Ilona, als sie gesehen hatte, daß ich im Begriff stand, ihre kostbare Vase von Grés zu ruinieren. Bevor ich noch ein Wort sagen konnte, las Sherry schon laut aus der Zeitung vor. »... daß die Ermordete einen Einbrecher gestört haben könnte. Man versucht jetzt, den Ehemann, Carter Winston, zu kontaktieren, der sich angeblich im Ausland aufhält.« Sie ließ die Zeitung sinken. »Du bist also eigentlich gar nicht hier. Du bist im Ausland!«

»Ich war, ich war!« Ich hatte plötzlich eine Altstimme. »Ich bin gerade erst heute morgen aus Paris zurückgekommen. Ich fand bei uns eine Leiche ... und bekam Angst. Denn mir war klar, daß die Polizei mir die Tat anlasten würde.«

Jetzt war ihr Lächeln spöttisch. »Also wirklich, wie hätten sie denn je so etwas annehmen können? Wo du deiner Frau doch derart ergeben warst?«

»Das ist gar nicht komisch!« rief ich. »Du weißt sehr gut, daß ich der erste Mensch wäre, den sie verdächtigen würden.« Ich wurde langsam wütend. »Ich weiß immer noch nicht, wie du mich eigentlich hier gefunden hast.«

»Na, ich habe das getan, was sie in Filmen immer machen. Ich wollte schon immer mal in ein Taxi springen und sagen: ›Folgen Sie dem Wagen da!‹ Ich glaube, dem Taxifahrer hat das auch Spaß gemacht. Als ich in die Halle kam, stiegst du gerade in den Lift. Ich sagte dem Menschen am Empfang, du wärst mein Mann.« Sie gluckste. »Er hat das nicht eine Sekunde geglaubt, aber mir zugezwinkert und gesagt: ›Zimmer 209.‹«

Sie sah mich eine Weile nachdenklich an und sagte schließlich: »Das ist doch genau das, was wir uns immer erhofft haben, nicht wahr, Carter? Daß deine Frau tot ist und du all ihr Geld bekommst... Das steht doch wohl im Testament, oder etwa nicht?«

»Sie hat kein Testament gemacht«, sagte ich kläglich. »Ilona glaubte nicht an so etwas. Aber in solchen Fällen erbt immer der Ehemann, vor allem, wenn keine Kinder da sind.«

»Was bist du also für ein glücklicher Mensch!« Sie durchquerte das Zimmer. Ihre Arme schlangen sich um meinen Hals. Sie fühlten sich an wie eine Schlinge. »Wir sind beide glückliche Menschen, was? Es sei denn ...«

»Es sei denn was?«

»Oh, du weißt schon. Es sei denn, die Polizei würde unangenehm... Du hast sie doch angerufen? Um sie wissen zu lassen, daß du hier bist?«

»Nein. Ich hab's dir doch gerade erklärt! Sie müssen doch denken, daß ich Ilona mit dieser verdammten Grés-Vase erschlagen habe...«

»Von einer Grés-Vase war da aber nicht die Rede.«

»Ach, hör auf, den Sherlock Holmes zu spielen!« Ich stieß sie von mir. »Ich habe die Vase auf dem Fußboden des Schlafzimmers liegen sehen, okay? Ich bin dann da wieder raus, so schnell ich nur konnte ...«

»Nachdem du dich erst noch umgezogen hattest, Süßer? Du hattest ja auch immer eine Schwäche für das alte Jackett. Und vor allem auch für Jeans. Und wie kommt's, daß du anfängst, grau zu werden?« Sie zerzauste mein Haar und kicherte. »Das ist Talkum, oder nicht?« Sie drehte den Kopf ein wenig und sah zu der Aktentasche, die ich aufs Bett geworfen hatte. »Und was ist das da? Verkaufen wir wieder Immobilien, Carter?«

Bevor ich sie daran hindern konnte, griff sie danach. Einen Augenblick später hätte sie das Schloß aufschnappen lassen und den Beweis für meinen getürkten Einbruch vor Augen gehabt.

»Also schön«, sagte ich, »ich werde dir die ganze Geschichte erzählen. Aber denk dran ... sobald ich das tue, bist du meine Komplizin!« Es bereitete mir Freude, ihr Lächeln verschwinden zu sehen. »O ja«, fuhr ich fort, »du kannst mir auch wirklich helfen.« Ich ging zum Telefon und hob den Hörer ab. »Du kannst die Polizei anrufen.«

Ich sah mit einiger Befriedigung, wie Sherry das Lächeln verging. Sie umklammerte den Hörer so fest, daß die Knöchel ihrer Hand weiß wurden, und forderte mich auf, meine Anweisungen zu wiederholen. Das tat ich.

Sie wählte die 911 und bat, mit der Polizei verbunden zu werden. Ich beugte mich nah an ihr Ohr und hörte eine knurrende Stimme nach ihrem Namen fragen. Die Frage versetzte sie kurz in Panik, aber dann stolperte sie durch die kleine Rede, die ich für sie vorbereitet hatte.

»Ich rufe wegen dem Mord an dieser Frau an, die, die vergangene Nacht umgebracht worden ist. Ilona Winston.«

Der Beamte am anderen Ende der Leitung klang nicht beeindruckt. Er wollte erneut ihren Namen wissen, und Sherry sagte: »Jetzt hören Sie mal, wollen Sie meinen Namen oder ein paar Informationen kriegen? Ich weiß, daß Sie nach dem Mann von der suchen, und ich kann Ihnen sagen, wo er ist.«

Diesmal war der Polizist freundlicher. Sherry fuhr also fort: »Eine Freundin von mir hat mich aus Le Havre angerufen. Sie arbeitet bei dieser Reederei und hatte von dem Mord an der reichen Frau gehört. Raten Sie mal, was sie gesagt hat! Daß der Mann an Bord eines ihrer Schiffe sei, und zwar an Bord der Empire.«

Sherry sah mich seltsam an, und ich lächelte ihr ermutigend zu. »Ja, Sie haben richtig gehört«, sagte sie in die Sprechmuschel. »Dieser Carter Winston ist auf dem Schiff, ist unterwegs nach New York. Meine Freundin hat sich gefragt, ob man ihm wegen seiner Frau Bescheid geben sollte.«

Ihr wurden weitere Fragen an den Kopf geworfen, aber ich beschloß, daß es genug sei. Ich nahm ihr den Hörer aus der Hand und legte ihn auf die Gabel zurück.

»Das reicht schon«, sagte ich ruhig. »Sie müssen jetzt das Schiffsmanifest, oder wie das heißt, überprüfen, und das ist alles, was wir wollen.«

»Wir?« fragte Sherry total verwirrt. »Wie kannst du an Bord dieses Schiffes sein und gleichzeitig hier? Du bist doch nicht etwa ein Zwilling, oder was?« Ihre dichten Wimpern flatterten. »Warte mal. Ja, du hast einen Bruder. Du hast mir doch mal erzählt, daß er in Paris lebt …«

»Ich habe schon immer gewußt, daß du ein kluges Mädchen bist«, sagte ich und fühlte mich zunehmend entspannter. Sherry war eine unerwartete Komplikation gewesen, aber jetzt hatte sie ein Problem für mich gelöst. Die Polizei mußte ja über »meine« Ankunft mit der Empire informiert werden, und das war geschehen. Ich öffnete die Flasche Whisky, warf Eiswürfel in die zwei Gläser, die die Flasche begleitet hatten, und schenkte großzügig ein. »Laß uns auf die Zukunft anstoßen«, sagte ich, ihr ein Glas reichend.

»Glaubst du wirklich, daß das funktionieren wird? Daß die Polizei deinen Bruder für dich hält?«

»Natürlich nicht«, antwortete ich fröhlich. »Das werde ich sein, Liebling. Ich werde der sein, der von Bord dieses Schiffes geht. Kannst du dir für einen Mörder ein besseres Alibi vorstellen?«

Ein Schauder überlief sie. Die Eiswürfel in ihrem Glas klingelten. Sie nahm einen kräftigen Schluck, ich ebenfalls.

Eine halbe Stunde später war die Flasche fast leer. Während wir feierten, übernahm ich das Reden. Es war eine Erleichterung zu sprechen, jemandem von meinem genialen Plan zu erzählen, welcher – von ein paar Überraschungen abgesehen – immer noch so gut funktionierte wie ein Zauberspruch. Sherry lauschte begierig, wobei sich ihre Fragen allerdings nicht auf mein brillantes Projekt bezogen. Was sie vornehmlich interessierte, war das Geld. Wieviel war es? Was würde ich damit machen? Dann führte sie wieder das Wort »wir« ein. Würden wir reisen? Könnten wir nach Europa fahren? Würde ich ihr Paris, Monaco und Venedig zeigen?

Ich war zu müde, um alle Fragen auf der Stelle beantworten zu können. Ich ging zum Bett und zog die Schuhe aus. Ich forderte sie auf, zu mir zu kommen, und sie sagte etwas von »einen kleinen Moment noch«. Einen kleinen Moment später war ich natürlich schon eingeschlafen.

Es war ihr Flüstern, das mich wieder weckte. Wenn Sherry ganz normal gesprochen hätte, hätte ich wahrscheinlich während ihres ganzen Telefongesprächs friedlich weitergeschlafen. Ihr Geflüster aber bewirkte, daß sich meine Augen öffneten und meine Ohren überempfänglich wurden.

»Reg dich nicht so auf!« raunte Sherry. »Ich mußte dem Kerl nach, Julius, der führte irgendwas im Schilde, und ich mußte rausfinden, was. Er ist doch meine Goldeiergans. Und du wirst nicht glauben, was er mir erzählt hat... Nein, kann ich nicht, nicht jetzt. Komm zu mir, in ungefähr einer Stunde. Bring aber die bärtige Dame nicht mit!« Sie lachte. »Nein, alles, was ich sagen kann, ist, daß wir reich sein werden. Reich mit ganz großem R geschrieben!«

Sie legte auf. Mir war jetzt klar, daß das »Paar« im Restaurant Sherry und Julius gewesen war, nicht Julius und Heather. Heather war die »bärtige Dame«, die Dritte im Bunde, die die Freundin von Julius gemimt hatte.

Ich fühlte mich ganz krank. Krank von Whisky, krank vor lauter Betrug. Dann hörte ich, wie die Hotelzimmertür leise zugezogen wurde, und wußte, daß sich Sherry auf den Heimweg gemacht hatte.

Aber ich wußte ja, wo sie wohnte.

Der Durst nach Rache ist stärker als der nach Alkoholischem. Mein Kopf war noch schwer, aber mein Denken klar, meine Schritte leicht – die Wut wirkte in meinen Adern wie ein Stimulans, das wirksamer war als Whisky.

Ich wartete nicht auf den uralten Lift. Ich sprang die Treppe hinunter und blieb unten kurz vor dem Empfang stehen. Der Nachtportier hatte seinen Dienst angetreten, wenn man denn Tiefschlaf als solchen bezeichnen kann.

Als ich auf die Straße hinaustrat, war von Sherry nichts mehr zu sehen. Es war fast drei, kein Verkehr mehr, und die Chance, jetzt noch ein Taxi zu finden, gleich Null. Wo, zum Teufel, war sie geblieben?

Dann hörte ich das schwache Klappern von Absätzen. Ich tauchte wieder in den Hoteleingang ab und sah Sherry außer sich um die Ecke biegen, sie hatte offensichtlich kein Taxi gefunden und schmollte über ihren Mangel an Erfolg. Sie ging so dicht an mir vorbei, daß ich mich wie ein Panther auf sie stürzen und sie bei der Kehle hätte packen können. Aber eine tote Frau vor meinem Hotel hätte unweigerlich zu einem Aufmarsch der Polizei geführt, weshalb ich lieber die Luft anhielt und wartete.

Privatdetektive, mal herhören! Es ist fast unmöglich, jemanden in verlassenen Straßen zu beschatten. Ich mußte Sherry also in beträchtlichem Abstand folgen. Zum Glück war sie so mit ihrer Suche nach einem Taxi beschäftigt, daß sie sich nie umdrehte, meinen leisen Schritt nicht hörte (dem Himmel sei für diese Laufschuhe gedankt!).

Und dann war mir das Schicksal hold. Ein Taxi kam um die Ecke, niemand darin. Sherry rannte wie wild darauf zu und bemerkte erst dann, daß der Taxifahrer Feierabend gemacht hatte. In ihrer Eile hatte sie jedoch einen Absatz ihrer Stöckelschuhe verloren.

Armes Ding! Ich konnte, obwohl einen Block von ihr entfernt, ihre Frustration spüren. Sie schluchzte fast, als sie ihren Fuß auf einen Hydranten stellte und versuchte, den Absatz irgendwie wieder festzuklopfen. Sie war so beschäftigt, daß sie mein Herannahen nicht bemerkte.

Muß ich Ihnen den Rest auch noch erzählen? Ihr seid doch eine blutrünstige Bande! Reicht es nicht, wenn ich sage, daß ich tat, was ich tun mußte, was die Umstände diktierten? Ja, ist ja schon gut! Ich legte ihr den linken Arm um den Hals und zog sie in eine nahe Gasse. Sie gab keinen Laut von sich – nur das Schurren des ihr verbliebenen Absatzes auf dem Pflaster war zu hören. Ich bin nicht einmal sicher, ob sie mitbekommen hat, daß ich es war, der sie eisern festhielt, was eigentlich schade wäre. Aber wahrscheinlich hat sie – wie die Polizei später auch – gedacht, daß es ein schlichter Überfall war. Vor allem, da ihre Handtasche geleert wurde. Als ich sicher war, daß sie nicht mehr atmete, entnahm ich der Handtasche alles Bargeld und warf sie dann in den Rinnstein. Zu was für einem Ladykiller ich mich doch entwickelt hatte!

Jetzt war ich für die verlassenen Straßen dankbar. Ich schlenderte zum Hotel zurück – ein bißchen schwankend wie ein Angetrunkener, der von einer Party nach Hause geht. Was der Wahrheit ja durchaus nahekam.

Den Nachtportier weckte mein Eintreten nur halb. Er blinzelte mich an, und ich zeigte ihm – lächelnd – meinen Zimmerschlüssel. Er lächelte zahnlos zurück. Dies war gar kein Hotel, sondern ein Altersheim! Zum Glück mußte ich nur noch vier Tage dort ausharren. Bis mein Schiff einlief.

Wollen Sie wissen, wie ich mich fühlte? Nun, natürlich

erleichtert. Ich hatte entdecken müssen, daß meine einzige große Liebe in diesem Leben hinterhältig und gefährlich gewesen war! Die Perfidie war schmerzlich, wie ich zugeben muß, aber zumindest war die Gefahr beseitigt.

Und hatte ich jetzt Angst? Fürchtete ich Festnahme, Haft, Prozeß und all die anderen unersprießlichen Aussichten? Aber warum sollte ich? Carter Winston konnte seine Frau nie und nimmer umgebracht, konnte Sherry Francis nie und nimmer ermordet haben. Carter Winston befand sich ja mitten auf dem Atlantik. Ich grinste in mich hinein. Vielleicht gab es noch andere, die eine Ermordung verdient hätten? Was war mit dem Manager des Maklerbüros, der mich nach zwei Wochen gefeuert und diese Untat mit so etwas wie einer öffentlichen Bloßstellung meiner Person verbunden hatte? Was für ein Vergnügen wäre es doch, auch ihm den fetten Hals zu brechen! Und nie erwischt zu werden!

Aber das waren nur Wachträume. Als ich dann einmal mehr in Schlaf sank, wurden allerdings Alpträume daraus. Ich wachte mehrmals in Schweiß gebadet auf. Ob das alles tatsächlich so leicht war? War mein perfekter Plan wirklich so perfekt?

Mich überkamen Zweifel. Ich fing an mich zu fragen, ob es in meiner Strategie irgendeine Lücke gab, irgendein Versehen, das zu der Ilonas Tod betreffenden Wahrheit hinführen könnte? Traute ich den Ordnungshütern ein zu geringes Maß an Scharfblick zu?

Aber alle meine Zweifel wurden am nächsten Morgen zerstreut!

Der alte Hoteldiener brachte mir zusammen mit meinem

Frühstück die Morgenzeitung. Als ich die Schlagzeile auf der Titelseite sah, machte mein Herz einen Freudensprung!

MORD AN ERBIN: VERDÄCHTIGER FESTGENOMMEN!

Sein Name war Douglas McBride, und er wurde als beschäftigungsloser »Investmentbanker« bezeichnet. Jetzt erinnerte ich mich wieder an ihn – der geschickte Verführer, der Ilona nach Hause gebracht hatte und den ich auch schon bei Cocktailpartys hatte herumschwirren sehen, ein Glas in der Hand, ein Grinsen im Gesicht und den Blick auf reiche und erreichbare Frauen gerichtet!

Douglas hatte sich offensichtlich nicht getraut, seine Anwesenheit im Haus am Abend des Mordes zu erwähnen, und das hatte ihn zu Fall gebracht. Jemand hatte sich erinnert, gesehen zu haben, wie Douglas und Ilona zusammen in ein Taxi gestiegen waren. Bei seiner Befragung durch die Polizei hatte er sich schlecht geschlagen. Es hatte sich herausgestellt, daß er schon wegen Frauenmißhandlung vorbestraft war. Und jetzt kommt das Allerbeste. Die Polizei hatte sich einen Haussuchungsbefehl beschafft und in seiner Wohnung erdrückende Beweise für Diebstähle gefunden, darunter auch ein Feuerzeug und eine kleine Ormolu-Uhr, beides Dinge, die uns gehörten. Oder ich sollte wohl besser sagen: ihr.

Die Theorie der Polizei war einfach. Ilona hatte Douglas dabei erwischt, wie er im Schlafzimmer noch andere Sachen klaute. Er hatte dann überreagiert. Hatte eine Vase gegriffen und ihr damit einen Schlag versetzt. Vielleicht hatte er sie zunächst gar nicht umbringen wollen, aber andererseits konnte er eine Zeugin auch nicht gut am Leben lassen. Deshalb hatte er noch zwei weitere Male zugeschlagen.

Also wirklich, dieser Dreckskerl! dachte ich und grinste.

Das war dann aber auch die einzige gute Nachricht. In der *Times* fand ich eine Auflistung der Schiffsankünfte und erfuhr so, daß günstige Winde der S.S. Empire dabei behilflich waren, einen neuen Rekord aufzustellen. Sie würde statt Freitag früh schon Donnerstag nachmittag eintreffen.

Der letzte Akt begann.

Als ich aus dem Hotel auszog, waren meine achthundert Dollar auf zweihundert zusammengeschmolzen. Das reichte jedoch, um einen Leihwagen zu mieten. Ich benutzte Vincents Name und Führerschein.

Ich fuhr zum Flughafen und fand das Schließfach wieder, in dem sich Vincents grüner Mantel und der falsche Bart befanden.

Als ich endlich Pier 16 erreichte, legte die Empire gerade an. Es war ein eindrucksvolles Spektakel, aber ich hatte keine Zeit, es mir anzusehen. Es konnte ja sein, daß die Polizei beschlossen hatte, Carter Winston abzufangen, um ihm die Nachricht von der Ermordung seiner Frau zu überbringen – für den Fall, daß er es nicht schon via Schiffsbulletin erfahren hatte.

Allerdings würden sie ein Problem haben. Der Carter Winston, der die Gangway herabkam, würde nicht zu der Beschreibung passen, die Sherry ihnen geliefert hatte – Bandage, Krücken, Sonnenbrille! Und natürlich war auch das Gesicht ein anderes, denn es war ja das meines Bruders Vincent.

Ich wartete besorgt auf dem Parkplatz, bis er schließlich mit seinem länglichen Koffer erschien. Für lange Begrüßungen war keine Zeit. Wir öffneten den Koffer, holten Bandagen, Krücken und Sonnenbrille heraus, und innerhalb von fünf Minuten hatte ich mein altes Aussehen wieder angenommen. Dann stellte ich ihm die entscheidende Frage: »Hat Pawkins dich von Bord gehen sehen?«

»Nein«, antwortete Vincent. »Es ist mir gelungen, ihm auszuweichen. Und so habe ich ihm auch kein Trinkgeld gegeben, wie du gesagt hast.«

»Gut. Jetzt gib mir alles Bargeld, das du bei dir hast.«

Es waren achthundert Dollar. Ich händigte ihm die Autoschlüssel aus und trug ihm auf, den Wagen zurückzugeben und sich dann eine Bleibe zu suchen. Er könne mich in ein paar Tagen anrufen, wenn ich »nach Hause« gekommen sei.

Vincent fuhr davon, und ich eilte zur Empire, wobei ich die Krücken handhabte wie ein Profi. Es war wie Fahrradfahren. Das verlernt man auch nie wieder.

Ein Maat kam gerade zum Ausgang für Passagiere heraus. »Hallo«, sagte ich, »könnten Sie mir vielleicht sagen, wann der Rest der Mannschaft von Bord geht?«

»Na ja, einige natürlich gar nicht. Suchen Sie jemanden Bestimmtes?«

»Ja. Es ist mir ein bißchen peinlich, aber ich muß gestehen, daß ich ganz vergessen habe, beim Verlassen meiner Kabine dem Steward ein Trinkgeld zu geben. Und er war immer so freundlich zu mir.«

»Wie heißt er denn?«

»Pawkins. Ein alter Knabe, außerordentlich liebenswürdig.«

Der Maat gluckste. »Ja, den kenne ich. Also, wo's der Pawkins ist, schlage ich vor, daß Sie mit mir zum Büro des Zahlmeisters gehen, und ich sehe zu, daß ich Pawkins da raufschicke. Sie erkennen ihn ja dann ganz bestimmt wieder.«

Und natürlich erinnerte auch er sich an mich.

Pawkins sah mir kaum ins Gesicht, sondern starrte auf die fünfhundert Dollar hinab, die ich ihm in die Hand gedrückt hatte. »Ich bin Ihnen sehr verbunden«, stammelte er. »Überaus dankbar, Sir. Ich hoffe, Sie reisen bald mal wieder mit uns!«

Ich verließ das Schiff so schnell wie nach dem Gebot der Vernunft möglich und winkte ein Taxi herbei, dessen Fahrer ich die Adresse unseres Hauses in Manhattan nannte. Ich hielt mir den Kopf von allen Gedanken frei. Ich bekam darin allmählich Übung.

Ich stieg aus dem Taxi und wußte sofort, daß sich die Polizei nicht die Mühe gemacht hatte, sich mit dem Schiff, der Empire, zu befassen. Sie stand vor meiner Haustür.

»Mr. Winston?« fragte der größere der beiden und ließ kurz eine Dienstmarke aufblitzen. »Ich bin Foster Loomis. Es tut mir leid, aber wir haben eine schlechte Nachricht für Sie.«

Ich hoffte, daß mein Grinsen nicht zu sehen war. Aber ich wußte ja schließlich, wie die »schlechte Nachricht« lautete.

Ich irrte mich jedoch. Es gab mehr schlechte Nachrichten, als ich erwartet hatte.

Liebe Jury-Mitglieder des Academy Award, es ist ein Jammer, daß Sie die Vorstellung, die ich in meinem heimischen Wohnzimmer gab, nicht sehen konnten! Sie war ohne Frage einen Oscar wert!

Sie war nicht überzogen. Ich brach nicht in Tränen aus, aber mein gichtiges Bein gab unter mir nach, das Blut wich aus meinem Gesicht, die Kehle schnürte sich mir zusammen, und ich konnte kaum noch sprechen.

Der große Detective namens Loomis brachte mir ein Glas Wasser, aber das war dann auch sein letzter Akt der Freundlichkeit. Er sagte nämlich: »Wenn es etwas gibt, Mr. Winston, was Sie uns bezüglich Ihrer Beteiligung am gewaltsamen Tod Ihrer Frau sagen möchten, so wäre dafür jetzt ein guter Augenblick.«

Ich verschluckte mich, und der andere Beamte klopfte mir auf den Rücken.

»Meine Beteiligung?« stammelte ich. »Was reden Sie da?«

Loomis sagte: »Lies ihm den Sermon vor, Leonard«, und sein Spezi zog ein Heftchen aus der Tasche.

Ich stoppte ihn schnell. »Sie brauchen mir meine Rechte nicht vorzulesen!« sagte ich ärgerlich. »Ich habe mit dem allem nichts zu tun. Mag ja sein, daß wir, also Ilona und ich, nicht so gut miteinander ausgekommen sind, daß wir ein paar Probleme miteinander hatten, aber das bedeutet noch lange nicht, daß ich sie umgebracht habe!«

»Ja, das wissen wir«, meinte Loomis. »Aber es wäre nicht das erste Mal, daß jemand einen Mord aus der Ferne begangen hat. Es gibt häßliche Menschen, die zu allem bereit sind, wenn nur der Preis stimmt...«

»Mein Gott! Wollen Sie andeuten, ich hätte jemanden für

den Mord angeheuert? Da irren Sie sich! Sie irren sich gewaltig! Etwas Derartiges können Sie niemals beweisen, denn es entspricht nicht der Wahrheit.«

Ich sah den Blick, den die beiden Beamten wechselten, und wußte, daß sie nur spekulierten. Und dann entdeckte ich die zusammengefaltete Zeitung, die in Leonards Brusttasche steckte. In der Schlagzeile erkannte ich den Namen McBride.

»Augenblick mal«, sagte ich. »Sie haben schon jemanden festgenommen und versuchen jetzt, mich zu dem Geständnis zu bringen, daß ich sein Komplize war!«

»Der Anwalt Ihrer Frau hat uns gesagt, daß Sie vermutlich jeden Cent erben, den Ihre Frau besessen hat, Mr. Winston. Trotz aller Eheprobleme sind Sie, als Ihre Frau ermordet wurde, zu einem reichen Mann geworden.«

»Und niemand behauptet, daß dieser Bursche Ihr Komplize war«, sagte Leonard, bedachte mich mit einem an Zahnlücken reichen Lächeln und zog die Zeitung aus der Tasche. Die Schlagzeile lautete:

MCBRIDE: TATVERDÄCHTIGER IM FALL GLENNON
WIEDER AUF FREIEM FUSS!

Mein Mut sank, und mein Blick verschleierte sich.

Loomis sagte: »Dieser McBride ist an dem Abend, an dem Ihre Frau umgebracht wurde, zwar hier im Haus gewesen, hat es aber, wie es aussieht, verlassen, bevor die Tat begangen wurde. Ein Taxifahrer hat sich gemeldet und zu Protokoll gegeben, er habe McBride bei Mrs. Winston abgeholt und beide an der Haustür stehen sehen. Lebend.«

Ich versuchte, mir meine Enttäuschung nicht anmerken zu lassen. »Na gut«, sagte ich, »dann war er es vielleicht nicht. Vielleicht ist der Mörder ja erst später ins Haus eingebrochen. Vielleicht hat noch ein anderer Freund sie besucht. Ilona hatte jede Menge ›Verehrer‹, wenn man sie mal so nennen will.« Ich ließ die Zeitung auf einen Stuhl fallen.

Loomis ließ die breiten Schultern hängen. Seine jetzt verfolgte Linie war ziemlich schwach. Er wollte wissen, warum ich ins Ausland gereist sei. Wie lange ich mich in Paris aufgehalten hätte. Wann die S.S. Empire gefahren sei.

»Die Antworten können Sie alle von der Reederei einholen«, sagte ich. »Sie können das Personal des Schiffes befragen. Zum Beispiel meinen Steward. Wegen meines blöden Fußes mußte mir der arme Kerl alle Mahlzeiten in der Kabine servieren...«

»Ja, ja, wir werden das alles überprüfen, Mr. Winston...«

»Der Mann heißt Pawkins. Wenn Sie mit ihm sprechen, grüßen Sie ihn von mir, okay?«

Loomis nickte Leonard zu, und da wußte ich, daß das erste Verhör – das entscheidende – vorbei war. Als sich die Haustür hinter den beiden geschlossen hatte, überkam mich Heiterkeit. Ich besah mir das Wohnzimmer mit seinem teuren Mobiliar, den zu teuer bezahlten Nippes und den Gemälden, die Ilona bei Auktionen in Paris und London ersteigert hatte – und aalte mich in dem freudigen Bewußtsein, daß mir schon allein dieser Raum Millionen einbringen würde.

Und einmal mehr bewies mir Fortuna, daß ich ihr Liebling war. Als ich mich niederließ, um die Zeitung zu lesen, die Leonard liegengelassen hatte, entdeckte ich auf Seite zwölf eine kleine Notiz unter der Überschrift:

MODEL WURDE OPFER EINES RAUBÜBERFALLS

Arme Sherry! Sie war der Zeitung nur ganze zehn Zeilen wert gewesen! Aber es war auch befriedigend zu wissen, daß ich mit ihrem Tod niemals in Verbindung gebracht werden konnte. Oder mit dem Ilonas.

Ich hatte allen Grund zu feiern.

Im Kühlschrank befand sich eine Flasche Dom Pérignon. Ich entkorkte sie, setzte mich im Wohnzimmer in den bequemsten Sessel und schenkte mir ein Glas ein.

Die Flasche war schon mehr als zur Hälfte geleert, als das Telefon klingelte. Ich hob ab und sagte: »Hallo?«

»Carter?« Es war eine Frauenstimme.

»Ja?«

»O Baby, es tut mir ja so leid«, sagte die Anruferin. »Ich weiß, sie war eine Hexe... hast du mir ja gesagt, aber es muß doch ein fürchterlicher Schock gewesen sein. Bist du okay? Möchtest du, daß ich zu dir komme?«

»Was ich möchte«, antwortete ich mit etwas schwerer Zunge, »ist, daß Sie mir erst mal sagen, wer da spricht.«

»Also, das ist nun aber nicht sehr schmeichelhaft. Gut, vielleicht erkennst du ja am Telefon meine Stimme nicht. Hier ist Sheila, Schätzchen!«

»Augenblick mal«, sagte ich. »Sie sind Reporterin, was? Ich habe mich schon gefragt, wann ihr Geier euch auf mich stürzt.«

Die Frau, die sich Sheila nannte, lachte. »O Carter, du

bist an Land genauso ein großer Clown wie auf See. Aber ich nehm's dir nicht übel, daß du vorsichtig bist. In den nächsten Tagen wirst du Mittelpunkt eines fürchterlichen Medienrummels sein ...«

»Schön, Sie werden nicht zum engsten Kreis gehören, Süße, das verspreche ich Ihnen.«

Ihre Fröhlichkeit verflüchtigte sich ein bißchen. »Was soll das? Du hörst dich langsam ganz so an, als wäre es dir ernst. Sind Leute bei dir? Ist es das? Vielleicht die Polizei?«

»Die ist gekommen und wieder gegangen«, sagte ich steif. »Sie hatten Besseres zu tun, als einen unschuldigen Menschen, einen trauernden Ehemann zu behelligen. Wenn Sie eine Story brauchen, dann fragen Sie doch mal bei denen nach. Ich habe nichts zu sagen.«

»In dieser letzten Nacht an Bord hattest du aber eine ganze Menge zu sagen! Du hast mir Versprechungen gemacht, Carter, und die wirst du, verdammt noch mal, auch halten!«

»An Bord? Sie sprechen doch nicht etwa von der Empire?«

Es überlief mich plötzlich kalt, von einem Ende der Wirbelsäule bis zum anderen.

»Doch, tue ich«, sagte sie. »Die gute alte Empire! Wir standen an der Reling, du erinnerst dich? Du sagtest, wie groß der Mond aussähe. Daß er in der Stadt nie so sei. Da habe ich dir gesagt, du solltest mir bloß nicht mit Romanze an Bord und so einem Quark kommen ...«

»Romanze an Bord«, wiederholte ich.

»So läuft das nicht, Carter. Vor allem jetzt nicht, wo

deine Frau kein Problem mehr ist. Laß uns also miteinander reden, okay?«

»Ich kann nicht«, sagte ich verzweifelt. »Ich muß verreisen. Der Tod meiner Frau... der hat zu einer Fülle von geschäftlichen Problemen geführt, du weißt doch, wie das ist...«

Ich legte auf.

Ich saß da und starrte auf meine gekrümmten Finger. Ich wußte, warum sie so gekrümmt waren. Es verlangte sie danach, sich um den Hals meines Bruders zu legen. Es juckte sie, ihm die Luftröhre zuzudrücken, bis seine Augen hervorquollen und er zu atmen aufhörte!

Aber selbst das würde nichts nützen. Sheila lebte, und das in New York. Sie würde einen verwitweten Multimillionär wie Carter Winston nicht aus den Fängen lassen. Nur daß der Carter Winston, den sie kannte, nicht der Carter Winston war, der im Haus seiner verstorbenen Frau hockte...

Das Telefon klingelte erneut. Dreimal – so lange rang ich mit mir, dann hob ich ab.

»Carter? Hier Vincent.«

Ich schloß die Augen und traf eine weitere Entscheidung. »Hallo«, sagte ich liebenswürdig, »hab nicht damit gerechnet, so schnell von dir zu hören, Vin. Hast du eine Bleibe gefunden?«

»Erinnerst du dich an Kitty Lambert? Sie hat geheiratet, nachdem ich nach Paris gegangen bin, aber sie trennen sich gerade wieder, und als ich jetzt bei ihr anrief, bot sie mir ihre Wohnung an...«

»Du kannst mir das alles eigentlich persönlich erzählen,

Vin. Komm her, die Luft ist rein.« Es gelang mir sogar, ein Lächeln in meine Stimme zu legen.

»Alles okay? Mit den Bullen und so?«

Ich knirschte mit den Zähnen. »Ich meine, wir unterhalten uns besser hier darüber, nicht?«

Eine Stunde später schenkte sich Vincent von Ilonas bestem Cognac ein und summte dabei vor sich hin. Ein glücklicher Mensch – zu glücklich, um die Todesstrahlen in meinem Blick zu bemerken.

»Nein, an Kitty Lambert kann ich mich nicht mehr erinnern«, sagte ich. »Und an Sheila auch nicht. Erinnerst du dich noch an Sheila, Vincent?«

Er erstarrte. »Sheila? Nein, ich glaube nicht. Wie heißt sie weiter?«

»Da bin ich nicht ganz sicher. Desaster vielleicht.«

Jetzt wußte er, was Sache war. »Hör her, Carter«, sagte er und sonderte literweise Schweiß ab, »du mußt verstehen, was das bedeutet hat, da in dieser Kabine eingesperrt zu sitzen und außer dem Steward keiner, mit dem man reden konnte ...«

»Das war deine kleine Aufgabe, Vincent! Du solltest wie ein Gefangener in dieser Kabine sein! Du solltest sie unter keinen Umständen verlassen! Mit wie vielen Frauen bist du sonst noch über das Deck geschlendert? Wie hast du das mit den Krücken geschafft? Oder hast du sie gar nicht benutzt?«

»Sheila war die einzige, und es war nur an diesem Abend, ich schwör's ...«

»Du hast da an Bord auch ein bißchen rumgeschworen, nicht wahr? Ewige Treue? Diese Frau will mich sehen. Sie weiß von Ilonas Tod und ist jetzt hinter mir her. Nur daß dieses ›mir‹ du bist, Baby. Wenn die hierherkommt, dann bin ich erledigt. Total. Sie weiß dann, daß ich nicht auf dem Schiff war. Wie lange wird sie brauchen, um zwei und zwei zusammenzuzählen?«

Vincent blökte: »Kannst du sie nicht hinhalten? Wenn du sie lange genug hinhältst...«

»Und wie soll ich das anstellen?«

»Verschwinde einfach ein Weilchen... ein paar Wochen, vielleicht einen Monat oder zwei.«

Ich hätte ihn erwürgen sollen. Statt dessen griff ich nach der Zeitung und suchte die Schiffahrts-Mitteilungen. Sie waren nicht so umfangreich wie in der *Times*, sagten mir aber, was ich wissen wollte: Die S.S. Empire kehrte in vier Tagen nach Le Havre zurück.

Ich verließ das schöne Sandsteinhaus, das jetzt mir gehörte, gar nicht gern. Aber in das Haus in Connecticut zu ziehen, das wagte ich auch nicht. Soweit ich wußte, hatte Vincent (der ja vorgegeben hatte, ich zu sein) Sheila gegenüber auch mit dem Haus auf dem Land geprotzt.

Die vorübergehende Lösung sah so aus, daß ich in Vincents »geborgtes« Quartier im Village umzog, also in das Apartment, das einmal Frischvermählten gehört hatte, die sich gerade wieder scheiden ließen. Typisch für unseren Freundeskreis!

Ich nutzte die Zeit. Ich buchte die Reise nach Europa auf der Empire. Ich suchte unseren Anwalt auf, der mir versicherte, daß es mit der Hinterlassenschaft meiner verstorbenen und betrauerten Frau keinerlei Schwierigkeiten geben werde. Ich machte eine formelle Aussage bei der Polizei und war erfreut zu hören, daß sie mein Alibi inzwischen überprüft und keinerlei Unstimmigkeiten entdeckt hatten. Carter Winston hatte definitiv auf dem Atlantik geweilt, während Mrs. Carter Winston von ihrem vorzeitigen Tod ereilt worden war.

Ich ging sicherheitshalber auch zu Dr. Vogel, der meine Gicht behandelt hatte, und die Untersuchung ergab, daß ich »geheilt« war. Ich brauchte seine Diagnose für den Fall, daß irgend jemand die Frage stellte, warum ich mich von den Bandagen und Krücken getrennt hatte. Ich trennte mich auch von dem falschen Bart.

Endlich konnte ich wieder ich selbst sein – ich war Carter Winston, hinterbliebener Ehemann, der ins Ausland reiste, um den Tod seiner über alles geliebten Frau zu verarbeiten. Ich hatte diese »Bildungsreise« schon einmal gemacht, aber zusammen mit Ilona, die wie ein Egel an meinem Arm gehangen hatte. In Frankreich und Italien hatte sie dafür gesorgt, daß ich mir die Türme besah, den Eiffel und den schiefen, statt mich am Anblick der liebreizenden Mademoiselles und Signoras zu weiden. Auch in England, in Spanien und auf den griechischen Inseln war sie nicht von meiner Seite gewichen. In den nächsten drei Monaten jedoch würde ich allein sein, frei von Ilona und allen sonstigen Behinderungen.

Diese Pilgerreise war mir zwar aufgezwungen worden, aber jetzt freute ich mich darauf. Und in drei Monaten würde sich kein Mensch mehr an Ilonas brutales Ende erinnern. Meine Freunde würden aufgehört haben, mir Beileidskarten zu schicken. Und Sheila wäre sicher klargeworden, daß sie und Carter Winston nur Schiffe gewesen waren, die einander bei Nacht passiert hatten …

Wir schreiben jetzt den 25. August, und es ist halb zehn Uhr am Vormittag. Ich werde diesen Bericht gleich in einen Umschlag stecken, versiegeln und bei der First National abgeben, die mich von Herzen liebt. Mr. Kingsley, der sich um das große Winston-Vermögen kümmert, wird den Umschlag in einem Tresorfach deponieren, dazu die Anweisung, daß er erst nach meinem Tode geöffnet werden darf.

Ich entbiete der Nachwelt meinen Gruß!

2. September

Ich hätte nie gedacht, daß ich meinem Manuskript noch eine Nachschrift würde anfügen müssen. Aber ich sehe mich gezwungen, die Geschichte zu vervollständigen, um zu beweisen, daß mein Plan allein an der Dummheit anderer gescheitert ist.

Als ich an Bord der Empire kam, stellte ich fest, daß Mr. Pawkins aus dem Dienst ausgeschieden und zu Verwandten nach Rumson, New Jersey, und in den verdienten Ruhestand gezogen war. Mein Steward war jetzt ein Phlegmatiker namens Higgins. Es schien ihm Vergnügen zu bereiten, mich darüber zu informieren, daß die Wettervorhersagen unerfreulich waren. Das Schiffsbarometer kündige Sturm an. Es werde keine ruhige Überfahrt werden.

Das Schiff lichtete an jenem Tag um vier Uhr nachmittags den Anker. Um fünf klopfte es an meine Kabinentür.

Die Frau, die in der offenen Tür stand, trug ein gepflegtes blau-weißes Kostüm. Ihr Haar war streng frisiert, und ihrem auf eine fade Weise attraktiven Gesicht blieb wegen des zu großen Mundes und des zu starken Kinns die wirkliche Schönheit versagt.

»Oh, tut mir leid«, sagte sie. »Ich dachte, dies sei Mr. Winstons Kabine.«

»Aber ich bin Mr. Winston«, erwiderte ich.

Sie zog die Brauen zusammen. »Sie sind doch nicht Carter Winston?«

»Doch, eben der bin ich.«

Sie lachte unsicher. »Aber das kann unmöglich sein. Ich meine... Carter ist viel jünger. Da liegt sicherlich ein Irrtum vor.«

»Würden Sie mir mal sagen, was Sie wollen?«

Sie trat ein. »Ich habe Ihren Namen auf der Passagierliste gesehen. Aber der Carter Winston, den ich meine... nun ja, der hat zwar in etwa Ihre Größe, aber sein Haar ist heller und sein Gesicht... er ist im Weinhandel tätig. Sind Sie im Weinhandel tätig?«

»Wer sind Sie?« fragte ich mit heiserer Stimme und der schrecklichen Ahnung, daß ich die Antwort schon wußte.

»Ich bin Sheila Ross.« Ihre Lippen wurden schmal. »Und was ich wissen möchte, ist, wer zum Teufel Sie sind.«

Sie drehte sich um, und ihre Absätze klapperten laut, als sie zur Tür ging und sie wieder öffnete. »Aber was soll's«, sagte sie dann, »ich kann ja alle Fakten vom Büro des Zahlmeisters kriegen. Und glauben Sie ja nicht, daß ich sie mir nicht beschaffe!«

Erst als drei hohlwangige Schiffsoffiziere in meine Kabine kamen, die aussahen wie Henker und berichteten, sie hätten die Behörden an Land kontaktiert, erfuhr ich, um wen es sich bei Sheila handelte und warum sie bei beiden Überfahrten auf der Empire mitfuhr. Sie war auf dem Schiff für alle Fragen der Animation zuständig.

Der Einunddreißigste

Bis zu Austin Howards Geburtstag war zwar noch ein Monat Zeit, aber seine Frau wußte noch nicht so recht, was sie ihm schenken sollte. Er würde 37 werden. Nicht gerade ein Meilenstein, aber Delores hätte ihm trotzdem gern etwas Besonderes geschenkt.

»Es ist immer dasselbe«, sagte sie am Telefon zu ihrer Schwester Libby. »Er ist halt ein Mann, der schon alles hat.«

Libby runzelte die Stirn. Sie wollte los, mußte zur Arbeit. Ihre Bank, die *Colonial Trust*, erwartete die Prüfer, und die waren bekannt für ihre Pünktlichkeit. Was war, wenn die Herren kämen, und sie, die Chefin, war noch nicht da?

»Schenk ihm doch so ein … ein Dingsbums«, sagte sie. »Wie wär's denn mit einem Minicomputer? Oder einem Laptop?«

»Ein Laptop! Libby, du bist ein Genie! Oha, da kommt der Herr, ich mache besser Schluß.« Sie legte auf, denn Austin kam die Treppe herunter. Er versuchte, sein Jackett zuzuknöpfen und dabei seine Aktentasche nicht fallen zu lassen. Paul Manners, sein Anwalt und bester Freund, stand schon in der Zufahrt. Er hupte zweimal.

Trotz seiner Eile blieb Austin stehen und hielt beim Anblick seiner Frau den Atem an. Sie war in den drei Jahren ihrer Ehe noch hübscher geworden!

»Du willst wirklich nichts essen?« fragte sie. »Nicht mal ein Joghurt?«

»Ich muß doch zu einem Arbeitsfrühstück«, antwortete Austin.

»Morgen, Mr. Howard«, sagte eine Stimme. Es war Hattie, das Hausmädchen, fein herausgeputzt in ihrem neuen Robbenpelz.

»Wo wollen Sie denn hin, Hattie?«

»Zum Bus. Es ist Donnerstag, und meine Schwester kommt aus White Plains. Wir haben eine Menge zu tratschen.«

»Schon Donnerstag? Was ist mit Dienstag und Mittwoch passiert?« Draußen hupte es wieder. »Tun Sie mir einen Gefallen, Hattie. Sagen Sie Mr. Manners, er soll die Hände von dieser Hupe lassen.«

Hattie wandte sich seiner Frau zu und sagte: »Mrs. Howard, ich habe die Wäsche, die noch nicht fertig ist, auf das Bügelbrett gelegt. Und um zehn bringt der Lebensmittelmann die Sachen her.«

»Danke, Hattie.« Delores ging zu Austin, zog ihm die Krawatte zurecht und legte die Arme um ihn. »Jetzt sei schön brav. Und iß nicht soviel Kuchen!«

Hattie öffnete die Tür, und da stand Paul Manners. Der Ausdruck seines faltigen, aber gutaussehenden Gesichts war mißbilligend.

»Guten Morgen, Paul«, sagte Delores. »Gleich steht er Ihnen ganz zur Verfügung.«

Der Anwalt justierte seinen Mund so lange, bis er ein Lächeln zeigte. »Jetzt weiß ich endlich, warum Austin jeden Morgen zu spät kommt. Er kann sich einfach nicht von Ihnen losreißen.«

»Da hast du wohl recht«, sagte Austin grinsend.

Fünf Minuten später waren sie unterwegs in die Stadt. Sein Freund fuhr, und Austin saß neben ihm und fragte: »Wieviel Glück kann ein Mensch haben, Paul?«

»Frag mich nicht. Ich habe nicht soviel davon abgekriegt.«

Paul und seine Frau hatten sich auseinandergelebt. Er arbeitete sechs Tage die Woche und litt unter Verdauungsbeschwerden.

»Manchmal macht mir das richtig angst«, fuhr Austin fort. »Alles läuft so gut. Wir verkaufen im Internet mehr als dreitausend Artikel die Woche…«

»Wenn das mit der Fusion hinhaut, sollte sich diese Zahl wohl verdoppeln!«

»Aber es ist ja nicht nur das Geschäft. Es ist… auch alles andere.«

»Du meinst sicher Delores.«

»Sieh mich an!« sagte Austin. »Na ja, lieber nicht, laß die Augen auf der Straße. Aber mal ehrlich, Paul, ich bin doch nicht gerade Mel Gibson. Eher schon Mel Brooks. Das verdammte Haar wird schon recht dünn.«

»Du schaust doch noch ganz gut aus«, knurrte Paul. »Frag deine Schwägerin.«

»Libby? Warum?«

»Sie war doch, bevor sie dich mit Delores zusammenbrachte, total verknallt in dich… Jetzt laß uns aber mal dieses blöde Thema vergessen und über die Besprechung reden.«

Daheim lag Delores auf dem Sofa ausgestreckt und blätterte in einer Illustrierten. Als es an der Hintertür klingelte, reagierte sie nicht, bis ihr schließlich einfiel, daß ja Hattie gar nicht da war.

Vor der Tür stand Willy Lauber, der Junge, der die bestellten Sachen ausfuhr. Die Morgensonne ließ sein blondes Haar glänzen. Er war ein hübscher Bursche, kaum älter als neunzehn, aber der Blick seiner meerblauen Augen hatte etwas Leeres.

»Hallo, Mrs. Howard.« Er schleppte die vier Kartons mit den Lebensmitteln herein, die Delores für ihr Festessen bestellt hatte.

»Hattie sagte doch, Sie kämen erst gegen zehn. Jetzt ist es noch nicht einmal neun.«

Willy starrte auf die Fliesen des Fußbodens hinab. »Ich dachte mir, ich käme besser früher, wegen... na ja, Sie wissen schon.« Als sie ihn verständnislos ansah, setzte er hinzu: »Möchten Sie, daß ich die Milch und alle Sachen für Sie wegräume?«

»Nein, lassen Sie nur alles auf dem Tisch stehen.«

Sie immer noch nicht ansehend, sagte Willy: »Das war vielleicht was, die Fahrt hierher... also, zu wissen, daß ich Sie sehen würde!«

Delores war nicht ganz sicher, ob sie richtig gehört hatte.

»Die ganze Zeit mußte ich denken, wie es wohl sein würde. Wenn ich klingeln würde und Sie mir aufmachen. Ich hab mich gefragt, ob Sie wohl so sein würden wie sonst immer, oder... anders.«

Er legte ihr eine Hand auf den Arm.

»Lassen Sie das, Willy.«

»Niemand zu Hause, nicht? Sie sagten, Sie wären allein.« Sein Griff wurde fester, und er zog sie an sich. Er war zwar knabenhaft schlank, aber seine Hände waren kräftig.

»Hören Sie auf, Willy«, sagte Delores. »Lassen Sie mich los!«

»Wir haben nicht so viel Zeit.« Jetzt versuchte er, sie zu küssen, und Delores verspürte die erste Regung von Angst.

»Was ist los mit Ihnen? Sind Sie verrückt?«

»Machen Sie keine Fisimatenten, Mrs. Howard. Die erwarten mich im Laden zurück... Wo wollen Sie's machen? Möchten Sie nach oben, in Ihr Schlafzimmer?«

Er küßte sie heftig. Sie schlug ihm ins Gesicht, mit aller Kraft, und Willy sah sie überrascht an.

»Lassen Sie mich los! Lassen Sie mich sofort los oder... ich schreie! Ich schreie die ganze Nachbarschaft zusammen. Irgend jemand wird dann schon die Polizei anrufen!«

Willy legte ihr vor Schreck eine Hand auf den Mund. »Hören Sie auf mit dem Gemache, Mrs. Howard. Hören Sie auf damit!«

Aber aus der Panik war Hysterie geworden. Sie schlug ihm mit der Faust auf die Backe. Er packte ihre beiden Arme und drehte sie ihr auf den Rücken, stieß sie gegen den Tisch. Aus dem Augenwinkel sah sie das Küchenmesser, bekam einen Arm frei und griff danach. Willy hatte es im selben Augenblick ebenfalls entdeckt und versuchte jetzt, es ihr zu entwinden. Im Verlauf der Rangelei traf die Messerspitze ihr Kreuz, und sie schrie vor Angst auf. Willy blickte erschrocken drein. Er konnte sich nur noch eine Lösung vorstellen. Er benutzte das Messer ein weiteres Mal, und dann trat eine wunderbare Stille ein.

Libby Penrose war hocherfreut, als sich die Bankprüfer endlich verabschiedeten. Sie schienen von ihr als der Chefin der *Colonial Trust* beeindruckt zu sein. Banker waren selten so hübsche Frauen, wie Libby eine war.

Sie war mit dem Ergebnis so zufrieden, daß sie beschloß, ihre Schwester Delores zu besuchen. Am Morgen hatte Del offensichtlich die Frage zu schaffen gemacht, was sie wohl Austin zu seinem 37. Geburtstag schenken könnte. Libby riß aus einer Illustrierten eine Anzeige heraus, die für einen Laptop warb, der Austin sicher gefallen würde, und steckte ihn in ihre Handtasche.

Es war kurz nach fünf, als sie das Haus der Howards, ein zweigeschossiges Bauwerk mit mehr Charme als Wohnraum, erreichte. Wie Austin ihr einmal gesagt hatte, hatte Del kein großes Haus haben wollen, aber sie, Libby, wußte mehr über Dels Beweggründe als er. Del wollte keine Kinder. Für zwei war das Haus allemal groß genug. Oder drei, wenn man das Dienstmädchen Hattie mitzählte, die in dem kleinen Anbau für Gäste wohnte.

Libby hatte, was Kinder anging, eine andere Einstellung. Sie hatte sich immer ein Dutzend gewünscht, aber leider wollte der Mann, den sie dann geheiratet hatte, keine Kinder beziehungsweise sie, Libby, nicht haben. Es war nicht ausschließlich Mikes Schuld. Er hatte gespürt, daß sie ihn aus dem falschen Grund geheiratet hatte, daß sie nämlich nur eifersüchtig auf ihre jüngere Schwester gewesen war, die sich vor ihr verehelicht hatte.

Was Mike nicht ahnte, war, daß Libby noch einen tieferliegenden Grund gehabt hatte. Sie war in Austin Howard verliebt gewesen. Sie konnte es nur sich selbst anlasten, daß sie ihn ihrer Schwester vorgestellt hatte. Die Gene waren so verdammt unfair! Warum machte man sich die Mühe, sie zu entschlüsseln?

Libby klingelte, aber niemand machte auf. Sie war sicher, daß Del zu Hause war, denn ihr kleiner Wagen, ein schicker Zweisitzer, stand auf der Zufahrt. Sie klingelte weiter, aber es rührte sich nichts. Vielleicht duschte Del oder schlief oder hatte die Musik zu laut gestellt.

Dann hatte Libby eine Idee. Sie holte ihr Mobiltelefon aus der Handtasche und wählte Dels Nummer. Sie konnte drinnen das Telefon klingeln hören. Es klingelte und klingelte. Zum ersten Mal verspürte Libby die Kälte der Angst.

Das Telefonklingeln schien im rückwärtigen Teil des Hauses lauter zu sein. Sie ging ums Haus herum zur Hintertür. Die stand weit offen. Was sie gehört hatte, war der Apparat in der Küche. Dann bemerkte sie auf der Treppe etwas Seltsames. Es war ein Apfel. Ein vollkommener, rosiger Fuji. Er machte ihr mehr angst als die Stille im Haus.

Sie betrat die Küche. Ihr Fuß glitt auf einer klebrigen Substanz auf den Fliesen ein Stück weit aus. Als Libby sah, was es war und woher die Flüssigkeit stammte, fing sie an zu schreien.

Als Austin nach Hause kam, war die Polizei noch da. Paul hatte ihn wie immer beim Briefkasten abgesetzt, denn Austin ging die paar hundert Meter bis zu seinem Haus gern zu Fuß.

Er war bester Stimmung, denn die Besprechung, die den ganzen Tag gedauert hatte, war erfolgreich verlaufen, und es würde zu dem Firmenzusammenschluß kommen, um den er sich seit Monaten bemüht hatte. Bizbuz.com würde die ideale Ergänzung zu seiner eigenen Website sein – es war ein echtes Beispiel für Internet-Synergie! Er konnte es gar nicht abwarten, Delores davon zu berichten.

Aber wo war Delores? Fast immer beobachtete sie, wie er die ungepflasterte Straße daherkam, und stand dann in der Haustür, ein wenig spöttisch über seine »körperliche Ertüchtigung« lächelnd. Die Haustür war jedoch zu, alle Fenster dagegen hell erleuchtet, heller als sonst. Und dann eine noch weitaus verwirrendere Tatsache: Libby war da. Sie kam zu seiner Begrüßung herausgerannt. Sie wollte mit ihm sprechen – vor der Polizei.

Sie ließen Austin die Leiche nicht sehen. Sie fragten nicht danach, wo überall er sich aufgehalten hatte.

»Wissen Sie, wir sind bereits im Bilde über das, was hier geschehen ist«, sagte ein stämmiger Beamter sanft. »Dieser Junge hätte uns auch gleich eine Zeichnung anfertigen können, so wie er alles hinterlassen hat. Überall Eßwaren. Ist nicht zum Laden zurück, sondern abgehauen.«

»Wer? Wer denn?« fragte Austin heiser.

»Ein Junge namens Willy Lauber«, antwortete der Beamte. »Ausfahrer. Er hat einem Freund von seiner Tat erzählt. Behauptet, es sei nicht seine Schuld gewesen.«

Libby, deren Gesicht tränenüberströmt war, stopfte sich ein Taschentuch in den Mund, um so einen Schrei zu ersticken.

Ein Polizist in Uniform kam herein und sagte leise etwas zu dem Beamten in Zivil. Austins Gehör war mit einem Mal ganz scharf geworden. Er bekam jedes Wort mit. Sie hatten

Willy Lauber gefunden. Er saß in dem Streifenwagen draußen auf der Zufahrt.

Austin sagte: »Ich kriege hier drin keine Luft. Ich muß raus!«

Er war draußen, bevor Libby klargeworden war, was er vorhatte. Sie rannte ihm nach, sah, wie er auf den Streifenwagen zulief, die Tür aufriß und den verblüfften und verängstigten Willy Lauber herauszerrte.

Austin sah Willy erst zwei Monate später wieder. Die Würgemale an seinem Hals waren noch sichtbar – als einziges Überbleibsel von Austins Versuch, ihn zu erwürgen. Die Polizei war dazwischengetreten, so daß auch bei Austin Spuren des Kampfes zurückgeblieben waren.

Diesmal trug Willy einen Anzug. Sein blondes Haar war sorgfältig gekämmt. Er war durch und durch ein netter amerikanischer Junge. Neben ihm sah sein Verteidiger David Lenrow fast schmuddelig und unfrisiert aus. Und nervös. Lenrow hatte das Innere eines Gerichtsgebäudes schon seit Jahren nicht mehr zu sehen bekommen. Er war alles andere als eine Leuchte, aber wer sonst hätte die hoffnungslose Aufgabe übernehmen wollen, Willy Lauber zu verteidigen?

Die Geschworenen sahen sich Fotos an, reichten sie von einem zum anderen weiter, und alle Gesichter spiegelten schockiertes Entsetzen wider. Austin hatte die Bilder vom Tatort nicht zu sehen bekommen – ebensowenig wie den blutigen Leichnam seiner Frau.

Lenrow – schweißgebadet – erhob sich. »Euer Ehren«, sagte er, »die Verteidigung hat zwar nichts dagegen, daß diese Fotos als Beweismittel zugelassen werden, aber eine derart lange Betrachtung durch die Geschworenen erscheint ihr als nicht gerechtfertigt.«

Der Staatsanwalt, Don Claymore, war schon aufgestanden. Er sah wie eine einfarbige Statue aus – grauer Anzug, graues Hemd, graue Krawatte und graue Haare. »Euer Ehren, es will mir scheinen, daß die ›lange Betrachtung‹ von Beweismitteln das Wesentliche eines gerichtlichen Verfahrens ist.« Er ging aber trotzdem zur Geschworenenbank und sammelte die grauenvollen Fotos vom Tatort ein. »Es gibt nur ein Bild, das Sie alle nicht zu sehen bekommen haben«, setzte er, an die Geschworenen gewandt, hinzu, »und das ist das Bild von Willy Lauber, wie er dieses Küchenmesser benutzte.« Er ging zu dem Tisch, auf dem alle Beweismittel ausgebreitet lagen, und nahm den erwähnten Gegenstand auf. »Dieses Messer, mit dem er Delores Howard brutal und sinnlos ums Leben gebracht hat... und das aus keinem anderen Grunde als dem, seinen Blutdurst zu stillen. Deshalb werden Sie gar nicht umhinkönnen, ihn schuldig zu sprechen...«

David Lenrow erhob gegen dieses vorgezogene Schlußplädoyer Einspruch, dem der Richter stattgab.

Claymore rief nur noch einen Zeugen auf, nämlich den Polizeibeamten, der Willy festgenommen hatte. Sein Name war Briggs.

»Willy, ich meine Mr. Lauber, war nicht im Lebensmittelladen«, sagte Briggs. »Keiner wußte, wo er geblieben war. Deshalb fuhr ich zu Willys Haus, oder genauer zum Haus seines Onkels, und dort fand ich ihn dann. Er schlief.«

»Er schlief. Mitten am Tag.«

»Ja, Sir. Ich mußte ihn wach rütteln. Seine Sachen waren

voll Blut. Ich fragte ihn, was passiert sei, aber er antwortete nicht. Ich fragte ihn, ob er am Morgen bei den Howards gewesen sei, und das bejahte er. Dann entschuldigte er sich für das, was er getan hatte.«

»Was meinen Sie mit ›entschuldigen‹?«

»Er sagte das so. Er sagte: ›Es tut mir leid. Ich wollte das nicht tun.‹«

»Haben Sie ihn gefragt, was dieses ›das‹ bedeuten sollte?«

»Er sagte sonst nichts mehr. Er fing an zu weinen. Ich machte ihn auf seine Rechte aufmerksam und brachte ihn dann ins Präsidium.«

»Und Willy legte ein volles Geständnis ab.«

»Ja, Sir. Er gab zu, Mrs. Howard getötet zu haben.«

Claymore hatte keine Fragen mehr an den Zeugen, der daraufhin entlassen wurde.

Es schien alles klar zu sein. Im Gerichtssaal war ein kollektiver Seufzer der Erleichterung zu hören. Es würde eine Unterrichtung der Geschworenen geben, eine schnelle Einigung, einen Schuldspruch.

Aber David Lenrow war noch nicht fertig. »Euer Ehren, die Verteidigung würde gerne noch einen Zeugen aufrufen.«

Austin wurde ganz steif und sah seinen Freund Paul an, der neben ihm saß.

»Wir möchten Willy Lauber in den Zeugenstand rufen.«

Das Gesumm der Stimmen war jetzt lauter als ein Bienenstock. Man war während des kurzen Verfahrens davon ausgegangen, daß der Beschuldigte nicht aussagen würde. Offensichtlich hatte sich die Strategie geändert.

»Warum?« flüsterte Austin.

Paul zuckte die Achseln. »Wahrscheinlich um zu zeigen, daß er nicht ganz dicht ist. Um die Geschworenen dahin zu bringen, auf Unzurechnungsfähigkeit oder Unzulässigkeit zu erkennen.«

Willy wurde vereidigt. Er lächelte ein wenig, als er die Hand auf die Bibel legte. Es schien ihm Vergnügen zu bereiten, so im Rampenlicht zu stehen. Paul hatte den Verdacht, daß Willy seine mißliche Lage noch gar nicht richtig begriffen hatte, daß er diesen Prozeß als Kinofilm oder Fernsehshow ansah. Er spielte darin eine Hauptrolle, und das tat er gern.

Lenrow fragte ihn nach Name, Alter und Beruf. Willy antwortete kurz und sachlich. Dann wollte Lenrow wissen: »Wie gut hast du Mrs. Howard gekannt, Willy?«

»Ich bin so einmal die Woche zu ihr gefahren. Sie war immer nett zu mir.« Er lächelte breit, ließ seine weißen Zähne sehen. »Sie war sehr hübsch, aber keine große Trinkgeldgeberin.«

Er erwartete ein Lachen, aber es blieb still im Saal.

»Mochtest du Mrs. Howard?«

»Klar. Und sie mich auch.«

»Dich mögen eine Menge Frauen, was, Willy?«

Claymore erhob barsch Einspruch, dem der Richter aber nicht stattgab.

»Ja, Sir, jede Menge Frauen«, antwortete Willy. »Manche von denen möchten sogar lieb zu mir werden. Aber die meisten, na ja, die sind nicht grade 'ne Augenweide.« Er gluckste und sah den Richter an.

»Hast du je den Wunsch verspürt, Mrs. Howard weh zu tun?« fragte Lenrow.

»Nein, Sir, nie! Warum hätte ich ihr weh tun wollen?«

»Aber du hast ihr doch weh getan, oder nicht?«

»Nicht weil ich das wollte! Es ist nur einfach so über mich gekommen«, antwortete Willy mit flehender Stimme. »Sie hat dieses Messer vom Tisch genommen, und da bekam ich Angst und versuchte, es ihr wegzunehmen. Und dann bekam sie einen Stich in den Rücken, und ich stach noch mal zu, diesmal vorne. Ich denke, ich hatte Angst, sie würde es irgend jemandem weitererzählen...«

»Aber du bleibst dabei, daß es nicht deine Schuld war?«

»Nein, war es nicht, sondern allein ihre!«

Austin packte Pauls Arm.

»Wie hätte es denn ihre Schuld sein können, Willy?«

»Weil sie sich so verhalten hat, wie sie's tat«, antwortete Willy Lauber. »Weil sie nicht wollte, daß ich lieb zu ihr bin, obwohl es doch sie gewesen war, die mich hinbestellt hatte.« Er warf dem Richter einen triumphierenden Blick zu. »Das ist die ehrliche Wahrheit, Herr Richter! Sie hat mich gebeten, zu ihr zu kommen und lieb zu ihr zu sein.«

Libby erschien am letzten Prozeßtag. Sie hatte Willy Laubers Darstellung seines grundlosen Verbrechens nicht mit anhören können. Jetzt erfuhr sie jedoch, daß Willy durchaus einen »Grund« für sein Verbrechen anzugeben gewußt hatte.

»Er hat folgendes ausgesagt«, erklärte Austin grimmig. Sie saßen am schmuddeligen Tisch eines Imbißlokals und hatten dicke Becher mit Kaffee vor sich stehen. »Und zwar, daß Delores ihn an jenem Morgen zu sich eingeladen habe ... und das nicht nur zur Lieferung der bestellten Ware.«

Libby schloß die Augen. »O Gott, Austin. Hat er wirklich erwartet, daß ihm jemand das abnimmt?«

»Natürlich nicht. Es war die Idee seines Anwalts, da bin ich sicher. Lenrow lag alles daran, wenigstens irgendwas für seinen Mandanten ins Feld zu führen, und was andres ist ihm halt nicht eingefallen.«

»Wie fürchterlich.« Sie griff nach Austins Hand. »Aber das ist alles bald vorbei. Die Geschworenen werden mit einem Schuldspruch zurückkommen, und das macht der Sache dann ein Ende.«

»Nein«, sagte Austin, »es gibt erst ein Ende, wenn sie Willy gehängt oder ihm, was ich eher glaube, eine tödliche Spritze verpaßt haben. Ich wünschte, ich könnte das selber erledigen, Libby. Ich wünschte, sie ließen mich den Henker sein.«

Sie sah ihn voller Mitgefühl an.

Paul erwartete sie im Gerichtssaal und hatte die Nachricht für sie, auf die sie gewartet hatten. »Sie haben ein Urteil gefällt, weniger als zwei Stunden beraten. Das kann nur eines bedeuten.«

Libby seufzte. »Gott sei Dank!«

Wenige Minuten später kamen die Geschworenen herein. Alle zwölf Gesichter waren ernst. Geschäftsmäßig forderte der Richter den Obmann auf, sich zu erheben und den Urteilsspruch zu verlesen.

Der Mann hatte ein Stück Papier in der Hand, schaute aber nicht darauf. »Wir sprechen den Angeklagten Willy Lauber des Mordes schuldig.«

Im Gerichtssaal rührte sich kaum jemand, denn niemand hatte etwas anderes erwartet. Der Obmann der Geschworenen blieb jedoch noch stehen, zögerte. Er hieß Houseman und war ein untersetzter, rotgesichtiger Mann, der mit Gebrauchtwagen handelte. Er sah zum Richter hin und sagte: »Euer Ehren, wenn Sie nichts dagegen haben, würden die Geschworenen gerne eine Empfehlung aussprechen.«

Der Richter runzelte die Stirn. »Sprechen Sie jetzt vom Strafmaß? Das ist ein gesonderter Aspekt des Verfahrens. Aber nur zu, sagen Sie, was Sie zu sagen haben.«

Der Obmann räusperte sich. »Nun, Sir, wir sind alle der Überzeugung, daß der Angeklagte das Verbrechen begangen hat. Ich meine, das ist ziemlich offensichtlich, und Willy, ich meine Mr. Lauber, hat ja auch ein Geständnis abgelegt. Aber wir hatten den Eindruck, daß er nicht richtig gewußt hat, was er da tat.«

Jetzt reagierte der Saal mit überraschtem Geraune. Austin wollte aufspringen und etwas sagen, aber eine Hand Libbys legte sich auf seinen Arm, und er sank wieder zurück.

»Was wir sagen wollen, Richter, ist, daß Mr. Lauber uns nicht allzu schlau vorkommt, daß seine Intelligenz möglicherweise recht gering ist und daß das vielleicht in Erwägung gezogen werden sollte, wenn... Sie wissen schon.«

»Ja, Mr. Houseman«, sagte der Richter, »wir wissen Ihre Überlegungen zu schätzen, aber zum gegenwärtigen Zeitpunkt sind sie unpassend. In dieser Phase ist es die Aufgabe des Gerichts, die Frage von Schuld und Unschuld zu klären. Das Strafmaß wird morgen um zehn Uhr verkündet.«

Er schlug einmal mit dem Hammer auf den Tisch und erhob sich, während der Gerichtsdiener rief: »Bitte alle aufstehen!« Der Prozeßtag war zu Ende.

Alle schwiegen, als Paul Manners, Austin und Libby in Pauls Wagen nach Hause fuhren. Austin starrte aus dem Fenster, ohne draußen irgend etwas wahrzunehmen, und es war nicht schwer zu erraten, was in seinem Kopf vorging.

Libby sagte: »Mach dir bitte keine Gedanken, Austin! Ich bin sicher, daß alles gut wird.«

»Ach ja? Du hast doch gehört, was der Obmann gesagt hat. Sie suchen ja längst nach Entschuldigungen für diesen Mordbuben. Vielleicht haben sie ihm sogar abgenommen, was er da gesagt hat, von wegen daß Delores ihn ...« Die Stimme versagte ihm.

Paul meinte: »Niemand hat ihm geglaubt, Austin, gib diesen Gedanken auf.«

Libby streichelte seine Hand. »Außerdem ist doch jetzt gleichgültig, was sie mit Willy machen. Wenn sie ihn nicht hinrichten, dann sperren sie ihn eben lebenslänglich ein...«

»Das reicht nicht!« sagte Austin. »Delores ist tot. Willy muß auch sterben. Unbedingt!« Er sah Paul an. »Du bist doch auch dieser Meinung, Paul, oder nicht?«

»Es ist völlig belanglos, was ich denke, Austin. Die Möglichkeit der Milde ist immer gegeben, obwohl Richter Herman nicht gerade berühmt dafür ist.«

»Dann hat er schon andere Mörder zum Tode verurteilt?«

»Er war der erste Richter, der die Todesstrafe verhängt hat, nachdem der Bundesstaat sie als Höchststrafe wieder zugelassen hatte.«

»Es muß der Tod sein«, sagte Austin.

Später saß Libby mit ihm in der Küche, bis er meinte,

nun wohl schlafen zu können. Sie küßte ihn auf die Stirn und ging. Sie versprach, am nächsten Morgen wiederzukommen.

Sie waren alle vor zehn im Gerichtssaal, jedenfalls rechtzeitig genug, um den Richter hereinkommen und Platz nehmen zu sehen.

»Der Angeklagte möge sich erheben.«

Willy stand auf. Er schien nur milde daran interessiert zu sein, was der Richter zu sagen hatte.

»William Lauber, ein Geschworenengericht hat Sie des Mordes für schuldig befunden. Es ist jetzt meine Pflicht, gemäß den Gesetzen dieses Bundesstaates ein Urteil zu fällen. Wir haben gestern ein tiefempfundenes Plädoyer der Geschworenen gehört, in Ihrem Fall wegen verminderter Schuldfähigkeit Milde walten zu lassen...«

In der Stille des Gerichtssaals konnten alle hören, wie Austin scharf die Luft einsog.

»Jedoch ist«, fuhr der Richter fort, »das Verbrechen, das Sie begangen haben, so abscheulich, so brutal und unverzeihlich, daß ich es beim besten Willen nicht verantworten kann, Ihnen die härteste Strafe zu ersparen. Aus diesem Grunde verurteile ich Sie zum Tod. Das Urteil ist durch die tödliche Injektion zu vollstrecken, und zwar am 31. Oktober dieses Jahres.«

Das erste, was Austin tat, als er nach Hause kam, war, einen Wandkalender zu suchen und darauf das Datum, den 31. Oktober, dick anzukreuzen.

Austin Howard nahm nicht viel mit, als er das Haus am Willow Drive verließ, um ein Einzelzimmer im Hotel Holland zu beziehen. Zweimal Sachen zum Wechseln, einen kärglich bestückten Kulturbeutel und einen Kalender.

Es war der große Wandkalender, den er von irgendeiner Sparkasse bekommen hatte – mit einem kitschigen Bild großäugigen Rehwilds in herbstlich buntem Wald. Jedenfalls war dies das Bild auf der Oktober-Seite.

Die Seite wies auch eine Markierung auf. Im allerletzten Viereck war mit den groben Strichen eines Filzstiftes ein Kreuz gemacht worden, das fast die Zahl 31 überdeckte.

Austin verbrachte einen großen Teil seiner Abende damit, daß er auf diese Zahl starrte und dabei langsam eine Flasche Scotch leerte. Am Abend des 7. lag er in von Whisky herbeigeführtem Schlaf, als plötzlich das Telefon klingelte. Da sei ein Besucher. »Wer?« fragte er mit schwerer Zunge. Aber da läutete es schon an der Tür.

Es war Libby. Er ließ sie nur widerstrebend ein, und sie meinte: »Also, möchte der wirkliche Austin Howard vielleicht mal aufstehen und sich rasieren?«

»Wie hast du mich hier gefunden?«

»Wenn du es unbedingt wissen willst: Paul hat es mir gesagt. Gott im Himmel, du siehst ja grauenvoll aus! Weißt du, wie fürchterlich du aussiehst?«

»Paul hat mir versprochen...«

»Du siehst aus, als gehörtest du hierher. Schrecklich!« Sie warf ihre Handtasche aufs Sofa und setzte sich.

»Was hast du von mir erwartet?« fragte Austin. »Daß ich zu Hause hocken bleibe? Jede Nacht wieder in dem Glauben aufwache, Delores liege neben mir...«

»Du hättest durchaus ein etwas besseres Zimmer finden können als dieses hier!«

»Das ist kein Hotelzimmer, Libby, sondern ein Warteraum.« Er sah zu dem Wandkalender hin, und Libbys Blick folgte dem seinen.

»Ach, Austin«, sagte sie traurig, »du bist wirklich töricht. Ist das alles, was von deinem Leben geblieben ist? Willst du nur noch auf den Kalender starren und darauf warten, daß sie diesem armen Jungen die Spritze geben…«

»Nenn ihn nicht so! Er wußte, was er tat!«

»Wußte er das wirklich, Austin?«

Er ging zum Kalender und legte die flache Hand darauf. »Ich träume nachts nicht viel. Wenn aber doch, dann ist es immer das gleiche. Ich sehe ihn im Zeugenstand stehen und schwören, daß Delores ihn mochte. Ihn haben wollte! Und als er herausfand, daß dem gar nicht so war…« Seine Hand ballte sich zur Faust und hämmerte auf das Oktoberbild ein. »Warum können sie diese Dinge nicht schneller machen? Wie Uhren?«

Libby war den Tränen nahe. Sie sagte: »Auch wenn sie ihn töten, Austin, bringt das doch Delores nicht zurück.«

Er drehte sich wütend zu ihr um. »Sag das nicht! Komm mir bloß nicht mit diesem elenden Klischee. Ich habe auch mal so gedacht, ja… früher. Da war ich als Geschworener verpflichtet worden. Sie fragten mich, ob ich gegen die Todesstrafe sei. Ich sagte ja. Glaubst du, ich würde jemals wieder ja sagen?«

Es klopfte an die Tür.

»Es ist Paul«, sagte Libby. »Er hat mich hergebracht. Aber ich bat ihn, mich erst allein mit dir sprechen zu lassen.«

Libby ließ Paul ein. In dem Augenblick, in dem Austin

seinen gequälten Gesichtsausdruck sah, wußte er, daß etwas nicht stimmte.

»Ich konnte es ihm nicht sagen, Paul«, sagte Libby. »Ich konnte es einfach nicht.«

Der Anwalt sah zu dem Wandkalender hin. Dann sagte er: »Es wird keinen 31. geben, Austin.«

»Wovon redest du da? Einen 31. gibt es doch immer.«

»Ich meine, es wird keine Exekution geben. Das Berufungsgericht hat dem Antrag David Lenrows stattgegeben. Sie haben Willy Lauber von Psychiatern untersuchen lassen. Sie waren sich hinsichtlich seiner verminderten Schuldfähigkeit einig.«

Libby griff nach Austins Arm.

Austin sagte: »Das ist doch nicht dein Ernst, Paul! Ich meine... das können sie doch nicht machen! Du hast gehört, was der Richter gesagt hat...«

»Aber jetzt haben andere Richter gesprochen. Sie haben das Urteil zu lebenslänglich abgeändert. Er ist bereits in die Vollzugsanstalt Highland verlegt worden.«

Das Schweigen, das sich über den Raum senkte, erschien endlos. Schließlich brach es Austin, indem er sich mit tödlicher Ruhe an Libby wandte und sagte: »Wärest du wohl so gut, uns mal allein zu lassen?«

Sie zögerte, nahm dann jedoch ihre Handtasche und ging hinaus. Austin griff nach der Whiskyflasche. Er bot aber Paul keinen Drink an, sondern schenkte nur sich selbst nach. Seine Ruhe verursachte dem Anwalt Unbehagen.

»Ich weiß, daß es dich verletzt, Austin. Aber ein Leben hinter Gittern ist auch eine schreckliche Strafe. Für einen Jungen wie Willy vielleicht schlimmer als der Tod.«

»Er wird nach wie vor atmen. Wird nach wie vor lächeln. Er könnte sich als wahrer Musterhäftling erweisen. Er wird zur vorzeitigen Entlassung anstehen und für die Kommission lächeln. Und die wird in ihm den typischen netten amerikanischen Jungen sehen, der vielleicht doch eine zweite Chance verdient...« Austin brach ab und setzte sein Glas auf den Tisch. Dann sagte er: »Er wird keine zweite Chance kriegen, dafür werde ich sorgen. Du mußt mir dabei helfen.«

»Und wie?«

»Ich werde ihn töten, Paul. Ich muß es tun. Ich muß dieses Tier umbringen oder selbst aufhören zu leben. Und ob du mir nun hilfst oder nicht, ich werde es tun.«

»Der Mann sitzt im Zuchthaus. Da kommst du doch gar nicht an ihn ran.«

»Es wird wahrscheinlich einiges kosten, aber das ist egal. Ich habe ja schließlich ein profitables Geschäft, nicht wahr? Ich werde soviel Geld aufwenden wie nötig, um an ihn heranzukommen...«

»Das ist Wahnsinn, Austin! Du weißt doch gar nicht, wie du so etwas anstellen sollst. Du hast doch nie Kontakt gehabt zu... Leuten wie denen.«

»Aber du, oder nicht? Du warst doch mal als Anwalt mit Strafsachen befaßt. Du kennst Leute. Du könntest mir helfen, wenn du nur wolltest.«

»Aber ich will nicht!« sagte Paul. »Es geht nicht. Und selbst wenn es ginge, würde ich doch nicht dastehen und zuschauen wollen, wie du jemanden umbringst. Auch nicht aus der Ferne.«

»Sag mir nur eines.« Austin trat ans Fenster. Der Ausblick auf die Stadt war trübe, ein Panorama von Hausdächern. »Sag mir, wessen Leben du retten möchtest, Paul. Das Willy Laubers oder meins.«

Es war der 11. Oktober.

Austin starrte nicht auf den Kalender, sondern besah sich selbst im Spiegel seines Bades im Holland Hotel und führte einen Rasierer durch seinen dichten Bart. Er unterbrach dieses Tun und nahm die protzige Visitenkarte zur Hand, die auf dem Rand des Waschbeckens lag. Darauf stand:

STEAMER BAR UND GRILL
221 West Dock Street
»Mach dir ein paar schöne Stunden!«

Die Bar befand sich in einem trübseligen Viertel zwei Häuserblocks vom Fluß entfernt. Die schönen Stunden waren noch nicht auszumachen, dazu war es noch zu früh am Tag. Der Barkeeper, der gerade den Fußboden wischte, zeigte eine nur milde Neugier, als Austin eintrat und nach dem Billardzimmer fragte.

Der kleine Pool-Tisch sah aus, als hätte er schon seit Jahren kein Spiel mehr erlebt. Aber es gab noch einen anderen Tisch, und an ihm saßen Paul und ein untersetzter Mann, der sich am Morgen nicht so sorgfältig rasiert hatte wie Austin.

»Austin, darf ich dich mit Joe Lotts bekannt machen.«

Der Fremde reichte ihm zwar nicht die Hand, lächelte aber freundlich. »Setzen Sie sich zu uns, Mr. Howard. Kann ich Ihnen was bestellen? Einen Kaffee? Nee, trinken Sie das Zeug lieber nich. Eine Cola vielleicht?«

»Kommen wir doch schlicht zur Sache«, sagte Paul energisch. »Also, Austin, Mr. Lotts war einmal einer meiner Mandanten, vor etwa vier Jahren. Mr. Lotts arbeitet im Speditionswesen.«

»Ferntransporte«, ergänzte Lotts.

»Mr. Lotts hat einen Bruder. Leonard.«

»Ein guter Mann«, bemerkte Lotts.

»Unglücklicherweise gerieten die Brüder Lotts in Schwierigkeiten, zu denen auch eine Anklage wegen Überfalls auf einen Geldtransporter gehörte. Ihn bekam ich frei, aber Leonard hatte nicht soviel Glück. Er verbüßt gerade eine zehnjährige Haftstrafe.« Paul machte eine kleine Pause. Dann fuhr er fort: »Er sitzt in der Vollzugsanstalt Highland.«

»Leonard ist ein guter Mann«, wiederholte Lotts. »Er hat dort im Knast schon viele Freunde gefunden. Jawohl, er genießt sogar schon Sonderbehandlung.«

Austin sah Paul an.

»Das stimmt, man vertraut ihm, und obwohl er in seinem Leben schon ein paar Fehler gemacht hat, mag er keine kaltblütigen Killer, erst recht nicht, wenn sie Frauen umbringen… Er könnte leicht dazu bewegt werden, Willy Lauber so zu hassen, wie du es tust.«

»Aber würde er dann auch etwas unternehmen?« fragte Austin. »Das ist es, was ich gerne wissen möchte.«

»Mr. Lotts meint, es wäre Leonard ein Vergnügen, seinen Gefühlen in sehr tatkräftiger Weise Ausdruck zu verleihen. Habe ich recht, Joe?«

Joe Lotts blickte besorgt drein. »Wissen Sie, wir reden hier nicht von Gefälligkeiten.«

»Natürlich nicht«, sagte Paul. »Was er tun würde, beinhaltet ein gewisses Risiko. Es ist nur fair, wenn er dafür auch entschädigt wird.«

»Nennen Sie Ihren Preis!« sagte Austin.

»Wir haben uns da bereits verständigt«, sagte Paul. »20 000 Dollar. Und ein Bonus von weiteren 5000, wenn der Auftrag vor Ablauf des Monats ausgeführt wird. Ist dir das recht, Austin?«

»Ich möchte es deutlich ausgesprochen hören«, antwortete Austin und legte die Hände flach auf den Tisch. »Wird Ihr Bruder Willy Lauber umbringen?«

Lotts sah überrascht aus. »Davon reden wir doch die ganze Zeit, oder nicht? Ja, Leonard wird ihn umlegen. Das ist es, was Sie haben wollen, stimmt's?«

»Das will ich haben, ja.«

»Leonard wird das hinkriegen. Leonard ist ein guter Mann.«

Paul begleitete Austin zum Hotel zurück. Sie gingen schweigend. Austin wußte, daß Paul entschieden gegen seinen Plan war, aber die Tatsache, daß er Joe Lotts und seinen Bruder, diesen »guten Mann«, aufgetrieben hatte, sagte alles über ihre Freundschaft.

Vor dem Hotel angekommen, murmelte Paul so etwas wie daß er ins Büro zurückmüsse. Austin hielt ihn nicht auf. Er ging in die Eingangshalle des Hotels und war überrascht, als er dort Libby in einem Sessel sitzend vorfand. Er sah sie schuldbewußt an, als könnte sie seine Gedanken lesen und wissen, was er mit dem Mörder von Delores vorhatte.

»Ich muß mit dir sprechen«, sagte sie. »Über Geld.«

»Das ist ja komisch«, sagte Austin. »Ich wollte dich wegen des gleichen Themas anrufen. Weißt du, was ich auf meinem Konto habe?«

»Schaust du dir nie deine Kontoauszüge an?«

Austin zuckte die Achseln. »Ich werde bald einiges Geld brauchen.«

Oben in seinem Zimmer sagte Libby: »Nicht dein privates Konto macht mir Sorgen, Austin, sondern dein Geschäftskonto.«

»Darum hat sich Paul gekümmert, seit...« Er brach ab und fuhr dann fort: »Paul sagte, er wolle sich um die Finanzen der Firma kümmern, bis es mir wieder bessergehe. Wenn dich das beunruhigt, so sei unbesorgt. Ich denke, daß es mir schon bald wieder bessergehen wird.«

Unbewußt schaute er zu dem Wandkalender hin.

Libby war froh, daß sich sein und ihr Blick nicht trafen. Sie sagte: »Es gibt da Zahlungen, die ich nicht unterbringen kann, Austin. Zwei, für die es keinerlei dazu passende Posten gibt, jedenfalls keine schriftlich fixierten.«

»Ich verstehe nicht.«

»Im Abstand einer Woche sind zwei Firmenschecks ausgeschrieben worden, der eine am 1. des Vormonats, der andere am 8. Beides Barschecks. Die Summen beliefen sich auf 40 000 beziehungsweise 60 000 Dollar. Hast du diese Auszahlungen irgendwie autorisiert?«

»Nein. Ich habe schon seit Ewigkeiten nicht mehr an Geld gedacht.« Er lächelte freudlos. »Seltsam. Del hat einmal gemeint, Geld sei das erste, wovon ich am Morgen spräche. Und abends, wenn ich heimkäme.«

»Dann hast du also keine Ahnung, wofür diese Schecks waren? Es geht schließlich um 100 000 Dollar, Austin.«

»Ich sagte doch, daß ich davon nichts weiß«, erwiderte er gereizt. »Frag Paul.«

»Das habe ich bereits getan. Er hat irgendwas von Unkosten gemurmelt. Irgendwas, das mit dem Verfahren zu tun hatte. Ich war verwirrt, Austin. Und bin es noch. Vor allem, als ich dann die eingelösten Schecks sah.«

»Was ist damit?«

»Sie waren von Paul indossiert. Das Geld ist in seine Tasche geflossen, Austin. Ich weiß, daß er dein bester Freund ist und wieviel du von ihm hältst. Aber ich werde den Verdacht nicht los, daß Paul Manners dich bestiehlt.«

In der Vollzugsanstalt Highland hält man die Leute beschäftigt. Im Maschinensaal laufen die Motoren um acht Uhr morgens an, und Stille tritt frühestens um sechs Uhr abends wieder ein. In dem riesigen Gemüsegarten, der die Bevölkerung der Anstalt weitgehend ernährt, wird in zwei Schichten gearbeitet. In der Wäscherei scheint der Dampf nie zu verfliegen.

Dem für die Verteilung der Arbeit zuständigen Beamten mußte Willy Laubers unschuldiges Aussehen gefallen haben, denn er hatte ihm einen relativ leichten Job verschafft. Willy arbeitete im Textilzuschneideraum, wo es einigermaßen ruhig zuging und die größte Gefahr war, daß man von den in der Luft umherfliegenden Stoffteilchen Niesanfälle bekam. Willy mochte seine Arbeit.

Als der privilegierte Häftling namens Leonard Lotts mit einem Klemmbrett in der Hand hereinkam, begrüßte ihn der Aufseher an der Tür wie einen guten Bekannten. Er nahm das Klemmbrett entgegen und sagte: »Zwei Dutzend Kisten? Das ist doppelt soviel wie sonst.«

Der Häftling zuckte die Achseln. »Vielleicht kann mir einer deiner Leute helfen.« Er sah am Aufseher vorbei zu den Männern an den langen Tischen hin. »Wie wär's mit dem Neuen?«

»Willy?« Der Beamte war voller Verachtung. »Das Knäblein wiegt doch keine siebzig Kilo. Nein, ich werde Bo Johnson bitten, daß er hilft, der hat wenigstens ordentlich Mukkis.«

Leonard sah enttäuscht aus. Er starrte zu Willy Lauber hinüber und taxierte seine Widerstandskräfte, sein Temperament. Er kam zu dem Schluß, daß es leicht sein würde. Er würde sich die Sache sogar noch leichter machen, indem er zwei seiner Kumpels hinzuzog. Er würde jedem fünfzig zustecken, und für sie wäre das ein Riesenbatzen. Die zwanzig großen Scheine würde er für sich behalten, sein Bruder Joe den Bonus kriegen, dafür daß er die Sache eingefädelt hatte.

Leonard griente Bo Johnson an, und der bullige Mann knurrte: »Was gibt's da zu grinsen, du Vogel?«

Austin starrte auf den Stapel Papier, der vor ihm lag, und runzelte die Stirn. Libby hatte darauf bestanden, daß er sich die Beweise für die Veruntreuung selbst ansehen sollte. Sie wußte, daß er, wenn es um den Verbleib seines Geldes ging, nicht sonderlich gewissenhaft war – und je mehr er verdiente, desto geringer wurde sein Interesse.

An den schlichten Tatsachen war nicht zu zweifeln. Da waren zwei eingelöste Schecks, von Paul Manners unterschrieben. Einer über 40 000 Dollar trug das Datum vom 1. des Vormonats, der zweite stammte vom 8., und die Summe betrug 60 000 Dollar. Sein Anwalt und Freund hatte ohne jede Erklärung 100 000 Dollar vom Firmenkonto abgehoben.

Austin war entschlossen, sich die Erklärung zu holen. Er war nicht gewillt, sich zum Opfer eines weiteren Verbrechens machen zu lassen. Das erste, der Mord an seiner Frau, reichte ihm für ein ganzes Leben.

Als er die Kanzlei betrat, sah Pauls Sekretärin mit unsicherem Blick auf seinen zerknitterten Anzug und sein nicht sehr sorgfältig rasiertes Gesicht. Aber als sie ihn anmeldete, kam Paul sofort heraus und begrüßte ihn herzlich.

»Ich will gleich zur Sache kommen«, sagte Austin, sich setzend. »Vielleicht gibt es ja hierfür einen einfachen und einleuchtenden Grund.«

Er ließ die zwei Schecks auf den Schreibtisch fallen. Paul nahm sie nicht in die Hand, schaute nur auf sie hinab. Austin verspürte eine perverse Befriedigung, als er den Freund blaß werden sah.

»Ich habe Libby gebeten, alles an mich zu schicken«, sagte Paul. »Sie wußte, daß ich Vollmacht habe, und war mit mir einer Meinung, daß es falsch wäre, dich in einer Zeit wie dieser mit geschäftlichen Einzelheiten zu behelligen.«

»Diese Einzelheit da behelligt mich aber. Warum sagst du mir deshalb nicht einfach, wo das Geld hingegangen ist, damit wir die ganze Sache wieder vergessen können?«

Paul sagte: »Hast du gedacht, ich hätte dir dieses Geld gestohlen, Austin?«

»Wenn dem so wäre, könnte ich durchaus verstehen, wieso. Deine Ex-Frau, die versucht dich auszunehmen, oder nicht? Du hast mir davon erzählt.«

»Das stimmt. Fleur wird erst Ruhe geben, wenn ich in irgendeinem Hauseingang penne.«

»In jüngster Zeit habe ich gar keine Klagen mehr von dir gehört«, sagte Austin.

»Oh, ich hatte in den vergangenen vier, fünf Monaten genug zu beklagen! Das alles erscheint bloß so trivial im Vergleich… nun ja, mit dem, was du zu beklagen hattest.«

Diese Bemerkung löste ein längeres Schweigen aus.

»Nun gut«, sagte Paul schließlich, »ich muß dir wohl die Wahrheit sagen, oder soviel davon, wie ich mir leisten kann… Ja, ich habe das Geld genommen, Austin.«

»Warum?«

»Du mußt mir das jetzt so abnehmen: Ich habe das Geld für dich gebraucht.«

»Für mich?« Austin wurde ärgerlich. »Das muß doch wohl ein Scherz sein! Das letzte, was ich brauchte, was mir etwas bedeutete, war doch … Geld! Geld hätte nichts geändert, die Uhr nicht zurückgedreht…«

»Du brauchtest Geld, um das zu arrangieren… das mit Willy.«

»Und was hast du mit den 100 000 arrangiert?«

Paul kam hinter seinem Schreibtisch hervor. In einem der Aktenschränke befand sich eine kleine Hausbar. Er nahm eine Flasche heraus und schenkte zwei Drinks ein.

»Ich mußte etwas kaufen, Austin. Von David Lenrow. Von der Verteidigung.«

»Und was?«

Paul wollte Austin eines der beiden Gläser reichen, aber

der stieß es wütend zurück. »Was hast du gekauft, verdammt noch mal? Was hatte Lenrow in seinem Besitz, das 100 000 Dollar wert war?«

»Ein Beweisstück. Ein kleines. Es hätte seinen Mandanten nicht gerettet, Lenrow war klug genug, das zu sehen. Es hätte jedoch alles wesentlich verlangsamen können, wäre vielleicht für die Geschworenen etwas gewesen, über das sie sich nicht hätten einigen können. Ich wußte aber schließlich, wie sehr dir an einem schnellen Verfahren und an einer schnellen Bestrafung Willys gelegen war. Da dachte ich, daß es das Geld wohl wert wäre.«

Austins Kopf war eine Weile lang wie erstarrt. Dann sagte er: »Darüber entscheide ich, wenn ich weiß, um was für ein Beweisstück es sich handelt.«

Paul kippte seinen Drink hinunter und kehrte hinter seinen Schreibtisch zurück. »Tut mir leid, Austin«, sagte er. »Ich kann es dir nicht sagen. Es könnte mich einen Mandanten kosten … oder schlimmer noch, einen Freund. Ich kann es dir beim besten Willen nicht sagen.«

Es war das erste Mal seit Monaten, daß er ausging. Das erste Essen, das nicht ausschließlich dem Zweck diente, sich am Leben zu erhalten.

Austin sah über den Tisch hinweg seine Begleiterin an und war dankbar, daß Libby ihrer Schwester, seiner verstorbenen, ermordeten Frau, nicht allzu ähnlich sah.

»Ich kann es einfach nicht glauben«, sagte Libby. »Das wenigste, was Paul hätte tun können, wäre gewesen, irgendeine Geschichte zu erfinden. Selbst eine Lüge wäre besser gewesen als … die Weigerung, dir Auskunft zu geben.«

»Aber genau das hat er getan«, sagte Austin finster. »Er hat zugegeben, die 100 000 genommen zu haben, jedoch auch gesagt, er habe sich nicht bereichern wollen. Was immer er von der Verteidigung gekauft hat, muß irgendeine Art von ›Beweis‹ gewesen sein. Was brauchten wir denn noch mehr Beweise als Willys Geständnis?«

»Ich bin nach wie vor überzeugt, daß er dir nicht die Wahrheit sagt. Es tut mir leid ... ich weiß ja, daß er dein bester Freund ist ...«

»Du hast Paul nie gemocht, nicht wahr?«

»Wenn du es wissen willst, nein. Da ist etwas in seinem Verhalten gegenüber Frauen ...«

»Er ist doch immer superhöflich zu ihnen.« Die Andeutung eines Lächelns. »Galant ist das Wort, das einem in den Sinn kommt.«

»Genau das ist es. Galanterie kann eine Form von Verachtung sein. Der Mann, der Frauen immer die Tür aufhält, der immer aufsteht, wenn sie einen Raum betreten ... das ist die Art von Mann, die glaubt, wir seien eine minderwertigere Rasse.«

Austin schüttelte den Kopf. »Freud hatte recht. Es ist unmöglich zu wissen, was Frauen wünschen.«

»Pauls Frau wußte das. Die Scheidung.«

»Ich glaube, Delores hatte ihm gegenüber die gleichen Vorbehalte«, bemerkte Austin traurig. »Sie war nie freundlich, wenn Paul uns besuchen kam. Aber selbst wenn er wirklich ein Chauvischwein ist, wie du denkst, dann erklärt das noch lange nicht diese plötzliche ... Geheimniskrämerei.«

»Oder Lügerei«, sagte Libby. »Ich glaube immer noch,

daß das Geld in die Einigung mit Fleur geflossen ist. Und nicht in David Lenrows Tasche.«

Austin legte die Gabel hin. »Das bringt mich auf eine Idee.«

»Was denn für eine?«

»Wenn Paul mir nicht sagen will, was er von der Verteidigung gekauft hat, dann sagt es mir vielleicht die Verteidigung? Warum frage ich nicht David Lenrow mal?«

Austin versuchte, sich seine Verlegenheit nicht anmerken zu lassen, als er die Kanzlei von Lenrow & Lenrow betrat, die sich in einem kleinen, vergammelten Haus in der Innenstadt befand.

Lenrow schien sich für die Örtlichkeit nicht zu schämen, und Austin erriet schnell den Grund. Überall an den Wänden hingen Bilder eines gütig aussehenden, weißhaarigen Herrn.

»Mein Vater«, sagte David Lenrow. »Er hat vierzig Jahre seines Lebens in dieser Kanzlei zugebracht und den Leuten hier im Viertel zur Seite gestanden. Normalerweise ohne Honorar. Leider« – Lenrow seufzte – »verfüge ich nicht über sein Maß an Mitgefühl. Ich gehöre zu diesen skrupellosen Anwälten, über die man sich Witze erzählt.« Er grinste matt.

»Sie tun's also nur des Geldes wegen«, sagte Austin leichthin.

»Stimmt. Nicht daß ich sonderlich viel verdiente!«

»Beim Lauber-Prozeß haben Sie doch kein schlechtes Geschäft gemacht.«

»Machen Sie Scherze? Lauber war eine Freikarte. Sein

Onkel bat mich, den Fall zu übernehmen, versprach zu zahlen, was ihm möglich sei... und das war Null Komma nix.«

An diesem Punkt angelangt, fragte Austin ihn rundheraus nach der Zahlung Pauls. Lenrows Wangen röteten sich, und er fing an zu stottern.

»Mr. Manners sagte, das sei etwas, was nur uns beide, ihn und mich, etwas anginge. Daß Sie nichts davon zu wissen brauchten. Ja, das war eigentlich die Grundbedingung dieser ganzen Transaktion.«

»Daß ich außen vor bleiben sollte.«

»Er meinte, Sie seien nicht in der Verfassung, um mit dererlei Dingen behelligt werden zu können, es sei eine Sache nur zwischen ihm und mir. Das war die Absprache.«

»Nun, die Abmachung hat keine Gültigkeit mehr. Ich verlange nicht, daß Sie mir das Geld zurückerstatten. Ich möchte nur von Ihnen wissen, was Sie Paul Manners verkauft haben. Oder mir, um genauer zu sein.«

»Das kann ich nicht«, sagte Lenrow. »Ich habe geschworen, daß ich es nicht tue. Was ich Ihnen lediglich sagen kann, ist, daß es am Verlauf des Verfahrens nicht das geringste geändert hätte.«

»Hat es dazu beigetragen, Willy Lauber vor der Hinrichtung zu bewahren?«

»Nein! Damit hatte es absolut nichts zu tun, das schwöre ich Ihnen. Und außerdem...« Er brach ab.

»Außerdem was?«

»Na ja, wie Mr. Manners sagte, war es ja auch etwas, wovon Sie gar nichts würden wissen wollen.«

»Wieso nicht?«

»Bitte! Ich kann nicht mehr dazu sagen.«

Austin fühlte nichts, nicht einmal Zorn. Er besah sich eines der Fotos, die den weißhaarigen Mann zeigten. »Tot?«

»Nein«, antwortete Lenrow. »Aber nicht mehr gesund. Ich habe gerade einen Platz in einem Seniorenheim für ihn gefunden, wo er voll versorgt wird. Mit Hilfe Ihres Geldes.« Er lächelte wehmütig. »Er war mir nicht dankbar. Er weiß nicht einmal mehr, wer ich bin.«

Die Sonne schien hell über der Vollzugsanstalt Highland. In einem der langen Schatten, die ihre Gebäude in den Gefängnishof warfen, steckte Leonard Lotts Phil Kronk und Marty Samms, seinen beiden besten Kumpels, jeweils eine seiner ganz speziellen Zigaretten zu.

»Dort geht er«, sagte Leonard.

Sie beobachteten Willy Lauber, der zufällig über den Hof ging. Das Sonnenlicht ließ sein blondes Haar schimmern. Er setzte sich auf eine Bank und wandte sein Gesicht der Sonne zu. Willy wollte braun werden.

»Ihr braucht nichts andres zu machen, als den Kleinen anzurempeln, versteht ihr? Renn einfach in ihn rein, Phil, und tu dann so, als wärst du sauer, als wenn es seine Schuld gewesen wäre. Dann machst du dasselbe noch mal, Marty. Alles klar?«

»Und dann kommst du dazu, stimmt's?«

»Ja, dann«, antwortete Leonard. »Ihr deckt mich, und ich verpasse ihm dies hier.« Er schob eine Hand unter das Hemd und zeigte ihnen den Griff des Besteckmessers, das er in der Werkstatt zurechtgeschliffen hatte.

»Drei Uhr«, sagte Leonard.

Der Hof war rappelvoll. Das war das Gefängnis im übrigen auch – es war mal für weniger als tausend Insassen gebaut worden und beherbergte augenblicklich zweitausend.

Leonard Lotts hatte an dieser Überbelegung nichts auszusetzen, jedenfalls nicht an diesem Tag. Sie konnte ihm nur nützen. Die Wachmannschaft würde aufgrund der vielen im Hof umherwandernden, sich ruhe- und ziellos zwischen den Mauern bewegenden Häftlinge nicht gut sehen können.

Von halb drei an wandte Leonard keinen Blick mehr von Willy Lauber. Dessen leere blaue Augen schauten ohne Interesse auf seine trübselige Umgebung. Leonard hatte nie mit ihm gesprochen, wohl aber Phil Kronk, der dann gemeint hatte: »Der redet nur von Frauen. Von all den Miezen, die mal draußen auf ihn scharf gewesen waren.«

»Auch die, die er aufgeschlitzt hat?«

Phil griente. »Ich glaube, die war die Ausnahme.«

Es war zwei Minuten vor drei. Phil und Marty waren zwar getrennt unterwegs, aber die Blicke beider auf Willys Blondschopf gerichtet. Dann schauten sie kurz zu Leonard hin, weil sie von ihm jetzt ein Zeichen erwarteten.

Er nickte ihnen zu. Die drei schoben sich in das dichte Gedränge, wo Willy stand und in den bleigrauen Himmel starrte. Phil bewegte sich jetzt schnell. Er streifte Willy, und das so derb, daß der Junge ihn ungehalten ansah. Ehe er jedoch protestieren konnte, kam Marty aus einer anderen Richtung und stieß ihn so hart mit der Schulter an, daß Willy stolperte.

»He!« rief Willy Lauber. »Was soll denn das?«

Jetzt war Leonard an der Reihe. Phil und Marty stellten sich dicht neben Willy, und Leonard rannte in die Gruppe hinein, zog dabei das Messer unter dem Hemd hervor und stieß es Willy tief in die Brust. Das verächtliche Gelächter einiger Kartenspieler in der Nähe übertönte den Laut, den Willy, nach Luft schnappend, von sich gab. Er war von so vielen Häftlingen so dicht umstanden, daß es volle zehn Sekunden dauerte, bis er zu Boden fiel.

Austin starrte auf seinen Wandkalender. In seinem Hotelzimmer gab es zwar auch einen Fernsehapparat, aber er verbrachte mehr Zeit damit, auf den Kalender zu schauen.

Es war der 21. Oktober. Das Viereck des 31. enthielt zwar noch immer die Markierung durch ein Kreuz, aber es war bedeutungslos geworden. Willy Lauber war dem Henker entwischt. Seine Hinrichtung durch den Staat war auf Dauer verschoben worden.

Trotzdem würde Willy seiner gerechten Strafe nicht entgehen. Er, Austin, hatte dafür Sorge getragen. Dies war der Tag!

Er nahm den Kalender von der Wand, faltete ihn zusammen und stopfte ihn dann in den einzigen Papierkorb, den es im Zimmer gab.

Es klingelte an der Tür. Er wußte, daß es seine Schwägerin war. Libby hatte es sich zur Gewohnheit gemacht, täglich nach Dienstschluß bei ihm vorbeizukommen. Sie kam auch diesmal nicht mit leeren Händen.

»Ich habe dir ein paar Sachen mitgebracht, die du, wie ich denke, sicher gebrauchen kannst«, sagte sie und setzte eine Tüte auf dem Teppich ab, auf welcher Duane/Reade stand. Dann leerte sie sie. Zahnpasta, Mundwasser, Deodorant, Rasiercreme, ein neuer Rasierer und Rasierklingen.

»Dieses Zeug habe ich doch alles«, murrte Austin.

»Das denkst du!« erwiderte sie unbeschwert. »Ich habe mich mal ein bißchen in dem Kabuff umgesehen, das du Bad nennst. Deine Zahnpasta reicht noch für zweimal, wenn du wirklich stark quetschst. Mundwasser gibt es gar nicht, Deo ebensowenig, und was dein Rasierzeug angeht...«

»Hör auf, mich zu bemuttern!« meinte Austin gelassen.

»Ich bin noch nicht alt genug, um deine Mutter sein zu können. Oder ist dir das etwa entgangen?«

Austin lächelte. »Du weißt, daß ich dir für alles, was du für mich tust, dankbar bin, Libby. Aber jetzt mußt du nicht mehr gar so schwer schuften, denn ich habe beschlossen, diese Mausefalle zu verlassen.«

»O Austin, wie mich das freut! Wirst du ... wirst du nach Hause zurückkehren?«

»Ja. Aber nur, um mit den Immobilienfritzen alles zu regeln. Ich will das Haus verkaufen. Ich bin sicher, du verstehst meine Beweggründe.«

»Ja... ja, natürlich.«

»Was ich danach mache, weiß ich noch nicht. Mir wahrscheinlich eine kleine Wohnung in der Stadt suchen. Irgendwas in der Nähe des Büros, wenn es geht.«

Libby wollte die Einkaufstüte in den Papierkorb tun, sah aber, daß er schon voll war. Der Grund überraschte sie. »Der Kalender!« sagte sie. »Du hast dich also endlich doch von ihm getrennt!«

»Ja«, sagte er ruhig.

»Ich hoffe, das ist ein gutes Zeichen, Austin. Ich hoffe, es bedeutet, daß... nun ja, daß du jetzt nicht mehr von diesem Jungen besessen bist.«

»Der Kalender ist gegenstandslos geworden. Es wird keinen 31. geben.« Er konnte sich nicht davon abhalten hinzuzusetzen: »Aber bei etwas Glück gibt es den 21.«

Libby sah ihn verständnislos an. Dann dämmerte es ihr langsam. »Was hast du getan, Austin?« Als er nicht antwortete, fuhr sie fort: »Bitte sag es mir! Du hast genügend Bemerkungen fallenlassen, weiß Gott. Du bist die ganze Zeit immer so selbstgefällig gewesen!«

Das Telefon klingelte. Gerettet. Er hob ab.

Paul sagte: »Es ist passiert, Austin. Aber vielleicht nicht ganz so, wie du wolltest.«

»Was soll das heißen?«

»Sie sind im Hof an Willy rangekommen. Er erhielt einen Stich in die Brust, aber offensichtlich wurde der Stoß von einer Rippe abgelenkt. Willy liegt im Krankenhaus... und lebt.«

Libby hatte diesen verzweifelten Ausdruck erst einmal auf Austins Gesicht gesehen, nämlich als er nach Hause gekommen war und von dem grausamen Mord an seiner Frau erfahren hatte.

»Was ist?« fragte sie. »Was hat Paul gesagt?«

»Im Gefängnis ist etwas vorgefallen«, antwortete er. »Es ist im Hof zu irgendeiner heftigen Auseinandersetzung gekommen...«

»Es ist Willy Lauber, stimmt's? Ihm ist etwas zugestoßen.«

»Er wurde niedergestochen. Ein Mithäftling hat es getan.« In seiner Stimme lag keine Befriedigung. »Aber Willys Leben scheint von einem Zauber geschützt zu werden.

Erst ist er der Giftspritze entgangen, jetzt hat er ein Messer in der Brust überlebt...«

»O Gott«, sagte Libby. »Das hast du gemeint, nicht wahr? Als du sagtest, heute sei der Tag.«

Austin wandte sich ab. Auf der Kommode stand eine Flasche Whisky. Er hatte mal gedacht, Alkohol würde als schmerzstillendes Mittel wirken, aber das war nicht der Fall gewesen. Jetzt versuchte er es noch einmal.

»Antworte mir, Austin!« sagte Libby. Sie nahm ihm das Glas aus der Hand, und er widersetzte sich ihr nicht. »Sag mir, warum Paul Manners so gut Bescheid weiß über das, was dort im Gefängnis vor sich geht.«

»Ich nehme an, er hat es in den Nachrichten gehört.«

»Nein! Da ist doch irgendeine Verschwörung im Gange. Du hast etwas mit dem zu tun, was passiert ist. Du und Paul, ihr beide.«

Ihre Augen hatten vor Wut gefunkelt, aber jetzt wurde das Funkeln von Tränen gelöscht. »O Austin, habe ich mich geirrt, als ich glaubte, ich sei Teil deines Lebens, auch und gerade jetzt, wo Del von uns gegangen ist? Oder hast du mich bloß geduldet? Mich dir Zahnpasta und Rasiercreme bringen lassen...« Sie setzte sich und bedeckte das Gesicht mit den Händen.

»Nein, Libby, du hast dich nicht geirrt. Du hast mich in den zurückliegenden Monaten am Leben erhalten. Du hast meine düstersten Gedanken vertrieben.« Er seufzte. »Ja, es stimmt. Paul kannte jemanden, es ist ein früherer Mandant, dessen Bruder auch dort in dem Gefängnis sitzt. Ich habe den Mann bezahlt, damit er Willy umbringt.«

Sie sah ihn fassungslos an.

»Ich weiß, du denkst, daß ich falsch gehandelt habe. Aber mein ganzes Leben erschien mir sinnlos, solange Dels Mörder noch am Leben war. Wenn du jetzt zur Polizei gehen, wenn du das Hotel verlassen und mich niemals wiedersehen möchtest, dann habe ich volles Verständnis dafür.«

Libby stand auf und sagte: »Ich werde das alles nicht tun, Austin.« Dann ging sie langsam zur Tür.

Es hätte dieselbe schäbige Bar in Flußnähe sein können, in der sich Austin und Paul mit Joe Lotts getroffen hatten, aber Tuck's Tavern befand sich auf der anderen Seite der Stadt, und Joe Lotts war nicht annähernd so großspurig wie bei der ersten Begegnung.

»Schaun Sie, so was passiert halt«, sagte er und sah von einem ernsten Gesicht zum anderen, hin und her. »Ich kenne Leute, die vier, fünf Kugeln verpaßt gekriegt und überlebt haben und groß damit angeben…«

»Sie haben 20 000 Dollar bekommen«, sagte Paul steif. »Die Abmachung aber haben Sie nicht eingehalten.«

»Wir haben nichts garantiert! Wenn Sie Ihr Geld zurückhaben wollen, dann vergessen Sie's.«

»Es geht nicht ums Geld«, sagte Austin. »Was ich einzig und allein will, ist Willy Laubers Todesanzeige. Und ich bin bereit zu zahlen, wenn Sie nach wie vor meinen, Sie könnten das hinkriegen.«

Lotts rundes Gesicht hellte sich auf. »He, das ist genau das, was ich gerade dachte! Niemand hat die Sache Leonard angehängt. Der Junge selbst hat ausgesagt, er wüßte nicht, wer ihn niedergestochen habe. Und er liegt schließlich nicht ewig im Krankenhaus…«

»Noch einmal 10 000«, sagte Austin. »20 000, wenn er es vor dem 31. schafft.«

»He!« Lotts gluckste. »Für noch mal zwanzig Riesen geht Leonard auch direkt in den Krankensaal und erledigt die Sache dort.«

Paul begleitete Austin zurück ins Hotelzimmer. Er bemerkte den Koffer auf dem Bett und fragte: »Ziehst du aus?«

»Ich wollte«, antwortete Austin bitter. »Ich wollte heim und den Verkauf des Hauses in die Wege leiten. Ich dachte, ich könnte wieder zu so was wie einem normalen Leben zurückkehren, weil ich ja schließlich meinte, Willy wäre...« Er brach ab, setzte aber nach einer Weile hinzu: »Tja, vielleicht diesmal. Vielleicht.«

Sie nahmen einen Drink. Sie nahmen zwei. Als Austin sich den dritten eingoß, versuchte Paul ihn abzulenken, indem er den Fernseher anschaltete. Er bedauerte diesen Versuch in dem Augenblick, als die Sechs-Uhr-Nachrichten anfingen und die ersten Worte des Sprechers »Willy Lauber« lauteten.

»Was ist? Was ist?« rief Austin dem Bildschirm zu.

»...der verurteilte Mörder von Delores Howard, ist aus dem Krankenwagen entflohen, der ihn zu einer Notoperation in das Städtische Krankenhaus bringen sollte...«

»Geflohen!« rief Austin aus. »Hast du das gehört?«

»Sie waren wohl zu sorglos«, meinte Paul. »Sie müssen gedacht haben, daß er viel zu schwach...« Er packte Austin an der Schulter. »Es besteht kein Anlaß zu Besorgnis«, sagte er voller Zuversicht. »Sie werden ihn schon wieder einfangen.«

»Aber Willy ist ein Glückspilz, wie du weißt. Der kommt noch trotz eines Mordes ungeschoren davon!«

»Sie kriegen ihn, das ist wahrscheinlich nur eine Frage von Stunden. Der Junge ist verletzt, ein Messer ist tief in seine Brust eingedrungen. Wie weit kann er schon kommen!«

»Und wenn sie ihn nicht erwischen? Was, wenn Willy an Bord eines Schiffes nach Südamerika springt, sich über die Grenze nach Mexiko stiehlt, irgendeine nette alte Jungfer findet, die nur zu glücklich ist, einem so hübschen Jungen Unterschlupf zu gewähren?«

»Vergiß es! Willy ist nicht schlau genug, so etwas zu tun. Sieh dir doch an, was er nach... nach dem gemacht hat, was in deinem Haus geschehen ist. Er ist nach Hause gegangen! Er ist nach Hause gegangen, um zu schlafen!«

»Ja«, sagte Austin, »und das habe ich seitdem nicht mehr getan.«

Paul schaltete den Fernseher aus und sagte: »Schau die Spätnachrichten. Ich wette, daß Willy dann bereits wieder in Haft ist.«

Er trank aus und ging zur Tür. Aber er blieb auf halbem Weg abrupt stehen, als Austin sagte: »Libby weiß es, Paul.«

»Weiß was?«

»Was ich versucht habe. Im Gefängnis.«

»Das war nicht gerade sehr klug«, sagte Paul mit gerunzelter Stirn. »Libby hat's mit der Moral, wie du wohl weißt.«

»Und dich mag sie nicht besonders.«

»Damit kann ich leben«, erwiderte Paul trocken und verließ das Zimmer.

Austin rührte sich die nächsten zehn Minuten nicht von der Stelle. Dann stand er auf und schaltete den Fernseher wieder ein. Es lief eine Spielshow. Er griff nach der Fernbedienung und fand eine Nachrichtensendung. Ein weiteres Bündnis war nicht zustande gekommen, ein weiteres Feuer hatte ein weiteres Wohnhaus zerstört, eine weitere Hollywoodehe war geschieden worden. Nichts von Willy.

Er verspürte den starken Wunsch, Libby zu sehen. Er rief sie zu Hause an. »Du meintest, du wolltest mich doch wiedersehen«, sagte er. »Obwohl ich einen Mord zu begehen versucht habe.«

»Ich mag das immer noch nicht glauben«, sagte Libby. »Und ich bin froh, daß der Junge überlebt hat.«

»Er hat nicht nur überlebt, sondern er ist auch auf freiem Fuß.«

»Was?«

»Er hat sich selbst befreit. Sie wollten ihn zwecks weiterer Behandlung in das Städtische Krankenhaus verlegen, und dabei ist er ihnen entwischt. Schlaues Kerlchen, dieser Willy. Ich glaube, du brauchst dir seinetwegen keine Sorgen mehr zu machen.«

Einen Augenblick lang herrschte Stille. Dann sagte sie: »Möchtest du, daß wir uns treffen? Wieder in dem italienischen Restaurant?«

Es hieß Cielo's. Als Austin hinkam, saß Libby schon an einem der Tische und hatte eine Flasche Chianti vor sich stehen. Und die war bereits zur Hälfte geleert.

»Ich wußte gar nicht, daß du soviel verträgst«, sagte er, sich setzend.

»Das habe ich in den vergangenen zwei Jahren gelernt«,

sagte Libby. »Erst die Scheidung, dann Delores, jetzt du. Grund genug, was?«

»Ich bin kein Grund«, sagte er.

»Und ob!« Sie schenkte ihm ein und sich nach. »Du bist für mich schon ewig lange ein Problem, Austin. Länger, als du weißt.«

»Inwiefern?«

»Erinnerst du dich nicht?« Sie lächelte kurz. »Wir waren nicht bloß Bekannte, als ich dich meiner Schwester vorstellte. Eine Weile habe ich gedacht, aus uns könnte etwas werden. Offensichtlich ein Irrtum.«

»Wir waren doch gar nicht so oft zusammen, Libby. Drei- oder viermal...«

»Und dann trat Del auf.« Das Lächeln war wieder da. »Ich denke, du weißt sehr wohl, daß das keine gar so neue Situation war. Während meiner ganzen Schulzeit haben sich die Jungs immer aus meinem Leben ausgeblendet, sobald sie Del kennengelernt hatten.«

»Hast du ihr das übelgenommen?«

»Wie konnte ich? Del war einfach eine Naturgewalt. Wie ein Gewittersturm. Außerdem war das, was die Jungen angeht, immer meine Feuerprobe. Wenn sie Del nachliefen, verlor ich das Interesse an ihnen.«

»Das war sehr weise von dir.«

»Nicht immer. Es gab da auch die eine oder andere Ausnahme.« Sie sah ihm in die Augen und senkte dann den Blick, schaute auf ihr Weinglas. Es war schon wieder leer. Sie schenkte sich erneut nach.

»Jetzt mal langsam!« sagte Austin.

»Ach, ich kann es nicht. Ich kann nicht sagen, was ich

sagen will, ohne daß ich… wie heißt es doch gleich… mir Mut antrinke?«

»Was meinst du?«

»Ich habe mit mir gerungen deswegen, Austin. Nicht erst seit Dels Tod, sondern auch schon lange vorher. Ob du die Wahrheit erfahren solltest oder nicht. Ob Unwissenheit für dich eher ein Segen wäre. Und vor ganz kurzer Zeit dann auch mit der Frage, ob ich mich lieber an die alte Weisheit halten sollte und nur Gutes über Tote reden…«

Austin wurde ganz steif. »Worum geht es? Um Delores?«

»Ich bezweifle nicht, daß sie dich geliebt hat. Ich bin mir nur nicht ganz sicher, was sie eigentlich unter Liebe verstanden hat. Sie war nicht treu, Austin. Nein, du hattest keinen Rivalen. Es gab da nicht einen ›anderen Mann‹, sondern viele.«

Austin wollte ihr das nicht abnehmen. Er wollte Libby sagen, daß sie lüge, daß hinter dieser schrecklichen Verleumdung nur die lebenslange Rivalität mit der Schwester stehe. Aber dann sah er die Tränen in ihren Augen und wußte, daß es die Wahrheit war. Del hatte ein geheimes Leben gelebt. Er sagte: »Erzähl mir, wie du darauf gekommen bist.«

»Sie hat es mir erzählt«, antwortete Libby. »Del hat mir immer von den Männern in ihrem Leben erzählt, schon seit wir Teenager waren. Für sie war das wichtig. Als Beweis dafür, wie begehrenswert sie war…«

»Und… hat sie auch Namen genannt?«

»Nur, wenn es sich um Männer handelte, die ich kannte. Vorzugsweise solche, mit denen ich was hatte.«

»Mein Gott, Libby…«

»Ich hätte das nicht sagen sollen. Sie war kein Ungeheuer. Wenn ich politisch korrekt sein müßte, würde ich sagen, sie war... krank. Sie maß ihren Eigenwert an ihren Affären. Sie war niemals verliebt in diese Männer...«

»Du versuchst nur, mich zu trösten«, warf Austin bitter ein.

»Als du sie dann heiratetest, dachte ich, es sei vorbei damit. Ich weiß, daß sie dich geliebt hat. Ich dachte, dieser Ring an ihrem Finger, der würde die wunderbare Heilung bringen.«

»Aber das tat er nicht.«

»Am Anfang hatte es den Anschein, im ersten Jahr. Aber dann, eines Tages...« Libby stellte ihr Weinglas ab und fuhr nach kurzem Schweigen fort: »Sie erzählte mir von diesem Kongreßabgeordneten, den sie kennengelernt hatte, als sie in dem Buchladen arbeitete. Del kicherte wie ein Schulmädchen. Ich versuchte, sie davon abzubringen, sich mit ihm zu treffen, aber da warf sie mir Eifersucht vor... Nun ja, so ganz unrecht hatte sie ja auch nicht. Ich war eifersüchtig auf sie, weil sie... dich hatte.«

»Trink das Glas nicht aus, Libby. Dir wird nur übel.«

»Dann gab es ein halbes Dutzend andere Männer. Sie wechselte sie so häufig... wie die Bettwäsche. Ich dachte daran, es dir zu sagen, aber ich brachte es nicht fertig.«

Ein schrecklicher Gedanke durchfuhr ihn wie ein Dolchstoß. »Libby... du willst doch nicht etwa andeuten, daß... Willy...«

»Nein!« sagte sie heftig. »Ihre Liebhaber waren immer ›bedeutende Leute‹. Das gehörte zu ihrem Spiel. Es mußten vermögende Männer sein. Und verheiratete... Das trug zur

Befriedigung bei, ich bin sicher...« Sie verstummte, wurde plötzlich blaß. Dann fuhr sie fort: »Ich glaube, weißt du, du hattest recht. Mir wird tatsächlich übel.«

Austin brachte sie nach Hause. Sie wollte nicht, daß er blieb, sondern zog es vor, sich einsam und allein zu übergeben.

Austin kehrte in sein Hotel zurück und versuchte dabei, nicht an das zu denken, was ihm mitgeteilt worden war, sich gegen den Schmerz zu wehren, den Libby ihm zugefügt hatte.

In der Eingangshalle saß Joe Lotts.

In dieser Umgebung erkannte Austin ihn kaum wieder. Aber es war tatsächlich Joe. Er sah nicht reumütig aus, war nicht berührt von der Tatsache, daß es sein Bruder nicht geschafft hatte, ihnen die Leiche von Willy Lauber zu präsentieren.

»Was wollen Sie?« fragte Austin barsch.

»Vielleicht sollten wir besser unter vier Augen sprechen.«

Austin nahm Joe mit auf sein Zimmer und war eigentlich darauf gefaßt, daß Joe das Geld würde haben wollen, das er nicht verdient hatte. Aber Joe überraschte ihn.

»Ich weiß, wo der Junge steckt, Mr. Howard.«

»Ist das Ihr Ernst?«

»Ich konnte mein Glück kaum fassen. Ich meine, erst mein Unglück nicht, als diese Pickelfratze aus dem Knast ausbrach, just als wir alle parat gestanden haben, um ihm aktive Sterbehilfe zu leisten. Und dann mein Glück...«

»Sagen Sie mir, wo er ist. Und woher Sie es wissen.«

»Ich hab da einen Kumpel, der wohnt in der East Avenue. Ein paar Jungs in dem Viertel, die sind wie 'ne Gang, streunen 'ne Menge rum in der Gegend, wo die alten Gebäude abgerissen werden. Für neue Wohnhäuser, verstehen Sie? Sie entdeckten den blonden Kerl, wie er in einem der abbruchreifen Häuser pennte. Sie wollten ihn erst ausnehmen, weil sie dachten, er wäre besoffen. Nur daß er leider gar kein Geld bei sich hatte.«

»Und was war dann? Wo ist er jetzt?«

»Mein Freund ist selbst auf die Suche nach ihm gegangen. Mein Freund kennt die Knastklamotten und hat zwei und zwei zusammengezählt.«

»Wo ist er?« rief Austin erregt. »Wo steckt Lauber?«

»Mein Freund, also der hat mit dem gemacht, was man wohl als ›in Haft nehmen‹ bezeichnen könnte. Manchmal gibt es doch eine Belohnung, wenn man so einen geflohenen Sträfling zurückbringt.«

»Er ruft doch nicht etwa die Polizei an, oder?«

»Nicht, wenn er ein beßres Angebot kriegt.«

»Ich zahle«, sagte Austin. »Sie bekommen beide 5000, wenn Sie mich zu ihm bringen. Wollen Sie?«

Joe Lotts schenkte ihm ein breites, Zähne entblößendes Grinsen. »Na klar mach ich das, Mr. Howard. Ist mir doch ein Vergnügen, Ihnen behilflich zu sein.«

Austin sagte: »Haben Sie eine Kanone bei sich, Joe?«

»Wer? Ich? Wieso?«

»Wenn ja, dann zahle ich Ihnen dafür zusätzliche 5000.«

Joe Lotts sah jetzt hocherfreut aus – es war sein Glückstag! Er setzte den rechten Fuß auf einen Stuhl und rollte das Hosenbein hoch. An seiner Wade war eine kleine Pistole festgeschnallt. Er löste die Bänder und reichte die Waffe Austin. »Sie ist geladen und einsatzbereit.«

Austin blickte auf die Pistole hinab, als wäre sie eine Reliquie.

Austin hatte noch nie mit einer Pistole geschossen. Als er sie in der Hand hielt, wurde ihm bewußt, daß er bis dahin noch nicht einmal eine in der Hand gehabt hatte. Würde er damit umgehen können? Würde er den Lauf auf Willy Laubers Kopf richten und abdrücken können?

Er ließ seine Gedanken zum Abend des Mordes zurückgehen. Er sah Delores' zerfleischte Leiche auf dem Küchenfußboden. Das Bild war nur in seiner Phantasie vorhanden, denn die Polizei hatte ihm ja gar nicht gestattet, die Leiche zu sehen, die einmal seine Frau gewesen war. Austins Phantasie war stärker als die Wirklichkeit.

Da war auch noch eine andere Phantasievorstellung. Del in einem Hotelzimmer und ein Mann in ihren Armen, dessen Gesicht ein leerer Fleck war. Er versuchte, dieses Bild in seinem Kopf auszulöschen, aber es ging nicht. Es war wie ein schmerzender Zahn, den mit der Zunge zu betasten man nicht aufhören kann.

Aber letztlich war es nicht entscheidend. Was immer Del getan hatte, einen so schrecklichen Tod hatte sie nicht verdient! Willy Lauber konnte nicht vergeben werden!

Joe Lotts hatte versprochen anzurufen, sobald sein »Freund« bereit wäre, ihm Willys Versteck in dem unbewohnbar gewordenen Haus an der East Avenue zu zeigen.

Eine Stunde verging, verging sehr langsam, aber dann klingelte das Telefon.

»Okay«, sagte Joe, »Sie machen jetzt folgendes. Sie gehen zur Ecke East und Center Street. Da ist eine alte Fabrik, und auf der alten Ziegelmauer steht: *Hacker's Tobacco.* Eine Tür gibt es nicht mehr. Gehen Sie einfach die Treppe rauf, da finden Sie den Jungen.« Seine Stimme senkte sich. »He, Sie machen da doch keine Dummheiten, was? Erledigen ihn selber? Ich weiß ja, daß Sie ihn tot sehen wollen, aber dafür wollen Sie doch wohl nicht in den Knast kommen.«

»Nett von Ihnen, daß Sie sich Sorgen machen, Joe.«

»Tja, na ja, ich mach mir halt auch Sorgen wegen des Geldes, das Sie mir schulden.«

Austin legte auf.

Er nahm ein Taxi und ließ sich drei Straßen vor dem Abbruchgelände absetzen.

Als er die schuttübersäte Straße entlangging, war niemand zu sehen. Er erblickte das beschriebene Gebäude. Er sah die verblichenen Buchstaben auf den alten Mauersteinen. *Hacker's Tobacco.* Er war auf eine grimmige Weise amüsiert.

Wie Joe gesagt hatte, gab es keine Tür mehr, statt dessen hatte man den Eingang mit Brettern vernagelt. Die hingen aber inzwischen lose herab. Er drückte sie zur Seite und stieg dann die Treppe hinauf. Die Stufen knarrten laut.

Das Geräusch mußte Willy aufgeschreckt haben. Er sah von einem primitiven Lager aus zusammengefalteten Umzugskartons und schmutzigen Lumpen hoch.

Willy erkannte ihn zunächst nicht. Dann zeigte sich ein schwaches Lächeln auf seinem Gesicht, als ihm klar wurde, daß Austin nicht von der Polizei war. Das war ein ›Zivilist‹, vielleicht ein Hausbesetzer wie er. Erst als Austin auf zehn Schritte herangekommen war, verband sich das Gesicht mit einem Namen.

»Mr. Howard«, flüsterte er.

Der Junge sah halb verhungert aus. Seine Verehrerinnen, die Hausfrauen, hätten ihn jetzt nicht für hübsch gehalten. Unter seinem offenstehenden Hemd konnte Austin den Verband um seine Brust sehen, der nicht mehr richtig saß und schmutzig war. Wenn ihn Joes Pistole nicht umbrachte, dann würde das wohl eine Blutvergiftung besorgen.

»Wie haben Sie mich gefunden, Mr. Howard?« fragte Willy. »Werden Sie jetzt die Polizei rufen?«

»Ich bin die Polizei«, antwortete Austin. »Ich bin auch der Richter, die Geschworenen und der Bursche, der dir die Giftspritze geben sollte. Du verstehst?«

Für Willy war das zuviel. Er ließ den Kopf hängen. »Ich verstehe gar nichts«, sagte er. »Die Dinge passieren einfach, Mr. Howard. Wie bei Ihrer Frau, wissen Sie. Ich wollte ihr nicht weh tun, ich schwör's Ihnen... Das war halb ein Unfall. Die andere Hälfte ... ich weiß nicht. Ich weiß es einfach nicht.«

Austin zog die Pistole aus der Tasche. »Sieh mich an, Willy.«

Willy sah ihn an und fragte: »Sie wollen mich erschießen, Mr. Howard?«

»Das Wort dafür ist ›hinrichten‹. Du weißt, daß du den Tod verdient hast. Meine Frau hatte ihn nicht verdient, aber du hast sie trotzdem umgebracht.«

»Sie hat mich verrückt gemacht, Mr. Howard! Es war ihre eigne Schuld!«

»Hat dich deine Mutter je beten gelehrt? Dann wäre jetzt der richtige Augenblick dafür.«

Austin hob die Pistole und zielte auf Willys Stirn.

»Sie hätte das nie tun dürfen«, rief der Junge. »Wenn sie nicht wollte, daß ich lieb zu ihr bin, dann hätte sie mir nicht den Zettel schicken sollen!«

Der Lauf der Pistole verschob sich um ein paar Zentimeter.

»Was für einen Zettel? Wovon redest du?«

»Er hätte Ihnen das sagen sollen. Ich meine, der Mr. Lenrow. Ich hab ihn gebeten, Ihnen die Nachricht zu zeigen, die Mrs. Howard geschrieben hatte, aber er sagte, das würde nichts bringen.«

»Meine Frau hat dir nie und nimmer geschrieben, Willy. Das ist eine Lüge!«

»Aber ja, hat sie doch! Sie hat die Nachricht in den Korb geschoben, in dem ich die Milchflaschen bringe. Ich wurde ganz aufgeregt, als ich sie las, als sie mir schrieb, sie erwarte mich, sie könne es gar nicht erwarten...«

Austin hätte fast die Pistole abgefeuert – sein ganzer Zorn zog sich in dem Finger am Abzug zusammen.

»Fragen Sie doch Lenrow«, sagte Willy, und Tränen rannen ihm jetzt über die hohlen Wangen. »Mr. Lenrow hat den Zettel, ich schwör's!«

Austin erstarrte. Und er fragte sich: Hatte David Lenrow einen solchen Zettel? Oder... hatte er ihn verkauft?

Seit seiner Scheidung blieb Paul Manners abends lange in seiner Kanzlei und schlug die einsamen Stunden mit Arbeit tot. Austin wußte, daß er ihn im Büro antreffen würde, auch noch zehn Minuten nach acht.

»Wo, zum Teufel, hast du denn gesteckt?« Paul besah sich

die Schmutzflecken auf Austins Anzug und den Gipsstaub auf seinen Schuhen.

Austin machte sich nicht die Mühe, die Frage des Freundes zu beantworten, sondern sagte: »Erzähl mir mal etwas über diese Nachricht, Paul.«

»Was für eine Nachricht?«

»Die, die Del dem Willy Lauber geschickt hat. Diesen Zettel, den du von der Verteidigung gekauft hast ... mit 100 000 Dollar von meinem Geld.«

Pauls Lippen wurden schmal. »Hat dir Dave Lenrow das erzählt?«

»Nein, sondern Willy. Willy Lauber.«

»Dann haben sie ihn wieder eingefangen? Er sitzt wieder im Gefängnis?«

»Ja«, antwortete Austin. »Willy liegt wieder im Gefängniskrankenhaus. Sie sagen, er wäre gestorben, wenn er nicht verarztet worden wäre. Komisch, nicht wahr? Ich ziehe los, um ihn umzubringen, und am Ende rette ich ihm das Leben.«

»Aber wie ...«

»Ich habe Willy ausfindig gemacht und ihn der Polizei übergeben. Aber erst, nachdem er mir von Dels Nachricht erzählt hatte.«

»Was genau hat er dir erzählt?«

»Er sagte, Del hätte ihn an jenem Morgen zu einem Rendezvous eingeladen. Ich sagte ihm, er sei ein elender Lügner, und da sagte er, Lenrow habe den Zettel, der das beweise. Er konnte gar nicht verstehen, warum man den beim Prozeß nicht ins Spiel gebracht hatte. Aber wir schon, nicht wahr?«

Die Falten in Pauls Gesicht vertieften sich. »Ich mußte diesen Zettel kaufen, Austin! Deinetwegen. Der Schock von Dels Tod hatte dich doch schon halb umgebracht. Wenn du von dem Zettel erfahren hättest, wenn du dort im Gerichtssaal gesessen und gehört hättest, wie er verlesen wird... ich war der Meinung, daß dir das den Rest geben würde.«

»Ja«, sagte Austin. »Damit könntest du recht haben.« Er war zu schwach, um noch länger stehen zu können. Er setzte sich. »Libby hat mir alles erzählt. Über Del, über diesen Wahn in ihr... Und ich habe es nicht gewußt! Ist das zu fassen, Paul? Daß sie mich betrogen hat, nach Strich und Faden, mit so vielen Männern...«

»Davon würde ich an deiner Stelle nicht ausgehen«, unterbrach Paul ihn. »Du weißt doch gar nicht, wie schlimm es wirklich war, und ich bezweifle, daß Libby es weiß. Wenn du mich fragst, so war sie doch schon immer eifersüchtig auf ihre Schwester...«

»Alles, was ich von dir haben möchte, ist dieser Zettel! Ich habe schließlich dafür bezahlt... ich habe also auch ein Recht zu erfahren, was draufsteht.«

»Dieser Zettel ist nicht mehr da, Austin, ich habe ihn vernichtet. Und ich habe nicht versucht, den Inhalt der Nachricht auswendig zu lernen. Ich wußte, daß den am besten alle vergessen.«

Austin kämpfte mit den Tränen. Was Paul dann noch sagte, sagte er mit sanfter Stimme: »Auch du mußt das alles vergessen. Du mußt jetzt Del und Willy und dieses schreckliche Jahr hinter dir lassen.«

David Lenrow saß am nächsten Morgen um acht hinter seinem Schreibtisch. So wie Paul Manners bis spät abends arbeitete, so fing Lenrow seinen Tag früh an – eine Angewohnheit, die er von seinem fleißigen Vater übernommen hatte.

Er dachte gerade an den alten Herrn, als Austin Howard bei ihm erschien. Lenrow war nicht erbaut darüber, ihn zu sehen, und beantwortete seine Fragen höchst verdrossen. »Ich habe Ihnen doch schon gesagt, daß ich Ihnen nichts mehr mitzuteilen habe, Mr. Howard...«

»Aber ich Ihnen. Kennen Sie den Beschwerdeausschuß unseres Bundesstaates? Wissen Sie, daß Sie für das, was Sie getan haben, mit dem Entzug Ihrer Zulassung bestraft werden könnten? Für die Unterschlagung von Beweismitteln?«

Lenrow wurde, ungeachtet seiner letzten Sitzung im Bräunungscenter, blaß.

»Vielleicht würde Ihnen persönlich das nicht allzuviel ausmachen«, fuhr Austin fort. »Aber stellen Sie sich doch mal vor, wie Ihrem Vater zumute wäre, wenn er erführe, daß sein Sohn aus der Anwaltschaft ausgeschlossen wurde.«

»Was wollen Sie von mir? Dieser Zettel, von dem Sie reden, befindet sich im Besitz Ihres Anwalts...«

»Ich kann einfach nicht glauben, daß Sie davon keine Kopie gemacht haben, Mr. Lenrow.«

Ein paar Minuten später hielt Austin sie in der Hand. Er las: *»Komm früh! Gegen neun Uhr. Austin hat eine Besprechung, deshalb geht er spätestens um halb neun ins Büro. Wir haben das ganze Haus für uns, aber das Schlafzimmer wird wohl reichen... Ich kann es kaum erwarten...«*

Der Zettel steckte in Austins Tasche, als er zur Vollzugsanstalt Highland fuhr. Normalerweise durften nur Familienangehörige in den Krankenhausflügel, aber Austins Beziehung zu Willy Lauber bot Anlaß genug, bei ihm eine Ausnahme zu machen.

Willy sah in den sauberen Bettüchern seines Krankenlagers sehr viel besser aus, aber sein Blick war noch immer ängstlich, als Austin bei ihm eintrat.

Austin zeigte ihm die Kopie der Nachricht. »War es die, Willy? Hast du die hier in dem Korb für die Milchflaschen gefunden?«

Willy besah sich den Zettel eingehend und sagte schließlich: »Ja... das ist die Nachricht, die sie mir geschickt hat. Nur...«

»Nur was?«

Das Erröten verlieh seinem blassen Gesicht ein wenig Farbe. »Ich habe Ihnen nicht die Wahrheit gesagt, Mr. Howard. Ich meine die ganze Wahrheit. Ich habe diesen Zettel nämlich nicht in meinem Korb gefunden, wie ich Ihnen sagte, sondern er hat ihn mir gegeben.«

»Er?«

»Ich glaube, er wollte nicht, daß irgendwer mitbekam, wie gern mich Mrs. Howard hatte. Deshalb habe ich die Geschichte mit dem Flaschenkorb und daß sie den Zettel dort hineingesteckt hat, erfunden. Nein, er hat ihn mir gegeben. Er persönlich.«

»Ein hübsches Haus«, meinte die Immobilienmaklerin. »Wie schade, daß...« Sie brach ab, weshalb Austin den Satz für sie beendete: »...jemand drin ermordet worden ist?«

»Die Leute sind komisch, wenn es um solche Sachen geht«, sagte sie mit einem Seufzer. »Nicht daß es noch irgendein Anzeichen gäbe... Diese Küche... ist makellos!«

»Ja«, sagte Austin mit bitterem Humor, »alles Blut wurde gründlich weggewischt.« Er nahm seinen Mantel auf. Der Tag war kalt und feucht – ein harter November zog herauf. Er ging zur Tür, gerade rechtzeitig, um Libby in ihrem kleinen Volvo vorfahren zu sehen.

Sie stieg aus dem Auto und kam zu ihm gelaufen. »Ich habe es gerade erfahren... daß Willy wieder gefaßt worden ist. Sie sagten, das wäre dir zu verdanken.«

»Da war nichts Heroisches dabei«, sagte er trocken. »Willy war für niemanden eine Bedrohung. Und wie sich herausgestellt hat, ich auch für Willy nicht.«

»Ich kann dir gar nicht sagen, wie froh ich bin!« Sie umarmte ihn, trat dann aber plötzlich wieder von ihm zurück und sagte: »Du bist hingegangen, um ihn zu töten, nicht wahr?«

»Du kannst Gedanken lesen, Libby.«

»Die Pistole steckt noch in deiner Tasche. Ich konnte sie fühlen.«

Austin klopfte auf die leichte Ausbuchtung seines Jacketts und zuckte die Achseln. »Ich muß weg, Libby. Ich habe einen Termin. Du könntest mir einen Gefallen tun und da drin dafür sorgen, daß die Immobilientante nicht das Silber klaut.«

»Mach ich. Wenn du mir auch einen Gefallen tust und heute abend mit mir essen gehst.«

»In Ordnung«, sagte Austin. »Ich treffe dich im Cielo's. Um wieviel Uhr? Halb acht?«

Sie küßte ihn auf die Wange. Dann ging sie schnell ins Haus.

Als Austin die Kanzlei von Paul Manners betrat, war der Schreibtisch der Sekretärin unbesetzt. Paul selbst durchforschte einen Aktenstapel und sah verärgert aus.

»Hat Simone heute frei?« erkundigte sich Austin.

»Der alte Schleimbeutel-Trick«, knurrte Paul. »Und das, wo ich sie so dringend brauche!« Er schob die Akten beiseite und setzte sich. »Du siehst besser aus als gestern.«

»Ich fühle mich aber nicht besser«, entgegnete Austin. »Nicht mehr, seitdem ich Willy im Krankenhaus besucht habe.«

»Allmählich wirst du ja ein richtig dicker Freund von Dels Mörder«, bemerkte Paul trocken. »Erst rettest du ihm das Leben, dann bringst du ihm Blumen.«

»Der Besuch war der Mühe wert. Ich habe nämlich die ganze Wahrheit aus ihm herausbekommen ... bezüglich der Nachricht, die Delores geschrieben hat. Seine erste Version war, daß sie sie ihm in seinen Milchflaschenkorb geworfen hat. Aber die stimmte nicht.«

»Austin, jetzt hör endlich mal auf, dich ständig mit dieser Geschichte zu beschäftigen! Wie ich schon gestern abend sagte: Laß das alles hinter dir und lebe wieder ... fang ein neues Leben an!«

»Willy sagte, den Zettel hätte ihm jemand gegeben. Hätte ihn persönlich überbracht. Ihm gesagt, von wem er komme. Ja, ihm sogar geraten, wie er sich dazu stellen solle.«

»Du kannst doch so einem Schwachkopf wie Willy Lauber keinen Glauben schenken!«

»Die Nachricht war ein Lüge, Paul. Libby hatte recht. Einen so schlichten Burschen wie Willy hätte Del niemals verführt. Sie war nur hinter großen Tieren her. Hinter Topmanagern, Männern mit Geld oder wichtigen Posten... und mit Frauen. Es war für sie wichtig, daß die Männer verheiratet waren.«

»Du weißt, was ich von Libbys Ansichten halte.«

»Und ich weiß jetzt, warum sie dich nie mochte. Weil du angeblich mein bester Freund warst. Und dabei eine Affäre mit meiner Frau hattest.«

»Mein Gott, Austin, das kannst du doch nicht im Ernst glauben!«

»Du hast Willy den Zettel gegeben, Paul. Die Nachricht, die einmal an dich gegangen war. Nur hast du Willy gesagt, sie sei für ihn bestimmt...«

»Nein, ich schwöre, daß ich dergleichen nie getan habe...«

»Du wolltest sie bestrafen. Dafür, daß sie dich in dem Augenblick fallengelassen hatte, in dem deine Scheidung durch war. Affären mit geschiedenen Männern verschafften Del keinen Kick. Die waren zu leicht...«

Austin zog die Pistole aus der Tasche. »Ich möchte, daß du dich hinkniest, Paul. Würdest du mal so gut sein?«

»Um Gottes willen, steck das Ding da weg!«

»Auf die Knie, hier vor mir.« Austin richtete die Waffe auf Paul. »Oder ich ruiniere dir deinen hübschen lederbezogenen Stuhl. Nun mach schon!«

Der Anwalt kam hinter dem Schreibtisch hervor und fiel auf die Knie. Als Austin ihm die kalte Mündung der Pistole an die Schläfe drückte, fing er an zu weinen. »Ich wollte doch nicht, daß die Sache so lief! Bei Gott, ich hab das nicht gewollt! Ich war wütend auf Del, ja, das gebe ich zu. Ich wollte ihr eins auswischen. Das war alles! Bitte, Austin, bitte!«

Austin schien ihm gar nicht zuzuhören. Er sah auf Pauls Tischkalender. »Weißt du, was für ein Tag heute ist, Paul? Der 31.!«

Austin drückte ab. Das Klicken ließ Paul aufschreien.

Austin sagte: »Ich habe das Magazin nach dem Wiedersehen mit Willy leer gemacht. Ich glaubte, keine Kugeln mehr zu brauchen.« Er steckte die Pistole wieder in die Tasche und ging, um sich mit Libby im Cielo's zu treffen. Er hatte zum ersten Mal seit Monaten Hunger.

Leichte Beute

Hör auf, dich dagegen zu wehren«, sagte Rick Moreno und griff nach dem Handgelenk Charlies, mit der er auf dem Sofa herumbalgte, »es ist stärker als wir!«

»Was ist stärker?« Aber Charlie lachte dabei, leistete nicht allzu ernsthafte Gegenwehr. Rick küßte sie, und sie schmeckte Alkohol, ein bißchen mehr, als ihr lieb war.

»Es steht geschrieben, ist Bestimmung«, sagte Rick. »Es steht sogar in der Bibel.«

»Was steht da?«

»Liebe deine Nachbarin.«

Charlotte Hayes bewohnte ein kleines Apartment einen Stock tiefer. Sie hatte Rick vor zwei Monaten im Lift kennengelernt und verbrachte inzwischen mehr Zeit in seiner als in ihrer eigenen Wohnung.

»Te amo«, flüsterte er ihr ins Ohr. Zum Flüstern bestand eigentlich kein Anlaß, denn die zwei Dutzend Partygäste, die um sie herumwirbelten, machten genug Lärm. Das Telefon, das irgendwo klingelte, klingelte vergeblich.

»Du denkst zuviel nach«, sagte Charlie.

Normalerweise hatte sie an Rick nicht allzu viel auszusetzen. Für einen Mann von sechsundzwanzig Jahren trank er recht mäßig. Er war intelligent und gebildet. Charlie (er hatte sie mit diesem Kosenamen bedacht) verstand ein wenig was von Bildung, denn sie unterrichtete in Los Angeles in einer Privatschule Spanisch. Rick hatte eine Ader fürs Spanische.

Es gelang ihr, eine Hand freizubekommen und auf die Uhr zu sehen. »Es ist schon spät, Rick. Ich habe morgen früh um halb neun die erste Unterrichtsstunde.«

»Geh noch nicht. Ich schmeiß die Leute bald raus...«

»Nein, nein, ich bleibe nicht.«

»Wieso nicht? Wir sind doch so gut wie verlobt, oder nicht? Ich war schon bei deiner Mutter zum Abendessen eingeladen.«

»Sie mochte dich nicht. Du hast nicht genug gegessen.«

»Sie ist ganz vernarrt in mich! Genau wie ihre Tochter.«

»Jetzt weiß ich, was stärker ist als wir beide! Dein Ego.«

Am Ende war doch jemand ans Telefon gegangen, nämlich Walker Hall, ein junger Schwarzer mit einem freundlichen Lächeln. Er lächelte jedoch nicht, als er zum Sofa trat. »He, Rick«, sagte er, »da war grad ein Anruf für dich.«

»Wer war's?«

»Dein Freund Rusty. Er sagte, die Spinne kriecht heute nacht.«

Rick machte sich so schnell von Charlie los, daß sie fast vom Sofa gefallen wäre. Sie zog einen Flunsch. »Du willst doch nicht etwa weg?«

»Die Pflicht ruft«, antwortete Rick. »Wie's schon in der Bibel heißt.«

»Walker, jetzt sieh ihn dir an! Er ist doch nicht in der Verfassung, irgendwohin zu gehen!«

»Wie steht's, Rick? Bist du in der Verfassung?«

»War noch nie in besserer«, sagte Rick. Er lächelte Charlie an. »Warum wartest du nicht hier auf mich? Und sollte es dir partout nicht möglich sein, dann komm halt morgen früh mit Kaffee und Croissants vorbei.«

Langsam durch den Park spazierend, sagte Walker: »Ja, ja, ich seh schon, diesmal hat es dich richtig erwischt. Das kleine Biest weiß mit dir umzugehen. Sagtest du nicht, daß sie dich auch schon mit nach Hause zu Mama genommen hat?«

»Die Stelle sieht gut aus«, sagte Rick. Er ließ sich auf eine Parkbank fallen. »Jetzt ziehst du los, was?«

»Ja, muß einen Bus kriegen, der rauffährt. Alles okay?«

»Alles cool, Mann.«

»Ganz wie das Wetter.«

Rick klopfte auf seine ausgebuchtete Tasche. »Ich hab was zum Warmhalten.«

Als Walker weg war, zog Rick das Halbliterfläschchen heraus und nahm einen kräftigen Schluck. Dann lehnte er sich wieder zurück und stieß einen Seufzer der betrunkenen Zufriedenheit aus.

Zehn Minuten und drei Schlucke später sank ihm der Kopf auf die Brust.

Der junge Mann, der im Gebüsch hockte und ihn beobachtete, trug eine Lederjacke mit dem Bild einer großen Spinne auf dem Rücken. Er wartete ganze drei Minuten, ehe er nach dem Messer in seiner Tasche griff. Er war ein geduldiger junger Mann, der den Wert der Vorsicht kannte.

Als er schließlich sicher war, daß seine Beute schlief, schoß er über den Weg und in das dichte Gebüsch hinter der

Bank des Schlafenden, wobei er sich lautlos wie eine Katze bewegte.

Wieder wartete er eine Weile. Dann zog er das Messer heraus und hielt es dem Schläfer an die Kehle. Rick wurde ruckartig wach.

»Jetzt mal ganz schön ruhig bleiben«, sagte der Ganove. »Rück alles raus, was du dabeihast. Geld, Brieftasche, Uhr, alles.«

Rick gab ihm seine Brieftasche. Dann versuchte er, das Armband seiner Uhr aufzumachen, aber es wollte nicht gehen. Der Ganove verlor angesichts seiner vergeblichen Bemühungen die Geduld und griff nach dem Armband, um sie Rick vom Handgelenk zu reißen. Das war ein Fehler. Sobald Rick spürte, daß der kalte Stahl von seiner Haut weg war, schlang er den rechten Arm schnell um den Hals des Ganoven und zog kräftig. Beim Judounterricht hatte das immer bestens funktioniert – jetzt tat es das jedoch nicht.

»Walker!« rief er laut, und sein Kollege sprang mit gezogener Pistole aus den nahen Büschen hervor. Walker schrie dem Ganoven das traditionelle »Keine Bewegung!« zu, und das, obwohl er sich schon des öfteren verächtlich über diesen Befehl geäußert hatte.

Spinne verzichtete jedoch nicht auf jede Bewegung, sondern löste sich in der Dunkelheit der Bäume hinter ihm auf. Er hätte gar keinen besseren Fluchtweg wählen können. Bevor Rick und Walker ihn aufhalten konnten, war er schon weg.

Rick hob die Flasche mit dem Rest whiskyfarbenen Wassers auf und schleuderte sie wütend in die Büsche.

Walker fragte: »Wie oft wird uns der Bursche wohl noch entwischen?«

»Das nächste Mal kriegen wir ihn«, antwortete Rick. »Versprochen!«

Er wandte sich ab, um seine Tränen zu verbergen. Es waren Tränen der Trauer, nicht der Frustration. Er dachte an seinen Vater, wie er tot unter der Feuerleiter gelegen hatte, die der Ganove, der sich Spinne nannte, in Turnschuhen hochgeklettert war, lautlos wie eine Katze.

Charlie schüttelte den Kopf, als sie die Unordnung in Ricks Wohnung sah, Rick inklusive. Sie hatte Croissants dabei, verweigerte jedoch die Übergabe, solange er ihr nicht von seiner nächtlichen Unternehmung berichtete. Da erzählte er ihr in verkürzten Sätzen von dem Debakel im Park.

»Aber du hattest doch gestern abend gar keinen Dienst«, sagte sie ärgerlich. »Da den Lockvogel zu spielen, das war deine Idee.«

»Walker hatte von einem Informanten einen Tip bekommen. Wir beschlossen, dem mal nachzugehen, das war alles.«

»Aber warum? Und erzähl mir jetzt nicht, daß das dein Job ist! Mein Job ist es, junge Leute zu unterrichten, aber deshalb gehe ich noch lange nicht um Mitternacht zu ihnen nach Hause.«

»Es ist schön, wenn sich jemand Sorgen um einen macht.«

»Tut deine Mutter das nicht?«

»Das weiß ich nicht. Sie ist dauernd auf Reisen. Seit mein Vater gestorben ist, legt sie seine Lebensversicherung in Flugtickets an.«

»Wann ist dein Vater gestorben?«

»Vor zwei Jahren.«

»Er muß noch recht jung gewesen sein. Du bist doch noch ein Baby.«

»Er war vierundvierzig. Hatte noch ein Jahr bis zum Ruhestand.«

»Und wie ist er gestorben?«

»Er fiel von einer Feuerleiter«, sagte Rick. »Er hatte dort überhaupt nichts zu suchen, denn er war Oberkommissar und hätte sich an Papierkram halten sollen. Aber er beschloß, so einen miesen Klettermaxe von Einbrecher zu jagen.«

»Das tut mir leid.«

»Sie haben ihm postum einen Orden verliehen«, sagte Rick. »Zu seiner Beerdigung kamen tausend Kollegen. Die hätten besser unterwegs sein und nach diesem Einbrecher suchen sollen ...«

Das Telefon klingelte. Es war Walker, der fragte: »Hast du ausgeschlafen, Rick?«

»Bin überhaupt erst um sechs eingeschlafen.«

»Das ist schlimm«, bemerkte sein Freund, »denn ich habe gerade erfahren, daß Spinne noch immer da draußen rumkriecht.«

»Hat Rusty dich angerufen?«

»Er sagt, er hätte es zehnmal bei dir versucht, aber du hättest dich nicht gemeldet. Nehme an, du warst total voll. Wie auch immer, unser Junge wird in dem Park hinter dem Kunstmuseum sein. Willst du ein Spiel machen?«

»Ich hab es dir doch gestern abend gesagt. Diesmal wird Spinne plattgetreten.«

Rick legte auf. Er war jetzt wach, energiegeladen.

Charlie sagte: »Spinne. Von dem hat Walker schon gestern abend gesprochen. Wer ist das?«

»Kein Meisterdieb. Nur so ein Freak, der eine Spinne hinten auf der Jacke hat. Und eine tätowierte Spinne auf der rechten Hand.«

»Der ist was Besonderes für dich, stimmt's?«

»Wie schon gesagt, das ist bloß so ein Freak. Straßenräuber, Autodieb, Klettermaxe.« Sie hielt die Luft an, und er setzte hinzu: »Ja, genau. Er ist der, hinter dem mein Alter her war, als er von der Feuerleiter stürzte.«

Der kleine Park hinter dem Museum war für die geplante Aktion nicht gerade ideal. Die Beleuchtung war mehr als spärlich, und man hatte die Bäume in weitem Abstand gepflanzt, die Hecken säuberlich gestutzt. Rick und Walker waren eine Stunde vor Spinne dort, und ihre Gelenke wurden ihnen schon ganz steif, wie sie da hinter der Hecke hockten und die Bänke beobachteten. Diesmal war der Lockvogel ein Polizist namens Horgan – Ende Dreißig, bierbäuchig, ein überzeugender Betrunkener und ein sich anbietendes Ziel. Spinne bevorzugte leichte Opfer.

Ricks Hand fiel auf Walkers Arm. »Sieh mal«, sagte er leise.

Ein junger Mann in Lederjacke schlenderte den Weg entlang, stolzierte auf erhöhten Absätzen daher. Es war zu dunkel, um sein Gesicht erkennen zu können, aber die Spinne hinten auf seiner Jacke ließ keinen Zweifel daran aufkommen, wer das war.

Als er sich dem schnarchenden Horgan näherte, verlangsamte er seinen Schritt und holte aus seiner Tasche eine stark zerdrückte Zigarettenschachtel. Er steckte sich eine in den Mund und beklopfte seine Taschen erneut, diesmal offensichtlich nach Streichhölzern suchend. Er blieb vor dem Betrunkenen stehen und sagte: »He, Mann, haben Sie mal Feuer?«

Horgan murmelte etwas, hielt jedoch die Augen geschlossen.

Der junge Mann sagte: »Es macht Ihnen doch nichts aus, wenn ich mal nachsehe, was?« Er langte in Horgans Tasche, und als Horgan hochfuhr, zog Spinne sein Messer heraus und hielt ihm die Spitze der Klinge unter das Kinn. »Okay, behalten Sie Ihre bescheuerten Streichhölzer, und geben Sie mir dafür mal Ihre Geldbörse!«

Horgan langte in seine Gesäßtasche. Er zog seine Geldbörse heraus, aber sie fiel ihm aus der Hand. Das war das Signal. Rick und Walter riefen »Polizei!« und zogen ihre Dienstwaffen. Spinne wußte, was von ihm erwartet wurde. Er warf das belastende Messer ins Gebüsch und hob die Hände.

»Ich hab nichts getan!« rief er. »Ich hab den Kerl da grad nur um Feuer gebeten.«

Horgan zog ein Paar Handschellen aus der Tasche und grinste seine Kollegen an. Der Ganove, der immer noch seine Unschuld beteuerte, ließ zuvorkommend die Arme sinken, um sich die Handschellen anlegen zu lassen. Das Ausbleiben jeden Widerstands täuschte den altgedienten Ordnungshüter. Spinne zog blitzschnell eine Pistole aus seiner Jacke und feuerte sie auf Horgan ab.

»Horgan ist getroffen!« schrie Walker. Er versuchte, auf

Spinne zu zielen, aber Spinne benutzte den zusammengesackten Körper Horgans als Schutzschild. Spinne feuerte auf Walker, traf ihn in den Arm und rannte dann los.

Jetzt war Rick an der Reihe. Er nahm die Verfolgung auf, und Spinne beging den Fehler, zu laufen und gleichzeitig zu schießen. Rick gab zwei Schüsse ab. Einer oder beide trafen Spinne, der zusammenbrach. Rick näherte sich seiner reglosen Gestalt, bis er hörte, wie Walker einen Warnruf ausstieß. Der aber kam zu spät. Spinne verfeuerte seine letzte Patrone. Die Kugel traf Rick, aber er schoß noch zurück, und diesmal regte sich der Ganove nicht mehr.

Als Walker Rick erreichte, hatte dieser das Bewußtsein verloren. »Du bist mir ein Held!« murmelte er. »Jetzt sieh dir bloß mal an, was du hier angerichtet hast!«

Als seine Blicke durch den Nebel drangen, sah er zwei bekannte Gesichter, nämlich das von Walker und das von Captain Joe Waterhouse. Walker sah besorgt aus, während der Captain, der nur über einen Gesichtsausdruck verfügte, wie immer finster dreinblickte.

Es war auch noch eine Frau im Zimmer, aber nicht Charlie. Charlie trug niemals Weiß. Da erst wurde Rick klar, daß er sich in einem Krankenhaus befand.

»Hallo«, sagte er, »es hätte schlimmer kommen können. Ich hätte ja auch erwachen können und tot sein!«

»Dem sind Sie nahe genug gekommen«, knurrte der Captain.

»Was ist mit der Kugel? Ist sie raus?«

»Ja«, antwortete Captain Joe. »Wollen Sie sie als Souvenir aufheben?«

»Keine schlechte Idee«, meinte Walker grinsend. »Hängst sie an eine Goldkette und schenkst sie deiner Freundin.«

»Charlie!« murmelte Rick und verspürte zum ersten Mal Schmerzen. »Weiß sie Bescheid?«

»Ich habe sie angerufen«, antwortete Walker. »Sie war schon in der Schule, aber ich habe ihr eine Nachricht auf dem Anrufbeantworter hinterlassen.«

Rick sah zum Fenster mit der heruntergelassenen Jalousie. Sie war von Sonnenlicht umrandet, und das sagte ihm, daß es Tag war. Er erkundigte sich nach Horgan, und Captain Joe meinte, den habe es weit weniger schlimm erwischt. Spinnes Kugel sei in den fleischigen Teil des Arms eingedrungen, und an Fleisch fehle es Horgan ja nicht. Er würde bald wieder auf den Beinen sein.

»Und was ist mit mir?« wollte Rick jetzt wissen. »Werde ich auch bald wieder auf die Beine kommen?«

»Fragen Sie Ihren Arzt«, sagte Waterhouse. »Ich bin Bulle und nicht Doktor. Aber Sie sehen eigentlich, finde ich, ganz gut aus. Zwei Wochen im Bett und viel fernsehen, und schon sind Sie wieder draußen.«

Die Krankenschwester hinter ihnen räusperte sich.

»Ja, ja, ich weiß«, sagte der Captain. »Sie haben uns gesagt, wir sollten nicht zu lange bleiben.« Er tätschelte Ricks Fuß unter dem Bettuch. »Genießen Sie die Bettruhe, mein Junge! Ach, übrigens ... habe ich eigentlich die Belobigung schon erwähnt? Sie sind ein rechter Glückspilz.«

»Und ich hatte gedacht, ich wäre reif für einen Orden.«

Captain Waterhouse gluckste, als die Schwester ihn hinausließ. Walker folgte ihm, aber Rick hielt ihn zurück. »He«, sagte er, »warum habe ich nichts gefühlt?«

»Was gefühlt?«

»Als Captain Joe eben auf meinen Fuß geklopft hat. Ich habe nichts gefühlt, Walker. Überhaupt nichts.«

»Dir ist der Fuß eingeschlafen«, meinte Walker mit einem wenig überzeugenden Grinsen.

Charlie kam am späten Nachmittag. Sie wehte herein, und auf ihrem hübschen Gesicht waren keinerlei Anzeichen von Verzweiflung zu erkennen. Ihre blauen Augen waren trokken, und ihr Lächeln hatte nichts Gezwungenes.

»Also, jetzt zeig mir mal den Orden«, sagte sie. »Walker meinte, du wärst jetzt so was wie ein Held.«

Rick wollte zurücklächeln. Er wollte so gut schauspielern wie Charlie, aber das war nicht so leicht. Er merkte, wie seine Augen feucht wurden, und legte, eine zu starke Beanspruchung vorschützend, die Hand darüber.

»Ich bin in Ordnung, weißt du. Ich werde nicht länger als zwei Wochen hier drin sein …« Zu spät! Charlie bemerkte die Tränen. Beide Schauspieler verließen die Bühne und kehrten zu den echten Gefühlen zurück. Charlie beugte sich über das Bett und legte die Arme um ihn.

»Nicht, nicht«, sagte sie. »Du wirst wieder gesund werden. Walker sah nicht besorgt aus. Auch nicht der Mann, der bei ihm war. War das dein Arzt?«

»Mein Captain. Er war da, um mich zu fragen, welche Farbe mein Orden haben solle.« Er griff nach ihrer Hand. »Ich habe den umgebracht!« sagte er. »Hat Walker es dir erzählt? Ich habe diesen kleinen Widerling, der sich Spinne nannte, erschossen. Es ist das erste Mal, daß ich jemanden getötet habe, Charlie!«

»Aber ich bitte dich, das mußtest du doch tun, Rick. Du hattest doch gar keine Wahl.«

»Aber ich hatte gedacht, es würde mich glücklich machen. Ich habe dir doch erzählt, daß er meinen Daddy auf dem Gewissen hatte. Daß er schuld war, daß Dad von der Feuerleiter stürzte. Ich hatte geglaubt, daß ich am Morgen danach singen und jubilieren würde, aber nichts dergleichen.«

»Ich weiß, Rick«, sagte sie und flüsterte ihm dann ins Ohr: *»Te amo.«*

»Tu mir mal einen Gefallen«, sagte er, »und faß meine Füße an, Charlie, okay? Zieh das Bettuch weg und faß sie mal an.«

Sie sah ihn verwirrt an, schlug aber das Bettuch zurück. Es war sehr fest unter die Matratze gestopft, und sie brauchte eine Weile. Gerade als sie die Füße freigelegt hatte, trat Walker mit einem braunen Briefumschlag herein.

»Wo kommst denn du schon wieder her?« wollte Rick wissen. »Kann man hier nicht mal ein bißchen für sich sein?«

»Ich muß dir was sagen, Rick. Der Captain meinte, es sei besser, dich gleich zu informieren. Und zwar wissen wir jetzt alles über den Mann, den du erschossen hast. Sein Name ist Freddy Palmer. Hat bei seiner Mutter in Stuyvesant Park gewohnt. Der Vater ist vor zehn Jahren auf und davon.«

»Wie alt war der Junge damals?«

»Sieben.«

Charlie biß sich auf die Lippe. »Dann war er jetzt ... gerade siebzehn Jahre alt.«

Walker sah sie kühl an. »Wichtiger ist, daß er vor zwei Jahren schon in der Besserungsanstalt Collingwood war.«

»Und warum ist das so wichtig?«

Rick antwortete ihr: »Es bedeutet, daß er ganz woanders war, als mein Dad von dieser Feuerleiter stürzte. Stimmt's?«

»Wie könnt ihr da so sicher sein?«

»Wir sind ganz sicher«, sagte Walker. Er öffnete den Umschlag und zog ein Foto heraus. »Polizeifoto«, sagte er. »Seht euch mal die rechte Hand an.«

Rick sagte: »Keine Tätowierung.«

»Er muß Spinnes Jacke auf einem Flohmarkt gefunden oder sie aus einer Mülltonne geangelt haben. Spinne ist noch am Leben, Rick.«

Charlie wollte sich den Tag freinehmen, aber die Direktorin der Schule, eine gehetzte Frau namens Mrs. Olsen, hielt einen Besuch beim Freund – selbst wenn er im Krankenhaus lag – nicht für einen ausreichenden Grund.

Es war aber auch nicht so schlimm, denn als Charlie bei Rick im Krankenhaus anrief, meldete sich eine fremde Stimme.

»Hier Captain Waterhouse«, sagte der Mann mürrisch. »Tut mir leid, aber Lieutenant Moreno ist im Augenblick nicht zu sprechen.«

»Sagten Sie Lieutenant?«

»Wenn Sie möchten, daß ich ihm eine Nachricht ...«

»Sagen Sie ihm nur, daß Charlie erst am Abend kommen kann. Und gratulieren Sie ihm von mir zu der Beförderung.«

»Mach ich«, sagte Waterhouse. Er wollte schon auflegen,

aber Charlie hatte noch etwas auf dem Herzen. »Wissen Sie Genaueres über seinen Zustand? Können Sie mir da irgend etwas sagen, Captain?«

»Nur, daß Lieutenant Moreno mit einer polizeilichen Angelegenheit befaßt ist. Das ist alles, was ich weiß, Miss Hayes. Mit Polizeiarbeit.«

Wenigstens weißt du meinen Namen, dachte Charlie, als sie auflegte.

Auch Joe Waterhouse legte auf. Er drehte sich um und sah zu dem Mann im Bett, der die Akte studierte, welche er, Waterhouse, ihm mitgebracht hatte. Ricks Stirn war in Falten gelegt, und er las manche Seiten zweimal.

»Ist irgend jemand offiziell darauf angesetzt worden?« fragte er schließlich.

»Nein, niemand. Es liegen nicht genug Beweise vor, um die Angelegenheit zu einer offiziellen machen zu können. Aber ich dachte mir, ein erfahrener junger Lieutenant« – er hob das Wort durch ein angedeutetes Lächeln hervor – »könnte vielleicht ein paar Ideen zu diesem Thema entwickeln.«

»Irgend etwas sagt mir, daß Sie diese Ideen längst haben.«

Die Krankenpflegerin kam herein, eine Frau Ende Fünfzig mit großen, mitfühlend blickenden Augen und einem Mund, der immerzu zu lächeln schien. Sie schnalzte mit der Zunge, als sie den Aktendeckel und das auf dem Bett verstreute Papier sah. »Dr. Zuckerman wird das aber gar nicht mögen«, sagte sie. »Es ist ganz, ganz schlimm, einen Patienten mit Arbeit zu behelligen!«

Rick heftete schnell die aus dem Ordner genommenen Seiten wieder ein und gab den Ordner Waterhouse zurück.

»Wo ist Zuckerman?« verlangte der Captain zu wissen. »Er hat mir gesagt, er wolle um fünf hier sein. Er ist schon eine halbe Stunde verspätet.«

»Ärzte sind nie pünktlich«, bemerkte die Pflegerin. »Können sie auch gar nicht sein. Die Anforderungen des Berufs, Sie wissen schon.«

»Mrs. Collins ist stets pünktlich«, sagte Rick und lächelte sie an. »Ich werde Sie als ›Krankenschwester des Monats‹ vorschlagen.«

Ihr Gesicht wechselte die Farbe. Sie begann, an seinen zerwühlten Bettüchern und in Unordnung geratenen Kissen herumzumachen. »Tja«, sagte sie dabei, »aber niemand wird Sie zum ›Patienten des Monats‹ wählen, das ist mal sicher.«

»Und ich dachte, ich wäre Ihr Lieblingspatient«, sagte Rick. »Ich hatte schon daran gedacht, Sie für ein paar Wochen mit zu mir nach Hause zu nehmen, bis ich wieder auf den Beinen bin.«

»Übernehmen Sie auch privat Patienten?« fragte Waterhouse.

»Aber ja doch, immer«, antwortete Mrs. Collins. »Ich arbeite ja nur hier, wenn ich keine zu betreuen habe. Allerdings«, setzte sie augenzwinkernd hinzu, »befasse ich mich nur mit ganz ernsten Fällen. Nicht mit so einem wie diesem Dick Tracy hier.«

»Der Name ist Rick Tracy«, sagte der Angesprochene und grinste sie an.

Dr. Zuckerman, ein glatzköpfiger Mann mit einer aufrechten Haltung und sanft blickenden Augen, kam herein. »Tut mir leid, daß ich mich verspätet habe«, sagte er. »Aber ich wollte zuvor noch mit Dr. Stanley sprechen. Er ist unser Experte für Rückgratverletzungen, und wir haben uns die Ergebnisse der Computertomographie angesehen.«

»Gute Nachrichten, ja?« sagte Rick fröhlich. »Und weil das Krankenhaus das Bett braucht, kann ich morgen früh nach Hause.«

»Wir haben nicht die Absicht, Sie sehr lange hierzubehalten«, sagte Zuckerman. »Wenn Sie eine ausreichende Hauspflege organisieren können, spricht nichts dagegen, daß Sie nächste Woche entlassen werden.«

»Na?« meinte Rick, an seinen Captain gewandt. »Was habe ich Ihnen gesagt?«

»Die Sache ist nur die«, fuhr Zuckerman fort, »daß der eigentliche Grund, warum wir Sie nicht mehr hierbehalten wollen, der ist, daß wir nichts mehr zur Verbesserung Ihres Zustandes tun können. Die Kugel hat das Rückenmark durchtrennt, und wir verfügen leider noch nicht über eine Zauberkugel, die es wieder zusammenfügt... Wir arbeiten da an möglichen Lösungen, aber um offen zu sein, braucht das noch viel Zeit.«

Rick suchte Halt an der Bettkante. »Wollen Sie damit sagen, daß ich ein Krüppel bin? Ja?«

»Wir sprechen von Tetraplegie. Sie sind glücklicher dran als viele andere unter diesen Umständen. Sie können wenigstens Ihre Arme noch gebrauchen.«

»Aber meine Beine nicht mehr. Mit anderen Worten: ein Fall für den Rollstuhl.«

»Wenn Sie es so nennen wollen«, sagte Dr. Zuckerman.

Als sie ein Geräusch hinter sich hörten, drehten sich alle um. Eine Frau weinte. Es war Mrs. Collins.

Als Charlie aus dem Lift trat, sah sie Walker Hall an der Tür von Ricks Wohnung lehnen. Sein Arm war nicht mehr verbunden.

»Armer Walker«, sagte sie und spielte die Mitfühlende. »Haben sie dich ausgesperrt? Jetzt wird alles gut, Mama hat einen Schlüssel.«

»Mir hat Rick nie einen gegeben. Immer nur hübschen Mädchen.«

»Vergiß den Plural«, sagte Charlie. Sie öffnete, und Walker folgte ihr in die Wohnung. Es herrschte eine tiefe Stille.

»Wieso bist du eigentlich nicht zum Krankenhaus?« fragte Walker. »Um unseren Helden heimzugeleiten?«

»Er wollte mich nicht dort sehen. Er sagte, da gäbe es schon genug Leute, die ihn bemutterten.«

»Das hat er mir auch gesagt«, meinte Walker stirnrunzelnd. »Er sagte, ich müsse zurückstehen, denn Captain Waterhouse persönlich begleite ihn.«

»Euer Captain ist ein netter Mensch.«

»Fast wäre ich darauf reingefallen ... Aber was Rick angeht, war er wirklich toll. Hat für seine Beförderung gesorgt. Ich nehme an, du hast es schon gehört.«

»Ja«, sagte Charlie. »Die ist sogar noch besser als ein Orden, nicht wahr?«

Ihre Stimme bebte plötzlich. Walker wußte, was in ihr vorging, kannte die Zweifel, die ihr zu schaffen machten.

»Hör auf, dich zu sorgen«, sagte er. »Ich bin sicher, daß mit Rick alles in Ordnung kommt. Ich habe im Haus kein Geraune von wegen Altenteil oder so gehört.«

»Ich vermute, das ist gemeint, wenn man sagt: ›Keine Nachrichten sind gute Nachrichten‹.«

Draußen auf dem Flur waren Geräusche zu hören. Beide blickten erwartungsvoll auf die Wohnungstür. Captain Joe Waterhouse hielt sie auf, und Mrs. Lucille Collins, die Krankenpflegerin, schob Rick in seinem Rollstuhl über die Schwelle.

Sie starrten einander eine Minute lang reglos an, bis Mrs. Collins schließlich sagte: »Wegen der Türschwellen müssen wir etwas unternehmen. Damit Sie leichter rein und raus können.«

Charlie fand die Sprache wieder. »Dann ... bleibt dieser Rollstuhl also? Wie lange, Rick?«

Waterhouse räusperte sich. »Die Ärzte waren der Ansicht, es sei gut, wenn Rick sich noch ein Weilchen nicht auf die eigenen Beine stelle.«

Walker versuchte ein Grinsen. »Da wird es keine Klagen geben. Was hast du mal zu mir gesagt, Rick? Steh nicht, wenn du sitzen, sitz nicht, wenn du dich hinlegen kannst?«

Charlie starrte Rick an, und Rick bemühte sich, ihr in die Augen zu sehen. »Schau mal, mich hat eine Kugel ins Rückgrat getroffen. Solche Schußwunden verheilen nicht so leicht. Es kann Wochen, ja Monate dauern, bis ich wieder rauskomme aus diesem ... rollenden Gefängnis.«

»Vielleicht auch nie«, bemerkte der Captain mit schonungsloser Offenheit. Als Charlie eine Faust auf den Mund preßte, setzte er hinzu: »Das war natürlich nur eine Meinung. Die von dem Doktor namens Zuckerman.«

»Das stimmt«, bestätigte Mrs. Collins. »Und wer sagt, daß er unbedingt recht haben muß? Ich habe den Mann übrigens vorher noch nie gesehen.«

»Er ist ein Spezialist«, sagte Rick und sah dabei Walker

an. »Captain Joe hat ihn zu Rate gezogen. Ja, mir wird die tollste Behandlung zuteil! Bin sogar zum Lieutenant gemacht worden, hast du das schon gehört?«

»Hab ich«, antwortete Walker.

»Na dann«, meinte Mrs. Collins fröhlich. »Dann wollen wir mal loslegen. Wir haben noch eine Menge zu tun, damit sich unser Lieutenant Moreno hier wohl fühlen kann.«

Es war das falsche Wort, um zu beschreiben, wie Rick sich fühlte.

Der Hausverwalter Tom Smale war ein pingeliger Mann Ende Sechzig. Immer in Sorge, daß ihn die Eigentümer des Wohnhauses als zu alt für den Job ansehen könnten, färbte er sich Haar und Bart tiefschwarz. Die Wirkung war nicht schön.

Sein seltsames Aussehen war vielleicht der Grund für die unheimliche Nervosität des jungen Mannes, den er gerade ausfragte. Als Smale ihn nach seinem Namen fragte, dauerte es recht lange, bis er antwortete.

»Oh, Anthony«, sagte er schließlich. »Anthony Santiago.«

»Warum haben Sie Ihren letzten Job aufgegeben, Anthony?«

»Weiß nich«, antwortete er und zuckte die Achseln. »Der Verwalter in dem Haus, der hat 'ne Menge getrunken, verstehn Sie? Der sagt zu mir, flick die undichte Stelle, bring das Fenster in Ordnung. Ich mach den Job, und zehn Minuten später kommt er mit denselben Sachen wieder an. Einmal hat er mir eine runtergehauen, da war ich sauer und hab gekündigt.«

»Nun, hier haut dir niemand eine runter. Hier haben wir ein nettes Haus und brauchen einen guten, zuverlässigen Handwerker.«

»Stellen Sie mich ein, Mister, und Sie haben einen.«

Smale erwiderte sein Lächeln und streckte ihm die Hand hin. »Okay, Tony«, sagte er. Er ergriff die Hand des jungen Mannes und bemerkte nicht mal, daß eine tätowierte Spinne darauf war.

Es dauerte noch eine Stunde, bis Rick und Charlie endlich allein sein konnten.

Der Captain ging als erster, war ganz eindeutig darauf bedacht, von dieser unglücklichen Heimkehr wegzukommen. Walker zögerte. Er wollte nicht das Bild eines für den Rest seines Lebens zwischen Rädern eingesperrten Rick mitnehmen. Rick mußte ihn regelrecht zum Gehen auffordern.

Mrs. Collins wiederum mußte die Bedürfnisse Charlies gespürt haben, denn sie kam geschäftig aus Ricks Küche und beklagte sich über die nicht aufgefüllte Vorratskammer und den leeren Kühlschrank. »Ich brauche ja für die Einkäufe mindestens zwei Stunden!« verkündete sie. »Ich weiß, wie ungern Sie mich gehen lassen, aber die Pflicht ruft.«

Sie lächelte süß und schlüpfte in ihren Regenmantel. Draußen nieselte es, das Wetter paßte zur allgemeinen Stimmung. Als sie gegangen war, fiel Charlie das Geld ein. Hätte sie Mrs. Collins etwas anbieten sollen?

»Mach dir keine Gedanken«, sagte Rick matt, »die Abteilung kümmert sich um alles, ihr Gehalt eingeschlossen.«

»Wie lange? Ich meine, sie kann doch nicht ewig bleiben.«

»Im Augenblick kann ich absolut gar nichts selber machen. Nein, ich nehme das zurück! Ich kann mir die Zähne putzen. Ich bin nicht sicher, ob ich mich auch rasieren kann, der Spiegel im Bad könnte zu hoch hängen.« Der Text war heiter, die Musik jedoch nicht.

Charlie kam zu ihm und ließ sich auf die Knie nieder. Sie sagte: »Vergiß mich nicht. Ich bin nur ein Stockwerk entfernt, Rick. Wenn ich nicht gerade in der Schule bin, werde ich für dich dasein, wann immer du mich brauchst. Den ganzen Tag, die ganze Nacht. Das weißt du doch, nicht wahr?«

Rick sah sie ernst an. »Laß uns das mal klarstellen«, sagte er, »das hier ist nicht auf Dauer. Hör nicht auf das, was Florence Nightingale, Captain Joe oder sonst jemand sagt. In ein paar Wochen, vielleicht auch erst in ein oder zwei Monaten, steige ich aus diesem Kinderwagen. Ich versprech's dir, Charlie. Du mußt mir glauben.«

»Ich glaube dir ja«, sagte sie. Ihr Lächeln wäre ohne die Tränen überzeugender gewesen.

»Es ist mein Ernst«, fuhr er fort. »Mach aus dieser Geschichte keine Seifenoper, ich will es auch nicht tun. Ich rate dir also nicht, abzuschwirren und dir einen Freund zu suchen, der dich zum Joggen in den Park mitnimmt ...«

»Ich muß dir etwas beichten. Ich habe die Joggerei schon immer gehaßt! Ich bin nur mitgelaufen, um dir Gesellschaft zu leisten.«

»Großartig. Da kannst du dich jetzt also entspannen. Wir können zusammen fernsehen. Spazierengehen. Vielleicht lese ich endlich auch mal all die Bücher, von denen du mir immer erzählst.«

Sie lachte. »Ich kann immer noch nicht glauben, daß du noch nie einen Roman von Charles Dickens gelesen hast.«

»Oh, ich habe *Oliver Twist* im Kino gesehen«, wandte er ein. »Und *David Copperfield.* Nein, warte mal, das war der Zauberer.«

Charlie lachte wieder und umarmte ihn. Sie küßten sich.

Charlie blieb, bis Mrs. Collins mit jeder Menge Einkaufstüten zurückkehrte. »Da kommen noch viel mehr!« sagte sie. »Ich habe erst mal nur die Sachen für das heutige Nachtmahl heimgeschleppt.«

Charlie lächelte über ihre Ausdrucksweise und fragte, ob sie schon lange in New York lebe.

»Nee, nicht ich«, antwortete Mrs. Collins. »Wie die meisten von allen andern in dieser Stadt komme ich aus dem Mittleren Westen. Chillicothe, Ohio, um genau zu sein.«

»Was hat Sie dazu bewogen, in die große Stadt zu ziehen?«

»New York ist soviel größer, ich dachte mir, da gäbe es auch mehr kranke Leute ... Hören Sie, warum bleiben Sie nicht zum Essen? Ich mache nichts Aufwendiges, wahrscheinlich einfach nur etwas von den tiefgefrorenen Sachen ...«

»Ich kann nicht«, unterbrach Charlie sie. »Ich muß noch eine Wahnsinnsmenge von Aufsätzen korrigieren, und außerdem denke ich, unser großer Held sollte früh schlafen gehen.«

»Sie sind Lehrerin?« sagte die Krankenpflegerin. »Na, ist

das nicht nett? Eine Lehrerin und ein Polizist! Was für eine schöne Verbindung!«

»Vielleicht nicht mehr allzu lange«, bemerkte Rick bitter. »Man sieht nicht allzu viele Polizisten im Rollstuhl, nicht wahr?«

Sein Optimismus war verflogen. Charlie biß sich auf die Lippe. Dann zwang sie sich wieder zu einem Lächeln und küßte ihn auf die Stirn. »Ich komme später noch mal. Schaue nach, ob du noch wach bist. Vielleicht lese ich dir das erste Kapitel von *David Copperfield* vor. Nein, nicht vom Zauberer.«

Mrs. Collins' Kochkünste waren keineswegs so schlecht, wie sie angedeutet hatte. Sie räumte gerade ab, als das Telefon klingelte. Es war nicht Charlie, sondern Walker, und seine Stimme verriet Unruhe. Er fragte, ob er noch mal vorbeikommen könne, und Rick hatte keine Einwände.

Als er da war, kam er sofort zur Sache. »Dein Freund, der Informant, hat angerufen. Er sagte, es täte ihm leid, was dir passiert sei. Er wollte wissen, wie es mit seinen monatlichen Zuwendungen stehe. Ich habe ihm gesagt, das wüßte ich nicht, aber wir seien immer bereit, für nützliche Hinweise zu zahlen.«

»Hatte er welche?«

»Ja«, antwortete Walker, »hatte er. Er hat uns Spinnes richtigen Namen gesagt.«

Rick hielt den Atem an.

»Er wurde als William Hollis geboren, aber seine verwitwete Mutter heiratete später wieder, und dadurch wurde Hollis zu Palmer.«

»Palmer«, wiederholte Rick und riß die Augen weit auf. »War das nicht der Name von dem Jungen ... von dem, der auf mich geschossen hat?«

»Freddy Palmer, genau. Und er hatte die Jacke mit der Spinne nicht etwa aus der Mülltonne oder einem Second-Hand-Laden, sondern er hatte sie sich aus dem Schrank geholt. Hat versucht, in die Fußstapfen seines Bruders zu treten...«

»Hast du ihn aufgegabelt? Spinne meine ich.«

»Der ist weg, Rick. Seine Mutter weiß nicht, wohin. Wenn sie es wüßte, würde sie es uns wahrscheinlich auch nicht verraten. Er ist irgendwo in der Stadt.«

Tatsächlich saß Anthony William Palmer unten im Keller und versah eine Lampe der alten Dame von Apartment 3 C, das genau gegenüber von Ricks Wohnung war, mit einer neuen Kordel.

Charlie stand kein leichter Schultag bevor. Es lag etwas Beunruhigendes in der Luft, vielleicht weil es drei Tage lang ununterbrochen genieselt hatte. Ihre zu große Klasse von zehnjährigen Kids aus der Innenstadt war ruhelos, unaufmerksam, ja sogar aufsässig.

Und einer der Jungen hatte eine Pistole dabei.

Als Charlie eine Gruppe von Schülern bei einem der Tische zusammengedrängt stehen sah, wußte sie, daß etwas nicht stimmte. Da gab es zuviel Geflüster, zu viele besorgte Blicke in ihre Richtung. Dann sah sie das Glänzen des stählernen Laufs, und ihr blieb fast das Herz stehen.

Um mit der Situation fertig zu werden, half nur ein direktes Vorgehen. Sie marschierte zu dem Tisch hin, und die

Schüler zerstreuten sich mit nervösem Kichern. Sie forderte den Jungen auf, ihr zu zeigen, was er da verborgen hielt. Nach einigen Wiederholungen dieser Aufforderung zog er schüchtern die Waffe hervor.

Es war eine Smith & Wesson, ungeladen und völlig ungefährlich, aber Charlie war trotzdem entsetzt.

»Gestern«, berichtete sie ihren Schülern, »besuchte ich einen sehr guten Freund, der gerade erst aus dem Krankenhaus entlassen worden ist. Er ist bei der Polizei, sechsundzwanzig Jahre alt. Er hat einen Verbrecher verfolgt, jemanden, der kurz vorher unschuldige Leute beraubt und verletzt hat. Er schoß auf meinen Freund und traf ihn ins Rückgrat. Mein Freund sitzt jetzt in einem Rollstuhl und wird wahrscheinlich für den Rest seines Lebens darin sitzen bleiben müssen. Den ganzen Rest seines Lebens! Hört ihr, was ich sage? Versteht ihr, was dieses … Spielzeug … Menschen antun kann? Euren Familien, euren Freunden? Euch selber?«

Sie sahen ihre Tränen, und das Geflüster und Gekicher verstummte.

Zur gleichen Zeit starrte Rick aus seinem Schlafzimmerfenster und suchte nach einer Lücke im Schiefergrau des Himmels.

Mrs. Collins, die Krankenpflegerin, kam herein, um sein Frühstückstablett zu holen. Sie versuchte leise zu sein, aber es war ein altes Haus, und die Dielen knarrten.

Rick sagte: »Es ist so warm hier drin. Könnten Sie mal sehen, ob Sie dieses Fenster aufkriegen? Ich schaffe es nicht.«

»Aber natürlich.« Sie bemühte sich, das Doppelfenster

hochzuschieben, und ächzte vor Anstrengung. »Du liebe Güte«, sagte sie schließlich, »ich fürchte, es ist verklemmt.«

»Wahrscheinlich zu oft überstrichen.« Rick hämmerte ein paarmal auf den Rahmen, aber das änderte auch nichts. »Vielleicht ist es ja im Wohnzimmer kühler.«

Er drehte den Rollstuhl schnell herum und fuhr hinaus. Er wurde allmählich recht geschickt darin, den Rollstuhl zu lenken. Als Mrs. Collins etwas Diesbezügliches äußerte, war seine Antwort voller Bitterkeit. »Vielleicht nehme ich ja mal an einem dieser Rollstuhl-Wettkämpfe teil. Sie wissen doch, Rollstuhl-Basketball, Rollstuhl-Hockey ... Es gibt sogar Marathonläufe für Rollstuhlfahrer, oder nicht?«

Bevor sie antworten konnte, war er schon draußen.

Um halb elf erschien Walker. »Nein, keine Neuigkeiten. Ich meine, keine neuen Entwicklungen.« Er setzte sich auf die Sofakante. »Mir ist da grad was durch den Kopf gegangen, und ich dachte mir, ich spreche besser mal mit dir darüber.«

»Nur zu. Ich habe im Augenblick nichts Dringliches zu tun.«

»Es geht um Spinne. Um Spinne und seinen kleinen Bruder.«

»Den Bruder, den ich umgebracht habe«, sagte Rick. »Und der mich umgebracht hat.«

Mrs. Collins machte sich an der Tür bemerkbar. »Mr. Hall, sagen Sie Ihrem Freund doch bitte mal, er soll aufhören, so zu reden. Seit er nach Hause gekommen ist, ist er in einer geradezu fürchterlichen Stimmung ...«

»Warum schauen Sie nicht, was Sie wegen dieses Fensters unternehmen können, Mrs. Collins?«

Sie wandte sich ab. Ihr Gesichtsausdruck ließ erkennen, daß sie verletzt war. »Ich glaube, da muß ich mal jemanden herholen«, sagte sie.

Rick sah seinen Freund an, und Walker sagte: »Ich habe die Mutter der Palmer-Jungs aufgesucht. Sie behauptet immer noch, nicht zu wissen, wo ihr Sohn steckt, und beharrt darauf, daß das, was passiert ist, nicht seine Schuld war. Sie sagt, daß er ein guter Junge ist, zumindest in einer Beziehung.« Walker zögerte. »Er liebte seinen kleinen Bruder, den Freddy. Hat ihn sehr geliebt.«

»Und?«

»Also, deshalb denke ich, daß Spinne Palmer so ein paar Ideen in seinem Kopf haben könnte. Bezüglich Freddy. Bezüglich des Polizisten, der ihn umgebracht hat.«

Rick meinte: »Ist das dein Ernst? Du glaubst, daß diesmal Spinne mich verfolgen könnte?«

»Das ist kein gar so verrückter Gedanke, Rick. Er könnte sich doch rächen wollen. Er weiß, wo du wohnst, und wenn er die Zeitungen liest oder Fernsehen sieht, dann weiß er auch ...« Walker sprach nicht weiter.

»Was?«

»Daß du eine leichte Beute bist.« Er starrte auf Ricks Rollstuhl.

Es klingelte an der Tür. Mrs. Collins lief aus dem Schlafzimmer zur Tür, um zu öffnen.

Ein junger Mann in Jeans stand davor, in Arbeitshandschuhen, die möglicherweise mal gelb gewesen waren. Er hatte einen Werkzeugkasten dabei und lächelte ehrerbietig.

»Ich komme wegen dem Fenster«, sagte Spinne.

Mrs. Collins führte ihn ins Schlafzimmer, damit er dort

das Fenster, das nicht aufgehen wollte, reparierte. Dann ging sie zu Rick ins Wohnzimmer und flüsterte ihm zu: »Ich bleibe besser bei ihm. Sonst klaut er vielleicht irgendwas.«

»Ich bezweifle, daß er an den Bettüchern interessiert ist, Mrs. Collins. Aber wenn es Ihnen lieber ist, dann nur zu.« Als sie wieder draußen war, bedachte er Walker mit einem freudlosen Lächeln. »Ich glaube, meine gute Pflegerin ist ein bißchen irre.«

»Vielleicht denkst du das ja auch von mir«, meinte Walker. »Wegen dieser Rachegeschichte.«

»Ich bin sicher, daß mich Spinne wegen seines Bruders gerne kaltmachen würde. Aber er ist auch Profi. Und mich abzumurksen, das würde keinen Gewinn abwerfen.«

»Du bist ebenfalls Profi, Rick. Und trotzdem warst du hinter dem Kerl nicht nur deshalb her, weil du Polizist bist. Sondern auch wegen dem, was er deinem Vater angetan hat.«

»Wie kommst du darauf, daß er weiß, wo ich wohne?«

Treffend Captain Joe nachahmend, blickte Walker finster drein. »Deshalb«, sagte er. Er zog einen zusammengefalteten Zeitungsausschnitt aus der Tasche und gab ihn Rick. Der Ausschnitt stammte aus einem Revolverblatt, das einen Bericht über Rick und sein Schicksal brachte. Die Überschrift lautete:

HELDENHAFTER POLIZIST AUS KRANKENHAUS ENTLASSEN!

Und im Untertitel hieß es:

WEGEN RÜCKGRATVERLETZUNG ZUKUNFT UNGEWISS

Das abgedruckte Foto zeigte Rick im Rollstuhl, wie er von zwei stämmigen Polizisten die Stufen des Hauses hinaufgetragen wurde, in dem er wohnte.

Walker machte eine noch finsterere Miene. »Das ist praktisch eine Einladung an Spinne. Man kann die Adresse dort über der Haustür lesen. Deshalb meine ich, du könntest durchaus eine kleine Absicherung gebrauchen.«

»Und welche? Soll ich ein Muskelpaket bei mir einziehen lassen?«

»Deine Pflegerin wohnt nicht hier bei dir, stimmt's?«

»Es gibt ja nur ein Schlafzimmer«, sagte Rick. »Und ich glaube, Charlie würde es nicht so gut finden, wenn ich es mit Mrs. Collins teilte. Aber sie wohnt ja auch nicht sehr weit von hier, weißt du. Kommt jeden Morgen gegen acht.«

»Sie ist jedoch kein Schutz, und davon rede ich.«

»Sag der Abteilung, sie sollen ihr eine Kanone geben. Ich bringe ihr bei, wie man damit umgeht.«

»Die Sache ist mir wirklich ernst.«

»Hör mal, mir wäre nichts lieber, als wenn dieser Mistkerl hier zur Tür hereinspazierte. Er ist mir auch etwas schuldig, Walker!«

Mrs. Collins kam aus dem Schlafzimmer und hinter ihr Spinne, der selbstbewußt seine Handschuhe wieder anzog. »Alles in Ordnung«, sagte die Pflegerin fröhlich. »Das Fenster ist auf! Nicht daß das viel nützte. Vielleicht sollte die Polizei Ihnen mal eine Klimaanlage kaufen.«

»Ja, das wäre was.« Rick sah zu dem Handwerker hin. »Sie sind neu hier, was?«

»Hab grade erst angefangen.«

»Ich hoffe, Sie machen Ihre Sache besser als Ihr Vorgänger. Der wußte nicht, wo bei einem Schraubenzieher oben und unten ist. Was sagten Sie, wie heißen Sie?«

»Anthony.« Er lächelte dünn. »Nicht Tony, sondern Anthony.«

»Okay, Anthony. Danke, daß Sie das Fenster repariert haben.«

Der junge Mann nickte und ging hinaus. Walker sagte, er müsse los. Er erkundigte sich noch nach Charlie, und Rick sagte, sie wolle gleich nach Schulschluß vorbeikommen.

Allerdings kam Charlie dann mit einer Stunde Verspätung. Sie gestand, noch einmal im Krankenhaus gewesen zu sein und versucht zu haben, eine Audienz bei Dr. Zuckerman zu bekommen. Rick runzelte die Stirn, als sie ihm das berichtete.

»Ich wollte nur noch mal kurz mit ihm sprechen, aber er war nicht da. Einige der Leute dort kannten ihn nicht einmal. Er sollte mir lediglich ein paar Sachen erklären, die ich in einem medizinischen Ratgeber gelesen hatte.«

»Vielleicht kann ich Ihnen ja helfen«, sagte Mrs. Collins. »Zwar bin ich nicht Ärztin, aber Lieutenant Moreno ist schließlich schon mein dritter ... nein, vierter Fall mit einer Rückgratverletzung.«

Rick war nicht glücklich. »Ich wünschte, du hörtest auf, die Medizinerin zu spielen, Charlie.«

»Gestern noch warst du so sicher, daß alles gutgehen wird! Daß du in einem Monat wieder laufen wirst. Ich wollte ja nur wissen, ob so etwas wirklich möglich ist!«

Mrs. Collins machte ein fast schon entsetztes Gesicht. »Ist das wahr? Haben die Ärzte Ihnen das gesagt?«

Rick wand sich. »Nicht wortwörtlich, nein ... Müssen

wir darüber reden? Wie wär's mit dem Wetter? Ist es dir warm genug?«

»Halt mich nicht zum besten, Rick. Wenn es Grund zu Hoffnung gibt, dann laß mich hoffen!« Sie ging zu seinem Stuhl und legte die Arme um ihn. Tränen waren nicht nur in ihren Augen, sondern auch in ihrer Stimme.

Mrs. Collins sah Rick an. Rick konnte ihren Blick nicht erwidern. Er sagte: »Vielleicht habe ich ein bißchen übertrieben. Vielleicht bin ich noch nicht ganz so bald soweit.«

Er versuchte, den rechten Arm zu heben, um Charlie über das Haar zu streichen, aber der Arm ließ sich nicht bewegen. Der Schreck weitete Ricks Augen, und jetzt sah er die Pflegerin fragend an.

»Was ist?« fragte Charlie. »Was ist los?«

»Mein Arm ist ganz steif. Ich muß darauf geschlafen haben oder so was.«

Mrs. Collins kam, nahm den Arm und rubbelte ihn mit beiden Händen, um den Blutkreislauf anzuregen.

»Ich fühle ihn nicht mehr«, sagte Rick. »Wie kommt das, Mrs. Collins? Sie haben doch Erfahrung damit. Warum kann ich meinen rechten Arm nicht mehr spüren?«

»Das ist wahrscheinlich nur vorübergehend ...«

»Sind Sie sicher?« fragte Charlie. Sie konnte sehen, daß es Mrs. Collins nicht war.

»Es weitet sich aus«, sagte Rick. »Es erfaßt den ganzen Arm.« Er versuchte, den linken zu bewegen, konnte jedoch nur noch die Finger biegen. »Beide Arme weg«, sagte er.

Die Alte saß auf einer Bettcouch und blätterte in einer schon vor einem Monat erschienenen Zeitung.

Natürlich war die Alte überhaupt noch nicht alt, noch nicht einmal vierzig. Aber ihre beiden Jungs hatten sie immer so genannt, und sie hatte es ganz süß gefunden, vor allem aus dem Munde Freddys, ihres Jüngsten. Was war das jetzt mit Freddy? Sie hatte da doch irgendwas gelesen. Sie sah die Zeitung erneut durch und erkannte schließlich das Foto wieder, dieses alte, das noch in der Schule aufgenommen worden war. Es war das einzige Bild gewesen, das sie dem netten Herrn von der *New York Post* hatte bieten können.

Die Medikamente, die sie einnehmen mußte, machten sie schläfrig, aber sie hatte die Augen noch offen, als die Tür zuschlug. Es war natürlich Anthony. Sie lauschte auf die Geräusche, die er draußen machte. Er öffnete und schloß laut den Kühlschrank, Schranktüren.

Sie ging in die Küche und sah die Hand mit der tätowierten Spinne ein grob zusammengehauenes Sandwich halten. Wenn Anthony nicht gerade von seinem Brot abbiß, lächelte er.

»Ich hab ihn gefunden, Ma«, sagte er. »Ich war direkt in seiner Wohnung drin, hab sein Fenster repariert!« Jetzt lachte er. »Er war nur drei, vier Meter von mir weg. Hätte ich meine Dingsbums dabeigehabt, hätte ich ihn abknallen können, auf der Stelle.«

»Ich hab Schokocookies besorgt«, sagte seine Mutter. »Hab vergessen, wo ich sie hingetan hab.«

»Er hat eine Pflegerin«, berichtete Spinne weiter. »Da kommt morgens um halb acht 'ne alte Frau, und die geht um halb sieben wieder. Seine Freundin, die ist täglich nach der Schule da, und sein Kumpel schaut auch auf 'ne Stunde oder so vorbei. Ich muß nur den richtigen Augenblick abpassen, das ist alles.«

»Hol dir bloß keine Verletzung, Anthony«, sagte seine Mutter. »Du bist alles, was ich noch habe.« Die eigenen Worte erschreckten sie. Jetzt wußte sie wieder, warum sie so viel an Freddy gedacht hatte. Freddy war tot. Er war umgebracht worden.

»Ich werd ihn drankriegen, Ma«, sagte Anthony. »Und ich werd dafür sorgen, daß er weiß, daß ich es war.« Er sah auf seine tätowierte Hand hinab. »Es wird leicht sein. Er sitzt in 'nem Rollstuhl. Ist 'ne leichte Beute.«

Mrs. Collins naschte gerne. Charlie sah auf die beiden Kuchenteller, die vor ihnen auf dem Tisch im Café standen, und meinte dann: »Ich mochte den Dr. Zuckerman. Er sah genauso aus, wie man sich einen Arzt vorstellt, und er hatte so freundliche Augen ...«

»Aber er ist nicht mehr für den Fall zuständig?«

»Nein«, antwortete Charlie. »Captain Waterhouse sagte, er sei an ein anderes Krankenhaus gegangen. Der Captain hat aber vorher noch mit ihm über Ricks Situation gesprochen, über die Lähmung der Arme. Zuckerman war offensichtlich nicht überrascht.«

»Na ja«, sagte die Pflegerin traurig, »er hat ja an dem Tag im Krankenhaus auch schon von Tetraplegie gesprochen. Das bedeutet die Lähmung beider Beine und beider Arme. Ich nehme an, das Wort ist ihm so rausgerutscht, denn zunächst waren es ja nur die Beine. Er wußte wohl, was kommen würde, wollte es aber eigentlich nicht sagen ...«

»Mrs. Collins... diese anderen Patienten von Ihnen, diese Rollstuhlfälle, die Sie erwähnt haben ...«

»Ja, es waren vier. Vier litten an Tetraplegie, einer konnte nur noch den Kopf bewegen.« Sie machte ein bekümmertes Gesicht. »Ach, wenn sie doch nur gemein zu mir gewesen wären, richtig ungezogen! Aber das waren die nie, waren alle immer so lieb! Na ja, der Mr. Baker, der hatte wohl ein aufbrausendes Temperament, er hatte einen Zorn auf die ganze Welt, aber tief drin war er doch lieb. Er las mir immer Gedichte vor. Hab kein Wort verstanden, fand es aber trotzdem schön.«

»Ist einer von diesen Männern ... wieder gesund geworden?«

Mrs. Collins schob sich mit der Gabel ein großes Stück ihres Kuchens in den Mund, um die Antwort hinauszögern zu können. Dann sagte sie: »Nein, keiner von ihnen. Die Verletzungen waren zu schwer.«

»Und was ist aus ihnen geworden?«

»Sie sind leider gestorben. Mr. Morgenstern eines natürlichen Todes, aber er hatte ein gutes Alter erreicht, war so 81 oder 82. Und die anderen ...«

Charlie wartete.

»...Zwei von ihnen begingen Selbstmord. Vielleicht sogar alle drei, aber im Fall von Mr. Baker war schwer festzustellen, ob es ein Unfall gewesen war oder nicht. Er gehörte zu den Tetraplegie-Fällen. Er fiel aus einem Fenster im 20. Stock.«

»Waren es alles ... alte Männer?«

»O nein, ganz und gar nicht. Nur Mr. Morgenstern. Einer war in den Dreißigern, ein Bauarbeiter, der einen Arbeitsunfall gehabt hatte. Einer war noch in den Zwanzigern, Polizist wie der Lieutenant. Mr. Baker war 42 und bei einem Autounfall schwer verletzt worden…«

»Wie fürchterlich«, sagte Charlie.

»Es ist alles eine Frage des Lebenswillens. Im Falle des Lieutenants… nun ja, ich denke, da ist es ganz offenkundig.«

»Offenkundig? Was meinen Sie mit offenkundig?«

»Oje«, sagte Mrs. Collins nervös, »ich sollte endlich mal lernen, meinen großen Mund zu halten! Bitte, Miss Hayes … vergessen Sie, was ich gesagt habe. Bitte!«

»Das ist nicht so einfach, Mrs. Collins.«

»Ich bin sicher, er hat nicht richtig gewußt, was er sagte. Das passiert vielen Patienten, wenn sie schlechte Nachrichten hören.«

»Was hat er denn gesagt?«

Mrs. Collins legte die Gabel hin. »Er sagte, solche großen Leiden sollten niemandem aufgebürdet werden, weder einem selbst noch anderen. Er sagte, er würde lieber tot sein.«

Walker Hall fürchtete sich ein ganz klein wenig vor Captain Joe Waterhouse. Nicht so sehr, weil Captain Joe sein Vorgesetzter war, als vielmehr wegen seines aufbrausenden Temperaments.

Als er das Dienstzimmer des Captains betrat, bewies dieser gerade einem Anrufer, wie das aussah. Aber dann legte er auf, und sofort wurde Walker das Opfer seines noch verbliebenen Restzorns. »Schön, und worum geht's? Kommen Sie mit Cooper immer noch nicht zurecht?« Cooper war seit Rick Morenos Ausfall Walkers neuer Partner.

»Das ist es nicht, Captain. Es geht um Rick.«

»Was ist mit dem? Wenn Sie die Entscheidung des Ausschusses meinen, die steht noch aus.«

»Nein, darum geht es nicht. Ich denke, es ist abzusehen, daß er in den Ruhestand versetzt wird. Wenn man seine Verletzung bedenkt. Ich meine, es besteht ja wohl keine Chance, daß er wieder auf die Beine kommt, oder?«

Captain Joe fuhr hoch. »Also, Walker, ich weiß, er ist Ihr Kumpel, und es tut uns allen leid, was da passiert ist, aber es ist nun auch wieder nicht das erste Mal, daß einem Polizisten die Beine unter dem Leib weggeschossen worden sind ...«

»Die Lähmung hat inzwischen auch seine Arme erfaßt. Die Hände kann er noch bewegen, das ist aber auch alles. Wie auch immer, da ist noch was ganz anderes, was mir Sorgen macht. Nämlich der Bruder des Schützen. Der, den sie Spinne nennen. Also, der könnte auf Rache aus sein, wissen Sie. Und bei der Hilflosigkeit Ricks ...«

Walker verstummte, und einen Augenblick lang zog ein Schatten über das Gesicht des Captains. Dann bedachte er Walker mit seinem patentierten Finsterblick und sagte: »Moreno kann sich durchaus selber um sich kümmern. Und nach allem, was wir wissen, hat der Tod des Bruders diesen Burschen namens Spinne verschreckt.«

»Das glaube ich nicht, Captain.«

»Worauf wollen Sie hinaus, Hall? Was soll ich Ihrer Meinung nach tun?«

»Das weiß ich auch nicht so genau. Wenn wir bloß eine Art Schutz schaffen könnten ... ich meine, nicht auf Dauer, ich weiß ja, daß das nicht zu machen ist. Aber wenn ein Beamter in Uniform eine Weile dort bei Ricks Haus rumhängen könnte, vielleicht käme Spinne dann auf den Gedanken, daß das mit der Rache doch eine zu riskante Sache ist...«

»Und Ihre Idee ist bescheuert«, entfuhr es Captain Joe. »Sonst noch was?«

Walker antwortete erregt: »Wenn der Präsident der Vereinigten Staaten in die Stadt kommt, dann schicken wir zu seinem Schutz dreitausend Leute auf die Straßen, ja! Aber wenn es um einen der eigenen...« Er brach ab und ließ die Schultern hängen. »Okay, okay, ich weiß schon, daß das kein so tolles Argument ist. Aber... könnten wir nicht doch etwas unternehmen?«

»Und was?«

»Wenn Rick in den Ruhestand versetzt würde... könnten wir ihm dann nicht wenigstens seine Dienstwaffe lassen?«

Als Walker bei Ricks Haus eintraf, stand Charlie wartend davor.

»Ich warte nur darauf, daß Mrs. Collins nach Hause geht«, sagte sie. »Ich mag sie heute nicht noch einmal treffen.«

»Für deinen Geschmack ein bißchen zu frohgemut?« meinte Walker. »Das gehört aber zu ihrem Job. In der Schwesternschule gibt es einen speziellen Kurs, wo sie lernen, wie man das Lächeln ständig beibehält.«

»Heute hat sie aber nicht gelächelt. Wir waren zusammen im Café, um uns über Rick und ihre früheren Patienten zu unterhalten. Da äußerte sie etwas, was mir zu schaffen macht. Vielleicht kannst du mir ja sagen, ob es stimmt oder nicht.«

»Was war es?«

»Sie sagte, die Selbstmordrate sei bei Polizisten sehr hoch. Doppelt so hoch wie der Durchschnitt. Ist das wirklich so, Walker?«

Walker sah aus, als wäre ihm unbehaglich zumute. »Doch, das habe ich auch mal gehört. Das macht wohl der Streß.«

»Und nicht auch noch etwas anderes? Die Tatsache etwa, daß Polizisten das Mittel zum Selbstmord stets bei sich tragen?«

»He, jetzt komm aber mal, Charlie! Dafür ist Rick doch gar nicht der Typ!«

»Er hätte wohl mehr Veranlassung dazu als nur den Streß, nicht wahr?«

Walkers Mobiltelefon klingelte. Er sprach kurz mit jemandem und sagte dann: »Mein neuer Partner braucht mich. Wenn du Rick siehst, dann grüß ihn von mir.« Er pikte ihr mit dem Finger in die Schulter. »Und schlag dir diese dummen Gedanken aus dem Kopf!«

Charlie traf Mrs. Collins im Hausflur, und sie tauschten lediglich einen Gruß aus. Dann schloß Charlie mit ihrem Schlüssel die Tür zu Ricks Wohnung auf und fand ihn in der Küche.

»Frankfurter und Baked Beans«, sagte er mit einem Anflug von guter Laune. »Mrs. Collins wollte mich füttern, aber ich sagte, ich würde das schon schaffen. Siehst du?« Seine Arme waren steif, aber er bewegte die Hände und nahm ein Stückchen der kleingeschnittenen Wurst auf, beugte den Kopf weit nach unten und schob sich das Wurststück in den Mund. »Nicht gerade die besten Tischmanieren. Vielleicht schaust du besser nicht zu.«

»Ich warte draußen«, sagte Charlie.

Tränen verschleierten ihren Blick, als sie das Wohnzimmer betrat. Sie suchte kurz im Bücherschrank, kam aber schnell zu dem Schluß, daß das der falsche Ort sei. Sie ging ins Schlafzimmer und an seine Kommode. Gleich das oberste Schubfach gab her, was sie haben wollte, nämlich Ricks Dienstrevolver. Sie ließ ihn in die große Stofftasche fallen, die sie dabeihatte, und schob die Schublade leise wieder zu.

Der Hausverwalter sagte Spinne, daß der Donnerstag sein Kinotag sei und er, Spinne, sich da um alle Notfälle kümmern müsse. Die kämen aber nur sehr selten vor, versicherte er.

Spinne ging in das Büro des Hausverwalters. Darin befanden sich ein zerkratzter alter Schreibtisch, dem ein Bein fehlte, dann ein Drehstuhl mit zerschlissenem Lederbezug, den ein ehemaliger Mieter hinterlassen hatte, und an der Wand ein Holzbrett mit Haken, an denen die Schlüssel zu den einzelnen Wohnungen hingen.

Er holte vorsichtig den Schlüssel zu Apartment 2 C herunter und steckte ihn in die Tasche seines Overalls.

Er lächelte. Heute abend war der Abend!

In Ricks Kühlschrank stand eine Box mit Eiscreme, und Charlie täuschte einen Ausbruch kindlicher Freude vor. Sie saß ihm gegenüber und fütterte mit einem Suppenlöffel immer abwechselnd ihn und sich selbst.

Sie versuchte, nicht an den Revolver zu denken, den sie in ihrem Leinenbeutel versteckt hatte. Sie fühlte sich nicht wie eine Diebin, wohl aber wie eine Verräterin. Würde er das Fehlen der Waffe entdecken? Würde er sie im Verdacht haben?

Dann fiel ihr etwas anderes wieder ein, was ihr bei ihrem Besuch im Schlafzimmer durch den Kopf gegangen war.

»Darf ich dich mal etwas fragen, Rick? Wie kommst du eigentlich jeden Abend in dein Bett?«

»Ich muß leider allein hinein.« Er runzelte die Stirn. »Okay, es ist nicht mehr so leicht, wie es war, als ich die Arme noch gebrauchen konnte. Da habe ich mich ohne große Probleme aus dem Stuhl hieven und dann unter die Bettdecke bugsieren können.«

»Hat Mrs. Collins dir geholfen?«

»Manchmal. Sie ist kräftiger, als sie aussieht, weißt du.«

»Und wie ist das ... jetzt?«

»Sie assistiert mir noch. Seit meine Arme steif geworden sind, hilft sie mir so gegen sieben ins Bett. Unmittelbar bevor sie geht. Stellt mein Abendessen aufs Tablett, gibt mir die Fernbedienung für die Glotze ...« Wieder runzelte er die Stirn. »Heute konnte ich sie dazu bewegen, mich noch etwas aufbleiben zu lassen. Ich sagte ihr, Walker wolle noch vorbeikommen und er könne die Schwerarbeit übernehmen.«

»Aber du rechnest nicht mit ihm.«

»Nein, er hat Spätschicht. Aber keine Bange ... ich komm schon zurecht. Es ist ja sowieso nur für kurze Zeit.«

»Das sagst du immer. Du glaubst wirklich, daß diese Lähmung ... wieder verschwinden wird, einfach so.«

»Wird sie«, erklärte Rick mit Entschiedenheit. »Glaub mir. Eines Tages kommst du hier bei mir rein, und ich stell die Musik an. Dann zieh ich dich in meine Arme, und wir tanzen!« Ein kleines Augenzwinkern wurde sichtbar. »Natürlich muß ich erst tanzen lernen.«

Unten im Keller, im Büro des Hausverwalters, schraubte Spinne den Verschluß von der Weinflasche und schenkte sich ein zweites Glas ein. Er trank eigentlich nie, wenn er auf Jagd ging – sein Körper produzierte genug eigenes Adrenalin, sobald er einen Straßenraub, einen Überfall im Park oder einen Einbruch startete. Aber dies war das erste Mal, daß er losziehen wollte, um einen Menschen umzubringen.

Die Tatsache, daß es leicht sein würde, weil sein Opfer ein hilfloser Krüppel war, reichte nicht aus, um ihm Selbstsicherheit zu geben. Dieser Moreno war schließlich immer noch ein Bulle, hatte Bullenfreunde, und die Schweine machten immer einen Riesenwirbel, wenn einer von ihnen zu Schaden gekommen war.

Sie würden ihn suchen. Sie würden davon ausgehen, daß er, Spinne, der Täter war, wo dieser Moreno doch seinen kleinen Bruder auf dem Gewissen hatte. Das bedeutete, daß er danach aus der Stadt raus mußte und Ma zurücklassen. Vielleicht mußte er sogar (und das war die ärgste Vorstellung) die tätowierte Spinne vom Handrücken wegmachen lassen.

Aber es ging wohl nicht anders. Die Würmer fraßen seinen Bruder Freddy, den einzigen richtigen Kumpel, den er je gehabt hatte, und dieser Rick Moreno verbrauchte immer noch Stadtluft!

Spinne zog die kleine Pistole aus der Tasche. Er würde dafür Sorge tragen, daß Moreno genau mitbekam, wer da vor ihm stand und ihm eine Kugel verpaßte. Er würde die

Wohnung dann über die Feuerleiter verlassen. Wenn es darum ging, Feuerleitern hinunterzusteigen, war er ein Genie. Schade eigentlich, daß es das noch nicht als olympische Disziplin gab!

Es war inzwischen kurz vor halb neun. Er hatte Morenos Freundin vor einer Stunde gehen sehen. Der Krüppel war jetzt allein.

Spinne steckte die Waffe wieder ein. Er trank seinen Wein aus und war bereit. Und wie er das war!

Im Schlafzimmer zappte sich Rick durch ein Dutzend Kanäle, bis er endlich das Spiel gefunden hatte, das er gern sehen wollte. Aber es war eine unentschiedene Begegnung, und solche reinen Werferduelle langweilten ihn.

Zum Glück verhielten sich die Zuschauer ruhig, denn so konnte Rick das leise Geräusch eines im Türschloß umgedrehten Schlüssels hören.

Er wußte, daß das nicht Charlie war, die noch einmal zurückkam, denn sie klingelte immer erst, bevor sie die Tür aufschloß. Nein, das war ein Einbrecher, und Einbrecher waren gefährlich. Er rollte zur Kommode und zog die Schublade auf, in der er seinen Revolver aufbewahrte.

Der Revolver war weg!

Spinnes Pistole dagegen war noch dort, wo er sie hingetan hatte. Er zog sie aus der Tasche und bewegte sich in Richtung Schlafzimmer, das vom laufenden Fernseher geisterhaft erleuchtet war.

Als Spinne die Tür erreicht hatte, ging drin das Licht aus. Er stürzte in das Zimmer, aber da schlug ihm etwas so hart gegen seine Knie, daß er vor Schmerz aufschrie. Er feuerte ins Dunkel und hörte dann von der Wohnungstür her ein lautes Hämmern. Draußen war jemand!

Spinne geriet in Panik, und sein einziger Gedanke war Flucht. Die Feuerleiter! Er rannte zum Fenster und zwängte sich hastig nach draußen, ohne es erst ganz nach oben zu schieben. Sein Schwung war so groß, daß er fast über den Rand der Leiter hinausgesaust wäre! Aber dann bekam er wieder festen Boden unter die Füße und kletterte so sicher wie eine Bergziege nach unten.

Im Wohnzimmer starrte Walker auf Rick in seinem Rollstuhl und wollte wissen, was, zum Teufel, hier eigentlich gespielt werde. Charlie habe ihn angerufen und gesagt, Rick brauche jemanden, der ihn in den Schlaf wiege.

»Das Sandmännchen war aber schon da«, meinte Rick mit einem nervösen Grinsen. »Hat allerdings seinen Job noch nicht erledigt.«

Captain Joes Augen funkelten. Seine Wut trieb ihn in Ricks Wohnzimmer hin und her. Walker war in den einzig vorhandenen Sessel gesunken, und Rick hockte mit hängenden Schultern in seinem Rollstuhl und sah niedergeschlagen aus. Es war für niemanden ein guter Morgen.

Der Captain hörte schließlich auf, den Teppich zu verschleißen. Er sah Rick an und sagte: »Sie wissen, wie übel die Abteilung dagestanden hätte, wenn Sie gestern abend umgebracht worden wären?«

Rick konnte sich ein Grinsen nicht verkneifen. »Klar, ich wäre wegen der Abteilung echt besorgt gewesen.«

Captain Joe fand das jedoch gar nicht lustig. Er knurrte jetzt Walker an. »Und Sie, Walker! Sie müssen sich ja jetzt richtig toll vorkommen. Wo Sie uns schließlich gewarnt hatten, daß dieser Spinnenmensch hinter Rick her sein könnte ...«

»Ich behaupte nicht, daß ich es so gesagt habe, Captain. Aber gewarnt habe ich schon, ja.«

»Ich dachte, Sie wären gekommen, um ihm einen Orden zu verleihen«, meinte Rick unbeschwert. »Sie müssen zugeben, daß sein Timing großartig war!«

»Wieso waren Sie gestern abend hier, Walker? Was war das, so 'ne Art Intuition, oder wie?«

»Etwas viel Uninteressanteres. Ricks Freundin hat mich angerufen und mir gesagt, sie mache sich Sorgen wegen Rick, der nicht ohne fremde Hilfe ins Bett käme. Spinne muß etwa zwei Minuten vor mir dagewesen sein.«

»Und wie ist er reingekommen?«

»Vielleicht über die Feuerleiter? So ist er jedenfalls wieder raus. Er bewegt sich auf Feuerleitern ziemlich geschickt.«

»Ja«, sagte Rick bitter, »da könnten Sie meinen alten Herrn fragen ... wenn der noch am Leben wäre. Hören Sie, Captain, ich weiß ja, daß Sie alles gern so machen, wie Sie sich das vorstellen, aber glauben Sie nicht auch, Walker könnte ...« Er verstummte – und das, weil ihn dasselbe Geräusch wie am Vorabend aufgeschreckt hatte. Ein Schlüssel, der sich im Schloß der Wohnungstür drehte.

Aber es war nur Mrs. Collins. Sie war offensichtlich überrascht, schon so früh am Tag so viele Leute in der Wohnung anzutreffen. Zwar begrüßten alle sie herzlich, aber sie konnte sehr wohl die im Raum herrschende Spannung spüren. Captain Joe wandte sich schließlich an sie und sagte:

»Ich bin froh, daß Sie da sind, Mrs. Collins. Vielleicht könnten Sie uns mal einen ordentlichen Kaffee machen?«

»Aber gern.« Sie eilte in die Küche, wo sie aber noch in Hörweite war.

»Jetzt nur noch eins, Lieutenant. Was ist mit Ihrem Schießeisen?«

Rick sah Walker an, aber der wich seinem Blick aus.

»Es war nicht mehr in der Schublade, in der ich es normalerweise aufbewahre. Ich kann nur vermuten, daß Charlie den Revolver an sich genommen hat. Charlotte Hayes. Sie haben sie mal kennengelernt, Captain.«

»Ja. Und ich hatte so den Eindruck, daß sie es lieber sehen würde, wenn Sie am Leben blieben. Warum sollte sie Ihnen das Mittel zur Selbstverteidigung nehmen?«

Walker räusperte sich. »Charlie wußte nichts von meiner Theorie bezüglich Spinne. Sie war in dem Glauben, Rick drohe von niemandem Gefahr...«

»Nein, das war sie nicht.« Die Stimme kam von der Küchentür. Mrs. Collins fuhr fort: »Sie war der Meinung, Lieutenant Moreno sei eine Gefahr für sich selbst. Weil ich ihr von ein paar meiner früheren Patienten erzählt hatte, die Selbstmord begingen.«

»Gelähmte?« fragte Rick. »So wie ich einer bin?«

»Ja«, antwortete Mrs. Collins.

Walker sagte: »Sie hat mir auch so eine Frage gestellt. Nämlich ob es stimme, daß sich so viele Polizisten erschießen.«

Captain Joe blickte gequält drein. »Und da hat sie beschlossen, Ihnen den Revolver lieber wegzunehmen ... und Sie dadurch fast umgebracht.«

»Erzählen Sie ihr das nicht, Captain. Sie würde sich dann nur hundsmiserabel fühlen.«

»Sie wird sich aber auch nicht besser fühlen, wenn wir ihr sagen, was wir ihr sagen müssen.«

»Was meinen Sie?«

»Wir werden Sie aus der Stadt schicken, Rick.« Der Captain verschränkte die Arme vor der Brust und starrte auf den Teppich. »Wir können Sie nicht rund um die Uhr beschützen, weder vor Spinne noch vor sonst irgendwem, der weiß, was für eine leichte Beute Sie sind.«

»Ich kann mich selbst beschützen, Captain! Ich kann die Hände noch bewegen. Von jetzt an sorge ich dafür, daß dieser Revolver nie weiter weg liegt als einen halben Meter.«

»Das funktioniert nicht. Wir haben beschlossen, Sie aus der Stadt zu schmuggeln. So wie wir es mit Zeugen machen, die unseren besonderen Schutz brauchen.«

»Das ist eine ganz fiese Idee! Habe ich überhaupt kein Mitspracherecht?«

»Klar. Aber erst, wenn Sie Ihre Dienstmarke und den verschwundenen Revolver abgeben und wieder Zivilist werden. Dann können Sie tun und lassen, was Sie wollen ... sich also auch zur Zielscheibe für Leute wie Spinne machen.«

Walker riß der Geduldsfaden. »Augenblick mal, Captain, Sie können Rick doch nicht einfach den Wölfen zum Fraß vorwerfen ...«

»Wir versuchen nur, ihn zu retten. Ein Umzug ist das Beste, was uns dazu einfällt. Sollten Sie eine bessere Idee haben, dann lassen Sie hören.«

»Nein«, sagte Walker traurig, »habe ich nicht.«

Im Raum herrschte einen Augenblick lang Schweigen.

Rick brach es schließlich, indem er sagte: »Charlie erfährt aber, wo ich bin, in Ordnung?«

»So leid es mir tut, nein. Niemand wird es erfahren, auch Ihr Kumpel hier nicht.«

»Und was ist mit mir, Captain?« erkundigte sich Mrs. Collins ungehalten. »Er braucht eine Pflegerin, jemanden, der sich um ihn kümmert.«

»Es wird jemand dasein, Mrs. Collins. Leider nicht Sie. Wenn Rick wirklich geschützt sein soll, dann müssen wir sicherstellen, daß er nicht aufgespürt werden kann, daß weder Sie noch sonst jemand einen Anhaltspunkt zu liefern vermag. Zumindest nicht, bis wir diese verdammte Spinne eingefangen haben.«

Rick sagte: »Aber das könnte doch Monate dauern ... vielleicht Jahre. Vielleicht kriegen Sie ihn auch nie!«

Captain Joe sagte dazu nichts.

»Tun Sie das nicht, Captain. Informieren Sie wenigstens Charlie. Wenn ich am Leben bleiben will, dann allein wegen ihr. Bitte!«

Rick standen Tränen in den Augen – nur in Mrs. Collins' waren mehr.

Rick dachte, Charlie würde bei der Nachricht, die er für sie hatte, zu weinen anfangen. So wie Mrs. Collins. Aber Charlies Augen blieben trocken. Sie schien keine Tränen mehr übrig zu haben. Ihre Stimme war tonlos, als sie sagte: »Das ist alles meine Schuld, nicht wahr? Wenn ich dir deinen Revolver nicht gestohlen hätte ...«

»Das hat überhaupt nichts damit zu tun«, unterbrach Rick sie. »Der Captain meint lediglich, ich sei hier nicht zu schützen, selbst wenn ich über ein ganzes Waffenarsenal verfügte.« Er bemühte sich um einen unbeschwerten Tonfall und sah zu Mrs. Collins hin, die sich im Hintergrund hielt. »Natürlich könnten wir Mrs. Collins in eine kugelsichere Weste stecken und ihr beibringen, wie man mit einer Maschinenpistole umgeht.«

Mrs. Collins lächelte, weil es von ihr erwartet wurde. Sie sagte: »Ich kann immer noch nicht glauben, daß die nichts anderes unternehmen können, als Sie woandershin zu schicken. Das ist nicht fair!«

»Nein«, stimmte Charlie ihr zu, »das ist nicht fair. Es ist wirklich nicht fair.«

Dahin waren die trockenen Augen. Charlie sank auf die Knie, legte den Kopf auf Ricks Schoß und fing an zu weinen.

Er strich ihr sanft über das Haar und sagte: »Ich habe Captain Joe gebeten, dich wissen zu lassen, wohin sie mich schicken. Ich habe ihm auch gesagt, daß mir ohne dich das Leben rein gar nichts bedeuten würde. Da könnten sie Spinne auch gleich schreiben, er solle kommen und mich erledigen.«

Charlie nahm seine Hände in die ihren. Ihr Gesicht zeigte wieder Entschlossenheit. »Du kannst doch sicher einen Weg finden, dich mit mir in Verbindung zu setzen, Rick. Du lernst dort Leute kennen, und irgend jemand ist dann vielleicht so nett und hilft dir. Jemand, der mir schreibt, wo ich dich finden ...«

»Und was dann?«

»Dann sitze ich schon im nächsten Zug. Oder Bus oder Flugzeug. Sie haben nicht das Recht, uns zu trennen!«

»Das dachte ich heute morgen auch. Aber jetzt…« Er sprach nicht weiter, sondern schaute an ihr vorbei zum Fenster, wo sich die Nachmittagssonne schon wieder zurückzog. »Vielleicht ist das ja der klügste Teil des Plans, den sich der Captain ausgedacht hat. Vielleicht ist ihm klargeworden, daß eine Trennung für uns beide das beste wäre.«

Sie zog ihre Hände zurück, als hätte sie sich verbrannt. »Das beste? Wie kannst du nur so etwas sagen?« Sie stand auf, sah ihn mit funkelnden Augen an. »Was ist nur aus diesem anderen Rick geworden? Dem, der mir gesagt hat, ich solle mir keine Sorgen machen? Der mir versprochen hat, daß du wieder auf die Beine kommen würdest… ohne Einschränkungen?«

Mrs. Collins gab einen Laut von sich, der fast wie ein Wimmern klang. »Ist das wahr? Haben die Ärzte ihre Meinung geändert?«

Charlie wartete hörbar atmend auf Ricks Antwort. Er sagte: »Ich denke, sie haben es einfach nur geleugnet.« Er zwang sich zu einem Lächeln, aber das änderte an der trüben Stimmung im Raum überhaupt nichts.

»Sag mir, was du wirklich fühlst«, sagte Charlie. »Du hast schließlich genug Zeit gehabt, darüber nachzudenken, Rick. Möchtest du den Edlen mimen? Ist es das? Ein Opfer darbringen, damit du dich dann gut fühlen kannst?«

»Es ist ohne Bedeutung, Charlie. In zwei Tagen schickt der Captain seine Experten für den Schutz von Zeugen her, und die holen mich in einem Wagen der Polizei oder sonst was ab. Bringen mich zu einem Bauernhaus in Iowa oder wer weiß wo… Dort werde ich nicht wieder wegkommen, nicht einmal, wenn sie diesen Rollstuhl motorisieren. Dann heißt es, Abschied nehmen. Das können wir genausogut auch gleich tun.«

Charlie konnte es nicht mehr ertragen, ihn anzusehen. Sie blickte statt dessen zu Mrs. Collins hin. Die Frau sah ganz zusammengeschrumpft aus, wie ein toter Baum.

»Dann gehe ich wohl besser«, sagte Charlie und ging zur Tür.

Mrs. Collins blieb weitaus länger als sonst. Sie bereitete Rick ein Abendessen, das er kaum anrührte. Als sie ihm anbot, ihm ins Bett zu helfen, meinte er, er würde gerne noch ein Weilchen aufbleiben. Sie versprach, am nächsten Morgen kurz nach neun dazusein. Der Arzt hätte ihr ein neues Rezept für ihn gegeben, und sie wolle das Mittel vorher noch schnell in der Apotheke holen.

Als sie hinausging, traf sie im Flur den Helfer des Hausverwalters, der die reparierte Lampe zum Apartment 3 C trug.

Zehn Minuten später – er hatte zu seiner Zufriedenheit festgestellt, daß der Schalter wieder funktionierte und die Lampe hell leuchtete, dann ein knauseriges Trinkgeld von zwei Dollar eingestrichen – schlich Spinne zu Ricks Tür und lauschte. Drin war absolut nichts zu hören.

Rick Moreno, der Bulle, der seinen Bruder erschossen hatte, war allein!

Diesmal würde nichts schiefgehen. Die Chancen, daß wieder ein Überraschungsbesuch auftauchte, waren gering. Und ein geräuschvolles Rumgeballer würde es auch nicht geben.

Spinne hatte ein Messer.

Er langte in die Tasche seiner Jeansjacke und zog den Schlüssel heraus, den er sich vom Brett im Büro des Hausverwalters geholt hatte. Er schob ihn geräuschlos ins Schloß und drehte ihn. Das Klicken wurde nicht gehört.

Er betrat die Wohnung. Moreno war im Wohnzimmer und blickte auf die nichtssagende Straße hinunter. Der verkrüppelte Polizist wandte den Kopf, als er ein erstes Knarren der Dielen hörte.

Spinne lächelte und zog das Messer aus dem Gürtel.

Captain Joe Waterhouse konnte Schwierigkeiten vorhersehen, vor allem wenn sie in sein Dienstzimmer gestampft kamen. Er sah den Ausdruck auf Walker Halls Gesicht und wußte, daß der junge Beamte im Begriff stand, mit Gehorsamsverweigerung zu flirten.

»Wie konnten Sie das machen?« fragte Walker mit bebender Stimme. »Wie konnten Sie Rick erlauben, auch nur noch eine Nacht in seiner Wohnung zu bleiben?«

»Immer mit der Ruhe«, sagte Captain Joe. »So blöde sind wir nun auch wieder nicht. Halten Sie sich da mal raus, Walker, das geht Sie nichts an.«

»Soll das ein Witz sein? Er ist mein Freund! Wir sind schon seit zwei Jahren Partner! Sie erwarten von mir, daß ich rumsitze und tatenlos zusehe, wie Spinne ihn einmal mehr attackiert? Der könnte in diesem Augenblick die Feuerleiter hochsteigen!«

»Ich hoffe, das tut er«, sagte der Captain. »Zwei Leute von uns behalten die Feuerleiter im Auge. Ein weiterer überprüft vor dem Haus alle, die ein- und ausgehen. Und dann ist da noch ein Streifenwagen mit Besatzung, die im Notfall eingreifen kann. Der Präsident von Amerika könnte nicht besser bewacht werden als Rick Moreno im Augenblick.«

Walker entspannte sich, aber noch nicht ganz. »Das also ist die Idee! Sie benutzen Rick als Köder.«

»Wir tun nichts dergleichen«, schmollte Captain Joe. »Wir wollen lediglich sicherstellen, daß nichts passiert, bevor wir diese Operation beendet haben. Warum gehen Sie also nicht wieder an Ihre Arbeit und hören auf, mich zu nerven?«

Walkers Gesichtsausdruck zeigte immer noch ein wenig Verwirrung, aber er konnte sehen, daß das Gespräch beendet war. Er kehrte deshalb an seinen Tisch zurück, wo er auf Dan Cooper stieß, der – über das ganze große, sommersprossige Gesicht grinsend – von seinem, Walkers, Apparat aus telefonierte.

»Du hast dein eigenes Telefon«, sagte Walker schroff.

»Jawoll, hab ich«, meinte sein neuer Partner, eine Hand über die Sprechmuschel gelegt, »aber auf dem rufen mich keine sexy Mädels an. He, warum bringst du mich nicht mal 'ne Nacht mit der zusammen? Wie es aussieht, braucht sie ein bißchen Trost.«

Walker dämmerte, daß am anderen Ende der Leitung Charlie war. Er riß Cooper den Hörer aus der Hand und sagte: »Charlie?«

»Sag mal, Walker, bleibt der Captain dabei, daß Rick aus der Stadt soll?«

»Ja, aber ich bin sicher, daß es nur für kurze Zeit ist. Nur so lange, bis wir diesen Vogel, diese Spinne, haben.«

»Das glaube ich nicht mehr«, erwiderte Charlie traurig. »Rick ist richtig froh darüber, daß er hier wegkommt. Er meint, daß es das beste sei. Er möchte, daß Schluß ist mit uns. Ich werde ihn nie wiedersehen, Walker. Wir beide werden ihn nie wiedersehen.«

Spinne schloß die Wohnungstür und verriegelte sie. Dann grinste er Rick an.

»Sie haben da draußen Freunde, wissen Sie das? Da ist ein Bulle, der beobachtet die Feuerleiter. Und der Kerl dort auf der anderen Straßenseite, das ist auch ein Bulle. Wartet darauf, daß ich zur Haustür reingehe. Aber haben Sie was gemerkt? Ich brauche gar keine Tür zu benutzen. Ich bin schon da!« Er lachte und drehte das Messer in der Hand hin und her.

»Sie sind das Faktotum unseres Hauses, stimmt's?« sagte Rick. »Der geschickte Bursche, der neulich mein Fenster in Ordnung gebracht hat.«

»Stimmt haargenau. Aber ich bin nicht nur darin geschickt.« Er ging langsam und bedächtig auf den Rollstuhl zu.

Rick bewegte sich nicht. »Was haben Sie da auf der Hand?« fragte er.

Spinne grinste. »Das da?« Er hob die rechte Hand und zeigte die tätowierte Spinne. »Das ist mein Markenzeichen. Ich hatte auch mal 'ne Lederjacke mit so einer drauf. Nur hat sich die mein kleiner Bruder eines Tages ausgeborgt. Er wollte ganz besonders schlau sein. Also holte er sich meine Jacke, ging raus auf die Straße und ließ sich umbringen ... Sie erinnern sich?«

»Ja, ich erinnere mich«, antwortete Rick.

»Das einzig Gute dran war, daß er Sie dabei in diesen

Stuhl befördert hat. Das erleichtert mir die Sache wesentlich.«

Spinne trat jetzt so dicht an Rick heran, daß er ihm schon ins Gesicht atmete. Dann packte er ein Haarbüschel und hob das Messer. Ricks rechter Fuß schoß in Spinnes Magengrube, so daß er rückwärts flog und die Luft explosionsartig aus seiner Lunge entwich. Aber es gelang Spinne, sich auf den Beinen zu halten und erneut anzugreifen. Jetzt war aber auch Rick auf den Beinen, und Spinne sah ihn mit einem fast schon abergläubischen Entsetzen an. Da traf ihn eine Faust mitten ins Gesicht, und er hörte, wie sein Messer über die Dielen rutschte. Er geriet in Panik und rannte zu dem ein Stück weit geöffneten Fenster, schob es gerade hoch genug, um hindurchzukommen und sich hinaus auf die Feuerleiter zu zwängen. Von unten hörte er einen Ruf, den er jedoch ignorierte. Er kletterte die Eisenstufen nach oben, entdeckte dann aber jemanden, der auf dem Dach stand. Er war einmal so trittsicher wie eine Bergziege gewesen, aber diesmal wollten ihm seine Füße nicht gehorchen. Er rutschte die Leiter abwärts und prallte dann mit solcher Wucht gegen das Geländer, daß er darüberkippte und auf die Straße hinabstürzte.

Als Mrs. Collins am Morgen in die Wohnung kam, bot Rick einen mitleiderregenden Anblick. Er war, ein offenes Buch auf dem Schoß, in seinem Rollstuhl zusammengesunken und starrte aus dem hinteren Fenster, als warte er schon auf den Polizeiwagen, der ihn aus der Stadt und von allen Menschen, die er liebte, fortholen würde.

»Also jetzt schauen Sie sich das mal an!« sagte Mrs. Collins munter. »Sie sehen ja aus, als wären Sie die ganze Nacht nicht im Bett gewesen.«

»Ich habe im Rollstuhl geschlafen«, sagte Rick. »Ich kann das schon ziemlich gut.«

Sie legte ihre Handtasche auf den Couchtisch und zog ihren Mantel aus. »Ich habe draußen den Hausverwalter getroffen«, sagte sie. »Haben Sie die Sache mit dem Faktotum schon gehört? Der junge Mann hatte einen schrecklichen Unfall. Ist von der Feuerleiter gestürzt und ums Leben gekommen.«

»Das ist wirklich Pech«, bemerkte Rick ohne eine Spur von Mitgefühl. »Vielleicht hatte er ja überhaupt nichts auf der Feuerleiter zu suchen.«

»Ich denke mal, er hat irgendwas repariert.« Sie seufzte. »So ein junger Mann! Das ganze Leben noch vor sich. Und so viele andere, die kein bißchen Zukunft mehr haben, nur ihr Leben lang Schmerzen und Leiden!« Sie legte Rick sanft die Hand auf die Schulter.

»Ich kann mir gut vorstellen, daß Sie sehr viel davon verstehen«, sagte Rick. »Das ist ja doch Ihr ganzes Leben gewesen, nicht wahr? Sich um Menschen kümmern, die leiden.«

»Ich habe mehr als mein Teil gesehen, ja. Ich habe für meine Schutzbefohlenen getan, was ich konnte. Um ihnen ... ach, Sie wissen schon. Trost. Frieden.«

»Ich bin sicher, daß Sie für Ihre Patienten immer das Richtige getan haben, so wie Sie es sahen ...«

»Ja«, unterbrach sie ihn. »Immer.« Sie sah aus dem Fenster. »Wann kommen die Sie holen?«

»Bald, denke ich. Ich habe Charlie und Walker gesagt, sie

sollten nicht herkommen. Ich glaube, ich kann keine Abschiede mehr verkraften.«

»Das kann ich verstehen.« Sie nahm ihre Handtasche auf. »Übrigens, ich habe hier Ihr neues Medikament. Der Apotheker meinte, Sie sollten es eine oder zwei Stunden vor der Abreise einnehmen.«

»Dann wäre jetzt wohl ein guter Augenblick dafür.«

Sie ging in die Küche und holte ihm ein Glas Wasser. »Sie sollen zwei nehmen«, sagte sie und reichte ihm die großen weißen Kapseln. »Am Anfang fühlen Sie sich vielleicht ein bißchen benommen, aber das ist ganz normal.«

Er nahm die Kapseln von ihr entgegen und schlürfte ein bißchen Wasser.

»Mehr«, sagte sie. »Es wirkt besser, wenn Sie ein ganzes Glas trinken.«

»Ja.«

Die Pflegerin nahm das Buch von seinem Schoß. »Was lesen Sie da gerade?«

»Ich weiß es nicht. Ich habe ganze zwei Sätze geschafft, dann ist mir das Buch runtergesunken.«

»Ich liebe Gedichte«, sagte Mrs. Collins. »Keats ist mein Lieblingsdichter. Kennen Sie sein Werk?«

»Leider nicht.«

»Ich habe alle seine Gedichte gelesen. Das schönste ist eins, wo er von seiner Todessehnsucht spricht. Von einem erleichternden Ende um Mitternacht, ganz ohne alle Schmerzen. Ich kann's auswendig. *Now more than ever seems it rich to die, to cease upon the midnight with no pain ...*«

Rick hatte die Augen geschlossen.

Mrs. Collins strich ihm liebevoll über die Wange. »Dann gehe ich jetzt«, sagte sie.

Sie schlüpfte in ihren Mantel, nahm ihre Handtasche und verließ die Wohnung. Vor der Tür warteten Captain Joe Waterhouse und zwei seiner Leute auf sie. Der Captain hatte noch sein Mobiltelefon in der Hand und sprach mit Rick Moreno in der Wohnung.

Rick sagte: »Nein, ich habe sie nicht in den Mund gesteckt, sondern in meinen Ärmel. Ich vermute Arsen, könnte mich da aber auch irren.«

»Gute Arbeit, Lieutenant. Ich weiß, es war schmerzlich für Sie. Aber ich rufe Miss Hayes und Walker an, sobald wir hier fertig sind.«

Captain Joe nahm das Erklären und alle Schuld auf sich. »Eigentlich stammt die Idee nicht von mir, sondern von einem Pathologen im Krankenhaus ›Zum barmherzigen Samariter‹. Mrs. Collins hatte dort mal ein Jahr lang gearbeitet und fast ein Dutzend ihrer Patienten verloren. Sie waren alle schwer krank, deshalb glaubte nicht gleich jeder, daß da Sterbehilfe im Spiel gewesen sein könnte.«

»Ich auch nicht«, sagte Rick matt. »Denn es hat ja keiner um ›Hilfe‹ gebeten.«

»Dann waren da auch noch ihre Privatpatienten, alle im Rollstuhl ... bis sie beschloß, daß es für sie an der Zeit sei, zu sterben. Das Problem war nur, es ihr zu beweisen.«

Charlies Gesicht hätte auch eine steinerne Maske sein können. »Also haben Sie ihr eine Falle gestellt. Rick war gar nicht gelähmt! Dr. Zuckerman hin, Dr. Zuckerman her.«

»Nun ja«, räumte Captain Joe widerwillig ein, »wir vermochten keinen Arzt dazu zu bewegen, falsche Informationen zu geben, deshalb ließen wir einen unserer Leute einen weißen Kittel anziehen und die schlechte Nachricht überbringen. Das macht verständlich, warum er mit den medizinischen Details wie etwa der Tetraplegie nicht so ganz zurechtkam.«

Walker machte ein grimmiges Gesicht. »Das war also alles nur Schauspielerei! Hätten Sie uns nicht einweihen können?«

Captain Joe antwortete mit dem vertrauten Finsterblick: »Gut, den Schuh ziehe ich mir an. Ich dachte halt, es würde auf Mrs. Collins überzeugender wirken, wenn Sie beide sich ganz natürlich benähmen. Das war der Teil, der Rick am meisten zuwider war.«

»Da haben Sie vollkommen recht«, sagte Rick. »Aber andererseits war es ein Auftrag, ein Job. Der mußte auf bestmögliche Art und Weise erledigt werden. Und das wurde er.«

Er ging zu Charlie und versuchte, sie in die Arme zu nehmen. Sie wich ihm jedoch aus.

»Wenn du mir eine scheuern möchtest, bitte«, sagte er.

Charlie schlug kräftig zu. »Das ist dafür, daß du mich so unglücklich gemacht hast.« Dann zog sie seinen Kopf herab und küßte ihn. »Und das ist für den Heiratsantrag.«

Rick konnte sich zwar an einen Heiratsantrag überhaupt nicht erinnern, aber sie heirateten trotzdem.

Es spukt in Penthouse B

Huch«, flüsterte Maureen Dobbs, »ich glaube, wir sind nicht mehr in Kansas.«

Den Griff ihres Koffers fest umklammernd, sah sie an dem 42stöckigen Wohnhaus in Manhattans East Side empor und fragte sich, wie diese smaragdgrüne Stadt wohl aussehen würde, wenn man sie von der Ebene der Penthouses aus betrachtete.

Der Portier wußte bei dem Namen Trista Burns sofort Bescheid. Es mußte zwar mindestens fünfhundert Mieter in dem Gebäude geben, aber Penthouses gab es nur vier und Tristas nur eine einzige – ein schwarzhaariges Model, das auf Hunderten von Werbemitteln der Modebranche lächelte, dahinschritt oder einen Schmollmund machte. Vielleicht waren es nicht mehr Hunderte, aber jedenfalls Dutzende.

Im Fahrstuhl sah Maureen in den blankpolierten Türen ihr Spiegelbild. Schlampig, dachte sie, aber Trista würde auch nichts anderes erwarten.

Von Weihnachtskarten einmal abgesehen, hatte Maureen schon seit Jahren nichts mehr von Trista Burns gehört. Und dann war die Einladung gekommen – eine Woche nachdem Maureen aus der Anstalt entlassen worden war. Oder aus der »Einrichtung«, wie man zu sagen vorzog.

Warum hatte sie die Einladung nach New York angenommen? Schließlich hatten nach ihrer Entlassung (nein, nicht »Entlassung«, sie hatte schlicht ihre »Kur beendet«) auch schon ein Dutzend Familien in Elmwood ihre liebevollen Arme ausgebreitet.

Maureen wußte, warum. Sie konnte nicht mit Mitleid umgehen. Das Mitleid hätte nur die schlimmen Erinnerungen wachgehalten. Trista dagegen bot kein Mitleid, nicht einmal »Ruhe« an. Trista hatte geschrieben: »Komm in die große Stadt, Baby! Dann hauen wir auf den Putz!«

Natürlich wußte Trista, was ihr, Maureen, zugestoßen war. Die Geschichte von der Ermordung ihres Vaters war ja nicht nur im *Elmwood Examiner* zu lesen gewesen. Maureen konnte sich noch gut an die Worte einer Nachrichtensendung im Fernsehen erinnern.

»Es gab in Elmwood keine friedlichere Straße als die, in der Martin Dobbs sein Juweliergeschäft hatte und wo die Leute hingingen, um ihre Uhren wieder zum Ticken bringen zu lassen oder um ihren Frauen und Töchtern Eheringe und herzförmige Medaillons zu kaufen... Bis zu dem Tag, an dem zwei Fremde auf Motorrädern in die Stadt gedonnert kamen, in Dobbs Juwelierladen schlenderten und sich daran machten, das Glas der Vitrinen zu zerschlagen und Schmuckstücke einzuraffen... Und als sich Martin Dobbs und seine Tochter zur Wehr setzten, da ermordeten sie Martin vor den Augen der Tochter mit einem Stemmeisen...«

Stemmeisen. Sie hatte dieses Wort im Kopf, als sich die Fahrstuhltüren vor Penthouse B öffneten.

Trista machte ihr auf. Sie sah bezaubernd aus, älter geworden und in Eile. Maureen fand nicht die Zeit, die Herrlichkeit der Wohnung mit der Glasterrasse, von der man einen atemberaubenden Ausblick auf den Fluß hatte, zu bewundern, denn Trista sagte gleich: »Du wirst nicht glauben, was passiert ist! Alaska, Maureen. Alaska ist passiert!«

»Wovon redest du da?« Maureen bemerkte erst jetzt ein halbes Dutzend Koffer, die im Wohnzimmer standen.

»Ich muß weg, Maureen! In einer halben Stunde. Ich habe einen riesigen Model-Auftrag bekommen, ausgerechnet in Juno. Ich werde wahrscheinlich dort erfrieren.«

»Du fährst weg? Du möchtest also nicht, daß ich bleibe?«

»Natürlich bleibst du! Ich bin in weniger als einer Woche wieder da. Ich hätte den Job ja abgelehnt, aber ich brauche das Geld. Dringend. Du kannst dir gar nicht vorstellen, wie hart dieses Geschäft ist, wenn du erst einmal fast dreißig bist.«

Trista war einunddreißig, aber Maureen sagte nichts. Tränen rannen, und sie sagte: »Das geht einfach nicht, Trista! Ich kann nicht allein sein, nirgends. Verstehst du das nicht?«

Trista legte die Arme um sie. »Natürlich verstehe ich das, meine Süße. Ich kann dir gar nicht sagen, wie schrecklich ich mich gefühlt habe, als ich das mit deinem Daddy hörte ... Er war ein so freundlicher, sanfter Mensch ...«

»Er war erst sechsundfünfzig, hast du das gewußt? Aber er war so klein und zierlich, daß alle immer dachten, er sei schon viel älter.«

»Ich erinnere mich noch, daß er im Laden immer klassische Musik spielte, den ganzen Tag. Russische Komponisten. Was war doch gleich sein Lieblingsstück?«

»Das Prélude in cis-Moll von Rachmaninow. Ach, Trista,

verlang nicht, daß ich bleiben soll. Ich ängstige mich zu Tode!«

»Aber diese Stadt ist doch inzwischen viel sicherer, als die Leute denken. Und du brauchst ja die Wohnung auch gar nicht zu verlassen. Ich habe eine Liste von Läden, die dir alles liefern, nur nicht Mel Gibson.«

»Ich würde mich trotzdem noch fürchten, Trista ...«

»Darling, dies ist eine Freistatt, ein Zufluchtsort!« Sie sah Maureens Blicke zur Terrasse wandern. »Nein, zu der Terrasse gibt es keinen Zugang, von nirgendwo.« Sie riß die Doppeltür auf. »Deshalb brauche ich hier auch keine Schlösser.«

Es klingelte. Jemand kam, um Tristas Gepäck zu holen und im wartenden Taxi zu verstauen. Trista bestand darauf, daß Maureen eine »harmlose« kleine Pille schluckte, die für Beruhigung sorgen würde. Sie umarmte und küßte ihre alte Freundin, versprach, in ein paar Tagen wieder dazusein – und weg war sie.

Maureen war wie betäubt und allein.

Sie packte ihren einen Koffer nicht aus. Sie zog sich nicht aus. Sie fiel nur auf Tristas Bett und zog die Decke bis zum Kinn hoch. Tristas Pille oder das Bedürfnis, die Welt auszuschließen, sorgte dafür, daß sie sofort einschlief.

Durch das Fenster des Schlafzimmers war helles Sonnenlicht hereingefallen, aber als sie die Augen wieder öffnete, war da nur noch Nacht.

Sie dachte daran, eine Lampe anzuknipsen, aber das Dunkel bot mehr Sicherheit.

Sie wurde jedoch allmählich auch ruhiger. Trista hatte in einem recht: Das Penthouse war sicher. War eine Festung, eine Freistatt. Es lag vierzig Stockwerke über der pulsierenden Stadt. Sie war völlig isoliert.

Sicher.

Sie trieb in den Schlaf zurück. Aber dann hörte sie die ersten drei donnernden Akkorde – so laut, daß die Wände des Schlafzimmers bebten. Und die Musik spielte weiter, jeder Ton wie von einer Kanone abgefeuert, bis sie sich die Ohren zuhielt.

Rachmaninow. Das Prélude.

Ihr standen zwei Möglichkeiten offen, beides schlechte. Sie konnte bleiben, wo sie war, konnte mit der Bettdecke über dem Gesicht die Dunkelheit noch dunkler machen, oder sie konnte ins Wohnzimmer stürmen und sich dem Dämon entgegenstellen, der sie mit Musik folterte.

Sie wählte die erste, beziehungsweise wählte diese sie. Es war sicherer, zu bleiben, wo sie war, zitternd zwar, aber unversehrt, bis schließlich die Musik wieder aufhörte.

Die Stille, die darauf folgte, verbreitete ihren ganz eigenen Schrecken. Maureen war klar, daß sie zurück in die Wirklichkeit finden mußte. Das aber hieß, die Quelle des Lärms zu ermitteln, eine vernünftige Erklärung dafür zu finden. Das war das Schlüsselwort! Sie hatte es in der »Einrichtung« gelernt: vernünftig.

Sie ging ins Wohnzimmer, suchte die Wand hastig nach einem Lichtschalter ab und fand eine ganze Reihe, mit der die übergroßen Sofas und die Sessel, die glänzenden Couchtische aus Walnußholz und die Terrassentür, von der aus man die funkelnden Lichter am Fluß sehen konnte, zu beleuchten waren.

Es gab auch mehrere Schränke. Sie öffnete alle Türen und fand Whisky, Gläser, Telefonbücher und endlich auch einen CD-Spieler. Sie hob die silbrige Scheibe heraus.

Darauf stand Rachmaninow. Das letzte Stück war das Prélude in cis-Moll.

War das ein »Unfall«, ein Fehler im Mechanismus gewesen? War das Gerät programmiert? Hatte es Trista so eingestellt – vielleicht weil sie wollte, daß sie, Maureen, sich ganz wie zu Hause fühlte? Wenn letzteres ihre Absicht gewesen sein sollte, dann hatte sie sich gründlich vertan!

Maureen sah sich im Zimmer um. Erst jetzt bemerkte sie, daß es sich bei allen gerahmten Bildern an den Wänden um Fotografien handelte, die ausnahmslos Trista zeigten. Lachend und laufend, schmollend und sexy – halt all die verschiedenen Formen der Präsentation, wie sie zum Repertoire eines Models gehörten.

Maureen fühlte sich allmählich soviel besser, daß sie auch Hunger verspürte. Sie ging in die Küche. Dort stand ein riesenhafter Kühlschrank. Das Eisfach war vollgestopft mit Steaks, Koteletts und Würsten. In der anderen Seite fand sie Gänseleberpastete und Kaviar, fünf Sorten Obst, Milch, Eier und vier verschiedene Käse.

Als sie eine Stunde später wieder ins Bett kroch, war sie mehr als gesättigt. Sie hatte sich zuvor davon überzeugt, daß alle drei Schlösser der Wohnungstür zugeschlossen waren. Sie schlief schnell ein.

Um ein Uhr erklang wieder Musik. Sie fuhr, nach Atem ringend, im Bett hoch. Aber jetzt waren es andere Klänge. Es war nicht Rachmaninow, sondern Rock.

Plötzlich erinnerte sie sich wieder an eine Zeile aus Tristas Brief: *»Du wirst die Wohnung mögen«*, hatte die Freundin geschrieben, *»auch wenn der Nachbar der lebenslustigste aller Junggesellen dieser Erde ist. Sollte er zuviel Lärm machen, dann klopf einfach an die Wohnzimmerwand.«*

Als die Musik um halb zwei immer noch so laut dröhnte, hämmerte Maureen an die Wohnzimmerwand. Die Antwort war ein Klingeln des Telefons. Sie nahm ab, und eine Männerstimme sagte: »Ich wußte ja nicht, daß du zu Hause bist.«

»Wie?«

»Seit wann bist du am Freitag vor drei Uhr nachts zu Hause? Aber wo du nun schon da bist, warum tun wir uns nicht zusammen?«

»Wer ist da?«

»Dein Nachbar, wer denn sonst? Augenblick mal... das ist nicht Trista! Wer sind Sie, eine Einbrecherin?«

»Leider keine gehörlose. Würde es Ihnen etwas ausmachen, diesen grauenhaften Lärm ein bißchen leiser zu stellen?«

»Ich gebe ja zu, daß er laut ist, aber grauenvoll ist er nicht, sondern ein *Golden Oldie*!«

»Nur Stille ist golden«, sagte Maureen.

Das ließ ihren Gesprächspartner glucksen. »Jetzt weiß ich, Sie sind Consuela Schleppkiss, nicht wahr?«

»Bin ich nicht. Ich bin Maureen Dobbs.«

»Hallo, Maureen. Ich bin Neil Shipley. Penthouse C. Und wo wir jetzt miteinander bekannt gemacht worden sind... warum tun wir uns nicht zusammen?«

»Ich bin zufällig schon im Bett.«

»Was meinen Sie denn, wo wir sind?«

Maureen warf den Hörer auf die Gabel. Aber als sie ins Schlafzimmer zurückkehrte, lachte sie doch in sich hinein. Neil Shipley, der lebenslustigste aller Junggesellen dieser Erde, hatte es geschafft, sie zu amüsieren!

Sie erledigte im Bad, was erledigt werden mußte, und als sie wieder ins Bett kroch, bemerkte sie ein Buch auf dem Nachttisch, einen Roman in glänzendem Einband über reiche Männer und schöne Frauen. Aber Maureen war davon schon nach fünf Seiten so ermüdet, daß sie das Licht löschte. Sie konnte nur schwer wieder einschlafen, aber irgendwie war es auf der beleuchteten Anzeige des Uhrenradios plötzlich doch fünf geworden. Maureen öffnete die Augen ganz, blinzelte die Zahlen an und lauschte dann dem Geräusch der Meeresbrandung draußen vor dem Fenster.

Natürlich war da gar keine Meeresbrandung! Sie befand sich mitten in Manhattan, und die Wohnung lag ein ganzes Stück über dem Meeresspiegel. Aber warum klang es in ihren Ohren wie rauschendes Wasser?

Maureen setzte sich im Bett auf. »Ich muß das Wasser laufen gelassen haben!« sagte sie laut.

In dem Augenblick, in dem sie das Bad betrat, wußte sie, daß die Erklärung nicht ganz so einfach war. Das Geräusch, das sie hörte, wurde von Wasser erzeugt, ja, aber es rauschte aus weit geöffneten Hähnen in die Badewanne. Die Wanne war schon mehr als halb gefüllt, als ob ein unsichtbares Wesen ein Bad für sie einließe.

In der Badewanne war aber schon jemand! Im Wasser lag Trista! Sie trug ein einfaches schwarzes Kleid und lächelte gewinnend.

Maureen konnte den Schrei nicht unterdrücken, obwohl

sie wußte, daß es sich nur um ein Trugbild handelte, genauer um ein Foto Tristas im sprudelnden Wasser der Wanne. Sie hatte dieses auffallende lebensgroße Bild bei ihrer Ankunft in Tristas Penthouse an der Wand des Wohnzimmers hängen sehen.

Trotzdem hatte sie allen Grund, verängstigt zu sein. Wie war das Foto in die Wanne gelangt? Wer hatte die Wasserhähne aufgedreht? Sie war doch allein in dieser so hoch gelegenen Wohnung! Trotz der prächtigen Lage hatte das Penthouse nicht viele Zimmer – das geräumige Wohn-Eßzimmer, das bescheidene Schlafzimmer, eine Küche und eine Toilette. Und das Bad, ganz in Marmor, Chrom und Spiegelglas. Eine Wanne mit glänzenden goldenen Wasserhähnen, warm und kalt, beide voll aufgedreht für die symbolische Ertränkung der Trista Burns.

Während sie schlief, war jemand dagewesen!

Als Maureen das Wasser abstellte, sah sie an der Innenseite der Tür einen Bademantel hängen. Zitternd zog sie ihn sich über und ging ins Wohnzimmer, froh, daß sie das Licht hatte brennen lassen. Sie besah sich die Wohnungstür. Trista hatte mit den drei soliden Schlössern geprotzt und behauptet, keines davon sei von Einbrechern zu knacken.

Maureen überprüfte alle drei. Alle drei waren abgeschlossen. Daraufhin sah sie sich die Terrassentür an. Sie hatte sich bei Tageslicht davon überzeugt, daß es tatsächlich keinerlei Zugang zu dem kleinen Balkon gab, aber jetzt war sie fast schon soweit, an Wunder zu glauben – an alles, was hätte helfen können, die Vorgänge in der Wohnung zu erklären.

Sie betrachtete die Wände, die mit den Modefotos von

Trista bedeckt waren. Da war ein noch neuer leerer Fleck von den Ausmaßen eines lebensgroßen Bildes.

Dann ein schauerlicher Gedanke. Ein Eingang für Lieferanten! Hatten Wohnungen wie diese nicht auch eine Hintertür für Lieferungen und die Müllentsorgung? Trista hatte zwar nichts davon gesagt, aber es gab bestimmt eine!

Und es gab sie tatsächlich. In der Küche.

Die Tür war nicht nur verschlossen, sondern auch verriegelt, und die schwere Kette war da, wo sie hingehörte.

Damit war ihr Vorrat an möglichen Erklärungen erschöpft. Bis auf eine, die sie sich aber nicht einzugestehen wagte. Sie hielt sich die Ohren zu, als wollte sie eine ungebetene Stimme ausschließen.

Hinter der geschlossenen und verriegelten Hintertür war ein Geräusch zu hören. Das erschreckte sie jedoch nicht, denn es war zu banal. Es war das Geklirr von Flaschen, die in einen Abfallbehälter geworfen wurden. Das dumpfe Geräusch eines Hartgummideckels, den jemand zuklappte. Jemand, der leise vor sich hin pfiff.

Sie nahm die Kette ab, schob den Riegel zurück, schloß auf und spähte hinaus. Sie erblickte einen jungen Mann in einem zerknitterten Pyjama. Sein schwarzes Haar war zerzaust und seine Augen irgendwie auch. Aber trotz seines trüben Blicks sah er auf eine schurkische Weise gut aus.

Der junge Mann sah sie eulenhaft an und sagte: »Miss Schleppkiss, wie ich annehme?«

»Wie ich sehe, ist die Party endlich vorbei«, erwiderte Maureen.

»Das mit dem Lärm, das tut mir leid. Die Wände zwischen diesen Dachwohnungen sind so dünn wie Pappe.«

»Ich dachte, dies seien Luxuswohnungen.«

Neil Shipley grinste. »Na ja, es bietet schon allen Luxus, aber es mangelt halt an einigen Grundvoraussetzungen.« Er sah sie neugierig an. »Wissen Sie, meine Party ist schon seit zwei Stunden vorbei. Sie müssen unter Schlaflosigkeit leiden.«

Einen Augenblick lang fühlte sie sich versucht, ihm von der alptraumhaften Szene im Badezimmer zu berichten, beschloß dann aber, vorsichtig zu sein.

»Es ist meine erste Nacht in einer fremden Umgebung«, sagte sie statt dessen.

»Also wissen Sie, gegen Schlaflosigkeit habe ich ein todsicheres Mittel.« War das ein anzügliches Grinsen? Sie wollte schon die Tür schließen, aber seine Hand verhinderte das. »Hören Sie mal, ich habe auch eine Beschwerde vorzubringen. Ihre russische Rache!«

»Was?«

»Fünf Millionen Dezibel Rachmaninow! Alle bei mir sind derart hochgefahren, daß sie hinterher in den Haaren Verputz von der Decke hatten.«

»Das tut mir leid, aber der CD-Spieler hat ganz von selbst angefangen. Ich habe wirklich keine Ahnung, wieso.«

»Das ist das Haus«, sagte Neil. »Bei stärkerem Wind schwankt es. Die Fahrstühle bleiben dauernd stecken. Der Heizungsofen qualmt. Der Hausverwalter säuft, und sein Faktotum ist ein Junkie.«

»Was ist mit... den Leitungen?« erkundigte sich Maureen.

»Fragen Sie mich nicht!«

Sie unterließ es. Sie wünschte eine gute Nacht und schloß die Tür. Sie verriegelte sie fest und legte die Kette vor. Sie beschloß, später den betrunkenen Hausverwalter anzurufen und ihn zu bitten, mal nach den Wasserhähnen der Badewanne zu sehen.

Nach diesem Entschluß fühlte sie sich besser. Sie schlief schnell wieder ein, aber erst, nachdem sie die Unterhaltung draußen noch einmal hatte Revue passieren lassen. Ihr geistiges Auge sah das von mangelndem Schlaf gezeichnete Gesicht Neil Shipleys jünger, sein Lächeln einnehmender.

Sie schlief traumlos bis in den Vormittag hinein. Unter den Jalousien erschien ein Streifen hellen Sonnenlichts. Sie öffnete die Augen und war zunächst nicht sicher, wo sie sich befand. Sie streckte sich genüßlich wie eine Katze. Dann stand sie auf, zog eine der Jalousien hoch und sah auf die Türme der Stadt hinaus, die im Sonnenlicht golden in die Höhe ragten.

Sie zog sich Tristas Frotteemantel über und tappte ins Wohnzimmer. Alles schien normal zu sein – bis ihr Blick auf die Wände fiel. Die Fotos von Trista Burns hingen alle schief! Es gab mindestens drei Dutzend, und jedes einzelne hatte sich in der Nacht geisterhaft zur Seite geneigt.

»Blöd!« sagte sie laut. Sie meinte damit sich selbst und ihren Eigensinn, der sie daran gehindert hatte, Neil Shipley von den sonderbaren Vorgängen in Penthouse B zu erzählen.

Er hatte irgend etwas über das Haus gesagt, etwas darüber, daß es bei stärkerem Wind schwanke. Könnte das die Erklärung sein für drei Dutzend schief hängende Bilder? Das lebensgroße Bild, in die Badewanne geweht, welche ihre Wasserhähne aufgedreht hatte, um sich selber mit Wasser zu füllen?

Das alles schien viel zu unwahrscheinlich zu sein, und sie verspürte das Bedürfnis, eine vernünftige Stimme zu hören. Sie brauchte den Trost, der darin lag, daß man seine Verwirrung mit einem anderen teilte. Neil war der einzige Mensch, den sie in dieser Stadt kannte – obwohl ihre Bekanntschaft auch nur knapp fünf Minuten gedauert hatte.

Sie dachte daran, bei ihm anzuklopfen, hielt dieses Vorgehen dann aber doch für zu direkt. Das Telefon wäre unpersönlicher. Sie fand ein Telefonbuch und darin seine Nummer.

»Hallo… Mr. Shipley?«

»Ja?«

»Hier ist Maureen Dobbs.«

»Wer?«

»Consuela Schleppkiss«, antwortete sie trocken. »Ihre neue Nachbarin.«

»Oh, hallo!« Er klang aufrichtig erfreut. »Wie geht es Ihnen?«

»Hören Sie, hat das Gebäude in den zurückliegenden Stunden mal geschwankt? Oder haben Sie mir da heute nacht nur ein Märchen erzählt?«

»Nein, das tut es wirklich. Die meisten dieser Hochhäuser sind so gebaut, daß sie sich bei starkem Wind biegen. Aber besser biegen als einstürzen, stimmt's? Warum fragen Sie?«

»Weil etwas Merkwürdiges passiert ist. Alle Bilder von Trista hängen plötzlich schief an der Wand.«

Es trat eine tiefe Stille ein, dann war das Freizeichen zu hören. Maureen sagte irritiert: »Hallo?« und warf den Hörer auf die Gabel, weil Neil Shipley, daran war nicht mehr zu zweifeln, aufgelegt hatte. Als es kurz darauf an der Tür klingelte, wußte sie, daß sie im Spion sein stark vergrößertes Gesicht sehen würde.

»Ich kann mich nicht erinnern, Sie herübergebeten zu haben«, sagte Maureen.

Er grinste. Er sah bei Tageslicht jünger aus. Seine Ärmel waren aufgerollt, und er roch nach frisch appliziertem Rasierwasser. »Ich dachte, ich könnte Ihnen dabei helfen, die Bilder wieder geradezurücken.« Er trat ein und riß angesichts des absurden Arrangements der Fotos die Augen weit auf. »He, das war also kein Scherz! Was ist denn hier passiert?«

»Ich habe keine Ahnung. Und um die Wahrheit zu sagen, ist es nicht das einzige Seltsame, das sich hier ereignet hat.«

Sie ging ihm voraus zum Badezimmer. Das Wasser in der Wanne war abgelaufen, und Tristas Foto klebte jetzt auf dem Boden. Das lange schwarze Kleid hatte viele Falten bekommen. Neil machte dieser Anblick sprachlos – er starrte auf das Bild und sah dann Maureen mit einem Blick an, der, wie ihr plötzlich bewußt wurde, voller Argwohn war.

»Sie sind Maureen«, sagte er. »Ich meine, ich hätte Trista irgend etwas über eine Kusine sagen hören …«

»Wir sind nicht verwandt«, unterbrach sie ihn. »Trista ist eine alte Freundin aus Elmwood, Ohio. Aber was hat sie über mich gesagt? Daß ich in einem Irrenhaus sei?«

»Natürlich nicht! Trista wäre nie so grob. Sie sagte, es sei eine Klapsmühle.« Er sah ihre Reaktion und setzte hinzu: »He, ich mach doch nur Spaß. Sie hat lediglich gemeint, Sie seien mit den Nerven runter und brauchten etwas Ruhe. Bat mich, mich ordentlich zu benehmen, solange Sie hier seien. Wo steckt sie eigentlich?«

»Ist verreist. Ein Job. Sie hat mich gegen mein besseres Wissen zum Bleiben überredet. Hat gemeint, die Wohnung sei sicher, und dabei lediglich zu erwähnen vergessen, daß es darin spukt.«

Neil gluckste. »Keine Bange. Ich bin überzeugt, daß es eine einfache Erklärung gibt.«

»Ich höre.«

»Na ja, sie könnte doch experimentiert haben. Mit der Idee für ein Bild. Eine Art bizarre Modeaufnahme, Kleider unter Wasser. Ich habe für die Zeitschrift schon verrücktere Ideen angeboten bekommen.«

»Für welche Zeitschrift?«

»Sie heißt *Chico.*«

»Arbeiten Sie bei der?«

»Sie gehört mir«, antwortete Neil. »Neben einem Dutzend weiterer.« Traurig setzte er hinzu: »Die meisten davon sind auch unter Wasser.«

»Aber was ist mit den Wasserhähnen? Wer hat die aufgedreht?«

»Trista hat die verdammten Dinger wahrscheinlich nur nicht fest genug zugedreht, das ist alles. Ihre Jugendfreundin ist ein bißchen zerstreut, haben Sie das nie bemerkt?«

»Glauben Sie wirklich, daß das möglich ist?«

»Nein, ich halte es nur für wahrscheinlich«, antwortete Neil. Er sah auf die Uhr. »Ich mache mal besser, daß ich ins Büro komme und meine Gläubiger beruhige. Aber wir könnten diese Unterredung doch heute abend fortsetzen. Vielleicht beim Abendessen?«

»Ich glaube nicht«, sagte Maureen.

»Und warum nicht? Ich bin Single, Sie sind Single. Ich habe mich gerade im Rasierspiegel gesehen, und da sah ich gar nicht so übel aus.« Er grinste. »Sie doch auch nicht.«

»Trista hat mir eine Tonne Nahrungsmittel hinterlassen. Ich fühle mich verpflichtet, davon zu essen.«

»Das soll mir recht sein. Wir können doch hier zu Abend speisen. Sie kochen das Essen, ich bringe Wein und Rosen mit.«

»Sorry, das ist wirklich keine so gute Idee.«

Neil zuckte die Achseln. »Wie Sie wollen, Consuela ... Aber sollten Sie Ihre Meinung ändern, dann klopfen Sie zweimal an die Wohnzimmerwand. Ich werde den Wein und die Rosen bereit haben.«

Sie brachte ihn hinaus. Er blieb kurz stehen, um noch einen Blick auf die Ansammlung schiefer Fotografien zu werfen. In diesem Augenblick rauschte ein Windstoß mit Sturmstärke durch das Wohnzimmer, warf Lampen um, wirbelte Papier durch die Luft und drückte Maureen, die vor Angst aufschrie, flach gegen die Wand.

Neils Reaktion war praktischer Art. Er stemmte sich gegen den Sturm und drückte mit aller Kraft die beiden Flügel der Terrassentür zu. Der Wind war ausgesperrt, heulte frustriert draußen herum.

»Da haben Sie's«, sagte er, ein bißchen schnaufend. »Jetzt wissen Sie, wie das mit Tristas Fotos passiert ist.«

»Das ist unmöglich«, erwiderte Maureen. »Ich habe in der vergangenen Nacht keinerlei Wind gehen hören. Und als ich heute morgen aufgestanden bin, war die Tür fest zu ...«

»Sie haben wahrscheinlich geschlafen und es nicht gemerkt.« Er sah zu der Pillendose aus Plastik hin, die noch auf dem Eßtisch stand, daneben ein Glas Wasser. »Haben Sie eine davon genommen? Einen Tristabonbon?«

»Das erklärt nicht, warum die Tür zu war.«

»Der Wind weht hier oben ganz komisch. Atmet irgendwie ein und aus. Saugte wohl die Tür zu, nachdem er seinen Schaden angerichtet hatte. Vielleicht sollten Sie ein Schloß anbringen lassen.«

»Trista meinte, sie brauche kein Schloß, weil man vom Dach nicht auf die Terrasse käme. Von dem Wind hat sie nichts gesagt.«

»Tja, denken Sie mal darüber nach. Sie können unser Faktotum bitten, es einzubauen.«

»Sie haben doch gesagt, das Faktotum sei ein Säufer.«

»Das ist der Hausverwalter«, sagte Neil. »Das Faktotum ist ein Junkie. Ich sage Ihnen was. Heute abend auf dem Heimweg besorge ich ein Schloß und baue es Ihnen ein. Bin ich nicht ein guter Nachbar?«

»Ist das Ihr Ernst?«

»Klar. Und während ich bei der Arbeit bin, können Sie uns einen Schub Martinis mixen, einen netten Salat mit Vinaigrette anrichten und zwei Steaks auf den Grill werfen …«

»Ich wußte doch, daß die Sache einen Haken hat!«

»Alle Schlösser haben einen.«

Maureen lachte zum ersten Mal seit … aber sie konnte sich nicht mehr daran erinnern, seit wann. »Ich danke für das Angebot«, sagte sie, »aber ich glaube, am Ende werde ich doch lieber das Faktotum bitten.«

»Okay, okay, dann muß ich halt auf meinen Lohn warten. Ich muß heute abend sowieso zu einem Geschäftsessen. Aber wann immer Sie bereit sind...«

»Ich weiß. Dann klopfe ich zweimal an die Wand, und Sie bringen den Wein und die Rosen.«

Nachdem Neil gegangen war, fühlte sich Maureen soviel besser, daß sie beschloß, sich anzuziehen und sich dann ein bißchen die Stadt anzuschauen.

Es war ein sonniger Tag, noch frisch von den rauhen Märzwinden, die sich bis in den April gehalten hatten. Maureen glaubte jetzt nicht mehr, daß es in Tristas Penthouse »spukte«. Neil hatte sicher recht, was all die Rätsel wie das Foto in der Badewanne oder die krumm und schief an den Wänden hängenden Bilder anging. Vielleicht würde sie ja doch noch ihren Spaß haben, vielleicht hatte diese Woche des Alleinseins tatsächlich eine therapeutische Wirkung. Und wer weiß? Vielleicht würde sie ja eines Abends auch zweimal an die Wohnzimmerwand klopfen ...

Sie ging in die Stadtmitte, bestaunte das Rockefeller Center, schlenderte die Fifth Avenue entlang und schaffte es sogar bis zum Central Park. Legte sich allmählich die Angst, die sich an jenem Tag in Elmwood, als ihr Vater von den zwei Motorradfahrern ermordet wurde, so tief in ihr festgesetzt hatte ... damals, als sie zu einer Pistole gegriffen hatte und dann nicht in der Lage gewesen war, sie abzufeuern?

Neil ließ sich durch nichts beirren. Er kam um halb sieben doch vorbei, zog das Jackett eines sehr teuren Anzuges aus und fing mit der Arbeit an der Terrassentür an.

»Ja, ja«, sagte er, »wenn man in einer großen Stadt lebt, braucht man schon gewisse grundlegende Fertigkeiten. Kung-Fu, Karate, der Einbau von Schlössern in Türen ...«

»Leben Sie schon lange hier?«

»Bin aus Flint, Michigan, hierhergezogen. Hatte früher mal ein Apartment im Village. Das wurde viermal ausgeraubt. Ich habe es mit allem versucht, selbst mit so einem Supersicherheitsschloß.«

»Hat es was genützt?«

»Gar nix. Sie kamen zum Fenster rein. Da vergitterte ich das Fenster, und da drückten sie den kompletten Rahmen ein. Ich kaufte mir schließlich sogar einen Hund, den ich den ganzen Tag über in der Wohnung ließ.«

»Was geschah?«

»Sie klauten mir den Hund.«

Schließlich war die Arbeit getan. Neil zog das Jackett wieder an und sagte: »Jetzt mache ich mich besser mal für mein Geschäftsessen fertig. Ich will versuchen, einen Kerl dazu zu kriegen, daß er in die Firma investiert, mich vor dem Bankrott rettet. Wünschen Sie mir Glück!«

An der Tür küßte sie ihn spontan auf die Backe. »Danke«, sagte sie und errötete heftig. Es war seit mehr als einem Jahr der erste Kuß, mit dem sie einen Mann bedachte.

Sie war hungrig, hatte aber keine Lust zu kochen. Sie knabberte ein Stück Putenschenkel, aß ein Dutzend Kirschtomaten, eine Scheibe Roggenbrot. Um neun ging sie ins Bett, schaltete den Fernsehapparat mit Großbildschirm an, suchte Sitcoms, unterhaltsame Stand-ups, döste zu Beginn einer Talkshow ein, klickte das Gerät per Fernbedienung aus und schlief ein.

Eine Stunde später war wieder ein Klicken zu hören. Das weckte sie noch nicht, wohl aber das zweite. Dann ein drittes.

Sie öffnete die Augen, und ihre Hand tastete nach der Fernbedienung, die noch auf der Bettdecke lag. Sie griff danach, als wäre sie eine Schutz bietende Waffe. Was war das für ein Geräusch? Hatte sie es sich bloß eingebildet?

Sie lag ganz still, hielt den Atem an, spitzte die Ohren.

Da war das Knarren einer Diele!

Dann erschien in der Schlafzimmertür ein Schatten, der die Umrisse eines Mannes hatte. Und dieser Schatten bewegte sich, wurde größer, ragte vor ihr auf, streckte eine Hand nach ihr aus!

Als die Hand ihre Schulter berührte, blieb nichts anderes übrig, als zu schreien. Der Schrei drang jedoch nur wie erstickt und ganz schauerlich aus ihrem Mund. Das erschreckte den Eindringling ebenso wie sie selber.

»Du liebe Güte, was ist denn mit dir los?« sagte der Mann.

In diesem Augenblick wußte sie, daß sie nicht in ihrem Bett ermordet werden sollte. Das verringerte jedoch ihre Angst überhaupt nicht. Sie warf die Bettdecke zur Seite und versuchte, an ihm vorbei ins Wohnzimmer zu laufen. Aber er packte sie am Arm und sagte: »Beruhigst du dich mal? Ich bin's, Warren!«

Mit seiner freien Hand knipste er die Nachttischlampe an. Sie hatte jetzt einen großen Mann in einem Trenchcoat vor sich. Sein Gesicht war zwar faltig, aber hübsch. Er trug das graue Haar so lang, daß es über den Kragen hinabhing.

Was er sah, überraschte ihn. »Wer, zum Teufel, sind Sie denn? Wie sind Sie hier reingekommen?«

»Diese Frage wollte ich Ihnen auch gerade stellen.«

»Ich bin Warren Sykes, und ich bin hiermit hereingekommen.« Er ließ einen an einer Kette hängenden Schlüssel vor ihren Augen hin und her pendeln.

»Das verstehe ich nicht. Dies ist doch die Wohnung von Trista Burns, oder nicht?«

»Ja, sie wohnt hier«, sagte der Mann, »aber gehören tut die Wohnung mir.«

Das Begreifen kam schnell, ebenso die Schwäche in den Knien. Sie sank auf das Bett zurück und hatte das Gefühl, daß wenigstens noch ein schwacher Protest erforderlich sei. »Davon hat sie überhaupt nichts gesagt ... in ihrem Brief.«

»Hören Sie mal, mein Goldpüppchen«, sagte er müde, »ich habe gerade dreizehn Stunden in einem Flugzeug gesessen und dann noch eine in einem Taxi ohne Stoßdämpfer. Würden Sie mir also bitte schnell mal sagen, warum Sie Tristas Bett warm halten?«

»Weil sie mich darum gebeten hat. Ich bin Maureen Dobbs ... aus Elmwood.«

»Und was haben Sie mit Trista gemacht?«

»Gar nichts! Als ich hier ankam, mußte sie weg. Zu einem Model-Job in Alaska.«

Dieses Wort ließ ihr zu Bewußtsein kommen, daß es im Zimmer arktisch kalt war. Sie zitterte und zog sich die Bettdecke um die Schultern. Warren Sykes dagegen mußte es warm geworden sein, denn er zog den Mantel aus.

»O ja«, sagte er matt, »ich glaube, sie hat mal irgendwas von einer Kusine gesagt, die zu Besuch kommen wollte.«

»Wir sind nicht verwandt, sondern nur uralte Freundinnen. Sie hat versäumt, mir zu sagen, wer hier die Miete bezahlt. Nicht daß mich das etwas anginge.«

»Da haben Sie völlig recht, das tut es nicht.«

»Wenn Sie dann mal kurz hinausgehen würden«, sagte Maureen. »Ich ziehe mich an und verschwinde.«

»Seien Sie nicht albern. Es ist zwei vorbei. Um diese Zeit würden Sie nie und nimmer ein Hotelzimmer finden. Nicht in dieser Stadt.«

Maureen erwähnte nicht, daß sie gar kein Geld für ein Hotelzimmer gehabt hätte, zu dieser oder zu welcher Zeit auch immer. Statt dessen sagte sie: »Es ist trotzdem nicht recht, hierzubleiben ... jetzt.«

»Und warum nicht? Wenn Trista Sie eingeladen hat, bei ihr zu wohnen, dann ist das ihr gutes Recht. Es gibt keine Hausordnung.«

»Aber was machen Sie dann?«

»Ich werde natürlich nach Hause gehen. Zu meiner Frau.«

»Oh«, sagte Maureen fromm.

»Ich bin sicher, daß auch sie bei meinem Anblick schreit«, sagte er. »So wie Sie. Denn eigentlich bin ich noch einen ganzen Monat in Hongkong.« Er legte den Mantel über den Arm. »Aber letztendlich«, setzte er trübsinnig hinzu, »schreit sie bei meinem Anblick sowieso meistens.«

Er ging hinaus.

Maureen schwang die Beine zurück aufs Bett, lauschte den Geräuschen seines Aufbruchs und fragte sich, ob sie sich vergewissern sollte, daß die Tür ordentlich abgeschlossen war. Aber dann hörte sie es dreimal schnappen und wußte, daß Warren Sykes es pflichtschuldigst getan hatte.

Das Kissen an sich drückend, dachte sie über das geheime Leben ihrer Freundin nach und versuchte dabei, sich aller Urteile zu enthalten. Sie hatte Trista schon immer wegen ihrer Unabhängigkeit und der Entschlossenheit, es in der Welt zu etwas zu bringen, bewundert. Jetzt hatte es allerdings ganz den Anschein, daß sie doch nicht gar so unabhängig war und daß sie nicht ohne ein bißchen Beistand auf so großem Fuß leben konnte. Wie war doch gleich das Wort dafür? Ja, sie wurde »ausgehalten«. Maureen ertappte sich dabei, daß sie ein bißchen kichern mußte.

Ihre Freundschaft war eine typische Schülerinnenfreundschaft gewesen, das Zweiergespann eines hübschen und eines unscheinbaren Mädchens. Sie, Maureen, war nach Abschluß der High School aus der Unscheinbarkeit herausgewachsen, aber Trista war dafür titelseitenmäßig schön geworden. Zu diesem Zeitpunkt war die Freundschaft an ihr Ende gelangt. Trista hatte sich nach New York aufgemacht, um dort ihr Glück zu versuchen, während sie, Maureen, daheim geblieben war, um ihrem verwitweten Vater beim Überleben zu helfen.

Aber er hatte nicht überlebt! Er war tot. Und sie war ihm überhaupt keine Hilfe gewesen!

Sie schlief ein, während sie noch dachte, woran sie immer dachte, hoffend, daß diese Gedanken nicht in ihre Träume eindringen würden.

Ein lautes Klingeln weckte sie, aber es kam nicht von dem Wecker auf dem Nachttisch. Es war das Telefon.

»Hier Warren Sykes«, sagte die Stimme. »Ist alles in Ordnung? Konnten Sie sich wieder beruhigen?«

»Danke, mir geht es gut.« Sie sah auf die Uhr – es war zwanzig nach neun.

»Ich muß Sie sehen«, sagte er und überraschte sie damit. »Ich werde Sie aber diesmal nicht halb zu Tode erschrecken, das verspreche ich. Ich muß jedoch unbedingt mal mit Ihnen reden.«

»Worüber denn?«

Warren Sykes zögerte. Dann sagte er: »Man könnte durchaus sagen, daß es um eine Frage von Leben und Tod geht.«

»So ernst wird es wohl nicht sein«, erwiderte Maureen. »Und wenn es das wirklich wäre, dann bin ich, glaube ich, nicht die richtige Ansprechpartnerin. Sie wissen doch kaum meinen Namen.«

»Sie sind Maureen«, sagte Warren Sykes. »Und glauben Sie mir... Sie sind genau der Mensch, mit dem ich sprechen muß. Sie sind die einzige Freundin Tristas, die ich je kennengelernt habe.«

»Verstehe«, sagte Maureen, ohne irgend etwas verstanden zu haben.

»Und nochmals... alles in Ordnung? Konnten Sie nach der nächtlichen Störung wieder einschlafen?«

»Doch, mit ein wenig Hilfe meiner Freunde. Oder eher Tristas Freunden. Ich meine diese Schlaftabletten, die sie mir hinterlassen hat.«

»Seien Sie vorsichtig. Trista ist ein bißchen leichtsinnig, wenn es um solche Mittel geht.«

»Die lösen doch hoffentlich nicht ... Halluzinationen aus? Ich habe in dieser Wohnung schon einige seltsame Erlebnisse gehabt.«

»Was meinen Sie damit?«

Sie berichtete ihm von der Musik und dem Foto in der Badewanne. Er hörte schweigend zu. »Ich weiß, es klingt verrückt, aber die Türen waren alle fest verriegelt, als diese Dinge passierten …« Sie gähnte. »Wie auch immer, diese Pille wirkt immer noch. Könnten Sie so gegen halb sechs, sechs kommen?«

»Das geht«, sagte Warren. »Und diesmal klingle ich an der Tür.«

Als sie wieder eindöste, hatte sie einen verwirrenden Traum. Da stand ein Mann am Fußende des Bettes – Neil oder Warren. In gewisser Weise beide. Neil mit Warrens grauem Haar, Warren mit Neils schurkischem Lächeln. Was wollten sie von ihr? Sie wachte schweißgebadet auf.

Als Maureen sich anzog, entschied sie sich gegen den Schlampen-Look und wählte einen silberglänzenden Hosenanzug, den sie in Tristas Schrank fand. Sie hatten beide die gleiche Größe, eine Tatsache, die damals in Elmwood wesentlich zu ihrer Freundschaft beigetragen hatte.

Um Viertel vor sechs klingelte es an der Tür.

Sie bot Warren einen Whisky an, aber er wollte lieber einen Martini und machte ihn sich klugerweise selbst zurecht. Ihre Wahl fiel auf einen Likör – seiner leuchtend grünen Farbe wegen. Als sie saßen, sagte er: »Sie wundern sich vielleicht über etwas, nämlich darüber, warum ich mich nicht, wenn ich zu Hause so verdammt unglücklich bin, einfach scheiden lasse?«

»Diese Frage habe ich mir nicht gestellt«, antwortete Maureen.

Das hielt ihn jedoch nicht auf. »Es ist ein so entsetzliches Klischee, daß ich es gar nicht aussprechen mag, aber meine Frau ist reich. Ihr Vater ist in der Textilbranche tätig, und ich bin für den Auslandsvertrieb zuständig. Das hat an sich wenig zu besagen, ermöglicht es mir jedoch, gelegentlich von Kelly fortzukommen.«

»Kelly ist Ihre Frau.«

Warren sagte: »Sie liebt unsere beiden Hunde mehr als mich, ist aber immer noch wahnsinnig eifersüchtig. Wenn sie ... hiervon wüßte, würde sie mir wahrscheinlich die Kehle durchschneiden.«

»Und Ihre Zuwendung?« Maureen biß sich auf die Lippe. »Sorry.«

»Ich war schon immer der Meinung, daß Trista dieses Risiko wert sei. Inzwischen ... bin ich nicht mehr so sicher. Das hat mich auf die Frage gebracht, ob Sie bereit sein könnten ... mir zu helfen.«

»Und wie?«

»Ich will Sie nicht dazu überreden, Ihre Freundin zu hintergehen. Aber ich muß unbedingt wissen, wie sie zu mir steht. Ob ich es bin, der ihr am Herzen liegt, oder eher das Penthouse.«

»Aber ... wie soll ich das denn herausfinden?«

»Trista wird mit Ihnen darüber reden, da bin ich sicher. Sie wird Ihnen von ihren wahren Gefühlen sprechen, das tun Frauen doch immer ... jedenfalls unter sich. Wenn Sie mir gegenüber aufrichtig zu sein vermögen, dann sagen Sie mir, ob ich mir etwas vormache, ob ich mein Leben grundlos aufs Spiel setze ...«

»Ihr Leben?«

»Buchstäblich«, antwortete Warren. »Kelly hat mir schon öfter gedroht, und sie ist zu einem Mord durchaus fähig. Das hat mir ihr Arzt mal gesagt. Außerdem habe ich es mit eigenen Augen gesehen. Eines Tages brachte sie zwei Papageien im Käfig um, bloß weil sie schlechte Laune hatte.«

Maureen sagte: »Und Sie sind sicher, daß es nicht … der mögliche Verlust Ihres Jobs ist, der Ihnen solche Sorgen macht?« Eigentlich hatte sie »des Geldes« sagen wollen.

»Ja, das auch«, antwortete er reumütig. »Ich gebe es zu. Man gewöhnt sich an bestimmte Dinge… Wollen Sie es tun, Maureen? Ich möchte nur Ihre Meinung hören.«

Sie wollte ablehnen. Sie wollte sich nicht in Tristas Privatleben einmischen. Aber sie sagte: »Na gut. Ich werde Ihnen meine Meinung sagen… wenn ich mir eine gebildet habe.«

Warren Sykes ging zehn Minuten später. Maureen hatte ihren leuchtendgrünen Likör noch gar nicht angerührt.

Sie machte sich ein Käsesandwich, aß Kaviar zum Nachtisch. Dann entdeckte sie im Wohnzimmer ein DVD-Gerät, sah sich einen Disneyfilm an und weinte um das Biest. Bevor sie gegen Mitternacht ins Bett ging, nahm sie – Warrens Ermahnung mißachtend – wieder eine von Tristas Pillen.

Eine Weile schlief Maureen traumlos. Dann sah sie ein junges Mädchen zwischen Bäumen dahinlaufen, einen Korb am Arm. Sie wußte, daß dieses Mädchen sie war, sie vor langer, langer Zeit.

Das Prélude in cis-Moll explodierte in ihren Traum hinein, gefolgt von einem Lärm, der noch furchterregender war, nämlich dem Donnern, Rumpeln und Krachen von

Möbelstücken, die im Nebenraum umgeworfen wurden. Sie setzte sich auf, wollte glauben, daß dies alles nur Teil ihres Unterbewußtseins sei, aber es war wirklich, war vollkommen real!

Und dann mitten in dem Lärm eine Stimme, gedämpft, gepeinigt, die nur sie alleine hörte. Die Stimme eines verzweifelt flehenden Mannes. »Hilfe! Hilf mir doch jemand! Polizei! Polizei!«

Es war ihr Vater, der in den letzten Augenblicken seines Lebens um Hilfe rief, und sie, Maureen, zog die Dunkelheit über ihren Kopf wie eine Decke und war einmal mehr unfähig, auf seinen Hilferuf zu reagieren.

Erst als die flehende Stimme allmählich verklang, so leise wurde, daß sie nicht mehr sicher war, ob sie die Rufe wirklich gehört hatte, wagte sie sich aus dem Bett und ins Wohnzimmer. Sie mußte unbedingt nachsehen, ob die Geräusche vorhin wirklich gewesen waren oder nur in ihrem Kopf.

Noch ehe sie das Licht angemacht hatte, kannte sie die Antwort. Sie stolperte über einen umgekippten Stuhl.

Das Zimmer war ein einziges Chaos. Alle Tische lagen auf der Seite, selbst der schwere Couchtisch mit der Glasplatte und die Stühle waren umgeschmissen. Nur die riesigen Sofas standen noch da, wo sie hingehörten. Maureen sank dankbar auf eines nieder.

Sie saß noch nicht lange, da klingelte es an der Tür. Durch den Spion erkannte sie das Gesicht Neil Shipleys. Mit den drei Schlössern kämpfend, öffnete sie die Tür.

»Hören Sie mal, Consuela, meinen Sie nicht, daß Sie das mit der russischen Rache ein wenig...« Er brach plötzlich ab und starrte auf das Durcheinander im Wohnzimmer.

»Was ist denn da passiert?« fragte er. »Und sagen Sie jetzt bloß nicht, das sei der Wind gewesen!«

»Nein«, sagte Maureen teilnahmslos, »die Terrassentür war verschlossen, die anderen Türen ebenfalls. Aber es war jemand hier drin. Hat wieder diese CD gespielt und dann die Möbel umgeworfen.«

Sie wäre höchst beunruhigt gewesen, hätte sie den besorgten Blick Neils gesehen und mitbekommen, welche Schlußfolgerungen er zog. Aber Maureen starrte nur vor sich hin und war viel zu benommen, um überhaupt irgend etwas zu bemerken.

Neil machte sich daran, die Tische und Stühle wieder aufzustellen. Als das geschafft war, sammelte er auf, was auf den Teppich gefallen war, unter anderem Bücher und Nippes. Der letzte Gegenstand, den er aufhob, war ein Plastikfläschchen.

Er setzte sich neben Maureen aufs Sofa und sagte: »Hier war niemand drin, Baby. Niemand, verstehen Sie? Sie hatten einen schlechten Traum und sind ein bißchen schlafgewandelt.«

»Was?«

»Sie haben wieder eine von denen hier genommen, nicht wahr?« Er hielt dabei das Pillenfläschchen hoch. »Ich dachte, ich hätte Sie eindringlich genug vor Tristas Entspannungsmittelchen gewarnt.«

»Aber ich hab keine genommen, ich schwör's. Ich war im Bett und schlief, dann hörte ich den Lärm hier im Wohnzimmer. Die Musik und dann den Lärm! Und dann ...«

Sie fing an zu zittern. Sie hatte völlig vergessen, daß sie nur ein Nachthemd anhatte. Neil ging ins Schlafzimmer und kam mit einer Wolldecke zurück. Er legte sie ihr um die Schultern und sagte: »Ein Freund von mir hat mal dieses Zeug genommen, oder was Ähnliches, und der fuhr dann immer aufs Meer hinaus und drohte den Wellen mit der Faust.«

»Wollen Sie damit sagen, daß ich alle diese Möbelstücke umgeworfen habe?«

»Es ist die Wut«, antwortete Neil. »Es gibt Mittel, die machen einen wütend, selbst auf unbelebte Dinge... Hören Sie, ich bin kein Arzt, ich versuche nur, ein bißchen gesunden Menschenverstand zur Anwendung zu bringen.«

»Es waren ja nicht nur die Musik und die Möbel! Ich habe auch eine Stimme gehört...« Sie brach abrupt ab, als sie sah, wie sein Gesicht noch ernster wurde.

»Stimmen!« sagte sie bitter. »Ich weiß schon, was Sie denken! Schizophrene hören Stimmen, nicht wahr? Und natürlich, ich komme ja geradewegs aus der Klapsmühle, wie Sie das so nett genannt haben.«

»Was hat die Stimme Ihnen aufgetragen?«

»Sie hat mir nichts aufgetragen!« Maureen zog die Wolldecke fester um sich. »Wenn Sie es unbedingt wissen wollen, es war die Stimme meines Vaters... wenigstens dachte ich das. Ich bin sicher, daß ich mir die nur eingebildet habe.«

»Was hat er gesagt? In Ihrer Einbildung?«

»Er hat um Hilfe gerufen. Nach der Polizei.« Sie sah ihn an. »Mein Vater ist ermordet worden... in seinem Juweliergeschäft daheim in Elmwood. Zwei Männer haben ihn umgebracht.«

»Mein Gott!« sagte Neil Shipley. »Das wußte ich nicht!«

»Deshalb bin ich in der Klapsmühle gelandet.« Sie lächelte bitter. »Ich nehme an, ich hätte ein paar Wochen länger drinbleiben sollen, was?«

»Warum erzählen Sie mir nicht davon? Wie es passiert ist?«

»Da gibt es nicht viel zu erzählen. Sie fuhren Motorräder. Haben wahrscheinlich Geld für Benzin gebraucht. Sie nahmen eine Menge Diamantschmuck an sich, und als mein Vater sich auf sie stürzte, brachten sie ihn um.«

»Und Sie haben das alles mit angesehen?« fragte Neil.

»O ja, ich war dabei! Ich schrieb gerade Preisschildchen, ich habe nämlich eine hübsche, saubere kleine Handschrift... Ich sah, was geschah. Und ich hätte dem auch ein Ende machen, hätte meinen Vater retten können.«

»Wie das?«

»Er hatte einen Revolver. Einen geladenen. Ich holte ihn aus der Schublade, zielte auf die beiden und sagte ihnen, sie sollten verschwinden, sonst würde ich schießen. Aber ich tat es nicht. Ich stand einfach nur da und zitterte, und der Revolver wackelte hin und her, bis sie lachten und ihn mir wegnahmen. Da packte mein Vater einen von ihnen, und der andere hob das Stemmeisen...«

Das Telefon klingelte. Sie starrten beide darauf, bis Neil sagte: »Sie gehen besser mal dran.«

Maureen hob ab und hörte Warren Sykes sagen: »Es tut mir leid, daß ich noch so spät anrufe, aber ich muß Sie unbedingt sprechen. Ich bin in zwanzig Minuten da.«

Maureen legte auf, und Neil sah sie fragend an. »Ich dachte, Sie kennen hier in New York niemanden«, sagte er.

»Doch. Sie und ... einen Freund von Trista.«

»Trista hat jede Menge Freunde. Wenn Sie der Ansicht sind, meine Partys seien laut, dann messen Sie mal den Geräuschpegel bei Tristas! Welcher Freund ist es? Ein paar von denen sind nämlich ganz schön seltsame Vögel.«

Maureen entschied sich für Diskretion. »Ich weiß eigentlich gar nicht genau, wie er heißt. Ich bin ihm nur einmal ganz kurz begegnet.«

Neil stand auf. »Na, da Sie Besuch erwarten, gehe ich lieber mal.«

»Ich bin Ihnen wirklich dankbar, Neil. Auch wenn Sie glauben, ich sei ein Junkie.«

»Das habe ich nie gesagt! Das waren diese Pillen von Trista, die Sie geschluckt haben. Und wenn Sie meinen Rat hören wollen: Nehmen Sie keine mehr davon.«

Er ging zur Tür, aber sie hielt ihn auf, indem sie fragte: »Wie war eigentlich Ihr Tag? Diese Besprechung, die Sie hatten, wegen der Geldbeschaffung für Ihre Firma?«

»Es war grad so, wie ich es erwartet hatte«, antwortete Neil mit einem Anflug von Sarkasmus. »Die waren gern bereit, mir ein paar Hunderttausender zu geben, wenn ich ihnen dafür nur die Vollmacht über das Unternehmen abtrat. Ich habe eine unhöfliche Bemerkung fallenlassen und bin raus.«

»Das klingt nicht so gut.«

»Ich werde nicht versuchen, noch mehr Geld aufzunehmen, sondern habe mich dazu durchgerungen, ein paar von den Verlustmachern abzustoßen und mich auf die Zeitschriften zu konzentrieren, die schwarze Zahlen schreiben.«

»Ich habe mir eine Nummer von *Chico* besorgt. Ich lese sonst keine Modezeitschriften, aber die ist irgendwie anders. Sie hat … wie soll ich das sagen … Sinn für Humor vielleicht.«

»Es freut mich, daß das am Ende doch mal jemand bemerkt hat.« Er lächelte sie an. Sie sahen sich einen Augenblick lang tief in die Augen, und Maureen merkte, daß sie rot wurde. Dann war er fort.

Eine Viertelstunde später kam Warren Sykes. Er sah müde aus, ja aufgelöst. »Danke, daß Sie mich noch empfangen, Maureen«, sagte er. »Es muß ja schon nach eins sein.«

»Es ist fast zwei«, sagte sie leichthin. »Aber was soll's? Gibt es nicht einen Song, in dem es heißt, dies sei eine Stadt, die niemals schlafe?«

»Trotzdem habe ich es bedauert, in dem Augenblick, in dem ich auflegte. Ich muß mit Ihnen sprechen, ja, aber es war noch mehr als das. Kelly war in einer saumäßigen Stimmung … ich mußte aus dem Haus raus!«

»Wie hat sie eigentlich reagiert, als Sie gestern nacht heimkamen? War sie überrascht?«

»Wohl eher zu Tode erschrocken … genau wie Sie. Ich bin nicht ganz sicher, ob sie je geglaubt hat, daß ich geschäftlich in Hongkong bin. Dachte wahrscheinlich, ich treffe mich mit der einen oder anderen Frau.«

»Der argwöhnische Typ«, bemerkte Maureen und setzte vorsichtig hinzu: »Aber vielleicht ja mit gutem Grund?«

»Wahrscheinlich. O Gott, sie hört nie auf, mir vorzuwerfen, daß ich mich mit anderen Frauen treffe. Schon bevor ich Trista kennenlernte … Nun ja, jetzt scheint das alles gar nicht mehr so wichtig zu sein, und ich reiße Sie deswegen aus dem Schlaf!«

»Ich war hellwach, als Sie anriefen. Ich hätte angesichts dessen, was passiert war, auch gar nichts anderes sein können.«

»Was soll das heißen?«

Sie berichtete ihm von ihrem unsanften Erwachen – von der CD, die von selbst zu spielen angefangen hatte, von den umgeworfenen Möbeln. Neils Hilfe bei der Wiederherstellung der Ordnung ließ sie unerwähnt.

Warren hörte mit schmalen Lippen und gerunzelter Stirn zu.

Maureen sagte: »Ich kann raten, was Sie von dem allen halten. Wahrscheinlich genau dasselbe wie mein Nachbar. Der glaubt, mein Kopf sei durch diese Pillen, die mir Trista dagelassen hat, ein bißchen durcheinandergeraten. Oder... er ist überhaupt durcheinander, Punkt.«

»Das ist natürlich eine ganz unglaubliche Geschichte. Sind Sie sicher, daß die Terrassentür nicht aufgesprungen ist? Der Wind kann hier oben manchmal ganz schön heftig werden.«

»Nein, das war es nicht. Ich hatte schon einen kleineren Hurrikan, aber ich habe mir erlaubt, ein Schloß anbringen zu lassen. Ich hoffe, das ist Trista recht.«

»Sie wird Ihnen dankbar sein, da bin ich ganz sicher.« Er ging im Zimmer umher und stieß mit der Faust gegen einen der schweren Sessel. »Sie sagten, einige der Möbel seien umgeworfen worden?«

»Alle, nur die Sofas nicht.«

»Nein«, meinte Warren, »selbst wenn ein starker Wind geweht hätte, hätte er einen Sessel von diesem Gewicht nicht umschmeißen können. Daß das möglich wäre, kann ich nicht glauben. Das muß die Hand eines Menschen getan haben, Maureen.«

»Sie meinen, ich selber? Als Schlafwandlerin?«

»Das meine ich nicht, nein. Ich bin überzeugt, daß Sie es nicht waren. Egal, was Ihr Nachbar denkt.«

Maureen war überrascht und sagte: »Dann glauben Sie mir also wirklich? Sie meinen, jemand war hier drin ... irgendwie?«

»In der Tat«, antwortete Warren grimmig, »das glaube ich.«

»Aber wie? Bei all den Schlössern an den Türen?«

Er stand jetzt vor ihr. Seine herabhängenden Hände zuckten. »Der Grund, warum ich Sie noch heute nacht sprechen wollte ... das hat etwas mit diesen Schlössern zu tun. Oder eher noch mit den Schlüsseln, die sie öffnen. Ich habe sie immer zu Hause in einer kleinen Schublade in meinem Arbeitszimmer liegen gehabt, die voll ist von ausländischen Münzen, Zeitungsausschnitten und alten Schlüsseln von unseren früheren Wohnungen. Ich war sicher, daß da nie jemand hineinschauen würde.« Er holte tief Luft. »Aber heute abend bin ich aus irgendeinem Grund an diese Schublade gegangen, und die Schlüssel waren weg.«

Jetzt atmete Maureen hörbar ein. Dann stieß sie die Luft erschrocken wieder aus, als sie draußen das Schnappen eines Türschlosses hörte. Dann noch zweimal dasselbe Geräusch. »Da ist jemand in der Wohnung!« sagte sie leise.

Warren reagierte schnell und ging in den Flur, um nachzusehen.

Einen Augenblick später hörte sie das donnernde Gebrüll einer Männerstimme, dem eine Antwort folgte, die sie aber nicht verstehen konnte. Sie überlegte, was wohl geschähe, wenn Warren in Gefahr geraten wäre. Würde sie sich einmal mehr der unterlassenen Hilfeleistung schuldig machen?

Sie zwang sich aufzustehen und zu gehen, um sich dem zu stellen, was da auf sie wartete, was immer es sein mochte.

Warren Sykes stand mitten im Flur, die Hände in die Hüften gestemmt. Ihm gegenüber stand ein Fremder mit steinernen Gesichtszügen und grau werdendem Kraushaar. Der Mann trug eine Lederjacke und war knapp fünfzehn Zentimeter kleiner als Warren, hatte jedoch einen kräftigen Brustkorb und breite Schultern.

Der Fremde erblickte Maureen und sagte zu Warren: »Na, dann stell mich ihr doch mal vor!«

Warren hatte die Stirn in tiefe Falten gelegt, aber in seinen Augen war ein amüsiertes Funkeln. »Maureen, das ist Tom Rucker. Ich habe Ihnen von ihm erzählt.«

»Nein«, erwiderte Maureen, »ich glaube nicht.«

»Mein alter Collegekumpel«, sagte Warren. »Der, der im Sicherheitsgeschäft tätig ist.«

»Ich bin Berater«, sagte Tom Rucker. »Warren hat mich gestern um Rat gefragt, aber zum Nulltarif.« Er grinste jetzt, was sein aggressives Aussehen etwas milderte. »Und ich denke mal, Sie sind Miss Dobbs. Wenn ich mich richtig an den Namen erinnere.«

»Würden Sie mal so gut sein und mir sagen, wie Sie hier reingekommen sind?«

»Natürlich mit Schlüsseln.« Er zog sie aus der Tasche. »Ich wollte Ihnen keine Angst machen, sondern nur unserem Freund hier etwas beweisen.« Er warf Warren einen mürrischen Blick zu. »Ist mir das jetzt gelungen, oder nicht?«

Warren schnappte sich die Schlüssel und hielt sie hoch. »Das sind meine! Du hast sie aus der Schublade geklaut!«

»Stimmt«, sagte Tom Rucker. »Gleich nachdem du mir die Geschichte von Miss Dobbs und diesem rätselhaften Eindringling erzählt hattest. Ich sagte dir, du solltest nicht an Gespenster glauben. Wenn da jemand Platten spiele, Wasserhähne aufdrehe und solche Sachen mache, dann könne das nur jemand sein, der die Schlüssel habe. Wie die da.«

Jetzt war es an Maureen, die Stirn zu runzeln. »Deshalb waren sie also weg! Sie haben zugelassen, daß Ihr Freund sie Ihnen entwendet hat!«

»Ich dachte, er wäre so eine Art Polizist«, sagte Warren reumütig. »Ich wußte nicht, daß er ein Dieb ist.«

Sein Freund gluckste und ließ sich in einen Sessel fallen. »Ich könnte einen Drink gebrauchen«, meinte er. »Draußen vor der Tür wurde mir schon etwas mulmig, weil ich befürchtete, Miss Dobbs könnte mit einer Flinte auf die Tür zielen, sobald sie die Schlüssel in den Schlössern hört.«

Warren sah Maureen an, die sagte: »Wenn ich eine Flinte gehabt hätte, hätte ich sie auch benutzt. Ich habe, was das angeht, schon eine harte Lektion erteilt bekommen.« Dann ging sie zur Hausbar.

»Scotch, wenn Sie welchen haben«, sagte Rucker. »Kein Soda, kein Eis.« Und an Warren gewandt: »Ich habe die Schlüssel an mich genommen, als du mal zur Toilette raus warst. Wollte nur mal zeigen, wie leicht es ist, durch Wände zu gehen, wenn man nur seinen gesunden Menschenverstand benutzt.«

»Na schön«, sagte Maureen, ihm seinen Drink reichend, »das hätten Sie nun also bewiesen. Was Sie jedoch noch nicht nachgewiesen haben, ist, wer das alles macht. Und warum.«

»Nun ja, diese Antwort ist nicht mehr kostenfrei zu haben.«

Warrens Augenbrauen hoben sich. »He, was soll denn das, Tom?« fragte er. »Du willst Geld sehen?«

Rucker schien die Frage ein bißchen peinlich zu sein. Er zog eine Visitenkarte heraus und schnippte mit dem Finger dagegen. »Das Sicherheitsberatungsgeschäft ist auch nicht mehr, was es mal war«, bemerkte er. »Zu viele Große, die die Kleinen wie mich gnadenlos verdrängen. Deshalb ... habe ich halt zwei Visitenkarten.«

Er überreichte Warren die Karte, und dieser las laut: »Tom Rucker. Diskrete Nachforschungen ... Du bist auch Privatdetektiv!«

»Stimmt. Und weil du ein alter Kumpel bist, kann deine Freundin meine Dienste zu einem ermäßigten Preis in Anspruch nehmen. Dreihundert pro Tag, Minimum fünfzehnhundert, plus Spesen.«

»Unmöglich«, sagte Maureen, »das kann ich mir überhaupt nicht leisten.«

Warren sagte: »Machen Sie sich wegen des Geldes keine Gedanken.«

»Es wäre sehr viel billiger, wenn ich einfach den Bus nähme und wieder nach Hause führe.«

»Sie fahren nirgendwohin«, knurrte Warren. »Dies ist meine Wohnung, und damit ist es auch mein Problem.« Er stützte sich mit beiden Armen auf Ruckers Sessellehnen und sah ihn eindringlich an. »Glaubst du, daß du die Lösung finden kannst?«

»Meine Entlohnung ist ergebnisorientiert. Wenn ich den Fall nicht löse, zahlst du keinen Cent. Ist das ein Angebot?«

»Nicht schlecht«, sagte Warren.

»Ausgenommen sind natürlich die Unkosten.«

Warren richtete sich wieder auf und wandte sich an Maureen: »Wir geben Tom zwei Tage«, sagte er. »Wenn Ihnen das recht ist.«

»Das muß es wohl sein.«

Rucker rappelte sich aus dem Sessel hoch und zog den Reißverschluß seiner Jacke zu. Dann ging er zur Tür, wo er sich noch einmal lächelnd nach ihnen umdrehte. »Schaut doch nicht so besorgt drein«, sagte er. »Ich gedenke, mir die fünfzehnhundert in weniger als vierundzwanzig Stunden zu verdienen.«

»Wie willst du das machen?« fragte Warren.

»Ist leicht. Ich weiß schon, wer das Gespenst ist. Es fehlt nur noch der Beweis.«

Warren erschrak offenkundig weit mehr als Maureen, die vielleicht schon erraten hatte, was Tom Rucker noch sagen würde.

»Es ist deine Frau, Warren, mein Kleiner«, fuhr dieser fort. »Es ist Mrs. Sykes. Was mich überrascht, ist, daß du nicht selbst darauf gekommen bist.«

Jetzt war es an Warren, sich einen Sessel zu suchen. Er fiel hinein wie eine Statue, die von ihrem Sockel stürzt. »Kelly? Das kann nicht Kelly sein ... ganz unmöglich!«

»Sie kennt mich doch überhaupt nicht«, bemerkte Maureen.

»Das mag sein. Aber sie weiß von dieser Wohnung. Sie weiß, was hier vor sich geht. Sie weiß, wer die Miete bezahlt.« Er bedachte Warren mit einem auf komische Weise finsteren Blick. »Du warst nicht ganz so clever, wie du denkst, mein Jungchen.«

»Wie kannst du so sicher sein, daß es Kelly ist?« fragte Warren trotzig. »Was hat sie gemacht? Dich angeheuert, damit du mir nachspionierst?«

»Gegen Freunde arbeite ich nicht«, antwortete der Detektiv. »Vielleicht hat sie einen anderen angeheuert, vielleicht ist sie dir selber gefolgt.« Er zuckte die Achseln. »Und wieso ich so sicher bin? Weil ich dir an jenem Abend noch etwas anderes entwendet habe.«

Er kam von der Tür zu ihnen zurück und zog ein kleines Foto aus der Tasche. Maureen beugte sich vor. Es war das erste Bild von Kelly Sykes, das sie zu sehen bekam.

»Dieses Bild habe ich mal ein paar Leuten hier im Haus gezeigt«, sagte Rucker. »Die Angestellten von der Tagschicht erkannten sie nicht, wohl aber die von der Nachtschicht.«

»Aber wie ist sie hier reingekommen?«

Rucker beantwortete die Frage damit, daß er Warren die Schlüssel wieder abnahm und in der Luft baumeln ließ.

Warren drückte mit zwei Fingern seinen Nasenrücken. »Sie hat die Schlüssel gefunden und sich Doppel anfertigen lassen. Ist es so?«

Maureen hatte Mühe zu atmen. »Sie glaubt, daß ... ich es bin?«

»Ja, Miss Dobbs«, sagte Tom Rucker sanft. »Das ist das Unselige. Mrs. Sykes glaubt, daß Sie seine Geliebte sind.«

»O Gott!« sagte Warren nur.

»Aber ... sie scheint doch so viel über mich zu wissen! Die Dinge, die hier passiert sind ... die Stimmen, die ich gehört habe ...«

»Tja, wenn Sie meine Meinung hören wollen ...« Rucker wählte die Worte mit Vorsicht. »Ich glaube, ein paar dieser Dinge waren nur in Ihrem Kopf. Sie hat es geschafft, Sie derart in Aufregung zu versetzen, daß Ihre Phantasie ihr, Kellys, Spiel mitspielte.«

»Aber sie muß verrückt sein ... so weit zu gehen ...«

»Sie ist tatsächlich verrückt«, unterbrach Warren sie grimmig. »Ich bin mir dessen schon lange sicher. Sie hat ja schon mal versucht, mich umzubringen. Stach mit einer Schere nach mir.«

»Das hast du mir nie erzählt«, sagte Rucker.

»Wir haben es unter der Decke gehalten ... sie war einfach ein bißchen überreizt ...«

»Ich glaube, jetzt ist sie mehr als nur ein bißchen überreizt«, sagte Rucker. Er sah Maureen an. »Ich meine, es wäre ganz gut, wenn sich Miss Dobbs eine andere Bleibe suchte.«

»Das meine ich auch«, pflichtete ihm Maureen voller Eifer bei. »Warren, Sie müssen mir etwas Geld leihen. Ich erbitte das nicht gern, aber es gibt sonst niemanden ...«

»Natürlich! Wir bringen Sie in einem Hotel unter.«

Rucker sagte: »Auch in Hotels können Leute ermordet werden.«

»Dann muß ich raus aus der Stadt.«

»Wir lassen uns was einfallen«, sagte Warren. »Gleich morgen früh.«

»Ich möchte aber keine Nacht mehr hier verbringen!«

»Sie müssen sich keine Sorgen machen. Ich werde dafür sorgen, daß Kelly das Haus nicht noch einmal verläßt.«

»Und ich kann immer hier auf dem Sofa kampieren«, sagte Rucker lächelnd. »Den Leibwächter spielen.«

»Nein … nein, ist schon gut. Wenn sie das Haus nicht verläßt, dann sollte es ja wohl keine Probleme geben.«

»Trotzdem … nehmen Sie lieber das hier«, sagte Rucker. Er zog eine kleine Pistole aus der Tasche und hielt sie ihr hin.

»Nein!« sagte Maureen. »Ich könnte nie …«

»Nehmen Sie sie«, drängte Rucker, »nur zu Ihrer Beruhigung. Legen Sie sie auf den Nachttisch. Dann schlafen Sie besser, das garantiere ich Ihnen.«

»Ich hasse Pistolen!«

»Also wissen Sie, die werden auch von den guten Jungs benutzt. Nicht nur von Dieben und Mördern.«

Es war halb vier in der Nacht, als das erste Schloß der Tür zum Penthouse deutlich vernehmbar klickte. Maureen Dobbs, die trotz der in ihrem Kopf herumspukenden potentiellen Alpträume fest schlief, hörte es jedoch nicht.

Nach dem zweiten Klicken bewegte sie sich dann, aber die Augen öffnete sie erst, als das dritte Schloß entriegelt wurde. Sie setzte sich im Bett auf, atmete flach. Als sie draußen das Knarren einer Diele hörte, sah sie wie gebannt auf die Schlafzimmertür. Der Knauf drehte sich langsam. Das, was in Großaufnahme in so vielen Horrorfilmen zu sehen war, das war jetzt Wirklichkeit. Deshalb griff Maureen nach der auf dem Nachttisch liegenden Pistole – zeitlich genau abgestimmt mit dem heimlichen Eintreten von Kelly Sykes in das Schlafzimmer. In der Hand der Frau schimmerte etwas, und Maureen feuerte, ohne zu zögern. Der Knall war so laut, daß er das Klingeln des Telefons übertönte. Es klingelte hartnäckig weiter, während sie ungläubig auf die dunkle Gestalt starrte, die zusammengesackt auf dem Berberteppich lag. Schließlich nahm sie den Hörer ab.

»Maureen«, sagte jemand, »sie ist nicht da!«

»Was?«

»Kelly ist nicht im Haus!« sagte Warren.

»Ja«, sagte Maureen. »Sie ist fort.«

»Das war keine Pistole, was Sie gesehen haben, es waren die Schlüssel«, sagte Warren am nächsten Morgen. »Die nachgemachten. Die Pistole steckte noch in ihrer Handtasche. Durchgeladen, wie die Polizei sagte.«

Maureen war nicht ganz sicher, ob sie sich nicht erneut übergeben mußte.

»Das ist die Bestätigung, Maureen. Dafür, daß Sie das, was Sie getan haben, tun mußten. Wie es in der Armee immer heißt: Töte, oder du wirst getötet.«

Im Türschloß wurde ein Schlüssel umgedreht. Sie dachte, es wäre Tom Rucker, aber herein kam Trista, einen Koffer in der Hand. Sie sah müde aus, gealtert. Sie ließ den Koffer los, der mit einem dumpfen Laut auf den Teppich fiel, und eilte zu Maureen, um sie zu umarmen. »Maureen! Mein armer Liebling!«

Warren sagte: »Du hast also schon erfahren, was geschehen ist?«

»Ich denke mal, daß es inzwischen auch die Eskimos schon gehört haben. Gut, ich wußte noch von gar nichts, als ich auf JFK aus dem Flieger stieg. Aber dann war es da, erste Seite der *New York Post.* Schätzchen, jetzt sag mir bloß, was ich für dich tun kann.«

»Ich möchte nur nach Hause!« sagte Maureen.

»O nein«, widersprach ihr die Freundin, »so nicht! Nicht nach allem, was du durchgemacht hast. Du bleibst noch ein bißchen bei mir. Das darf sie doch, Warren?«

»Die Entscheidung liegt wohl bei Maureen.«

»Bitte, Darling, renn jetzt nicht weg! Gib mir eine Chance, das Geschehene wiedergutzumachen... dir mal zu zeigen, was diese Stadt wirklich Schönes zu bieten hat...«

»Ich kann nicht, Trista!«

»Ich tue alles, was du willst. Ich lasse die Schlösser auswechseln. Ich besorge sogar ein noch größeres für die Terrassentür. Was du willst!«

Maureen warf der Freundin einen merkwürdigen Blick zu. Aber Trista streifte ein silberfarbenes Jäckchen ab und durchquerte das Wohnzimmer. »Ich brauche einen Drink«, sagte sie. »Ein ganzes Dutzend!«

»Ich mach dir einen«, sagte Warren. Er folgte ihr zur Hausbar.

Da fragte Maureen: »Trista... sag mal, woher weißt du eigentlich das mit dem Schloß?«

»Wie bitte?«

»Woher weißt du das mit dem Schloß an der Terrassentür? Du sagtest, du würdest ein größeres besorgen. Aber als du abgereist bist, war überhaupt noch keins da.«

»Was brabbelst du denn da, Süße?«

»Wenn du geradewegs vom Flugplatz gekommen bist, wie kannst du es dann wissen?«

»Ich habe natürlich das Schloß gesehen...«

Alles wandte sich der Terrassentür zu. Trista sah jetzt noch älter aus. Der Vorhang war zugezogen, die Terrassentür dahinter verborgen.

»Ich nehme an, ich habe davon gelesen«, sagte sie jetzt mit einem matten Lächeln. »In der *New York Post.*«

Warren sah zu dem am nächsten stehenden Sessel hin. Dort lag sein Exemplar dieser Zeitung. Maureen stand vom Sofa auf und nahm es zur Hand.

»Willst du mir den Bericht bitte mal zeigen? Ich kann mich an nichts über Terrassentüren erinnern.« Ihre Stimme wurde mit jeder Silbe schärfer. »Da ist nur die Rede von einer eifersüchtigen Frau ... einem berühmten Model ... und einer nervösen Freundin, die zufällig gerade im Bett dieses Models schlief...«

Warren unterbrach sie. »Du bist immer noch überspannt, Maureen.«

»Bist du wirklich weg gewesen, Trista? Oder hast du irgendwo in einem Hotelzimmer gesessen, wo dir Warren über die erzielten Fortschritte berichtet hat?«

»Warren hat ganz recht, Liebling. Du brauchst mehr Ruhe, als du offenkundig bekommen hast...«

»Ich habe mich gewundert, daß du deine Pelze gar nicht mitgenommen hast. Daß du ohne deine Pelze in ein solches Winterland reisen würdest, nicht auszudenken! Du weißt, daß es kein Problem wäre, das bei den Airlines zu überprüfen ... ich könnte unseren Freund Tom Rucker, den Detektiv, bitten...« Sie unterbrach sich und setzte nach einer

Weile hinzu: »Oder ist Mr. Rucker an allem beteiligt? Er hat mir schließlich die Pistole gegeben, mit der ich sie erschossen habe, nicht wahr?«

Jetzt war Tristas Stimme bar jeden Mitgefühls, als sie sagte: »Dir ist dort in Elmwood wohl wirklich ein Rad abgegangen, was?«

»Ihr habt das alles geplant! Ihr wolltet aus mir ein nervliches Wrack machen, mich dahin bringen, daß ich dann diese arme Frau niederschieße, wenn sie ins Schlafzimmer kommt!«

Warren räusperte sich. »Ich glaube, Maureen, Sie haben zu viele von diesen Pillen geschluckt.«

Sie wandte sich ihm zu, funkelte ihn an. »Ihre Frau hat wahrscheinlich vorher noch gar nichts von Ihren Penthousepartys gewußt. Sie haben ihr die Schlüssel zur Wohnung geschickt … oder vielleicht hat es auch Ihr Freund Tom Rucker getan. Und sie ist hergekommen, um sich das alles mal mit eigenen Augen anzusehen …«

Warren griff nach ihrem Arm, aber sie bekam ihn wieder frei. »Deshalb haben Sie mir, als Sie mich anriefen, gesagt, ich solle mich nicht von der Stelle rühren. Damit Sie herkommen und ihr die Pistole in die Handtasche stecken konnten.«

»Darling«, sagte Trista kalt, »ich werde gleich sehr böse werden. Selbst wenn es eine Verrückte ist, die solche Geschichten erzählt, kann es viel Ärger geben.«

»Du hast mich von Anfang an benutzt, Trista! Du hast mich nur hergeholt, damit ich dir … als Mordwaffe diene!«

Tristas nächste Äußerung war ein Aufschrei. »Warren, was machen wir denn jetzt?«

»Woher, verdammt noch mal, soll ich das wissen?«

Seine gereizte Antwort machte für Maureen das Maß voll. Sie ging zur Wohnungstür und wollte hinausgehen. Aber Warren war schneller. Er packte sie an beiden Armen und riß sie zurück.

Trista weinte jetzt. »O Gott, Warren, was ist, wenn sie die Fluggesellschaft angerufen haben? Wenn die Polizei weiß, daß ich die ganze Zeit hier…«

Warren, der einige Mühe hatte, Maureen festzuhalten, unterbrach sie, indem er bitter sagte: »Warum lieferst du Maureen nicht gleich ein unterschriebenes Geständnis?«

»Aber was sollen wir denn machen?«

»Ruf Rucker an. Der kennt sich mit solchen Sachen aus.«

Als Maureen zu schreien anfing, drückte ihr Warren eine Hand auf den Mund und zerrte sie ins Schlafzimmer.

Als Warren Sykes sie mit provisorischen Hilfsmitteln wie einigen Paaren von Tristas Strümpfen, einer Seidenbluse und einem Ledergürtel knebelte und fesselte, hatte Maureen allen Grund, sich zu ängstigen.

Sie machte es ihm nicht leicht. Zweimal riß sie sich los und krachte dabei gegen die Schlafzimmerwand. Er flehte und bettelte, versprach, daß ihr nichts geschehen werde, versuchte sie zu beruhigen. Ihre Angst wäre noch sehr viel größer gewesen, wenn sie das Telefongespräch Tristas mit Tom Rucker hätte hören können.

»Es gibt nur eins«, sagte Rucker nämlich, »schmeißt sie von der Terrasse.«

»Was?«

»Sie ist doch total zerknirscht, verstehst du? Weil sie diese arme Frau erschossen hat.«

»O mein Gott, Tom...«

»Sie hat schon mal versucht, sich das Leben zu nehmen, nicht wahr? Deshalb ist sie schließlich in der Klapsmühle gelandet. Wartet, bis es dunkel ist, und macht das Licht aus ... niemand wird euch sehen.«

»Tom, ich kann das nicht!« sagte Trista. »Und ich weiß, Warren kann es ebensowenig. Deshalb konnte Kelly ihn ja acht Jahre lang rumschubsen ...«

Stille im Hörer. Dann sagte Rucker: »Okay, ich bin gleich da.«

Es brauchte beide, Trista und Warren, um die gefesselte und geknebelte Maureen ins Wohnzimmer zu schleppen. Sie wehrte sich so heftig, daß ihnen nichts anderes übrigblieb, als sie auf einem Stuhl festzubinden. Warren zog den Vorhang vor der Terrassentür zurück. Es dämmerte, war aber noch nicht dunkel.

Die Nacht senkte sich ach so langsam herab! Und Tom Rucker brauchte ebenfalls sehr lange.

Nichts war zu hören außer einem leisen Wimmern. Es kam von Trista. Warren holte sich noch einen Drink.

Endlich klingelte es an der Tür.

»Gott sei Dank«, sagte Trista und lief, um aufzumachen. Vor ihr stand ein grinsender Neil Shipley, einen Strauß roter Rosen in der einen und eine Flasche Wein in der anderen Hand.

»Ich habe mitbekommen, wie Sie an die Wand klopften«, sagte er fröhlich, aber dann verschwand sein Lächeln, als er in Tristas totenbleiches Gesicht starrte. Als er an ihr vorbei einen Blick auf die unwahrscheinliche Szene im Wohnzimmer warf, fing sie wieder an zu weinen.

Warren stellte sein Glas hin.

Sie tranken den Wein erst am folgenden Abend. Auf der Terrasse. Neil sagte: »Weißt du was? Ich werde mich nie wieder darüber beschweren, daß die Wände so dünn sind.«

»Ich habe gar kein Signal gegeben, verstehst du? Aber ich bin froh, daß du dachtest, ich hätte.«

»Ich wäre schon viel eher gekommen, wenn ich nicht erst noch die Blumen hätte besorgen müssen. Vielleicht hätte ich lieber eine Flinte mitbringen sollen.«

»Sie haben Gott sei Dank keine Gegenwehr geleistet.«

»Sie wußten, daß es sinnlos gewesen wäre ... Nun, was denkst du?«

»Worüber?«

»Über den Ausblick, den Penthouse C bietet«, sagte Neil Shipley.

Bitte beachten Sie auch die folgenden Seiten

Henry Slesar im Diogenes Verlag

Erlesene Verbrechen und makellose Morde
Geschichten. Auswahl und Einleitung von Alfred Hitchcock. Aus dem Amerikanischen von Günter Eichel und Peter Naujack. Mit Zeichnungen von Tomi Ungerer

Ein Bündel Geschichten für lüsterne Leser
Sechzehn Kriminalgeschichten
Deutsch von Günter Eichel. Mit einer Einleitung von Alfred Hitchcock und vielen Zeichnungen von Tomi Ungerer

Aktion Löwenbrücke
Roman. Deutsch von Günter Eichel

Das graue distinguierte Leichentuch
Roman. Deutsch von Paul Baudisch und Thomas Bodmer

Vorhang auf, wir spielen Mord!
Roman. Deutsch von Thomas Schlück

Ruby Martinson
Vierzehn Geschichten um den größten erfolglosen Verbrecher der Welt, erzählt von einem Freunde. Deutsch von Helmut Degner

Hinter der Tür
Roman. Deutsch von Thomas Schlück

Schlimme Geschichten für schlaue Leser
Deutsch von Thomas Schlück

Coole Geschichten für clevere Leser
Deutsch von Thomas Schlück

Fiese Geschichten für fixe Leser
Deutsch von Thomas Schlück

Böse Geschichten für brave Leser
Deutsch von Christa Hotz und Thomas Schlück

Die siebte Maske
Roman. Deutsch von Alexandra und Gerhard Baumrucker

Frisch gewagt ist halb gemordet
Geschichten. Deutsch von Barbara Rojahn-Deyk und Jobst-Christian Rojahn

Das Morden ist des Mörders Lust
Sechzehn Kriminalgeschichten
Deutsch von Barbara Rojahn-Deyk und Jobst-Christian Rojahn

Mord in der Schnulzenklinik
Roman. Deutsch von Jobst-Christian Rojahn

Rache ist süß
Geschichten. Deutsch von Ingrid Altrichter

Das Phantom der Seifenoper
Geschichten. Deutsch von Edith Nerke, Barbara Rojahn-Deyk und Jobst-Christian Rojahn

Teuflische Geschichten für tapfere Leser
Deutsch von Jürgen Bürger

Listige Geschichten für arglose Leser
Deutsch von Irene Holicki und Barbara Rojahn-Deyk

Eine Mordschance
Geschichten. Deutsch von Jobst-Christian Rojahn

Rategeschichten für kluge Köpfe
Deutsch von Jobst-Christian Rojahn

Mein Vater, der Kater
Erzählungen. Deutsch von Jobst-Christian Rojahn

Babyboom
Erzählungen. Deutsch von Jobst-Christian Rojahn

Meistererzählungen
Deutsch von Thomas Schlück und Günter Eichel

Mary Hottingers Anthologien im Diogenes Verlag

Mord
Kriminalgeschichten aus England und Amerika von Edgar Allan Poe bis Raymond Chandler, Vorwort von Mary Hottinger. Mit Vignetten von Paul Flora

Mehr Morde
Kriminalgeschichten aus England und Amerika von Margery Allingham bis Henry Slesar, Vorwort von Mary Hottinger. Mit Vignetten von Paul Flora

Noch mehr Morde
Kriminalgeschichten aus England und Amerika von Dorothy Sayers bis Peter Cheyney, Vorwort von Mary Hottinger. Mit Vignetten von Paul Flora

Wahre Morde
Die berühmtesten Kriminalfälle und -prozesse aus England, gesammelt und vorgeführt von Mary Hottinger, übersetzt von Peter Naujack

Gespenster
Die besten Gespenstergeschichten aus England von Daniel Defoe bis Elizabeth Bowen

Mehr Gespenster
Die besten Gespenstergeschichten aus England, Schottland und Irland von Rudyard Kipling bis H.G. Wells

Noch mehr Gespenster
Die besten Gespenstergeschichten aus aller Welt von Nikolai Gogol bis Guy de Maupassant. In memoriam Mary Hottinger, herausgegeben von Dolly Dolittle

Ehegeschichten
von Joseph Conrad bis Mary McCarthy

Familiengeschichten
von W. Somerset Maugham bis F. Scott Fitzgerald, Vorwort von Mary Hottinger

Kindergeschichten
von Charles Dickens bis Doris Lessing

Ganz gemeine Geschichten
von Herman Melville bis W. Somerset Maugham

Unheimliche Geschichten
Eine Sammlung von ungewöhnlichen, kuriosen und gar schauerlichen Geschichten von Ambrose Bierce bis G.K. Chesterton

Horror
Klassische und moderne Horrorgeschichten von Charles Dickens bis Ernest Hemingway, Nachwort von Mary Hottinger

Mehr Horror
Moderne Horrorgeschichten von Graham Greene bis Patricia Highsmith. In memoriam Mary Hottinger, ausgewählt von Barbara Birrer

Noch mehr Horror
Klassische Horrorgeschichten von Edgar Allan Poe bis Anton Čechov. In memoriam Mary Hottinger, ausgewählt von Christian Strich

Dashiell Hammett im Diogenes Verlag

»Hammett brachte Menschen aufs Papier, wie sie waren, und ließ sie in der Sprache reden und denken, für die ihnen unter solchen Umständen der Schnabel gewachsen war.
Er brachte immer und immer wieder fertig, was überhaupt nur die allerbesten Schriftsteller schaffen. Er schrieb Szenen, bei denen man das Gefühl hat, sie seien noch niemals je beschrieben worden.«
Raymond Chandler

Fliegenpapier
und andere Detektivstories. Aus dem Amerikanischen von Harry Rowohlt, Helmut Kossodo, Helmut Degner, Peter Naujack und Elizabeth Gilbert. Mit einem Vorwort von Lillian Hellman

Der Malteser Falke
Roman. Deutsch von Peter Naujack

Das große Umlegen
und andere Detektivstories. Deutsch von Hellmuth Karasek, Walter E. Richartz und Wulf Teichmann

Rote Ernte
Roman. Deutsch von Gunar Ortlepp

Der Fluch des Hauses Dain
Roman. Deutsch von Wulf Teichmann

Der gläserne Schlüssel
Roman. Deutsch von Hans Wollschläger

Der dünne Mann
Roman. Deutsch von Tom Knoth

Fracht für China
und andere Detektivstories. Deutsch von Antje Friedrichs, Elizabeth Gilbert und Walter E. Richartz

Das Haus in der Turk Street
und andere Detektivstories. Deutsch von Wulf Teichmann

Das Dingsbums Küken
und andere Detektivstories. Deutsch von Wulf Teichmann. Mit einem Nachwort von Steven Marcus

Meistererzählungen
Ausgewählt von William Matheson. Deutsch von Wulf Teichmann, Walter E. Richartz, Hellmuth Karasek und Elizabeth Gilbert

Diane Johnson
Dashiell Hammett
Eine Biographie. Deutsch von Nikolaus Stingl. Mit zahlreichen Abbildungen

Margaret Millar im Diogenes Verlag

»Margaret Millar beweist in ihren Krimis ein psychologisches Gespür für die Abgründe menschlichen Denkens und Handelns hinter den bürgerlichen Fassaden. Ohne Schnörkel, ohne jemals langatmig zu werden, erzählt sie spannende und beklemmende Geschichten, die den Leser nicht loslassen.« *Radio Bremen*

»Margaret Millars Blick ist so scharf wie der von Patricia Highsmith; noch entschiedener enthält sie sich jeden Effektes, jeder Extravaganz.«
Die Zeit, Hamburg

Die Feindin
Roman. Aus dem Amerikanischen von Elizabeth Gilbert

Liebe Mutter, es geht mir gut …
Roman. Deutsch von Elizabeth Gilbert

Ein Fremder liegt in meinem Grab
Roman. Deutsch von Elizabeth Gilbert

Die Süßholzraspler
Roman. Deutsch von Georg Kahn-Ackermann und Susanne Feigl

Von hier an wird's gefährlich
Roman. Deutsch von Fritz Güttinger

Fragt morgen nach mir
Roman. Deutsch von Anne Uhde

Der Mord von Miranda
Roman. Deutsch von Hans Hermann

Das eiserne Tor
Roman. Deutsch von Karin Reese und Michel Bodmer

Nymphen gehören ins Meer!
Roman. Deutsch von Otto Bayer

Fast wie ein Engel
Roman. Deutsch von Luise Däbritz

Die lauschenden Wände
Roman. Deutsch von Karin Polz

Banshee die Todesfee
Roman. Deutsch von Renate Orth-Guttmann

Kannibalen-Herz
Roman. Deutsch von Jobst-Christian Rojahn

Gesetze sind wie Spinnennetze
Roman. Deutsch von Jobst-Christian Rojahn

Blinde Augen sehen mehr
Roman. Deutsch von Renate Orth-Guttmann

Wie du mir
Roman. Deutsch von Renate Orth-Guttmann

Letzter Auftritt von Rose
Roman. Deutsch von Nikolaus Stingl

Stiller Trost
Roman. Deutsch von Klaus Schomburg

Umgarnt
Roman. Deutsch von Monika Elwenspoek

Da waren's nur noch neun
Roman. Deutsch von Ilse Bezzenberger

Es liegt in der Familie
Roman. Deutsch von Klaus Schomburg

Jonathan Latimer im Diogenes Verlag

Jonathan Latimer wurde am 23. Oktober 1906 in Chicago geboren. Er studierte am Knox College (Galesburg, Illinois) und arbeitete danach als Journalist in Chicago. 1938 kam er nach Hollywood und schrieb Drehbücher für Paramount und Metro-Goldwyn-Mayer, so u.a. 1942 für Dashiell Hammetts *Der gläserne Schlüssel* (detebe 20294), 1948 für Kenneth Fearings *The Big Clock* und Cornell Woolrichs *Die Nacht hat tausend Augen* (detebe 21720). Bekannt wurde Latimer auch durch seine Drehbücher für die Fernsehserie *Perry Mason* in den Jahren 1960–1965. Zudem schrieb er fünf Romane über den hartgesottenen Privatdetektiv William Crane, der von Chicago aus agiert. Latimer starb am 23. Juni 1983.

»Jonathan Latimer steht zu Unrecht im Schatten Chandlers und Hammetts.«
Klaus Bittermann/Frankfurter Rundschau

»Latimers parodistische Thriller aus den düsteren vierziger Jahren gehören zu den amüsantesten der Hard-boiled-Kultur. Nichts ist ihm heilig, alles zieht er durch den Kakao und erzählt gleichwohl immer spannend.«
Wolfram Knorr/Die Weltwoche, Zürich

Wettlauf mit der Zeit
Roman. Aus dem Amerikanischen von Nikolaus Stingl

Leiche auf Abwegen
Roman. Deutsch von Ulrike Wasel und Klaus Timmermann

Mord bei Vollmond
Roman. Deutsch von Kurt Bracharz

Rote Gardenien
Roman. Deutsch von Walter Kolbenhoff

Nathanael West im Diogenes Verlag

Nathanael West wurde 1903 als Nathan Wallenstein Weinstein in New York City geboren, wo er deutschsprachig aufwuchs: seine Eltern waren litauisch-jüdische Einwanderer. 1924 schloß er sein Studium mit dem ›Bachelor of Philosophy‹ ab und wurde Nachtportier. Mit William Carlos Williams gab er die Zeitschrift ›Contact‹ heraus, lieferte Beiträge für George Grosz' satirisches Blatt ›Americana‹, war befreundet mit F. Scott Fitzgerald und verdingte sich wie dieser als Drehbuchautor in Hollywood. Er starb 1940 bei einem Autounfall.

Schreiben Sie Miss Lonelyhearts
Roman. Aus dem Amerikanischen von Fritz Güttinger
Mit einer Einleitung von Alan Ross

Tag der Heuschrecke
Ein Hollywood-Roman. Deutsch von Fritz Güttinger